国家社会科学基金项目

（项目批准号：13BWW045）的结项成果

当代苏格兰小说研究

吕洪灵／著

Dangdai
Sugelan Xiaoshuo Yanjiu

人民出版社

目　录
contents

上　篇

下　篇

序

王守仁

苏格兰文学对于我们并不陌生,18 世纪苏格兰农民诗人彭斯的歌谣《一朵红红的玫瑰》意象清新,情感纯真,《友谊地久天长》举世闻名,广为流传;19 世纪初"欧洲历史小说之父"司各特的《艾凡赫》等作品开创历史小说这一重要体裁;维多利亚时代出生于爱丁堡的小说家史蒂文森的《金银岛》是最受欢迎的英语儿童书籍之一,《化身博士》描写主人公的双重性格,揭示人类心灵深处的黑暗;19 世纪末 20 世纪初同样出生于爱丁堡的作家柯南·道尔塑造了福尔摩斯这一不朽人物形象,讲述他探案故事的侦探小说情节跌宕,引人入胜。长期以来,苏格兰文学一直是被当作英国文学中不起眼的一个分支,但是这种状况近年来已经开始发生变化,对苏格兰文学的认识不断增强,关于苏格兰文学的研究也呈现方兴未艾的态势。吕洪灵教授自 2004 年起开始关注苏格兰文学,2013 年申报的课题获国家社科基金批准立项,本书是她在苏格兰文学研究领域潜心治学收获的成果。

《当代苏格兰小说研究》分为上下两篇,上篇勾勒苏格兰小说的发展轨迹,探寻苏格兰文学的历史源头,论述苏格兰小说不同时期的表现,归纳总结其发展特点和艺术特征,下篇以第二次世界大战后 20 世纪 50 年代的苏格兰小说创作为起点,基本上按照每十年选取一部代表作的策略,对苏格兰重要小说家的代表性作品进行解读,"反映出当代苏格兰小说创作的能量与活力"。吕洪灵教授的研究表明,将小说文本放入苏格兰文学框架来考察,确实能有新的发现。以第七章讨论斯帕克的《布罗迪小姐的青春》为例,该小说以20世纪30年代的爱丁堡为背景,爱丁堡人的语言方式、爱丁堡城市两极的地理空间,特别是爱丁堡的宗教氛围,为我们理解小说人物和作品思想内容提供了新的切入点。在爱丁堡,"信仰与僭越的可能性同时存在,这其实也应和了这座城市本身乃至苏格兰的矛盾性和双重性。"吕洪灵教授将城市的"双重性"这种"气质"应用到布罗迪小姐的僭越和桑蒂的皈依,对小说人物的言行进行条分缕析的细致分析,揭橥人物的双重性特征,并进而延伸探讨叙事的复杂性,说明斯帕克"将苏格兰地方特征和叙事手法巧然融于大的英语叙事传统之中",得出结论:《布罗迪小姐的青春》这部作品"带着苏格兰的元素走向了国际读者,成为苏格兰最精致的一部小说"。本书基于对苏格兰历史、社会、文化的深刻认识,提炼出若干"苏格兰的元素",结合具体文本,揭示它们如何形塑苏格兰小说的内容与风格,对于我们开展外国文学研究具有方法论上的示范和借鉴意义。

《当代苏格兰小说研究》在一定意义上是当代苏格兰小说史,涉及众多作家作品,要求作者广泛阅读小说文本及相关研究文献,在此基础上进行独立思考。我个人曾出版了《新编美国文学史》第四卷和《20世纪英国文学史》,深知写文学史之冷暖甘苦。面对汗牛充栋的著述,需要认真研读原著,基于文本,归纳梳理,努力做到阐释得当。吕洪灵教授通过阅读,大量占有第一手资料,进入文本内部去理解和分析,体现了一种严谨踏实的学风。正是因为立足文本,大处着眼,小处着手,得出的结论有理有据,令人信服。本书文字流畅,有不少独到的见解,能给人以智性的愉悦。

30多年前我在英国伦敦大学读书,夏天曾去苏格兰度假,记得恰好是傍晚时分抵达爱丁堡,耸立在黑色火山岩顶上的爱丁堡城堡在落日余晖的衬映下显得庄严雄伟,其深沉凝重的色调与英格兰东南部的亮丽色彩形成鲜明对照。我驻足位于爱丁堡王子街的司各特纪念塔,惊异于苏格兰文学成就的灿烂辉煌(2004年爱丁堡成为世界第一座文学之城),后来对苏格兰文学格外留意,我撰写的《英国文学批评史》专门设有一章讨论苏格兰启蒙运动,对休谟、亚当·斯密等苏格兰思想家在文学批评和美学领域留下的珍贵文学遗产进行梳理,在国内尚属首次。吕洪灵教授研究当代苏格兰小说,有助于拓展我们国家的英语文学研究的范围和深度,是在做一项十分有价值的工作,我一直给予鼓励和支持。《当代苏格兰小说研究》既有宏观的总体把握,又有细致的文本分析,是一部学术含量高、视角新、不乏真知灼见的研究专著,我很高兴把它推荐给读者,衷心祝福吕洪灵教授在苏格兰文学研究上取得更大成就。

2018年6月于南京大学

绪　论

在国内外的英国文学研究中,英格兰文学一直处于研究的中心,与之毗邻的苏格兰文学则处于边缘地位,仅仅被人们当作英国文学中不起眼的一个分支。T.S.艾略特(T.S.Eliot)甚至发表了一篇题为《有过苏格兰文学吗?》("Was There a Scottish Literature")的文章,并在文中声称苏格兰文学在后阶段的发展中已经湮没在英国文学里。① 即便与爱尔兰文学相比,它也似乎不受待见,休·特雷弗—罗珀(Hugh Trevor-Roper)从历史的角度声称苏格兰的文学"只是对爱尔兰文学的拙劣模仿","即使在英格兰的压迫统治下,凯尔特爱尔兰在文化上仍是一个历史上著名的民族,而凯尔特苏格兰最多只是其可怜的姐妹。凯尔特苏格兰没有,也不可能有独立的传统。"②如此种种的观点莫不将苏格兰文学放在凯尔特文学或英国文学的阴影之下,轻视了它自身可能具有的能量与生命力。

这种认知已悄然改变,苏格兰独有的地域特色、文化特色、宗教特色和历史经历赋予这片土地的文学特质使它受到越来越多的关注。近年有

---

① 该文章为艾略特评论史密斯(Gregory Smith)的《苏格兰文学:人物与影响》(*Scottish Literature:Character and Influence*)而作。史密斯在专著中主张苏格兰文学的独立存在价值,艾略特则对此看法不同。艾略特在文章中将苏格兰文学的发展与政治地位的改变相对应:"苏格兰文学史的第一个部分是当英语是几种方言混杂时的英国文学史;第二部分是英语有两种方言——英语和苏格兰语混杂时的英国文学史;第三部分则大有不同——它是某段地方文学史。最终,两种文学之间现今已经没有什么重要的实质性的区别了。"(T.S.Eliot,"Was There a Scottish Literature",*The Athenaeum* 1 August,1919,p.681.)

② [英]E.霍布斯鲍姆、T.兰格编:《传统的发明》,顾杭、庞冠群译,译林出版社 2004 年版,第 19—20 页。

国外学者指出,乔伊斯口中"可怜的苏格兰妹妹"①的文学在某种程度上已超越了爱尔兰文学,并影响到英格兰文学创作。罗斯玛丽·戈林(Rosemary Goring)在《苏格兰先驱报》(Herald)上载文说:"……苏格兰在20世纪和21世纪早期创作了令人叹为观止的优秀图书遗产。我并不是想敲起苏格兰小鼓,但无论其他民族在同时期创作何种经典,苏格兰都能昂首挺胸与之并肩。"②当代苏格兰小说创作在这方面尤为成绩卓著,在历经苏格兰文艺复兴及议会权力下放等运动与事件的洗礼之后,它重振了斯摩莱特、司各特、史蒂文森等苏格兰小说家曾有的雄风,逐渐形成较大影响。如,穆丽尔·斯帕克(Muriel Spark)、阿拉斯代尔·格雷(Alasdair Gray)、伊恩·班克斯(Iain Banks)等作家都名列《泰晤士报》2008年所评选出的"自1945年以来50位英国最伟大的作家"的名单中,欧文·韦尔什(Irvine Welsh)、玛格丽特·埃尔芬斯通(Margaret Elphinstone)、詹尼斯·加洛韦(Janice Galloway)等也是声名远播的当代苏格兰小说家。"苏格兰文学的特性有待重申!"③国内学者王佐良先生在20世纪90年代初发出的呐喊,对于如今的苏格兰小说研究来说尤显其远见卓识了。

在传承和创新中,当代苏格兰小说创作不仅走出了狭隘的民族主义门槛,而且自身独特的文学性也更加显著。它的发展既如其国花"蓟"那般顽强而有韧性,又表现出有异于以往的特征。在历经各种运动的历练之后,它在思想表达、艺术形式方面不时地反映出静态的坚持与动态的改变,坚持的是民族艺术传统风格的延续,改变的是狭隘的民族主义,同时不断地致力于艺术创新。以格雷、斯帕克等为代表的苏格

---

① 参见 Willy Maley,"Review of *Ireland and Scotland:Culture and Society*,1700-2000 by LiamaIlvanney and Ray Ryan",*The Canadian Journal of Irish Studies*,Vol.31,No.1(2005):134,http://www.jstor.org/stable/25515578,accessed 12 February,2013。

② Rosemary Goring,"Scotland Stands Tall on Its Past Century of Books",*The Herald* 18 February,2012. http://www.heraldscotland.com/books-poetry/comment-debate/scotland-stands-tall-on-its-past-century-of-books.16744960,accessed 15 December,2014.

③ 王佐良、周珏良主编:《英国20世纪文学史》,外语教学与研究出版社2006年版,第297页。

兰作家们在创作中运用各具特色的艺术手法与形式,融合了各种创作元素,让语言本身成为他们创作的介质和内容,使得文学创作在某种程度上成为一种互文的、既继承又颠覆传统写作形式的活动。他们丰富新颖的创作手法加强了苏格兰文学的张力表现。而且,当代苏格兰小说创作主题纷繁复杂,涉及多种现实问题。其中,既有苏格兰与英格兰长久矛盾的显现,也有苏格兰内部的矛盾反映,还有对苏格兰女性在权力话语中的矛盾生存等问题的探究,更有对个人身份、文化霸权、环境破坏或城市危机等当代问题的反思。多重主题的演绎使得当代苏格兰小说极具活力与可阐释空间,充分体现了其文学的杂糅多样性和文化的凝聚力。

当代苏格兰小说以其日益强大的创作队伍和成果在世界文坛上更加铿锵有声,值得研究者在已有成果的基础上深入思考,发掘其对诸多现实问题的表现与意义生成手法,探讨其文学内涵及力量所在。在国外,相当一段时间内,有关当代苏格兰小说的研究专著是相对缺失的。20世纪七八十年代起相关研究始见端倪,多数评论是以论文的形式发表在期刊和杂志上,其中,道格拉斯·吉福德(Douglas Gifford)1978年发表在期刊《苏格兰文学研究》上的综述性文章《现代苏格兰小说》("Modern Scottish Fiction")和《苏格兰小说:1975—1977》("Scottish Fiction 1975-1977")极具参考价值,他在两篇文章中历述第二次世界大战以后至70年代的小说家,对他们进行分门别类的介绍与评论。在这一时期,也出现了几部相关研究专著,如弗朗西斯·拉塞尔·哈特(Francis Russell Hart)的《苏格兰小说:自斯摩莱特至斯帕克》(The Scottish Novel:from Smollett to Spark,1978)、伊索贝尔·默里(Isobel Murray)和泰特(Bob Tait)所著的《十部当代苏格兰小说》(Ten Modern Scottish Novels,1984),以及曼弗雷德·马尔察恩(Manfred Malzahn)的《身份面面观:作为民族自我表达的现代苏格兰小说(1978—1981)》[Aspects of Identity:The Contemporary Scottish Novel (1978-1981) as National Self-Expression]。这些研究成果的出版不仅依靠苏格兰当地出版社的推动,也有苏格兰境外的出版社在为研究者提供发表的园地,如哈特的《苏格兰小说:自斯摩莱特至斯帕克》由英国约翰·默里出版社和美国哈佛大学出版社同年出版①,马尔察恩的专著由德国法兰克福出版社出版。

自 20 世纪 90 年代以来,随着斯帕克、格雷等具有国际声誉的苏格兰作家的崛起,相关当代苏格兰小说的宏观论著和个体作家研究的专著数目逐渐增多。在整体研究方面,凯恩斯·克莱格(Cairns Craig)的《当代苏格兰小说:叙事与民族想象》(The Modern Scottish Novel: Narrative and the National Imagination,1999)、加文·华莱士(Gavin Wallace)和斯兰德尔·史蒂文森(Randall Stevenson)编写的《70 年代以来的苏格兰小说:新文与旧梦》(The Scottish Novel Since the Seventies: New Versions, Old Dreams,1993)具有代表性。它们是两部内容扎实有研究力度和价值的专著,前者从民族叙事的角度深入分析了当代苏格兰小说的民族想象问题,后者将 70 年代作为苏格兰小说开始成熟发展的节点多视角地分析当代苏格兰小说的传承与创新。另一位研究者霍斯特·普里林杰(Horst Prillinger)的专著《家庭与苏格兰工人阶级小说:1984 — 1994》(Family and the Scottish Working-class Novel:1984-1994,2002)则从家庭和阶级的角度切入当代苏格兰小说的创作。

人们从宏观上对于当代苏格兰小说有了更多的认知,对于苏格兰小说家个体创作的介绍和深入探析也在拓展。爱丁堡大学出版社近年来连续出版了多部有关苏格兰小说家研究的论文集,诸如《阿拉斯代尔·格雷的艺术》(The Arts of Alasdair Gray,1991)、《穆丽尔·斯帕克爱丁堡指南》(The Edinburgh Companion to Muriel Spark,2010)、《詹姆斯·凯尔曼爱丁堡指南》(The Edinburgh Companion to James Kelman,2010)《欧文·韦尔什爱丁堡指南》(The Edinburgh Companion to Irvine Welsh,2010)等。苏格兰文学研究者的重要组织苏格兰文学研究协会(Association for Scottish Literary Studies/ASLS,1970 年创立)推出 Scotnotes 系列,其中包括有关斯帕克、班克斯、林克莱特等小说家作品的介绍和简评,向广大读

---

① 哈特在哈佛大学出版社以《苏格兰小说:自斯摩莱特至斯帕克》为名,在约翰·默里出版社[John Murray (Publishers)Ltd.]以《苏格兰小说:批判性研究》(The Scottish Novel:A Critical Survey)为名出版,两书排版与内容相同。

者普及了当代苏格兰小说。当代苏格兰小说家访谈录的出版,如《苏格兰作家访谈》(*Scottish Writers Talking*)系列和伯纳德·赛林(Bernard Sellin)采编的《当代苏格兰的声音:詹尼斯·加洛韦、阿拉斯代尔·格雷》(*Voices from Modern Scotland:Janice Galloway,Alasdai Gray*,2007),也为世人了解和研究这些当代小说家提供了素材。

此外,专事苏格兰文学研究的期刊也在一步一个脚印地推动了当代苏格兰小说研究的深入进行。苏格兰文学研究协会自1974年起创办《苏格兰文学期刊》(*Scottish Literary Journal*),2000年更名为《苏格兰研究评论》(*Scottish Studies Review*),2009年更名为《苏格兰文学评论》(*Scottish Literary Review*),该期刊现在是苏格兰文学研究的重要国际性期刊,刊发有关苏格兰文学比较研究及跨学科研究的新成果,苏格兰小说创作探析是其中的主要内容。南加利福尼亚大学主办的《苏格兰文学研究》(Studies in Scottish Literature)创办于1963年,迄今已有五十多年历史,也是最早的专门研究苏格兰文学的期刊。此外,涵盖苏格兰各领域的综合性期刊《苏格兰评论》(*The Scottish Review*)也常有文章涉及苏格兰小说创作,例如2013年6月刊上有专文综述伊恩·班克斯于1954—2013年间的创作。盘踞在苏格兰首府的老牌期刊《爱丁堡评论》(*The Edinburgh Review*)对于苏格兰小说创作更是颇多青睐,刊发了不少相关格雷、加洛韦、韦尔什等小说家的研究成果。苏格兰小说的发展成绩吸引了各国研究者,《21世纪文学》(*C21 Literature*)为之专门征集文章在2016年推出一本特辑《21世纪苏格兰小说》,分析当今苏格兰小说在关于民族性、地方性、世界性方面书写的深度,探讨它们能在多大程度上在苏格兰内外丰富启迪人们的思考。

学术期刊汇集了世界各地致力于苏格兰小说研究的学者的文章,苏格兰文学研究会议的召开也起到了相应的作用,并且提供了学者们面对面交流的机会,让人们看到苏格兰文学研究的专门性与世界性。国际苏格兰文学大会(World Congress of Scottish Literatures)具有代表性。该会每三年举办一次,首届会议于2014年在苏格兰文学研究重地格拉斯哥大学举办,第二届于2017年由坐落于加拿大温哥华的西蒙弗雷泽大学承办,来自美国、法国、波兰、巴西、中国、日本等各国的学者在会议上就苏格兰文学发展的现状和前景进行探讨并交流研究成果,小说是学者们研讨的重要内容。其他类型的苏格兰文学研讨会也在谋求更广阔的研讨空间,2015年1月"苏格兰文学:走进伟大的未知"(Scottish Literature:Into the Great Unknowns)和"火热的浪漫主义:从地方到全球,从抽象到具体"(Scaling Romanticism:Local to Global,Abstract to Concrete)的苏格兰文学专题研讨会在温哥华举办,"21世纪苏格兰小说:我们身在何方?"(21st Century Scottish Fiction:Where are we now?)研讨会于2014年9月在英国由曼彻斯特大学和威斯敏斯特大学合办。该次研讨会虽然没有给予会议标题的提问明确的答案,但问题本身的提出与讨论就是很有价值的活动。

苏格兰本身的学者参与研讨的热情自不待言,苏格兰以外的研究者更不乏真知灼见。他们身居其外心居其中的学术视角有助于清晰客观地看待苏格兰小说创作。除前面提到的曼弗雷德·马尔察恩以外,意大利学者卡拉·萨西(Carla Sassi)在当今的苏格兰小说研究领域也是一位佼佼者。她发表过专门研究英苏联合后苏格兰文学的专著《想象的多重苏格兰》(Imagined Scotlands,2002),在2005年又发表了《苏格兰文学为何重要》(Why Scottish Literature Matters),结合苏格兰与英格兰的关系、宗教分裂、启蒙运动、英苏合并、文艺复兴等重要历史节点和事件探讨苏格兰文学中的民族性与身份问题,对于苏格兰文学为何在当代文学之林可以占有一席之地作出了切实有见地的分析,有助于从整体上理解苏格兰小说发展的问题与脉络。

不难看出,苏格兰内外的研究者们众志成城地致力于推动当代苏格兰小说研究。在他们的相关编著或著作中,苏格兰小说都是不可或缺的重要部分。三本文学指南在这方面的特色明显值得一提。伯特霍尔德·舍尼(Berthold Schoene)编写的《当代苏格兰文学爱丁堡指南》(The Edinburgh Companion to Contemporary Scottish Literature,2007)中阐释了当代苏格兰文学创作的政治文化语境,对21世纪的格拉斯哥小说、分权后的盖尔语文学、新历史主义小说、侦探小说、儿童小说等进行分门别类的探讨,对于格雷、伊恩·班克斯、加洛韦、A.L.肯尼迪(Alison Louise Kennedy)等当代作家的小说专文分析,就其创作中种族、民族、分权、后殖民等话题展开论述,指出当代苏格兰文学超越苏格兰性或民族主义而呈现多样化的特点。伊恩·布朗(Ian Brown)和艾兰·里亚赫(Alan Riach)编写的《20世纪苏格兰文学爱丁堡指南》(*The Edinburgh Companion to Twentieth-century Scottish Literature*,2009)中对于苏格兰文学创作分时期从19世纪评述至21世纪初,尤其对第二次世界大战前后的苏格兰小说和当代流行及类型小说进行了归纳式的分析。吉拉德·卡拉瑟斯(Gerard Carruthers)和利亚姆·麦卡范尼(Liam McIlvanney)编写的《苏格兰文学剑桥指南》(*The Cambridge Companion to Scottish Literature*,2012)中的论文涵盖了中世纪前直至分权后期间的苏格兰文学创作,对于历史小说、苏格兰哥特式小说、侦探小说都分别进行了研讨,可以从中了解当代苏格兰小说的渊源,理解斯帕克等当代小说家作品与苏格兰文学历史的源与流的关系。

　　除以上指南之外,注重当代苏格兰小说的苏格兰文学研究还有一些专著,如麦卡洛克(M. P. McCulloch)在《苏格兰现代主义及其语境》(*Scottish Modernism and its Contexts* 1918–1959:*Literature*,*National Identity and Cultural Exchange*)中结合苏格兰政治文化语境探究了苏格兰现代主义文学,突出了一批为人所忽视的现代主义作家,刘易斯·格拉西克·吉本(Lewis Grassic Gibbon)、内尔·米勒·冈恩(Neil M.Gunn)、埃德温·缪尔(Edwin Muir)、薇拉·缪尔(Willa Muir)等20世纪上半叶的小说家都在其讨论之列。此外,苏格兰学者罗伯特·克劳福德(Robert Crawford)在1991年的专著《分解英语文学》(*Devolving English Literature*)也是苏格兰小说研究需要参考的重要书目,它的讨论基于苏格兰文学对英国文学的贡献,为人们理解苏格兰文学尤其是小说创作提供了不同的视角。用艾兰·里亚赫(Alan Riach)的话说,不读这本书不足以了解苏格兰文学。①

---

　　①　Alan Riach,"A Review of *Devolving English Literature* by Robert Crawford",*The Yearbook of English Studies*,Vol.25(1995):295.

值得一提的是,随着女作家的崛起,从 20 世纪八九十年代起文学批评界开始注重女性的声音,探寻苏格兰女性创作的传统和新声,出现了很多女性作家的作品集和研究专著。① 研究性著作往往囊括女诗人和小说家,卡洛琳·冈德(Caroline Gonda)的《茶与脚镣:苏格兰新女性主义解读》(*Tea and Leg-Irons:New Fminist Readings from Scotland*,1992)、道格拉斯·吉福德和多萝西·麦克米伦(Dorothy McMillan)的《苏格兰女性写作史》(*A History of Scottish Women's Writing*,1997)②、卡罗尔·安德森(Carol Anderson)和艾琳·克里斯廷森(Aileen Christianson)的《苏格兰女性小说:20 世纪 20 年代至 60 年代》(*Scottish Women's Fiction:1920s to 1960s*,2000)、克里斯廷森与艾莉森·拉姆斯登(Alison Lumsden)的《当代苏格兰女作家》(*Contemporary Scottish Women Writers*,2000)都从不同的视角对苏格兰女作家尤其是女小说家的创作进行了介绍和评析。性别研究也不再局限于两性问题,上文提到的怀特的《民族的性别:现代苏格兰小说研究》不仅讨论女性作家的创作,也讨论同性恋写作,关注少数性别人群的写作。

作为现代社会文化生产与传播的对象和内容,小说与电影电视之间一直保持着密切的互动关系。随着苏格兰小说的崛起,诸多相关影视改编作品也接连亮相。伊恩·兰金(Ian Rankin)的《雷博思探长》(*Rebus*)系列已见诸英国电视剧。威廉·博伊德(William Boyd)的《凡人之心》(*Any Human Heart*,2002)③和韦尔什的《猜火车》(*Trainspotting*,1993)等也在影院里掀起过热潮。影视媒体在当代社会作为现代生活的重要元素,它的推介对于小说扩大影响力而言不可或缺,导演、编剧、演员对小说

---

① 女性作家的作品集:《另一个声音:1808 年以来苏格兰女性写作》(*The Other Voice:Scottish Women's Writing since 1808*,1987),《苏格兰女诗人选集》(*An Anthology of Socttish Women Poets*,1991),《现代苏格兰女诗人》(*Modern Scottish Women Poets*,2003)。

② 在这部作品中,苏格兰女性作家的创作首次得到全面的研究,利兹·洛克黑德(Liz Lochhead)、凯瑟琳·杰米(Kathleen Jamie)、詹尼斯·加洛韦以及更为新锐的作家阿莉·史密斯(Ali Smith)、A.L.肯尼迪(A.L.Kennedy)和丹尼斯·米那(Denise Mina)等都在研究之列。

③ 该小说在 2010 年被拍成电影上映,国内网络版将其译成《赤子之心》。

作品的改编和再演绎扩大了小说的知名度与影响力,将一部分观众转化为原小说的读者和消费者。优秀的苏格兰小说成为影视拍摄的素材,如何看待两者的关系,理解影视作品对于苏格兰小说的再创作,邓肯(Duncan Petrie)的专著《当代苏格兰小说:电影、电视与小说》在这方面作出了深入的分析。

从整体上看,国外对于当代苏格兰小说的研究成果涉及的作家人数众多、涉及的作品数目广泛,研究视角与方法多样,研究论文及相应成果层出不穷,本书在以上部分对现有国外研究成果和传播现状的综述只是提纲挈领式的,但已可以窥见人们对于当代苏格兰小说的研读热情和深度。苏格兰文艺复兴的领袖和作家休·麦克迪尔米德(Hugh MacDiarmid)曾经言说复兴的最终目的要"使得苏格兰处于世界关注的主道上"①,如今,且不论政治风潮引发关注的作用,苏格兰的小说创作业已锋芒毕露,凭借着自身的特色行走在世界瞩目的干道上,在我国也逐渐吸引了学者和读者给予更多的关注。

我国学界对于苏格兰小说的引介与研究兴趣主要显现于 20 世纪后期。在引介方面,自 80 年代以来,司各特、斯摩莱特和刘易斯·格拉西克·吉本等苏格兰著名作家的多部经典小说被翻译出版。出版于当代的苏格兰小说,如斯帕克的《布罗迪小姐的青春》(*The Prime of Miss Jean Brodie*,1961)和《驾驶席》(*The Driver's Seat*,1970)、韦尔什的《猜火车》、班克斯的《捕蜂器》(*The Wasp Factory*,1984)、阿莉·史密斯(Ali Smith)的《迷》(*The Accidental*,2005)、《纵横交错的世界》(*There But For The*,2011),以及凯尔曼的《男孩,别哭》(*Kieron Smith,boy*,2008)等业已被译成汉语逐渐为中国读者所熟悉。

在学术研讨方面,相较于对以罗伯特·彭斯和休·麦克迪尔米德为代表的不同时代的苏格兰诗歌创作研究,国内对于当代苏格兰小说的研

---

① Hugh MacDiarmid,"Robert Burns:His Influence",*Selected Essays of Hugh MacDiarmid*,Berkeley and Los Angeles,Califorlia:University of California Press,1969,p.180.

究成果尚处于起步发展的过程。在一些宏观论述20世纪英国文学史的著作中,虽对苏格兰小说有所涉及,但主要是在某一章节中扼要概述,如王佐良等编著的《英国20世纪文学史》(1994)、瞿世镜主笔的《当代英国小说》(1998)和《当代英国小说史》(2008)。王佐良先生在《英国20世纪文学史》中专辟一章"苏格兰文学"对苏格兰小说进行言简意赅的介绍,从1901年乔治·道格拉斯·布朗的创作一直谈到1975年威廉·麦基尔文尼和多萝西·邓尼特等人的小说创作,对于当前的苏格兰小说研究很有引导意义。出版于21世纪初的《当代英国小说史》则专辟一节"苏格兰小说"对斯帕克、韦尔什、乔治·麦凯·布朗(George Mackay Brown)、安德鲁·奥哈根(Andrew O'Hagan)、A.L.肯尼迪等当代苏格兰作家的创作进行了介绍。此外,张剑在2014年《光明日报》上两次撰文宏观地谈论过苏格兰文学的历史传统与文学想象,以及有关的民族主义与后殖民研究,其中提到当代小说家詹姆斯·罗伯逊(James Robertson)和伊恩·兰金。

响应着王佐良等学者关注苏格兰文学的呼吁,国内对于当代苏格兰小说的专项研究成果在近年来已渐呈上升趋势,研究成果的形式以学术论文为主。在相关文章中,斯帕克、格雷、加洛韦、凯尔曼、韦尔什、阿莉·史密斯等为研究的主要兴趣点。相对而言,斯帕克译介和研究起步较早,王家湘翻译的斯帕克小说《死的警告》以及任吉生翻译的《布罗迪小姐的青春》分别在1987年和1988年出版。1981年齐宁发表了国内最早介绍斯帕克的文章《斯帕克发表新作〈有目的地闲逛〉》,1992年阮炜发表了研究性论文《有"洞见"的秩序扰乱者——读斯帕克的〈佩克姆草地叙事曲〉》(之后年间随着斯帕克声望的增加、新作的面世,国内研究者戴鸿斌等陆陆续续亦有不少关于斯帕克创作的研究性文章发表)。相较于斯帕克,其他当代苏格兰小说家在20世纪末这一阶段很少受到国内学人的特别关注。

2006年见证了国内学人对当代苏格兰小说研究兴趣的增长,除斯帕克以外,关注的作家个体有所增加,相关学术文章先后见诸学术刊物。吕洪灵在《当代外国文学》发表的《论〈兰纳克:生活四部书〉的后现代时空结构》(2006)首次推介了当代苏格兰小说创作的领军性人物阿拉斯代尔·格雷及其作品,同年,作者撰写了《斯帕克女士的青春》并发表在次年的《外国文学动态》上。王金娥在《外国文学动态》上撰文《苏格兰女作家贾尼斯·盖洛韦及其创作》(2006)分析了加洛韦三部小说的后现代主义风格。

　　在之后的几年间,相关当代苏格兰小说的研究发展滞缓,2012年再次迎来了相关研究的小高潮。王卫新以凯尔曼和韦尔什的小说为研究对象探究作品中对格拉斯哥和爱丁堡工人阶级生存境况的表现,分析其中的阶级表征,又对格雷《可怜的东西》中"色情狂"和"失忆症"的疾病隐喻意义进行探析。他的这两篇文章分别发表在《浙江外国语学院学报》和《外国文学研究》上。同年,张浩在《芒种》上刊文分析了女作家谢纳·麦凯(Shena MacKay)的《老乌鸦》等作品,吴彩琴在《作家》上发表的论文《试论苏格兰当代女作家的小说写作特色》比较宏观地探析了苏格兰女性作家的写作特征。戴鸿斌受国家社科基金青年项目资助在《当代外语研究》发表《国外缪里尔·斯帕克研究述评》①、在《浙江外国语学院学报》发表《〈驾驶席〉的新小说技巧》。

　　2012年苏格兰小说研究范围的扩大与数量的增加在一定程度上是由于《浙江外国语学院学报》的推动,它在当年开辟了"苏格兰文学研究"专栏,成为苏格兰文学研究的一个发表园地。该专栏自2012年至2017年间组稿发表过15篇文章,其中8篇关于当代苏格兰小说创作:专门关于凯尔曼作品的2篇,韦尔什的1篇,伊恩·M.班克斯的1篇,格雷的2篇,斯帕克的1篇,综合分析凯尔曼和韦尔什创作的1篇。② 在本书的撰写期间,除了该学报专栏的集中推动外,《外国文学研究》《当代外国文

---

①　这里的"缪里尔·斯帕克"与后文的"缪丽尔·斯帕克"、"穆丽尔·斯帕克"都是同一人名的不同翻译,因涉及篇名、书名等,未作统一。——编辑注
②　如,石梅芳、隋晓荻和桂荧分别在2013年和2014年在该学报上发表文章分析凯尔曼的获奖小说《为时已晚》中的阶级、话语及其苏格兰性。谌晓明于2013年在该学报上撰文对韦尔什《猜火车》的他者生存观进行了评析。杨琴琴和王卫新分别于2013年和2016年发表关于格雷创作的文章,谈其魔幻现实主义及机器、疾病与后人文主义的呈现。石梅芳和刘晓华于2016年发表关于伊恩·M.班克斯《游戏玩家》的性别重构。

学》《外语研究》等期刊上也都不定期地刊登过有关当代苏格兰小说研究的文章,促进了国内对当代苏格兰小说的关注和研究力度。

从已发表的成果来看,在国内现阶段的研究中,除了早已享有国际声誉的斯帕克之外,格雷、韦尔什等一批当代苏格兰小说家日益为中国学者熟悉,有关当红作家阿莉·史密斯等作家的评介文章也有数篇面世,发表在不同的刊物上。[①] 此外,2017 年王卫新等的著作《苏格兰小说史》梳理并探究了苏格兰并入联合王国后的小说发展史,为国内苏格兰小说研究作出了有益的补充。虽然已有的成果深浅不一,但已经体现出苏格兰小说日趋受到国内学人的重视,并为我们在新的语境中结合具体作家作品从整体上解读当代苏格兰小说的民族性与文学性奠定了基础。

基于国外当代苏格兰小说研究成果搭建起的对话平台,着眼于国内目前相关研究在宏观探察及微观分析结合方面的成果有待补充的现状,本书分为上下两篇,分别侧重于归纳探析当代苏格兰小说的发展脉络、细读探究其代表性作家作品的特征,展开对当代苏格兰小说史与论相结合的探讨。鉴于苏格兰文学中,盖尔语、苏格兰语以及英语等多语种写作并存,但英语为其主要写作语言,本书探讨的研究对象限定为以英文为主进行创作的当代苏格兰小说。立足于文学与社会的关系,本书在上篇首先宏观考察苏格兰文学及其学科发展的独立性问题,再以之为基础,追溯苏格兰小说发展的动因与表现,综述它在发展过程中的历史境遇与发展元素,梳理它在当代各个阶段的表现,归纳其发展特点和艺术特征,并预测今后的发展走向。爱丁堡大学出版的《苏格兰文学:英语文学与苏格兰语文学》在有关当代苏格兰小说发展的部分,按时间段将其划分为三个阶段:1945 年至 20 世纪 60 年代中期,20 世纪 60 年代中期至 1980 年,1980 年至 20 世纪末[②]。该书初版于 2002 年,没有涉及 21 世纪初十余年的新发展,本书在该方面作了补充。而且,鉴于苏格兰文艺复兴横跨 20世纪二三十年代至 60 年代,对当代小说发展的影响连绵,本书在上篇即

---

① 详见第十二章。

② 参见 Douglas Gifford, Sarah Dunnigan and Alan MacGillivray (eds.), *Scottish Literature : in English and Scots*, Edinburgh : Edinburgh University Press, 2002, p.835。

以文艺复兴高潮期为探讨的基点,阐释了第二次世界大战后至20世纪70年代的当代苏格兰小说的状况,继而探讨了它在20世纪80年代至20世纪末以及21世纪初至今的发展。第一阶段为苏格兰小说的蛰伏发展期,第二阶段为其发展的转折和高潮期,第三阶段为其增强国际影响期。在相应的章节中,总结概括对应时期的政治、经济、出版业等文学创作条件与氛围,突出各时期的代表性作家及其创作特征,指出当代苏格兰文学的动态演变和创作的核心内容。

下篇基于上篇的爬梳转向微观探析,综合运用民族性、共同体、性别研究、后殖民主义批评等当今的批评范式和理论概念具体评析当代苏格兰小说的代表作家作品,根据时代和文本的特征选取不同的视角从不同的层面展开研读。以一篇之力自然难以囊括当代苏格兰小说的全部,该篇力图管中窥豹,以第二次世界大战以后战争硝烟未尽的20世纪50年代的苏格兰小说创作为起点,基本上按照每十年选取一部代表作的策略进行写作编排,突出当代苏格兰小说中具有切实影响力的七部作品。其中,鉴于20世纪80年代是当代苏格兰小说发展的转折期和鼎盛期,在该十年阶段选取了两位作家及其代表作品。同时,鉴于苏格兰小说这一概念意蕴广泛,难以定义,本书避繁就简,所选取的研究对象中,作家皆为苏格兰出生,其作品皆以苏格兰人为主体。简单化的操作并不代表苏格兰小说的简单化,而是企图借原生态的苏格兰小说反映出苏格兰小说创作的基本概况。诚然,单单一位作家一部作品不可能全面反映每十年苏格兰小说的演变和发展,而且作者的取舍难免带有自己学术眼界的主观局限性,但通过具有代表性的创作我们不妨以蠡测海,对该阶段的创作态势有所了解,洞察当代苏格兰小说不同的内容、形式与旨趣。在对具体作品进行研读时,本书没有囿于一种方法或手段,也是希望借此更加能够反映出当代苏格兰小说创作的能量与活力。

在具体篇目安排上,20世纪50年代选取了罗宾·詹金斯(Robin Jenkins)的《摘果人》(*The Cone-Gatherers*,1955),分析小说如何在战争的背景下对于道德问题进行多层次展现,探讨詹金斯如何在看似平淡的叙述中依托苏格兰高地的自然环境,借善与恶的道德故事,深层地影射了战争、宗教、阶级等现实问题。60 年代的代表作家和作品为文坛宿将穆丽尔·斯帕克及其《布罗迪小姐的青春》。这部小说是斯帕克为数不多的以苏格兰首府为背景的作品,相关分析追证小说中的地理意义以及对苏格兰小说久而相传的双重性特征的继承发展。70 年代的评述对象为威廉·麦基尔文尼的《多彻迪》(*Docherty*,1975)。评述立足于家庭共同体关系的演变,通过对《多彻迪》中家庭关系、宗教选择、工友行为等方面的分析,探究小说如何通过普通矿工家庭的经历而非激烈的劳资矛盾来展现苏格兰工人的集体记忆与社会现实,表现工人的共同体信念在现代社会的凝聚与涣散。80 年代苏格兰当代小说的领头羊阿拉斯代尔·格雷和他的《兰纳克:生活四部书》(*Lanark:A Life in Four Books*,1981)是研究当代苏格兰小说发展史不可错失的对象。小说运用现实与虚构混淆的后现代叙事手法,构建出复杂的故事情节,将历史与现实进行艺术的拼贴重构。评述通过对相关叙事手法的探讨揭示了作品对于现实生活中的格拉斯哥、苏格兰乃至整个文明世界的社会政治生态所进行的呈现与批判,凸显格雷的艺术独特性及其对当代苏格兰小说的影响。女作家詹尼斯·加洛韦的《窍门是保持呼吸》(*The Trick is to Keep Breathing*,1989)则在苏格兰女性写作方面竖起了一只标杆。她的创作从女性的视角出发,但在写作中力图摒弃因关注性别而产生所谓的罪恶感,既面对民族问题,也将性别问题提到和民族身份阶级身份问题一样的高度,相关评析即由此展开。90 年代格雷、加洛韦和斯帕克等作家依然保持着创作力,欧文·韦尔什的《猜火车》则掀起了一股旋风,创造了苏格兰小说的韦尔什现象。相关分析基于 90 年代苏格兰社会消费和阶层状况,透过后现代消费社会自由与安全的关系视角探析韦尔什对社会底层苏格兰民众的刻画。在 21 世纪初的作家作品中,我们选取了当今炙手可热的阿莉·史密斯作为代表,从其创作观、性别观和苏格兰性等方面研读她的《当女孩遇见男孩》(*Girl Meets Boy*,2007)。这部作品也许只是繁盛的新世纪苏格兰文学中的一颗星星,但蕴含、预示了当代苏格兰文学的发展趋势,演绎了苏格兰小说家在 21 世纪蓬勃的创作活力。

哈罗德·布鲁姆(Harold Bloom)有言"对经典性的预言需要作家死

后两代人左右才能够被证实"①,从经典作家的传承与影响的角度来说,我们无意定位当代苏格兰小说中的经典,也无意给本书中专门探讨的小说戴上经典的帽子,它们还有待历史长河的洗礼与检验。作为一名文学批评者而言,研究的任务是深入作品探索其中的艺术,而非乱扣大而无当的帽子。苏格兰小说家麦基尔文尼曾批评文学批评工作说:"对于学术批评我最大的反感就是,批评试图把文字和作品当作某种封闭的圈子,而对我来说,文字与作品只有与我们生活相关才有意义,而不是那些可以分离或自我评判的现象。"②本书作者对此十分认同,在撰写过程中力图打开作品与生活的关联,通过对当代苏格兰小说历时性的宏观把握及对具体文本和作家的微观分析,探究当代苏格兰小说的多样化特征和发展趋势,并形象地展现出小说家们如何将超越民族界限进行自由想象的艺术热望内化在其中,让生活与艺术交融,使之如汩汩清流,更灵动地汇入当今的世界文学,成为一支具有冲击力和影响力的文脉。

---

① 〔美〕哈罗德·布鲁姆:《西方正典:伟大作家和不朽作品》,江宁康译,译林出版社2005 年版,第 412 页。
② Isobel Murray (ed.), "Plato in a Boiler Suit:William McIlvanney", *Scottish Writers Talking*,East Lothian:Tuckwell Press,1996,p.153.

上　篇

第一章 苏格兰文学的独立性

如今的苏格兰小说界热热闹闹,但苏格兰文学界自身似乎对把小说当作一种文学形式(novel as a form)缺少兴趣。苏格兰大诗人休·麦克迪尔米德就曾不客气地放言说小说是文学的低级形式,该类写作缺乏创作力;埃德温·摩根(Edwin Morgan)声称小说在苏格兰是最为后进的文学形式;大卫·克莱格(David Craig)说苏格兰小说中很少作品具有永久的价值;埃德温·缪尔也持悲观论调,认为苏格兰文化过于狭隘,乡土气息浓烈,或者说处于非中心地位,难以写出一流作品①。艾兰·博尔德(Alan Bold)等学者认为当代苏格兰小说存在着危机,批评当代苏格兰小说家缺乏创作的勇气,作品不够凸显苏格兰特征。② 苏格兰小说备受诟病,其实,从宏观层面上看,它所隶属的"苏格兰文学"这一概念的合法性也不是人人赞同的,我们不妨先看看苏格兰文学这一概念的境遇,然后再来谈苏格兰小说受到的苛责和缘由。

罗伯特·彭斯和沃尔特·司各特是文学史上最著名的苏格兰作家,不过,人们更乐于把他们这些苏格兰作家当作英国作家,把他们的作品当作英国文学的一部分,似乎忘却或故意忽视了他们的苏格兰属性。艾略特那"有过苏格兰文学吗"的提问令人一直怀疑苏格兰文学独立存在的

---

① 参见 Francis Russell Hart, *The Scottish Novel:from Smollett to Spark*, Cambridge, Mass: Harvard University, 1978, pp.vii-viii。

② 博尔德说:"当代苏格兰小说的危机是创作勇气的危机……当代苏格兰小说应该更果敢地以现代的方式撰写司各特式小说(Scott-ish novel),以此来关注当代苏格兰的现实。"[转引自 Margery Palmer McCulloch, "What Crisis in Scottish Fiction? Creative Courage and Cultural Continuity in Novels by Friel, Jenkins and Kelman", *Cencrastus*, 48(1994), p.15。]

合法性。苏格兰文人学者对苏格兰文学的自觉讨论约开始于20世纪二三十年代的苏格兰文艺复兴时期,随着后来独立议会的确立、全民公投的进行及政治经济发展的多元化,苏格兰文学特征日益明显,样式越发丰满,在强手如林的文学界已然占有重要的一席之地,当今的人们对于"苏格兰文学"的提法似乎已经习以为常。学者们更乐于讨论"什么是苏格兰文学"而不是回答"有过苏格兰文学吗"这个去本质化的问题,尽管对于这一概念的内涵仍有诸多争议,尚未形成一致的看法。

第一节 苏格兰文学发展的轨迹

虽然"苏格兰文学"作为学科研究的概念并不古老,但它本身的历史却是悠久绵长。学者们对其源头的追踪会回溯到苏格兰国形成之前。在公元842年苏格兰国的前身厄尔巴王国(Alba)形成之前①,罗马和如今挪威地区诺斯人等先后侵占过苏格兰所在区域,爱尔兰西北部乌尔斯特的斯科特人(Scotti)在5世纪登陆苏格兰地域,和当地的皮克特人(Picts)融合构成苏格兰的主要居民。他们都为苏格兰文学传统的构成作出了贡献。格拉斯哥大学教授艾兰·里亚赫(Alan Riach)在其撰写的小册子《什么是苏格兰文学》中简要梳理了苏格兰文学发展的脉络。根据他的表述,苏格兰文学在早期发展就是汲取百家之长的产物。盖尔语的武士故事、斯堪的纳维亚语的传说《奥克尼伯爵的故事》(*The Orkneyinga Saga*)、拉丁语的《赞美至高上帝》("Altus Prosator")、威尔士语6世纪的诗歌《戈多丁》("The Gododdin")、古英语的《十字架之梦》("The Dream of the Rood")等作品都对苏格兰文学产生过影响,或者说参与到苏格兰文学的建构中,融入当今苏格兰文学的发展进程中。它的发展从一开始就不止一个源头,是在后期的发展中逐渐形成并彰显了自己的特色。这

---

① 842年肯尼斯·麦克艾尔平(Kenneth MacAlpine,盖尔语名为 Cinaed mac Ailpin)建立厄尔巴王国(Alba),为苏格兰国的雏形。

当中与爱尔兰凯尔特人的融合影响深远,以至于18世纪时麦克菲森借凯尔特文学遗存伪造高地的文学传统。道格拉斯·吉福德等学者避开纷繁各异的源头细究,从苏格兰语(Scots)在文学中的使用来定位苏格兰文学。吉福德在《苏格兰文学:英语文学和苏格兰语文学》(*Scottish Literature:in English and Scots*)中指出,现存最早的古苏格兰语诗歌片段出现在1286年①,其言下之意说该诗歌片段应是出现最早的有形的苏格兰语文学样式。

苏格兰文学从早期开始即有对多源头文学传统的传承,之后与英格兰文学的相互作用更是不容忽视,两个民族的关系及影响成为定义苏格兰文学的一个非常重要的视角。当代苏格兰作家和学者对于苏格兰性的讨论多是与英格兰性/英国性相对而生的,并不时表现出深切的边缘感。埃德温·缪尔的"苏格兰人用一种语言感觉,用另一种语言思考"②的说辞一直盘桓在苏格兰人心间。即便是在当今社会,这种情形和态度在苏格兰文人当中也是很普遍。作家安格斯·考尔德(Angus Calder)曾说:"我们以自己不是什么来定义自己。我们不是英格兰人。"③罗宾·詹金斯在采访中也形象地描绘了自己对英格兰没有认同感:"在这世界上的任何国家,除了英格兰,我都能快乐地生活,快乐地写作。我有一种感觉,走在伦敦的街上,我会说,哦,是的,很好,外国,外国的首都,我就是这么感觉的",他甚至把伦敦称为"具有威胁性的外国"。④ 苏格兰人被包裹在这种不舒服的感觉里,同时也造成一个有黑色幽默意味的现象:他们在与英格兰的对照中反而可以更清晰地意识到自己的民族身份。小说家詹尼斯·加洛韦借自己的亲身经历进行过描述:"在英格兰我最能感觉到

---

① 参见 Douglas Gifford, Sarah Dunnigan and Alan MacGillivray (eds.), *Scottish Literature:in English and Scots*, Edinburgh:Edinburgh University Press, 2002, p.3。
② Edwin Muir, *Scott and Scotland:The Predicament of the Scottish Writer*, London:George Routledge and Sons, Ltd., 1936, p.21.
③ 转引自 Jessica Aliaga Lavrijsen, "Female Scottish Trauma in Janice Galloway's *The Trick is to Keep Breathing*", September 2013, https://www.researchgate.net/publication/256443538, p.2, accessed 10 March, 2015。
④ Isobel Murray(ed.), "Robin Jenkins", *Scottish Writers Talking* 3, Edinburgh:John Donald, 2006, pp.125, 126.

自己是苏格兰人。我想那是因为没有安全感。英格兰觉得凯尔曼难读是因为他们期待看到的是一个暴怒骂骂咧咧难打交道的人。……在美国就完全不同了。在美国我是英国人，令人如此放松，还挺有趣。"①加洛韦的这种经历其实很说明问题。苏格兰与英格兰的关系像堵围墙，在围墙之内的人纠结于内部的不同和纷争，而在围墙之外，苏格兰人和英格兰人又看着是一家人。不过，一家人也可以有不同的流派和发展，文化融合与差异不断作用于苏格兰人的心理和他们的文学文化产出，而且不管怎样，苏格兰文学本身一直在努力言说着自己，发展着自己，在与英格兰的拉锯中，形成有别于英格兰文学的特色。

　　为了厘清其中的历史原委，我们看一看历史上苏格兰与英格兰的博弈及其与文学发展的关联。1034 年，邓肯一世（Duncan I）②继承苏格兰王位时，其统治区域基本包括了当今苏格兰在大不列颠岛上的范围。征服者威廉一世在 1066 年成为英格兰国王之后，于 1072 年派军入侵苏格兰，逼迫苏格兰王国臣服③，双方龃龉日渐增多。他们虽于 1237 年签订《约克条约》划定边界，但英格兰一直窥伺征服苏格兰，两国交锋不断。13 世纪末到 14 世纪中期，苏格兰进行过两次独立战争。第一次独立战争中，威廉·华莱士（William Wallace）在 1297 年进行的斯特灵桥之战（The Battle of Sterling Bridge）和罗伯特·布鲁斯（Robert the Bruce）领导的 1314 年班诺克本战役（The Battle of Bannockburn）名垂青史，战争以1328 年双方签订《爱丁堡 — 北安普顿条约》（*Treaty of Edinburgh-Northampton*）而结束，英格兰承认苏格兰是独立国家，爱德华三世还允诺了与布鲁斯家族的联姻。1332—1357 年的第二次独立战争中，布鲁斯之

---

① Janice Galloway, "Janice Galloway on Her Work", in *Voices from Modern Scotland: Janice Galloway, Alasdair Gray*, Bernard Sellin (ed.), Crini: Centre de Recherche sur les Identites Nationales et L'interculturalite, 2007, pp.140-141.

② 邓肯一世：1001—1040，他在 1034—1040 年间为苏格兰国王。莎士比亚的《麦克白》即以邓肯一世与其继位者麦克白为原型而创作。

③ 在威廉征服英格兰之后，原势力的继承人之一逃亡到苏格兰，并将妹妹嫁给了当时的苏格兰国王马尔康姆。威廉一世借机大举入侵苏格兰，苏格兰投降，王子邓肯被送到英格兰做人质。

子大卫二世与法国结成联盟,率军抵御英格兰进犯,最后双方签订和约。大卫二世之后罗伯特·布鲁斯的外孙罗伯特·斯图亚特继位,苏格兰进入相对稳定的斯图亚特王朝。其间,1503 年苏格兰王詹姆斯四世迎娶了英格兰都铎王朝亨利七世的女儿。在征战中,苏格兰虽然保卫了自己的独立,但通过战争和联姻等手段,英格兰势力的渗入已是不争的事实。

　　在苏格兰与英格兰争战这一阶段的文学发展中,苏格兰文学中各种异质文化的因子比较显性。加文·道格拉斯(Gavin Douglas)对维吉尔《埃涅阿斯纪》(Aeneid)的改写①和罗伯特·亨利森(Robert Henryson)对伊索寓言的改写,都表现出苏格兰文学"与英格兰、法国和古代经典文学的对话",表现出"苏格兰充满信心地'写回到'经典文明的中心"。不过,同时苏格兰文化因子也比较显然,吉拉德·卡拉瑟斯提醒人们注意到:"14 世纪的苏格兰文学明显地植根于民族的土壤。"②如,约翰·巴伯(John Barbour)以苏格兰语写成的《布鲁斯》(The Bruce)即为歌颂苏格兰王布鲁斯对抗英格兰侵略的作品,意在宣扬苏格兰是一个古老悠久的民族,"苏格兰人是有文化讲文明的民众。"③由此而言,苏格兰文学在彼时已经通过重述英格兰苏格兰战争积极地参与到民族建构中来了。

　　在之后苏格兰与英格兰的关系发展中,1560 年宗教改革、1603 年王室联合、1707 年议会联合是苏格兰历史上三个重要的节点,它们也是卡拉瑟斯等学者们普遍认同的苏格兰文学发展的三个节点。

　　16 世纪初,苏格兰王权衰弱,天主教会占有全国二分之一以上的土地。苏格兰宗教改革家威沙特(George Wishart)、约翰·诺克斯(John Knox)等掀起了苏格兰宗教改革和民族独立运动。1560 年,苏格兰与罗马天主教割裂而与英格兰新教结盟。1567 年,加尔文宗苏格兰长老制教会成为苏格兰的国教。苏格兰的宗教改革比英格兰的更为彻底,英格兰

―――――――――

　　① 道格拉斯对维吉尔《埃涅阿斯纪》的改写完成于 1513 年,出版于 1553 年。

　　② Gerard Carruthers and Liam McIlvanney (eds.), *The Cambridge Companion to Scottish Literature*, Cambridge: Cambridge University Press, 2012, p.3.

　　③ Gerard Carruthers and Liam McIlvanney (eds.), *The Cambridge Companion to Scottish Literature*, Cambridge: Cambridge University Press, 2012, p.3.

在1534年亨利八世创立英国国教,保留了主教制,由国王担任教首。苏格兰的加尔文教则反对偶像崇拜,强调道德约束,由信徒推选长老与牧师共同管理教会,不受世俗政权控制而独立存在。这一阶段宗教对于苏格兰文学影响显著,其发展水平众说不一。普遍认为,宗教改革的确加强了英格兰和苏格兰宗教文化间的联系,然而不可避免的一个结果是,英语随着新教的传播逐渐扩张了影响。埃德温·缪尔认为这场改革确认了英语的地位而将苏格兰语贬低为方言,是一场语言的灾难,预示了不能产生与苏格兰文学这个名称相配的文学,为此而哀叹加尔文教对文化的破坏性影响。①他还特别指出,加尔文教在当时禁止诗剧创作制约了世俗诗歌的发展。②哈特也认为自苏格兰在16世纪开展宗教改革加入新教联盟后,苏格兰的散文创作就未见有过起色。③ 不过,人们也逐渐看到加尔文教对文学的贡献。卡拉瑟斯指出,其宗教领袖约翰·诺克斯引领了当时受神学思想理念影响的散文写作传统。而且,在16世纪后期兴起了以亚历山大·休默(Alexander Hume,1557—1609)为代表的"新教圣诗"(Protestant devotional poetry),其作品的文学价值如今也受到更多的关注和讨论。④

第二个节点,王室联合。1603年,苏格兰国王詹姆斯六世作为合法的继承人⑤前往伦敦继承伊丽莎白女王的王位,成为英格兰国王詹姆斯一世,形成共主联邦的局势。尽管詹姆斯一世出身苏格兰,但他为维护王权终究是要把英格兰的利益放在首位的,所以苏格兰并没有因此而得势,

---

① 参见 Gerard Carruthers and Liam McIlvanney (eds.), *The Cambridge Companion to Scottish Literature*, Cambridge:Cambridge University Press,2012,p.1。

② 参见 Edwin Muir, *Scott and Scotland:The Predictment of the Scottish Writer*, London:George Routledge and Sons, Ltd.,1936,p.24。

③ 参见 Francis Russell Hart, *The Scottish Novel:from Smollett to Spark*, Cambridge, Mass.:Harvard University,1978,p.4。

④ 参见 Gerard Carruthers and Liam McIlvanney (eds.), *The Cambridge Companion to Scottish Literature*, Cambridge:Cambridge University Press,2012,pp.1-4。

⑤ 詹姆斯六世是英格兰女王伊丽莎白一世的表侄孙,苏格兰玛丽女王的儿子。由于苏格兰与英格兰的联姻,玛丽女王有继承英格兰王位的可能。她自幼被送往法国抚养,回苏格兰即位后因统治不善而落得众叛亲离出逃英格兰,被伊丽莎白一世借机关押并最终以谋反罪名处死。伊丽莎白女王没有子嗣,玛丽女王的死亡使得其子詹姆斯六世顺利登上英格兰的王位,成为英格兰王詹姆斯一世。

但也没有像爱尔兰那样受到非常的冷遇和虐待，甚至苏格兰还参与了对爱尔兰的盘剥。① 当时的苏格兰极度想利用联合发展政治经济，不过收获有限。当时，英格兰大举对外扩张，而苏格兰的海上贸易却受其扼制，海外殖民发展并不顺利，在英国统治者的宗教同化政策下长老会的权势也不如以往。

由此有人言称："17 世纪的苏格兰一向被当作文化荒地。"②然而，也有人指出当时苏格兰也有文艺复兴，只是其成就不如其他地方的文艺复兴那么闪耀。文艺复兴时期的重要文学形式十四行诗歌的写作在苏格兰也有其拥趸，威廉·德拉蒙德（William Drummond of Hawthornden，1585—1649）是当时最好的宗教诗人之一，代表作有十四行诗系列《锡安之花》（*Flowers of Sion*，1616）。詹姆斯六世在苏格兰统治时，是比较呵护与加尔文教对立的"世俗"（profane）艺术的，他本人即创作过十四行诗和《神圣诗歌艺术学徒的随笔》（*The Essayes of a Prentise in the Divine Arte of Poesie*，1584）。在他的允许下，戏剧在当时也有所起色，约翰·博莱尔（John Burel）基于 12 世纪拉丁语戏剧创作的色情剧《潘菲勒斯谈情说爱》（*Pamphilus speakand of lufe*）轰动一时。③ 不过，随着詹姆斯六世前往伦敦成为英格兰国王，苏格兰文学家艺术家们接踵离开本土而蜂拥前往英格兰，造成了苏格兰本地文化与文学发展的相对滞缓。当时的苏格兰文学作品中常常会在赞美詹姆斯王和英国强盛的同时流露出哀怨之情："我们不过是乌云压顶的辛梅里安④苦役。/富有的邻居，不要再抱

---

① 詹姆斯一世时期，爱尔兰阿尔斯特地区反抗暴乱严重，他勒令"将阿尔斯特的土著爱尔兰人赶出去，大批移进对王室忠诚的英国人"，不少苏格兰人趁机低价租赁土地在那里通过种植业谋取利益。参见何树：《从本土走向世界——爱尔兰文艺复兴运动研究》，军事谊文出版社 2002 年版，第 25 页。

② Gerard Carruthers and Liam McIlvanney（eds.），*The Cambridge Companion to Scottish Literature*，Cambridge：Cambridge University Press，2012，p.4.

③ 参见 Sarah M. Dunnigan，"Reformation and Renaissance"，in *The Cambridge Companion to Scottish Literature*，Gerard Carruthers and Liam McIlvanney（eds.），Cambridge：Cambridge University Press，2012，pp.41—55。

④ 辛梅里安：荷马史诗《奥德赛》中提到过辛梅里安人，说他们生活在世界的边缘冥府的入口处，那里不见阳光雾气沉沉。

怨;/不是你们,而是我们应该叹息,让位给我们抱怨吧。/我们的花园没有玫瑰,我们的底托上没有石头①,/我们的鸟笼里没有夜莺,我们兀自孤独。/苏格兰你到底是什么啊"。②

第三个节点是光荣革命之后英格兰议会与苏格兰议会签订《1707 年联合法案》。两国正式合并为大不列颠王国,实现了王位联合向王国联合的转变,苏格兰王国从此不复存在。这次联合并非是侵略战争的结果,而是双方基于自己的利益考虑,达成了联合的共识。借助联盟,借助英国的强势,"苏格兰也跟随英格兰开始了工业化和城市化的进程,并且从贫困落后的农业王国一跃进入最早工业化的行列"③,苏格兰人在联盟初期对不列颠的认同感比较强,但是,种种不满和反抗也是此起彼伏的。苏格兰在 1715 年和 1745 年发生过两次较大规模的起义,分别由企图复辟斯图亚特王朝的"老王位觊觎者"詹姆斯·爱德华·斯图亚特和"小王位觊觎者"查理·爱德华·斯图亚特率领,两次起义都受到英国政府强力的镇压,并进而对苏格兰实施了严厉的高地大清洗,禁止高地服装与文化④,执行圈地措施迫使高地人背井离乡,此番种种对苏格兰人的民族心理形成了重创。联合与对抗也由此成为两者关系的写照。

在英格兰与苏格兰联合的大环境下,罗伯特·彭斯、托比亚斯·斯摩莱特、麦克菲森等苏格兰作家的文学创作引人瞩目,他们的诗歌和小说在当今依然是耳熟能详,但是,相较于欣欣向荣的英格兰文学,18、19 世纪的苏格兰文学让人想当然地感觉活力不足。不过,这种认知如今也受到

① 这里暗指的是苏格兰著名的"加冕石",又称"斯康石",据传是苏格兰王肯尼斯·麦克艾尔平(Kenneth MacAlpine)建立王国"加冕"时的宝座,后曾在 13 世纪被英格兰掠去放置在西敏寺教堂里的王座之下。

② 17 世纪诗人克莱格(Alexander Craige,1567?—1627)的诗行。引自 Gerard Carruthers and Liam McIlvanney (eds.), *The Cambridge Companion to Scottish Literature*, Cambridge: Cambridge University Press, 2012, p.51。

③ 孙坚:《苏格兰独立问题的由来与发展》,《世界经济与政治论坛》2015 年第 1 期,第 27 页。

④ 1746 年 8 月,英国汉诺威王朝在镇压 1745 年起义之后,于 1746 年颁布了《禁止法令》(the Act of Proscription),其中的《禁裙令》(Dress Act)禁止苏格兰人穿戴短裙裙等高地服饰,违者将被处以监禁或放逐。《禁止法令》于 1782 年 7 月被废止。

了挑战。凯恩斯·克莱格等学者潜心挖掘出当时苏格兰在哲学、心理学、数学等领域的领军人物,认为当时的爱丁堡业已成为"世界上期刊文化(periodical culture)最重要的都市中心,产出了由沃尔特·司各特、约翰·高尔特、詹姆斯·霍格等创作的大量的短篇和长篇小说"①。这一时期原本被忽视的一些苏格兰作家作品,如菜园小说的代表作家巴里(J.M. Barrie)等又重新进入评论者的视野受到新的评述。吉拉德·卡拉瑟斯和科林·基德(Colin Kidd)在新编写的《文学与联合》(Literature and Union)一书中也专门组文讨论了联合时期的苏格兰文学以及描写联合的苏格兰文学作品。

可以说,在以上三个节点中,英格兰与苏格兰议会的联合最深切地影响了苏格兰文学的发展。从联合之初至今三百余年间,英格兰和苏格兰两者的关系在统一的大旗下,依然在对抗与融合之间不断波动。1999年《1998年苏格兰法案》获得通过,时隔二百九十余年,苏格兰又拥有了自己的议会。2014年苏格兰进行了脱离联合王国的公投,虽然失利,但再次表明苏格兰和英格兰之间割不断的爱恨纠缠。当今苏格兰文学的发展在保持自己的传统与追求创新和市场之间持续摇摆,在联盟与独立的风雨中得到了有目共睹的长足发展。20世纪初,休·麦克迪尔米德领导的苏格兰文艺复兴唤醒了苏格兰文学,他和埃德温·摩根、汤姆·伦纳德(Tom Leonard)等相继繁荣了苏格兰诗歌的创作,阿拉斯代尔·格雷、詹姆斯·凯尔曼和穆丽尔·斯帕克等则将苏格兰小说家的声名在21世纪推到了新的高度。

第二节 苏格兰文学的独立意识

自18世纪苏格兰与英格兰联合以来,苏格兰文学创作在与社会发展

---

① Gerard Carruthers and Liam McIlvanney (eds.), *The Cambridge Companion to Scottish Literature*, Cambridge:Cambridge University Press, 2012, p.7.

的互动中得以持续发展。值得强调的是,联合的确立也为苏格兰文学独立意识的形成垒实了基础。在联合前双方不断交战、融合的矛盾发展过程中,苏格兰的语言、风俗、经济等各个方面都已经受到强势的英格兰文化的影响渗透。联合虽然在一定程度上促进了苏格兰的发展,"不列颠认同感"也强于以往,但同时,这也造成苏格兰传统上的某种割裂,苏格兰自身的文化文学语言等都受到强有力的侵蚀,苏格兰似乎变成了"英格兰的另一个自我",类似于一个内部的被殖民对象。英格兰文学的中心地位在当时毋庸置疑,谢尔在论及苏格兰作家在伦敦的状况时说:"如果生活在 18 世纪中期和晚期的伦敦,那些苏格兰作者即使已经功成名就,通常也无法完全地融入英国上流社会。对于世界性的苏格兰人来说,连成一体的'不列颠'文化这个概念非常有吸引力,却往往不可能实现。在这个时期,伦敦存在着反苏格兰的风气,有时充满仇恨。"① 18 世纪也是苏格兰启蒙主义运动时期,新的思想观念和科学技术的产生与涌入拓宽了人们的视野。对于苏格兰作家来说,自治暂时无望,怨恨也无助于解决问题,利用时代契机修复传统文化的割裂、谋求文化独立性则似乎成为可以实现的企望。所以,他们积极利用联合带来的机遇,力求通过自身的建设在新的空间里彰显苏格兰文学的传统与独立性。

两件事很有代表性,一是著名的《奥西恩》(又译《莪相》)事件,二是英国文学学科的建立。它们虽然出发点各不相同,但对于苏格兰文学有异曲同工的意义。詹姆斯·麦克菲森(James Macpherson,1736—1796)在 18 世纪 60 年代发表了诗集《奥西恩》(Ossian)。人们起初都以为这些诗作是苏格兰凯尔特先人奥西恩所作,由麦克菲森将这些宝贵的文化遗产翻译过来②,他的做法无疑是对苏格兰高地文学传统的发掘和弘扬。这些诗篇随之被广泛传播,在一定程度上激发了苏格兰人的民族自豪感。然而实际上,这些作品大多是麦克菲森自己创作和杜撰的,他所言的手稿根本不存在。这起文学造假事件沸沸扬扬,当时的司各特明察秋毫,在相

---

① [美]理查德·B.谢尔(Richard B.Sher):《启蒙与出版:苏格兰作家和 18 世纪英国、爱尔兰、美国的出版商》,启蒙编译所译,复旦大学出版社 2012 年版,第 133—134 页。

② 麦克菲森宣称他依据三世纪凯尔特语的原文翻译了《芬戈尔》和《帖木拉》两部史诗。

关文章中曾"明确否定了已在苏格兰文学中普遍确立的史诗的真实性"①,当代学者休·特雷弗—罗珀在《传统的发明:苏格兰的高地传统》一文中也丝毫不隐晦对麦克菲森企图杜撰高地文学传统的鄙视。很多苏格兰人不买麦克菲森的账,认为《奥西恩》写的是不列颠凯尔特人,是对大英文化的臣服之作,但具有讽刺感的是,它的"创作者"麦克菲森却成了"最具'国际'声誉的苏格兰(不列颠)作家"②。这个事件本身并不光彩,但换个角度看,却是具有历史意义的,可以看作早期苏格兰文人力图寻求建立自己的文学传统的努力,如卡拉·萨西所言,麦克菲森本人并不大张旗鼓地反对政权的联合,而是"致力于在新的不列颠民族里为凯尔特人谋求空间。他的文学和历史作品都致力于证明自己先辈在面对盎格鲁—撒克逊征服时的英勇和尊严,以此在新政权只动嘴皮子宣传的求同存异中获得平等"③。

　　通过这个事件可以看出,在两个民族政治融合的情形下,区别出苏格兰文学传统的意识已见端倪。"18 世纪,在苏格兰的大学里,苏格兰学者亚当·斯密、威廉·巴伦(William Barron)④,尤其是休·布莱尔(Hugh Blair)在纯文学与修辞所⑤首创了一门新的学科,这门学科发展成为'英国文学'(English literature),它作为学术研究对象的有效性被用来确认属民(subject people)的殖民状态。同时,苏格兰作家斯摩莱特、博斯韦尔⑥、詹姆斯·汤姆森(James Thomson)⑦等有意识地首创'不列颠'文学,

---

　　①　参见[英]E.霍布斯鲍姆、T.兰格编:《传统的发明》,顾杭、庞冠群译,译林出版社2004 年版,第 23 页。

　　②　Carla Sassi,*Why Scottish Literature Matters*,Edinburgh:The Saltire Society,2005,p.50.

　　③　Carla Sassi,*Why Scottish Literature Matters*,Edinburgh:The Saltire Society,2005,p.47.

　　④　威廉·巴伦:?—1803:苏格兰哲学家,曾为圣·安德鲁斯大学哲学教授。

　　⑤　休·布莱尔:1718—1800,苏格兰宗教思想家,修辞学家,爱丁堡大学纯文学与修辞所(Rhetoric and Belles Lettres)负责人,著有《论纯文学与修辞的演讲》(*Lectures on Rhetoric and Belles Lettres*)。

　　⑥　博斯韦尔:全名为詹姆斯·博斯韦尔,1740—1795,苏格兰传记作家。代表作《约翰逊传》为英语传记经典之作。

　　⑦　詹姆斯·汤姆森:1700—1748,苏格兰诗人和剧作家。代表作有长诗《四季》(*The Seasons*)和抒情诗"统治吧,不列颠!"("Rule,Britannia!")。

以此纳入苏格兰传统。而英格兰作家们依然把英格兰中心主义当作正常不过的事情。"①苏格兰学者们在联合的蜜月期建立英国文学学科或构建不列颠文学概念,其中不乏对当时处于领先地位的英格兰文学真诚的认同之意。不过,这里也许还隐藏着另一层意思。当时的苏格兰学者们通过英国文学学科的建立,将苏格兰文学融入不列颠文学的范畴,亦有彰显苏格兰文学之意,令骄傲的英格兰作家们认识到苏格兰文学创作之价值,不可小觑。这样的做法其实已经区分了苏格兰文学与英格兰文学,为后来人的研究和苏格兰文学学科的正式确立提供了契机。

第三节　苏格兰文学研究与学科的建立

在当代后殖民主义等理论的熏陶下,20世纪的苏格兰学者们更加明确了苏格兰文学的独立性。罗伯特·克劳福德于1991年出版的专著《分解英语文学》具有代表性。他在书中提出:英国文学的概念得益于苏格兰文学的存在,英国文学研究实际上是苏格兰人的首创,是出于在1707年议会合并之后了解他者文化的需要。他将苏格兰文学置于核心地位,挖掘苏格兰文学的传统突出它在英语文学中的重要作用。在解释为何主要以苏格兰文学为研讨的基点时,他还陈述了两个理由:一是苏格兰文学"在作为受英国文化压抑的文化产物方面,是一个最持久的重要的文学实体例证"。二是"苏格兰文学持久的历史存在及文化状况,为其他国家力图免于成为英格兰文化附庸的作家提供了榜样"②。他的论说倒置了原本的边缘与中心,提供了不同的视角去看待人们本已想当然的英国文学,也确证了苏格兰文学在文学史中的价值。同时,他的研究方式与结论注重了文学在异质文化之间互动中的建构与表现,揭示了英格兰文学与

① Alan Riach,"Review of *Devolving English Literature* by Robert Crawford",*The Yearbook of English Studies*,Vol.25(1995),p.295.

② Robert Crawford,*Devolving English Literature*,Edinburgh:Edinburgh University Press,2000,p.8.

苏格兰文学之间作用与反作用的关系。简要说来,虽然自从联合之后,苏格兰在很多方面受制于大不列颠政府的管辖,感觉失去了独立性和民族性,但它也有反方向的作用,它不仅影响到自身"苏格兰性"的内涵,也影响到"英国性/英语性"的内涵,使得彼此的文学都在内容与意义上有所扩张。

罗伯特·克劳福德的研究也是对艾略特"有过苏格兰文学吗"设问的一种反驳。艾略特当年(1919 年)针对 G.格雷戈里·史密斯(G. Gregory Smith)同年出版的专著《苏格兰文学:人物与影响》(*Scottish Literature:Character and Influence*)而作此诘问。史密斯的专著是较早专门聚焦苏格兰文学研究的成果,他在书中主张苏格兰文学的独立存在价值,提出"苏格兰式对立"(Caledonian antisyzygy)特征对于苏格兰文学的意义。艾略特则对苏格兰文学的提法不以为然,在看待两者的关系上,他是不折不扣的英格兰中心主义者。他认为苏格兰文学的作用在于"能为完善英格兰文学作出很大贡献"。他在文章中说:"苏格兰文学史的第一个部分是当英语是几种方言混杂时的英国文学史;第二部分是英语有两种方言——英语和苏格兰语混杂时的英国文学史;第三部分则大有不同——它是某段地方文学史。最终,两种文学之间现今已经没有什么重要的实质性的区别了。"在他看来,"英格兰文学借鉴模仿得越多,越显著地具有英格兰文学特色;而苏格兰文学越受英格兰文学影响,则越发朝着英格兰文学方向发展了。"①克劳福德在 20 世纪末的研究并不否认英格兰的影响,反而,他以将边缘中心化的方法和确切的实证指出了苏格兰文学对英格兰文学的"完善"作用,同时,他更是分解式地分析论证了英国文学的合成性及苏格兰文学的独立价值。

史密斯和克劳福德分别代表了 20 世纪早期和晚期对于苏格兰文学独立性的研究,这期间其实还经历了苏格兰历史上非常重要的文艺复兴运动时期。这场谋求推动民族文化复兴和民族文学发展的运动有力地推动了苏格兰文学的发展,其代表人物诗人麦克迪尔米德和埃德温·缪尔

---

① T.S.Eliot,"Was There a Scottish Literature",*The Athenaeum* 1 August,1919,p.681.

对于苏格兰文学的发展方向、语言的运用、民族情感的表达等方面所进行的探讨和实践,虽然意见不一,但对于确立苏格兰文学的自信、推动苏格兰文学的发展功不可没。这场运动鼓励苏格兰作家们不仅向内看,也要向外看,在借鉴英格兰文学的同时,汲取欧洲文学的营养,丰富表达内容与表现方式,这在第三章的相关论述中还会进一步涉及,此处暂不展开。

当然,不仅是上面提到的几位,很多学者为梳理评析苏格兰文学的发展和传播苏格兰文学的影响、确立苏格兰文学的独立性作出了贡献。如,在高地和盖尔语文学方面,有麦克尼尔(Revd Nigel Macneil)研究盖尔语文学的《高地人的文学》(*The Literature of the Highlanders*,1892)、麦克莱恩(Magnus Macleand)的《高地文学》(*The Literature of the Highlands*,1903)、汤姆森(Derick Thomson)的《盖尔语诗歌入门》(*Introduction to Gaelic Poetry*,1974)。

在对苏格兰文学的整体介绍与研究方面,J.H.米勒(J.H.Millar)的《苏格兰文学史》(*Literature History of Scotland*,1903)、德国学者叶立德(Kurt Wittig)的《苏格兰文学传统》(*The Scottish Tradition in Literature*,1958)、大卫·克莱格的《苏格兰文学与苏格兰人,1680—1830》(*Scottish Literature and the Scottish People*,1680-1830,1961)、林赛(Maurice Lindsay)的《苏格兰文学史》(*History of Scottish Literature*,1977)、凯恩斯·克莱格总主编的阿伯丁大学出版社四卷本的《苏格兰文学史》(*The History of Scottish Literature*,1987—1988)、沃克(Marshall Walker)的《1707年以来的苏格兰文学》(*Scottish Literature since 1707*,1996)、杰克(R.D.S.Jack)的《早期苏格兰文学 1375—1707》(*Early Scottish Lieature* 1375-1707,1997)、吉福德等编撰的《苏格兰文学:英语文学和苏格兰语文学》(2002)、沃森的《20世纪苏格兰文学》(*The Literature of Scotland*:*The Twentieth Century*,2007)、卡拉瑟斯和基德主编的《文学与联合》(*Literature and Union*,2018)具有代表性,而且它们当中也常常包含了对代表性文本的具体分析。

在诗歌研究方面,有沃森(Roderick Watson)的《苏格兰诗歌:盖尔语、低地语及英语 1380—1980》(*The Poetry of Scotland*:*Gaelic*,*Scots*,*English* 1380-1980,1995)、克兰西(Thomas Clancy)的《成功树:苏格兰最早的诗

歌创作》（*The Triumph Tree.Scotland's Earliest Poetry AD*530–1350,1998）。

在戏剧研究方面,有芬德利（Bill Findlay）编辑的《苏格兰戏剧史》（*A History of Scottish Theatre*,1998）、史蒂文森（Randall Stevenson）和华莱士（Gavin Wallace）编辑的《70 年代以来的苏格兰戏剧》（*Scottish Theatre Since the Seventies*,1996）。

在小说研究方面,前文已有所整理此处不再赘述。在性别研究及女性写作研究方面,有怀特（Chirstopher Whyte）的《民族性别化》（*Gendering the Nation*,1995）、吉福德和麦克米伦的《苏格兰女性写作史》（*A History of Scottish Women's Writing*,1997）、克里根（Catherine Kerrigan）的《苏格兰女诗人》（*Scottish Women Poets*,1991）、麦克米伦的《当代苏格兰女诗人》（*Modern Scottish Women Poets*,2003）。如上等等专著或编著在分类上是可以交叉的,有些成果既有史的梳理也有专题的探讨。它们的面世非常有助于人们理解苏格兰文学的缘起与发展,从整体上声张了苏格兰文学的价值。①

由此可见,有关苏格兰文学的研究在 20 世纪兴起并发展起来,人们对苏格兰文学的认知逐渐在丰富和深入,大部分成果都出现在 20 世纪后半期,也正是在这样一个时期,苏格兰文学研究正式成为一门独立的学科。诚然,早在 1882 年苏格兰文本协会（Scottish Text Society）、1908 年格拉斯哥民谣俱乐部（Glasgow Ballad Club）等文学研究组织就已经成立,格拉斯哥大学也在 1913 年就已确立了"苏格兰历史与文学主任"一职,但是,正如卡拉瑟斯所指出的,20 世纪 60 年代才开始了全面建设苏格兰文学学科的时期:"苏格兰文学作为学科……在 20 世纪 60 年代才真正出现。G.罗斯·罗伊（G.Ross Roy）……在 1963 年创办了第一本期刊《苏格兰文学期刊》;苏格兰文学研究协会于 1970 年在苏格兰成立;独立的苏格兰文学系于 1971 年在格拉斯哥大学成立。"②各类研究组织、研究期刊,

---

① 以上文献梳理主要借鉴沃森在《20 世纪苏格兰文学》中的文献分析并略有补充。参见 Roderick Watson, *The Literature of Scotland：The Twentieth Century*, New York：Palgrave MacMillan,2007,pp.3–6。

② 此为卡拉瑟斯的观点,参见 Gerard Carruthers and Liam McIlvanney（eds.）,*The Cambridge Companion to Scottish Literature*,Cambridge：Cambridge University Press,2012,p.250。

尤其是高校里相关研究院系的成立与发展确立了苏格兰文学在文学研究界的身份地位,使得苏格兰文学研究日趋正规化、学科化。随着苏格兰文学作品本身影响力的提高,借着分权与独立公投等政治事件的影响,苏格兰文学研究在 20 世纪末更为引人瞩目,而且该项工作不仅是苏格兰学者的专项,也成为苏格兰以外学者饶有兴趣从事的工作。

就苏格兰文学本身的发展而言,虽然政治纷争的影响不可否认,相关研究学科的历史并不悠久,但它有着顽强的自在性,在不断地进行着自身的发展和完善。如果说,"苏格兰文学"概念的探讨发生于当代,它作为一种现象则是早已存在的,它的内容、形式和情绪也许会随着政治时局而发生变化,但它不会因政治时局而存在或消失。它融会贯通历史上各种文化文学的影响,已逐渐形成一定的规模和稳定性。如今的苏格兰文学可以被当作英国文学的一部分,同时它又区别于英国文学的主体英格兰文学;它受到英国文学的影响,但又有自己的传承和特征可寻(所以,沃森等学者会对于"English Literature"这个既可代表英格兰文学又可代言英国文学乃至英语文学的表达不以为然,而更加认同"Literatures in English"这个更具包容性且彰显个性的概念①)。苏格兰语文学,用英语写就的苏格兰文学,苏格兰方言与英语结合创作的文学,苏格兰本土作家的作品,移民作家关于苏格兰的作品,等等,从大的范围来说都可以被当作苏格兰文学的组成部分。在笔者看来,即便艾略特提出"有苏格兰文学吗",这一问题实际指向的是对苏格兰文学内涵和艺术性的思考,而非存在与否的纠结。所以,用某一政治事件或时间划分苏格兰文学的存在与否的做法并不十分可取,②而可以更客观地说:苏格兰文学作为一种文学

---

① 参见 Roderick Watson, *The Literature of Scotland*: *The Twentieth Century*, New York: Palgrave MacMillan, 2007, p.6。

② 例如,普里林杰将 1979 年苏格兰谋取议会独立失败事件作为苏格兰文学的划分点,他认为在 1979 年之前,苏格兰创作"数十年一片空白。而在 19 世纪,几乎不能称有'苏格兰文学'",有的只是个别作家,"1979 年为文学创新打下了完美基础"。这样的划分有些过度强调了政治对文学的影响,割裂了文学自身一直以来的传承性。(Horst Prillinger, *Family and the Scottish Working-class Novel*: 1984-1994, Frankfurt am Main, Berlin, Bern, Bruxelles, New York, Oxford, Wien: Peter Lang, 2000, pp.16, 17.)

现象,在发展过程中必然会受到各种事件的冲击,但并不能消解它的存在本质;它的发展受各种因素的作用可能会有低潮期与高潮期,在这过程中表现出与传统的亲近或疏离,对于追求创新的懈怠或激情。

在对苏格兰文学的界定中,有强调注重苏格兰文学的民族特征和地理范围的看法,认为其作家"应该出生、生长、居住在苏格兰,他们写的故事应该具有可以辨识的苏格兰背景,对话广泛使用苏格兰方言"①。然而,这样一种理想化的严格意义上的定义在当今的文学世界里,已经越来越难以实现,很容易被人诟病为故步自封视角狭隘。如果说,民族主义的激情促使着苏格兰文学在与英国文学的区分中发展,如今,苏格兰作家们日益看到文学地域化和民族化的相对性,看到苏格兰文学与英国文学相互作用而发展的关系,而后现代社会的流动性更使仅以作家出生地方来定义其文学从属显得简单化。如普里林杰指出的那样,到20世纪80年代中期以后这种严格的苏格兰文学定义就不再适用了,新一代苏格兰作家的出现推动了苏格兰文学和作家的定义泛化,"任何与苏格兰有某种关系的作家所写的任何关涉苏格兰的文本可以成为苏格兰文学研究的对象。"②泛化的概念也容易使相应的研究陷入过于扩大化的窠臼,因而,评论者在相关苏格兰文学研究中一般会就自己的选题作出相应的界定,进行具体化的分析。从整体上看,对于"什么是苏格兰文学"这个问题,学者们采取了开放的态度。他们在研究中对于苏格兰文学的态度更加开放与民主,不再刻意弱化英国文学文化的影响,而是更加凸显苏格兰作家身份的多样化、苏格兰文学的自身特征和多样化表现。《当代苏格兰文学爱丁堡指南》《20世纪苏格兰文学爱丁堡指南》《苏格兰文学剑桥指南》《苏格兰现代主义及其语境》《分解英语文学》等苏格兰文学研究专辑或专著在选篇和分析上都表现出类似的立场。

多样化的提出牵涉出本书中经常会用到的一个词:杂糅。"杂糅"是

---

① Horst Prillinger, *Family and the Scottish Working-class Novel*:1984-1994,Frankfurt am Main,Berlin,Bern,Bruxelles,New York,Oxford,Wien:Peter Lang,2000,p.19.

② Horst Prillinger, *Family and the Scottish Working-class Novel*:1984-1994,Frankfurt am Main,Berlin,Bern,Bruxelles,New York,Oxford,Wien:Peter Lang,2000,p.19.

后殖民理论家霍米·巴巴提出的理论术语,需要指出的是,它在本书中更多的是指向异质共存多样化的存在。苏格兰与英国的关系与英国对非洲、亚洲等国家或地区的纯粹主从殖民关系不同,苏格兰文化构成本就源头众多,英国后来的合并有实施霸权的方面,但也增加了苏格兰异质共存的内容。尤其从文学历史的角度来说,难以简单地说哪一方的文学占据霸权或主导地位,英格兰人有狄更斯,苏格兰人也有司各特,都对双方的小说发展起到影响作用。霍米·巴巴杂糅论的重点在于异质共存从而颠覆霸权进而寻求民族表达的纯洁性,而对于苏格兰文学来说,杂糅的意义在于强调异质共存从而多样化发展的层面。对于苏格兰文学"杂糅"的讨论,克莱格在论文《苏格兰与杂糅》("Scotland and Hybridity")中作过细致的归纳分析,他指出简单运用霍米·巴巴的杂糅和巴赫金的复调理论看待苏格兰文学会忽视苏格兰自身所带有的对话性。他强调,"苏格兰一向是无疑的具有双重性的国家,它可以例证民族从来不是纯粹的,身份纯粹就是自我可能性之间的对话,而不是用'单声调(unisonance)'来压抑自我。苏格兰可以例证民族主义和民族文化总是多样化的,不是因为他们'杂交',而是因为他们碰巧搭界,而且在边界以内总是有民族文化的不同版本。苏格兰可以例证多样性和多元化不是对民族'身份'的否认,这完全是因为身份……不是由个人的独特性构成,而是由与他人的**关系**构成。"①可以说,苏格兰民族内在的多样性与多元化有利于构建苏格兰文学自身的对话性文学,并在与他者的交往中丰富文学的多样化表达。我们认为,杂糅这个词虽然有着浓烈的后殖民理论色彩,但对于融汇了诸种文化文学影响的苏格兰文学来说,考虑到它与英格兰的特殊关系,在相关讨论时使用该词也不失其作用;而且,可以在探讨苏格兰文学多样化存在的同时,彰显它的差异性组成部分,阐释它在发展进程中所遇到的一些问题。

从整体上来说,苏格兰文学在历史的长河中不断地建构着自己,它在

① Cairns Craig, "Scotland and Hybridity", in Gerard Carruthers, et al. (eds), *Beyond Scotland: New Contexts for Twentieth-Century Scottish Literature*. Amersterdam, Newyork: Rodopi, 1994, pp.250-251.

注重与英格兰文学等异质共融的同时,注重突出自身文学的特征和学科的建设。在这个过程中,它所遇到的问题也是它属下的小说、诗歌、戏剧等各种文学样式所要面对和解决的问题。其中,苏格兰小说由于其发展的特殊性,如本章开头所述尤其受到了不少的质疑。不过,苏格兰文学的独立性尚且受人诟病,苏格兰小说受到诟病也就不足为怪了。况且,苏格兰学者和作家这些自家人的批评还更有一种自省的力量。苏格兰人不怕说苏格兰小说是"最为后进的文学形式",不怕说苏格兰小说难以有一流作品,这样的态度反而让人们看到苏格兰文学在反思中谋求发展的自觉性,以及融入其中的对艺术的追求和民族情感的表达。他们的批评言辞虽然苛刻,但发展之心可谓诚挚,更何况当代苏格兰小说取得的成就确是令人不能小觑的。在以下的分析中,我们将沿着苏格兰小说的时间发展脉络,结合其发展中曾遇到的尴尬处境和相关问题,探究当代苏格兰小说发展的缘起、机遇与走向。

第二章　苏格兰小说发展探源

　　要阐释和探究苏格兰当代小说的发展,不能回避的问题是:为何苏格兰小说在20世纪以前的发展不温不火? 为何在文学发展史中,甚至是自身的文学发展史上受到过轻视? 它的历史沿革有着怎样的特色并如何影响到现当代小说创作及读者的接受? 倘若要对此作出解释,从其本身发展的历程考察它的起步,可以探寻其创作的历史情怀与源头;结合苏格兰民族复杂的历史文化背景,尤其是纠结其中的语言问题,可以解析出它对民族性的超越;从读者接受的角度,讨论苏格兰小说家身份的多样性,可以进一步看到它的跨文化特征。而且,这三个层面看似反映了苏格兰小说发展中的尴尬,却恰恰又阐释了它之所以能够在当代发展起来走向世界的原因。

第一节　历史的情怀:苏格兰
小说创作的历史源头

　　从苏格兰小说本身的地位演变来看,它的起步晚于英格兰小说,在18世纪末期才有所发展,几乎比英格兰迟了一个世纪。在英格兰作家笛福、斯威夫特、菲尔丁等人热热闹闹进行小说创作之时,18世纪的苏格兰小说显得十分沉寂,卓有成绩的苏格兰小说家屈指可数,且情况各异,没有在当时形成合力打响苏格兰小说的名声。他们当中,以《汉弗莱·克林克历险记》(*The Expedition of Humphry Clinker*,1771)闻名英语小说界的托比亚斯·斯摩莱特出生于苏格兰,但他大部分时间是在国外和伦敦度过;名声显赫的沃尔特·司各特出生于 18 世纪,但他的主要创作时期在 19 世纪。当时比较有影响力的要数亨利·麦肯齐(Henry Mackenzie),司各特也曾将自己的《威弗利》献给他。麦肯齐在 18 世纪 70 年代发表了三部小说①,但他也许是为了谋生很快就放弃了小说创作,转而为期刊《镜报》(The Mirror)和《漫步者》(The Lounger)撰写稿件。威廉·汤姆森(William Thomson)、约翰·摩尔(John Moore)、伊丽莎白·汉密尔顿(Elizabeth Hamilton)②等其他作家陆续有小说作品问世,只是影响力有限,未能从整体上将苏格兰小说创作推向世界文学的前沿。而且,一个有趣的现象是,根据理查德·B.谢尔(Richard B.Sher)的调查,在 18 世纪的英国,真正匿名出版的作品比例并不高,就在这不多的真正匿名作品中,几乎有一半是小说和冒险故事之类的作品而非科学、数学和医学等类的作品③,这也从一个侧面反映了虚构作品的创作之势不敌其他类型创作的发展,以至于当时的作家并不会以自己是小说家为荣。

苏格兰的小说创作起步相对缓慢,苏格兰人习惯于以诗歌形式表达民族与历史的情感则是声名远播。在小说兴起之前,他们已经长期浸淫于富含民族文化因素的诗歌民谣的创作与传承。诗歌民谣一向是苏格兰文学的主脉。历史上的苏格兰高地人原本为爱尔兰外流出的人口,他们继承了凯尔特民间口头文学的深远传统;苏格兰低地人由皮科特人、撒克逊人和诺曼人构成,诗歌民谣亦是他们的主要文学形式。如创作于 14 世纪的苏格兰民族韵诗《布鲁斯》(The Brus)以 14000 多诗行吟咏了领导苏

---

① 三部小说为:《多情男人》(The Man of Feeling,1771)、《世故的男人》(The Man of the World,1773),以及《朱莉业·德·奥比尼》(Julia de Roubigné,1777)。这些作品中悲情、暴力、反讽等元素在后来的苏格兰小说中多有回应。

② 威廉·汤姆森的作品有:《月亮上的男人》或《人类的月球之旅》(1783)、《猛犸》或《普遍的人类本性:与锅匠深入非洲内陆地区的旅行》(1789);约翰·摩尔的作品有:《佐罗科,对人类本性的不同看法》(1789)、《爱德华,主要从英格兰生活和习俗中总结的对人性的不同观察》(1796);伊丽莎白·汉密尔顿的作品有:《一个印度王公的信件》(1796)、《现代哲学家回忆录》(1800)。

③ [美]理查德·B.谢尔:《启蒙与出版:苏格兰作家和十八世纪英国、爱尔兰、美国的出版商》,启蒙编译所译,复旦大学出版社 2012 年版,第 153 页。

格兰人与英格兰抗争的苏格兰王罗伯特的故事。在苏格兰与英格兰联合之后的启蒙运动时期，苏格兰人虽然接受了大英帝国的文化意识形态，但民族精神还是自觉地强化了文学创作的民族意识。他们致力于发展自身民族的文学传统，尤其是历史悠久的诗歌文学，艾伦·拉姆齐（Allan Ramsay）是主要推动者之一。他的《绿意隽永》（*Ever Green*，1724）让人们重新关注到中世纪的诗人，另一本《桌边杂吟》（*Tea-Table Miscellany*，1724-1737）也收集或改写了不少苏格兰歌曲和民谣。麦克菲森假借凯尔特先人奥西恩之名发表的诗作，尽管造假却也在当时激发了人们追寻民族源头的渴求，对早期浪漫主义也形成了影响。此外，两位大诗人罗伯特·弗格森（Robert Fergusson，1750-1774）和罗伯特·彭斯在当时是苏格兰诗歌创作的领头羊，女诗人乔安娜·贝利（Joanna Baillie）也小有名气。就连司各特在转向小说创作之前，亦曾进行过长篇叙事诗的创作。英格兰王室甚至曾在 1813 年有意赐封他为桂冠诗人，因他的婉拒罗伯特·骚塞才得以戴上桂冠。苏格兰人迷恋于他们的传统文学形式，坚持着以这种方式融汇历史表达情感，表达自己的存在与思想，这种民族情感在一定程度上影响了人们对包括小说在内的其他文学形式创作的热情。

然而，事物总是具有两面性的，苏格兰民族诗歌的创作传统也在冥冥之中赋予了苏格兰小说家与生俱来的韵律感和对苏格兰风情的稔熟，尤其是对共通情感的抒发。在现当代的苏格兰作家中，很多小说家同时也是诗人，如伊恩·克赖顿·史密斯（Iain Crichton Smith）①、娜奥米·米奇森（Naomi Mitchison）、安德鲁·格雷格（Andrew Greig）等。更重要的是，苏格兰人对历史情怀的执着，使得诗歌延长了在苏格兰独统天下的时期，却也使得小说在发展之初以历史情怀的抒发为主要内容。这种人类共通情感的抒发又成为苏格兰小说生长的催化剂，促进了后来小说的勃发。

苏格兰小说起步晚，在一定程度上和宗教的影响有些关联。克莱格

---

① 伊恩·克赖顿·史密斯在创作小说前的 15 年主要进行诗歌创作。

在其专著中指出了 16 世纪苏格兰宗教改革对于苏格兰人进行想象性叙事创作的影响。以改革的关键人物约翰·诺克斯为首的加尔文派信奉一神论坚决反对偶像崇拜,采取严厉措施摧毁人们塑造的种种偶像,并在人们的潜意识中形成一种概念:认为想象从根本上来说是邪恶的。依着这样的推理,偶像是人类想象的产物,"表现了人类用自己的创造取代上帝创造的欲望,用种种矛盾的意义来取代唯一的《圣经》文字的权威。每一个想象都是重复撒旦对上帝的原初的反抗。"①这种对想象不信任的意识延伸到以想象为特征的小说创作上来,可能在无形中造成苏格兰小说的起步延缓,成为后来苏格兰小说创作的达摩克利斯之剑,让他们在创作想象的欲望和宗教思想的制约之间有些踌躇不前。不过,这种冒犯所预示的想象自由对苏格兰作家们有着致命的诱惑,令他们尽管知罪也忍不住去大胆尝试,甚至在作品里隐喻这一罪行,将制约转化成想象的内容和推动力。

18 世纪苏格兰的启蒙运动发蒙启蔽,也在一定程度上推动了苏格兰小说的发展,虽然这种影响并非那么昭显。1707 年英格兰和苏格兰合并是启蒙运动发展的一个契机,尽管苏格兰人依然不甘心居于人下,但融入英格兰相对更为发达的经济社会实现苏格兰的现代化,对他们来说是非常有诱惑力的前景,这也就成为当时苏格兰启蒙思想家们关注的问题,促使他们将思想的羽翼伸向各个领域,热衷于各种人类共通的学科及思想的发展。其领导者如大卫·休谟等多受过欧洲的学术熏陶并在苏格兰的大学任教,他们视野开阔善于思辨,"格外珍视优雅的学识和人道与人文主义价值观,如世界主义、宗教宽容、社交欢愉和道德与经济进步"②,希望通过改造教育体系和应用科学来实现社会的进步与变革。在他们当中,"哈奇森、休谟、斯密为代表的道德哲学、休谟和罗伯逊为代表的历史学、赫顿和布莱克的科学、门罗和亨特的医学、瓦特和麦克亚当的工程学、

---

① Cairns Craig, *The Modern Scottish Novel*: *Narrative and the National Imagination*, Edinburgh: Edinburgh University Press, 1999, p.200.

② 转引自[英]亚历山大·布罗迪主编:《剑桥指南:苏格兰启蒙运动》,贾宁译,浙江大学出版社 2010 年版,第 4 页。

弗格森的社会学、亚当斯的建筑学、雷伯恩的绘画、凯姆斯和布莱尔的美学"①等等,极大地丰富了苏格兰的文化内涵,影响了欧美相关领域的发展②,也大大鼓舞了苏格兰人的历史自豪感。休谟声言:"现在是历史的时期,我们是历史的民族。"③在这样的氛围中,人们湮没在超越民族界限的实证性科技和与时俱进的思想表达中,醉心于挖掘和梳理历史,以期为人类的社会发展提供借鉴。约翰·平克顿(John Pinkerton)的《从斯图亚特王朝到玛丽女王的苏格兰历史》(1797)大卫·休谟的《英格兰史》(1762),约翰·吉列尔斯(John Gillies)的《古希腊、古希腊殖民地,以及它的对外征服史》(1786),以及威廉·罗伯逊(William Robertson)的《查理五世统治史》(1769)和《苏格兰史》(1759)等诸多历史类非虚构作品应运而生。

苏格兰启蒙运动的思想家们,如休谟、亨利·霍姆(Henry Home)④、休·布莱尔(Hugh Blair)、亚历山大·杰拉德(Alexander Gerard)⑤、詹姆斯·贝蒂(James Beattie)⑥等人,文学修养深厚,熟稔诗歌与戏剧创作,他们就趣味的标准、意念联想、三一律等文学艺术问题进行过诸多论述,但刚刚在英国兴起的小说创作似乎并未获得他们的一致肯定。詹姆斯·贝蒂干脆认为读小说是"'危险的消遣',会将注意力从自然和真理那儿转移,甚至滋生犯罪倾向",劝年轻人"少读为妙"⑦。对科学与理性的重视

---

① Francis Russell Hart, *The Scottish Novel: from Smollett to Spark*, Cambridge, Mass.: Harvard University, 1978, p.5.

② 对欧美的影响可参见《剑桥指南:苏格兰启蒙运动》中的两篇文章:《对欧洲的影响》和《对美国的影响:苏格兰哲学与美国建国》。

③ 转引自 Francis Russell Hart, *The Scottish Novel: from Smollett to Spark*, Cambridge, Mass.: Harvard University, 1978, p.5。

④ 亨利·霍姆:1696—1782,苏格兰启蒙运动中心人物,主要作品有《人类历史简述》(*Sketches of the History of Man*)和《批评的要素》(*Elements of Criticism*)等。

⑤ 亚历山大·杰拉德:1728—1795,阿伯丁大学哲学教授和神学教授,主要作品有《论趣味》(*An Essay on Taste*)和《论天才》(*An Essay on Genius*)等。

⑥ 詹姆斯·贝蒂:1735—1803,阿伯丁马修学院的道德哲学教授,主要作品有《论真理的本质与不变性》(*An Essay on the Nature and Immutability of Truth*)和《道德和批判论集》(*Dissertations, Moral and Critical*)等。

⑦ 王守仁、胡宝平等:《英国文学批评史》,南京大学出版社2012年版,第107页。

令他带上了有色眼镜看待小说。

从一个方面看,启蒙运动强调自然与真理的重要性,激发人们的科学意识和历史感,促使非虚构性创作流行一时,而注重虚构叙事的小说没有成为当时的文艺创作主流,这是可以理解的。但是,从另一个方面看,启蒙运动的精神,人类共有的对理性的认知和对历史的在意,不仅为当时的小说家提供了发展的思路,也为当今的小说家提供了线索,起到了推动苏格兰小说发展的作用。沃尔特·司各特的小说创作在这方面具有代表性。他沿承了启蒙运动时期人们对历史的兴趣,他的历史小说,如《威弗利》《艾凡赫》和《昆丁·达沃德》等,代表了19世纪浪漫主义文学的成就,并开创了历史小说创作的先河。他在小说中描写苏格兰与英格兰战争期间的故事,"反映了作者对两个民族、两种文化和两条道路的复杂情感,体现他试图调节二者矛盾、弥合历史裂痕的良苦用心。"①而且,具有重要意义的是,他的历史小说不局限于苏格兰的历史,而是将英格兰以及法国等欧洲国家的历史都融汇在他的笔下。他的小说不仅是苏格兰民族历史小说的开端,也是欧洲历史小说的开始。他的成功不在于书写苏格兰民族的历史故事,而是以历史的眼光、独到的艺术手法穿越了民族和国家的疆界,使其在世界文学史留下浓彩的印记。启蒙运动虽然没有形成小说创作的热潮,但这样一位伟大历史小说家的诞生已经足以令苏格兰人骄傲,更不用说他还有同行者,以《镇长》(*The Provost*,1822)闻名的约翰·高尔特(John Galt)、以《罪人忏悔录》(*The Private Memoirs and Confessions of a Justified Sinner*,1824)为代表作的詹姆斯·霍格(James Hogg),以及在同一年(1886)出版《绑架》(*Kidnapped*)和《化身博士》(*The Strange Case of Dr Jekyll and Mr Hyde*)两部杰作的史蒂文森等作家的作品中也常以历史事件为背景和内容。② 这种对历史的兴趣延续至今,在当

---

① 苏耕欣:《英国小说与浪漫主义:意识形态的冲突、妥协与包装》,北京大学出版社2017年版,第53页。

② 约翰·高尔特亦于1832年发表了如今被公认为不列颠的第一本政治小说《议员自传》(*The Member:an Autobiography*)。(参见 Carla Sassi,*Why Scottish Literature Matters*,Edinburgh:The Saltire Society,2005,pp.69−70。)

代苏格兰小说创作中有增无减。娜奥米·米奇森、玛格丽特·埃尔芬斯通、乔治·麦凯·布朗、刘易斯·格拉西克·吉本和阿拉斯代尔·格雷等作家们努力不懈地将历史融入到虚构叙事创作中,以与司各特相似或颠覆的手法,将历史表现于笔下,使其变为现代社会中的消费品,在对历史的重新构架与编撰中阐释过去,理解当今。

在历史维度的文学创作中,创作的民族性几乎是每一个民族作家无法避免的。在苏格兰文学中,对苏格兰本土民族风情曾有的极度追求,又在一定程度上影响了作品的艺术性,这主要表现在发轫于19世纪90年代的"菜园小说"①。19世纪末20世纪初有"第二次启蒙运动"之称,贝尔发明电话、麦克斯维尔提出电磁学理论、J.G.弗雷泽写出人类学巨著《金枝》等,再次见证了苏格兰对人类科学和思想的积极影响以及对现代主义构建的贡献。在这一阶段,大众市场的崛起引领苏格兰小说走向了流行市场,阿瑟·柯南·道尔(Arthur Conan Doyle)的福尔摩斯侦探小说和约翰·巴肯(John Buchan)的《三十九级台阶》(The Thirty-Nine Steps)等间谍惊险小说(espionage thriller)受到大众读者的欢迎,"菜园小说"乘势尤为风生水起。其代表作家有因《彼得·潘》闻名遐迩的巴里(J.M.Barrie),还有麦克拉伦(Ian Maclaren)、贝尔(J.J.Bell)、麦克唐纳(George MacDonald)和克罗克特(S.R.Crockett)等。他们的一些作品在当时流行于世,而如今的口碑已经不如从前,有些名噪一时的作家已经渐渐淡出评论界的视野。一般说来,菜园小说依托于苏格兰悠久的农业文明,离开了工业化苏格兰的现实世界,专注于景致优美、多愁善感的苏格兰乡村田园生活的描写。由于菜园小说避开了社会生活中的尖锐矛盾和实际问题,且艺术性方面多难以与一流小说相提并论,故常遭人诟病,不过也因此成为20世纪苏格兰小说自我反思并发展的一个起点,促使作家们以更广阔的视野看待和描写苏格兰的历史

---

① "菜园小说"这一称法来自于麦克拉伦(Ian Maclaren)的第一部小说(Beside the Bonnie Brier Bush,1894)。该小说采用了两行彭斯的诗歌作为题词,诗中包含了"kailyard"这个词。该类小说由此被称为菜园小说。(参见 T.M.Devine,The Scotish Nation:A Modern History,London:Penguin Books,2012,p.297。)

文化与苏格兰以外的世界。

可以说,在18至19世纪的苏格兰,由于苏格兰人的历史情怀等因素,诗歌民谣长期占据了强势地位,启蒙运动使得实证类历史类创作抢占了小说的先机。这些虽然在一定程度上延缓了苏格兰小说创作的发展,但是,文学创作中历史与情感的共通性、启蒙运动的人性张扬等,都是苏格兰民族在浓厚的历史感中对民族性的超越,使得小说创作在兴起之时汲取了必需的养料,为之后的成长壮大奠定了基础。此外,不能避开的也是更需要提出的,苏格兰人的历史情感一向是复杂的,苏格兰与英格兰之间剪不断理还乱的关系深入了其小说的骨髓,这其中,与政治历史纠结的、苏格兰特有的语言问题不仅对其传统诗歌文学影响深远,对小说的发展与认知来说亦是至关重要,值得我们专门讨论。

第二节　语言的杂糅:苏格兰小说创作的民族性超越

倘若如戴维·米勒所说,"民族认同的两个核心要素"是"语言和共同的历史",①那么,任何一个得到认同的民族文学的最基本特征也许就是民族语言,如,英格兰文学的强势自然与英语的广泛使用是分不开的。然而,在苏格兰文学发展特别是苏格兰小说创作的进程中,不同语言的交织则恰恰成为其超越自身文学民族性、融入世界文学的重要特征,为人们观察语言对文学的建构、理解文学的内涵提供了丰富的语料。亨利·詹姆斯认为,语言不是观看事物的媒介,而是我们观察的对象。② 作为观察的对象,语言不仅是小说内容的表达载体,也是小说研究的对象,对于几种语言共存共用或杂用的苏格兰小说来说尤为如此。

---

① ［英］戴维·米勒:《论民族性》,刘曙辉译,译林出版社2010年版,第33页。
② 参见 Malcolm Bradbury, *The Modern British Novel*, London: Penguin Books, 1994, p.32。

在现当代苏格兰小说创作中,英语、苏格兰低地语和盖尔语三种语言各执牛耳,除它们以外,苏格兰还有拉丁语、斯堪的纳维亚语、法语等不同源头的多种语言,它们共同表述着苏格兰被多种文化势力浸染的历史,也共同造成了苏格兰小说语言多项选择的状况,成为苏格兰小说的独特表征。如此,我们不难理解王佐良先生在呼吁"苏格兰文学的特性有待重申!"之后紧接着提出"首先,苏格兰的文学语言有待确定!"①

在三种常用的苏格兰文学语言中,盖尔语和苏格兰低地语具有本土特征。盖尔语由中古爱尔兰语发展而成,属于凯尔特语族的一种。爱尔兰人在 5 世纪移入苏格兰地区,逐渐形成了苏格兰式的盖尔语(Scots Gaelic),它是苏格兰高地氏族传承吟唱民间歌谣的语言。在英国化之后,古风浓厚的高地人民依然保存了传统的习俗,沿用了对于他们来说凝聚了浓厚民族精神与民族心理的盖尔语。不过,18 世纪英格兰苏格兰的联合要求苏格兰人有统一的民族身份,高地人迫于联合的压力而与低地人更多地融合,学习拉丁语和英语,低地人却没有被要求学习盖尔语。盖尔语的文学创作在强势语言的影响下,相应地表现势弱。为振兴盖尔语创作高地人进行了不懈的努力,德里克·汤姆森(Derick Thomson)与芬利·J.麦克劳德(Finlay J. Macleod)于 1952 年创办的文学刊物《呐喊》(Gairm,2002 年停刊)在维护和推动盖尔语文学创作方面作出了很大的贡献。2006 年实施的《盖尔语(苏格兰)法案》正式承认该语种的地位,盖尔语发展处(Bòrd na Gàidhlig)也随之得以建立,并致力于保护并促使盖尔语和英语一样成为苏格兰的一种官方语言,这对于推动盖尔语小说的创作自然是一件好事。

苏格兰低地语(Scots)的缘属没有定论,既有将其归入苏格兰英语(Scottish English)的,也有坚持将它作为一种独立的语言的。一般认为,它属于日耳曼语族,发展比较复杂,与盖尔语及英语皆有关系。根据史密

---

① 王佐良、周珏良主编:《英国 20 世纪文学史》,外语教学与研究出版社 2006 年版,第 297 页。

斯(G.Gregory Smith)的研究,"Scots"最初只用于指代洛锡安及边界以外地区的语言,是"厄尔本①定居者,盖尔亚支(Goidelic branch)凯尔特人的语言;在他们的国王统治了皮科特人的东部领土之后,又成了福斯(Forth)地区北部的方言"②。后来,Scots影响南扩,逐渐地,"苏格兰国王和洛锡安及法夫(Fife)区的盎格鲁臣民说的是'Inglis',北部民众和西部邻居的语言被统称为Scots'。"③不过,由于苏格兰与英格兰之间的日益升级的政治抵触,爱国主义者不愿意使用Inglis这个让人想起对头英格兰的名称,到了16世纪,"曾经被贬低的'Scots'由于政治力量而成为北方语言引以为傲的名称了。"④"Scots"由此成为苏格兰人语言的统称,中文中多用"苏格兰低地语"相称以与高地的盖尔语区分。这种语言"被苏格兰宫廷和……社会精英,以及整个低地区民众所使用"⑤。不过,由于特殊因素的影响,它没有充分发展成为当地人们进行文学创作普遍使用的语言。用赛顿—华生的话来说,"如果不是英格兰王室和苏格兰王室在1603年的统一使南方英语扩张到苏格兰的宫廷、行政与上层阶级中,

---

①　此处原文用的是形容词形式Alban。842年肯尼斯·麦克艾尔平(Kenneth MacAlpine,盖尔语名为Cinaed mac Ailpin)建立王国,时称厄尔巴王国(Alba),为苏格兰王国的雏形。据研究,"900年左右,厄尔巴(Alba)用于指代'皮科特地'(Pictland),在麦克艾尔平即位后一直使用。厄尔巴原本是盖尔语中对整体大不列颠的称呼。后来表示一个新的民族,更具地理意义的王权。康斯坦丁(Domnall mac Custantín)是第一位获称'厄尔巴王'的人。"(Sally M. Foster, *Picts, Gales and Scots: Early Historical Scotland*, London ：Batsford, 2004, p.108.)

②　G.Gregory Smith, *Scottish Literature: Character and Influence*, London：MacMillan and Co., Limited, 1919, pp.72-73.

③　G.Gregory Smith, *Scottish Literature: Character and Influence*, London：MacMillan and Co., Limited, 1919, p.73.

④　G.Gregory Smith, *Scottish Literature: Character and Influence*, London：MacMillan and Co., Limited, 1919, p.75.《牛津英语语言指南》中更明确地指出:Scots也是"苏格兰盖尔语和北部英语的统称。Scottis, Scotis和拉丁形容词Scotticus, Scoticus在15世纪以前只用来指代盖尔语及说盖尔语的人,后来就很少这样使用了。从1494年起,该词越来越多地被用来代表低地语言(此前被称为Inglis),以区别于英格兰的语言。"[Tom McArthur (ed.), *The Oxford Companion to the English Language*, Oxford, New York：Oxford University Press, 1992, p.894.]

⑤　[美]本尼迪克特·安德森:《想象的共同体:民族主义的起源与散布》,吴叡人译,上海世纪出版集团2011年版,第86页。

并从而取得优势地位的话,苏格兰语本来有可能会在现代发展成一种独特的文学语言。"①早至罗伯特·亨利森(Robert Henryson)②和盲诗人哈里(Blind Harry)③,后至罗伯特·彭斯、司各特、史蒂文森等作家都在创作中娴熟地运用了它,而诗人加文·道格拉斯(Gavin Douglas,1474-1522)是"在1513年的写作中,第一位把自己创作使用的语言称之为Scottis的"④。虽然苏格兰低地语没有充分发展为独特的文学语言,但由于它与标准英语具有相似性,并兼具了民族语言的特色,因此,不少当代苏格兰作家也乐意使用它进行创作,或者将它与英语联合使用,以使得自己的作品在保留民族特征的同时获得更高的可传播性。而且,对于某些作家而言,"选择苏格兰低地语进行创作明显是民族和文化政治的一种宣言。在并不那么激进的情况下,苏格兰低地语传达了一种确切的苏格兰身份感"⑤。

英语在1707年苏格兰英格兰正式合并后毫无悬念地成为强势的官方语言,它的广泛使用确实深度影响了苏格兰人的语言传统。实际上,如上一章所示,苏格兰语早从16世纪中期就开始了英语化的过程,"南方英语单词形式和拼写逐渐先后影响到书面和口头的苏格兰语。……17世纪末前苏格兰元素几乎从出版物上消失了……"⑥。联合之后,包括语言在内的苏格兰传统文化因素受到英格兰文化更为严重的冲击,英语的强势影响虽然没有湮灭苏格兰语,也令人感到"苏格兰人用一种语言感

---

① 转引自[美]本尼迪克特·安德森:《想象的共同体:民族主义的起源与散布》,吴叡人译,上海世纪出版集团2011年版,第86页。

② 罗伯特·亨利森:1460—1500,诗人,曾为乔叟的《特罗勒斯与克丽西德》写续篇《克丽西德之约》(Testament of Cresseid)。

③ 盲诗人哈里:1440—1492,亦称哈里或吟游诗人哈里,代表作是为苏格兰民族英雄威廉姆·华莱士写的诗传(The Actes and Deidis of the Illustre and Vallyeant Campioun Schir William Wallace)。

④ Douglas Gifford,Sarah Dunnigan and Alan MacGillivray(eds.),Scottish Literature:in English and Scots,Edinburgh:Edinburgh University Press,2002,p.4.

⑤ 转引自Ian Brown and Alan Riach(eds.),The Edinburgh Companion to Twentieth-century Scottish Literature,Edinburgh:Edinburgh University Press,2009,p.4.

⑥ Tom McArthur(ed.),The Oxford Companion to the English Language,Oxford,New York:Oxford University Press,1992,p.894.

觉,用另一种语言思考"①。这不仅让人想起布鲁姆那耳熟能详的"影响的焦虑"说,不过,布鲁姆所言的焦虑是指"面对前代大师的焦虑",苏格兰作家们的焦虑则首先表现为创作中语言使用的焦虑。

三种语言地位的不均衡让苏格兰作家们陷入纠结的困境,用英语创作成为苏格兰作家必须面对的一个强有力的诱惑,而保护传承本地语言的创作也是他们的责任。时至 20 世纪,苏格兰作家们亦未能因此就文学创作语言的选择形成一致的意见,即便在传统强项诗歌创作的语言选择上也是如此。如:绍莱·麦克林(Soley Maclean)专心用盖尔语进行诗歌创作;休·麦克迪尔米德主张语言的多样化并提倡用苏格兰本土的语言进行创作,而且,作为苏格兰文艺复兴的领袖,他更是强调语言的运用关系着苏格兰文艺复兴的成败,是"当代文学复兴的基石,同时也是区别于英格兰的振兴苏格兰身份的印记;已成为这场复兴运动美学与政治目标的意符和象征"②;当时的另一位具有号召力的人物埃德温·缪尔则与他意见相左,缪尔主张用英语写作才是苏格兰文学的出路。

诗歌尚且如此,小说语言的选择对于作家来说更是一种困境。根据哈特的描述,自苏格兰在 16 世纪开展宗教改革加入新教联盟,苏格兰的散文创作就未见有过起色。在 17 世纪末,文书中几乎见不到苏格兰低地语,18 世纪书面的苏格兰方言又被当作"野蛮的残余"而被唾弃。启蒙时期的爱丁堡文人们说着苏格兰方言,但却没有相应的书面语供他们使用:"古老的苏格兰方言从我们的书本消失,英语取而代之。然而,尽管我们的书本用英语写成,我们却在用苏格兰方言交谈……"③吊诡的是,虽然对于英语和不列颠意识有些抵触情绪,但当时很多苏格兰文人和思想家们多是用英语写作的,他们的选择貌似被动,却又有一定的主动性。休谟

①　Edwin Muir, *Scott and Scotland*: *The Predicament of the Scottish Writer*, London: George Routledge and Sons, Ltd., 1936, p.21.

②　此为麦卡洛克的评点,参见 Margery Palmer McCulloch, *Scottish Modernism and its Contexts* 1918-1959: *Literature*, *National Identity and Cultural Exchange*, Edinburgh: Edinburgh University Press, 2009, p.19。

③　参见 Francis Russell Hart, *The Scottish Novel*: *from Smollett to Spark*, Cambridge, Mass.: Harvard University, 1978, p.5。

和威廉·罗伯逊等人都间接或直接地表露出"不列颠意识",他们痛感于苏格兰的落后,认为英格兰文明更具有可取之处和先进性。他们倾向于把英格兰的传统和历史标识为"文明"的,力图确立起对"英格兰性和不列颠性"的认同。① 苏格兰思想巨匠们在当时情形下作出如此的选择,其他人在创作语言的选择上偏向英语也就无需见怪了。然而,这种选择对于当时某些苏格兰作家来说,不可避免地有鸡肋之嫌。更糟的是,如哈特所言,他们眼睁睁地看着英格兰小说的发展,却很有可能不会像英格兰作家那样得心应手地用英语写作②。

语言的选择问题在 20 世纪还引发了有关民族想象力缺失的论调。对于缪尔来说,语言之痛令他看不到苏格兰小说创作的出路。他早在 30 年代就表达了对苏格兰创作的悲观情绪。在《司各特与苏格兰:苏格兰作家的困境》(Scott and Scotland:The Predicament of the Scottish Writer,1936)中,他认为苏格兰是缺乏想象力的场所,在他看来相同的语言是民族想象的唯一条件,苏格兰文学的出路就是使用统一的语言写作;司各特的"作品中所具有的传统优点是二手的,主要来自于英格兰文学"③。他的"二手"言论在当代不无响应者,评论家及小说家艾伦·马西(Allan Massie)即是其一。马西认为,20 世纪城乡的小说家仍然陷在伤感的陷阱中,落后于当前的时代,其"失败原因有二。其一,事实上根本没有苏格兰小说这样的东西存在,因为没有持续存在的民族:统治权给予了不列颠议会,那么在苏格兰就不会有民族的想象——此处的民族是指有希望的民族而非只是有着过去的民族——个体的作家是无法帮助形成的。结果是苏格兰作家必然是各自写作,他们为之贡献的只是他们的作品全集而不是民族传统。其二,苏格兰社会自身是个'二手社会';如马西在为埃德温·缪尔 1982 年再版的《司各特与苏格兰:苏格兰作家的困境》(1936

---

① 参见周保巍:《走向"文明":苏格兰启蒙运动中的"历史叙事"与"民族认同"》,《浙江学刊》2007 年第 3 期,第 70—77 页。

② 参见 Francis Russell Hart, The Scottish Novel:from Smollett to Spark, Cambridge,Mass.:Harvard University,1978,p.5。

③ 参见 Cairns Craig,The Modern Scottish Novel:Narrative and the National Imagination,Edinburgh:Edinburgh University Press,1999,p.15。

年初版)撰写的前言中指出:苏格兰是一个'已经变成虚假'的民族,比沃尔特·司各特时期更不注重小说想象的民族"①。依照马西等人的观点,苏格兰苦于民族身份的不确定而热衷于虚构自己的民族传统,从而妨碍了虚构类文学小说的正常发展。

克莱格在《当代苏格兰小说:叙事与民族想象》(*The Modern Scottish Novel:Narrative and the National Imagination*)中就相关争议指出:缪尔和马西悲观的论调其实都与语言的多样存在相关。该种论调是基于1707年合并之后苏格兰割裂的语言传统所带来的心理创伤,认为三种语言从没有可能形成有机的一体,其文学亦不能富有活力。而且,他们认为,新教联盟与卡尔文宗教改革带来的不是稳定的民族身份,而是否认了本民族的真正文化;苏格兰历史上一次次的变革实际上是一次次抹杀苏格兰的活动,使得苏格兰变得无法表述,过去的苏格兰并未融入今日的苏格兰。T.S.艾略特当初责难苏格兰文学说到底也是因为语言问题:"苏格兰文学首要缺乏的就是语言的延续性。正是在英国文学获得世界性文学地位的年间,苏格兰语开始走向衰落和废弃。"②综合他们的观点也就是说,由于苏格兰没有同质的语言,没有持续的民族身份,没有持续的文化传统可以继承与延续,它的文学于是乎也就是对英格兰文学的亦步亦趋,无以与之争辉。

无论是缪尔和马西的悲观论,还是其他苏格兰作家的困扰,均有些轻视了苏格兰个人生活与创作对于苏格兰文学传统的贡献。麦金泰尔(Alasdair MacIntyre)在《德性之后》(*After Virtue*)中的论述不无道理。他认为,任何思想的形成都离不开传统这个语境,个人的创作亦是如此;"小说是对终极目的(telos)的辩论的象征性演示,这种终极目标可以证明,个人生活作为社会、民族叙事的一部分是无可厚非的"③。个人的生

---

① 这段话为克莱格对马西观点的综述。参见 Cairns Craig, *The Modern Scottish Novel:Narrative and the National Imagination*, Edinburgh:Edinburgh University Press,1999,p.14。

② T.S.Eliot,"Was There a Scottish Literature",*The Athenaeum* 1 August,1919,p.681.

③ 参见 Cairns Craig, *The Modern Scottish Novel:Narrative and the National Imagination*, Edinburgh:Edinburgh University Press,1999,p.24。

活创作与传统建构关系密切,克莱格基于马西和麦金泰尔所提出的立场也许更具有可操作性。他采用对话的态度看待传统与想象力的问题:"民族想象的本质,犹如语言,是一个没有终结的系列,其中不同层面的传统相互作用、里里外外的影响相互作用、新经验的影响与对过去经验的重新阐释相互作用:民族是一系列进行中的争论,建立于机构和生活模式中。这两者的要素不断变化着,但又由于它们立足的问题的本质,以及对过去因素的重述而构成了独具地方特色的对话"[1]。基于此,克莱格把传统看作一个动态的对话体系,异质的因素共同构建起苏格兰想象的传统。他的观点是对麦金泰尔思想的进一步升华,肯定了苏格兰民族想象的存在,强调了各种因素间的动态制约与发展,而不是孤立地看待某一现象。

依照麦金泰尔和克莱格的思路来看,苏格兰的现在与过去则是不可割裂的,民族的想象在不断的变化中演绎整合;小说的创作首先是个人的想象行为,只是这本属个人的行为又必然是集体无意识促成的,它的完成离不开民族想象的传统。苏格兰文学创作是由苏格兰作家群体所构成的,其文学传统在作家之间的相互影响中得以传承,苏格兰小说创作也是如此。尽管苏格兰的小说家们各自为政,但共同的文化背景又会于无形中形成合力,使得苏格兰小说在当今文坛上掷地有声。苏格兰三种语言共同存在恰已成为促使苏格兰小说发展的内力。"二手社会"已然是历史的现实,三种语言在苏格兰的大环境中,共同成为苏格兰的一部分、苏格兰文学的一部分。语言的杂糅成为苏格兰文学的重要特征,也成为其置身于世界文坛的一个根本。

且不说英语创作,从盖尔语和苏格兰低地语创作来看,无论这两种语言的地位如何,它们的创作从未停顿过。随着多元文化思想的传播以及盖尔语官方语言地位的确定,苏格兰作家选择小说创作语言的意向性更加多元,也更加具有目的性。虽然语言的选择对于苏格兰人来说始终是个挥之不去的问题,但这也促成了苏格兰文学的独特之处。时至今日,多

---

① Cairns Craig, *The Modern Scottish Novel：Narrative and the National Imagination*, Edinburgh：Edinburgh University Press, 1999, p.31.

种语言,尤其是以上三种语言的共同运用,已经成为苏格兰文学创作的特征之一。如,穆丽尔·斯帕克用英语创作,悉尼·古德瑟·史密斯(Sydney Goodsir Smith)、马修·菲特(Matthew Fitt)用苏格兰低地语创作,托莫德·坎贝尔(Tormod Caimbeul)用盖尔语创作,伊恩·克赖顿·史密斯(Ian Crichton Smith)则将英语和盖尔语并用。甚至有作家自创语言的结合体来写小说,如刘易斯·格拉西克·吉本在三部曲《苏格兰人之书》(A Scots Quair)中结合苏格兰低地语和英语创造了一种英语化的苏格兰语(anglicised Scots)或者说是苏格兰化的英语(scotticisation of English),詹姆斯·凯尔曼、欧文·韦尔什的作品中英语和苏格兰语也都是相互结合使用的,甚至有创新性的杜撰式的方言结合体表达。

需要再次强调的是,几种文学语言的共用未必让人们觉得混乱,反而丰富了苏格兰文学的杂糅性和文化内涵。现在的苏格兰小说家们已然练就了各取所需为我所用的本领,语言业已成为他们创作的介质和内容。"多数当代小说家显然得益于汤姆·伦纳德、利兹·洛克黑德及埃德温·摩根作品中探究语音、调侃般混用标准英语和苏格兰低地语以及颠覆语言的常规所带来的新的创作可能性。"[①]如果说某种语言的霸权性曾妨碍了苏格兰小说的发展,语言选择的多样性则极大地丰富了它的内容与意义。如果从文学政治意义上来解读的话,这在某种程度上也可以说是文学政治态度的表现,是文化姿态或立场的表达。语言的混用对于霸权话语有着某种模仿性,但在模仿的同时也形成了有力的解构。它破解了社会语言学层面的等级概念,让各层次的语言平等进入文学表达的领域,力图使语言不再是政治文化优越感表达的工具。语言差异带来的多样化创作成为苏格兰小说发展的一种策略,语言作为小说的形式载体,在小说家的运用下或现代或传统地传递着小说内涵的深意。他们通过语言的应用表明或暗示着自己对苏格兰的认知,更重要的是,他们也以此将本民族的创作推向了世界,提升了苏格兰小说的艺术性与思想性。

---

① Gavin Wallace and Randall Stevenson(eds.),*The Scottish Novel since the Seventies*:*New Versions*,*Old Dreams*, Edinburgh:Edinburgh University Press,1993,p.3.

第三节　身份的多样:苏格兰小说
创作的跨文化特征

　　语言的多样性是与身份多样性密切相连的,苏格兰小说家多元身份的形成和表现直接影响了当代苏格兰小说家的创作。一般说来,民族文学的一个显著标志也许就是拥有一个相对稳定的民族作家群,这些作家一般都应具备相对确定的民族身份,也就是说苏格兰小说创作应该由苏格兰作家群的创作所构成。然而,苏格兰特殊的历史文化构成导致了苏格兰小说创作群体的集体身份创伤感,也增强了小说家个体身份的多元性和创作的跨文化特征,促进了苏格兰小说创作走向世界。

　　苏格兰作为国家来说,缺乏合法性,但作为曾经独立的民族来说,国家的概念又深入苏格兰民众的心理。这一状态使得苏格兰人无论在生活还是艺术方面对于国家民族身份问题都非常敏感。就当代苏格兰小说家本身而言,他们生活在新的时代,但多重身份问题可以说是生来有之,无法磨灭。苏格兰作家们对此不无认知,史蒂文森在1883年就说过:"苏格兰无法界定;除了在地图上它没有统一性。"①无法界定的说法并不夸张,我们知道,苏格兰的基因有点像鸡尾酒,是混合而成的。历史上主要是皮克特人②与斯科特人的争斗融合形成了苏格兰人,而古不列颠人、盎格鲁—撒克逊人、斯堪的纳维亚人等都曾是这个民族的形成元素,日后与英格兰持久的聚分两相难的格局更让难以界定的身份意识深入苏格兰作家的创作中来。

　　苏格兰人与爱尔兰、威尔士人同宗,有着古罗马时代凯尔特人的基

----

① R.L.Stevenson,"The Scot Abroad",in *Silverado Squatters*,*The Skerryvore Edition*,Vol. 16,London:William Heinemann,1925,p.192.转引自 Carla Sassi,*Why Scottish Literature Matters*,Edinburgh:The Saltire Society,2005,p.174。

② 皮克特人的身份也是有争议的,一种说法是,皮科特人是罗马统治范围以外的古不列颠人;另一种说法是,皮科特人不是古不列颠人而是欧洲大陆迁来的人群。参见许二斌:《苏格兰独立问题的由来》,《世界民族》2014年第4期,第21页。

因。公元前,凯尔特人大举从欧洲迁入苏格兰地区,与当地的皮克特人分住同一块土地。5世纪,凯尔特族讲盖尔语的斯科特人从爱尔兰进入苏格兰地域,苏格兰此后出现了四个各自为政的小王国:西部的达尔里阿达国(Dalriada in the West),北部的皮克特国(Pictland to the North),西南部的斯特拉斯克莱德国(Strathclyde in the South-West)和东南部的洛锡安国(Lothian in the South-East)。在9世纪肯尼斯·麦克艾尔平(Kenneth MacAlpin)统一了皮科特人与斯科特人建立了苏格兰国,继位者邓肯一世(Duncan I,1034)降服一众小王国,将苏格兰的疆域大致扩展到如今的范围。他们虽然有自己的部落甚至是极小规模的王国,但外族接连的侵略给他们带来了太多的冲击。后来英格兰与苏格兰之间连绵不断的冲突和战争融合使得文化身份问题更为纠结也更为突出。在不断的对抗融合中,苏格兰长期处于相对弱势被统治的地位。因而,对于联合王国属下的苏格兰小说家们来说,民族纷争带来强烈的身份不确定感和多元化。有的小说家对自己的文化归属很是介意,苏格兰小说家还是英国小说家的称呼对于他们来说意味着很多。此外,苏格兰人内部也存在着文化差异和纠结。高地人与低地人之间并非亲密无间,他们的居住地域分开,语言差异明显,经济发展不相当。苏格兰低地地区集中了经济发达的区域,苏格兰首府爱丁堡、苏格兰最大城市格拉斯哥等都盘踞于此,并且集中了苏格兰的大部分人口。而高地地区以因弗内斯为重镇,经济发展逊色于低地地区。两者的差异无疑也增强了苏格兰人文化身份的多元性特征。

　　从当代的语境来看,社会人口流动日趋频繁、性别意识多元化、阶层身份具有可消费性,苏格兰作家的身份在基因多元组成、英格兰苏格兰身份问题之外,变得更为多元复杂,影响到人们对苏格兰作家的定位和苏格兰小说的理解。什么样的作家是苏格兰小说家?这个问题在当今变得更加不好回答。土生土长的作家们的苏格兰身份自然不用说,其问题的复杂性在于,还有些作家出生在苏格兰,但长期在外游历,或定居于国外;也有的出生于国外,但认同于祖上的苏格兰身份;或者非苏格兰生人,但长期生活居住在苏格兰;或者是族裔身份复杂的混血作家;等等。苏格兰小说家的定义如同苏格兰小说的定义一样成为一个没有统一答案的问题,或者用卡罗尔·安德森的话来说,"没有简单的答案,还是让概念问题处于开放且鲜活的状态为宜。"①

苏格兰小说家散居外域并非新现象。17世纪之后,很多苏格兰人走出苏格兰到英格兰、法国、荷兰等地游历或者学习,接触了外界的各种思想理念,为18世纪启蒙运动的思想爆炸和教育的发展打好了基础。18、19世纪的苏格兰小说家迫于生计或工作需要也好,出于怡情养性也好,多有走出苏格兰的经历。在他们当中,斯摩莱特在西印度群岛待过一段时间,后返回伦敦在著名的文人街格拉布街进行小说创作和翻译②。率先表现工业革命的小说家约翰·高尔特来往于苏格兰老家、伦敦和欧洲城市,并曾因职务需要在加拿大居住过五年。以《金银岛》《化身博士》等闻名的史蒂文森就读于爱丁堡大学,去过法国和美国,他流连于英格兰和苏格兰的住所,还在萨摩亚群岛的乌波卢岛(Upolu)建立了自己的栖身之所。《克兰伯尼的村民》(*The Cottagers of Glenburnie*,1808)的作者、来自阿尔斯特苏格兰家庭的伊丽莎白·汉密尔顿也在兄弟的资助下曾在伦敦生活过。

在当代社会,到其他地域或国家游历已是再平常不过的事情,苏格兰小说家身份复杂的情况在于,他们有些出生于苏格兰而长期生活于他处。最具代表性的要数穆丽尔·斯帕克。她出生于爱丁堡,19岁时背井离乡,在非洲居住过六年,回到英国奋斗了数年后,移居意大利并在那里度过了她的后半生。她作品中的故事多发生在苏格兰以外,如《窈窕淑女》发生在伦敦,《东河边的温室》在纽约,《不去打扰》在日内

---

① Carol Anderson,"Listening to the Women Talk",in Gavin Wallace and Randall Stevenson(eds.),*The Scottish Novel since the Seventies*:*New Versions*,*Old Dreams*,Edinburgh:Edinburgh University Press,1993,p.171.

② 他的书信体小说《亨佛利·克林克》从不同侧面描绘18世纪英国的社会生活图景,塑造各具特色的人物形象,糅合了英格兰作家理查逊的艺术手法与菲尔丁的小说主题。《佩雷格林·皮克尔传》(1751)的主人公也不是苏格兰人,而是来自英格兰。斯摩莱特和当时很多在格拉布街陌生的苏格兰文人一样,身在曹营心在汉,他曾在私下说他更喜欢生活在苏格兰文人中间,他和休谟一样认为英格兰这个地方有些浪费他们的才智(参见[美]理查德·B.谢尔(Richard B.Sher):《启蒙与出版:苏格兰作家和十八世纪英国、爱尔兰、美国的出版商》,启蒙编译所译,复旦大学出版社2012年版,第129页)。

瓦。斯帕克这一类久居国外、用英语创作、多以苏格兰以外的地方为创作背景的作家还被称之为"盎格鲁—苏格兰作家(Anglo-Scots)"①,不过,这样的称呼中隐含的后殖民色彩会令人谨慎使用。② 其他作家中也有不少曾在苏格兰以外居住,罗宾·詹金斯就是一位。虽然他觉得很难把生活和写作都基本不以苏格兰为核心的斯帕克当作苏格兰作家③,但他自己也有十年之久不在苏格兰,他的写作涉及马来西亚、阿富汗、西班牙等多处地方。此外如詹姆斯·肯纳韦(James Kennaway)在事业之初定居于英格兰,欧文·韦尔什出生于爱丁堡,在爱尔兰、都柏林和纽约等地居住过。

还有一种情况是,有些小说家并非出生在苏格兰,但创作生涯与苏格兰息息相关。埃里克·林克莱特(Eric Linklater)的祖母是英格兰人,祖父瑞典人,本人出生于威尔士并在英格兰等地生活过,他与苏格兰的渊源始于在苏格兰接受的中学和大学教育,并曾先后居住于苏格兰的奥克尼和罗斯郡。他以苏格兰小说家自居,其小说关注苏格兰,也多有以如意大利、美国、中国等异域为背景的作品。流行小说界最闪耀的作家之一 J.K.罗琳(J.K.Rowling)也不是苏格兰人,她出生于英格兰,在 1993 年母亲去世,婚姻失败后才来到爱丁堡。其系列小说自第一部开始就主要是在爱丁堡完成,而且后来也长居于爱丁堡。

有些作家的先人随着 19 世纪早期至第二次世界大战前的移民大潮④离开了苏格兰前往加拿大、澳大利亚等地,他们出生于异域,但与苏格兰有着血缘的关系,他们的部分作品也与苏格兰相关,如 2013 年获得

① 参见 Douglas Gifford,"Modern Scottish Fiction",*Studies in Scottish Literature*,Vol.13,No.1 (1978),p.272.

② 威尔士文学中也有类似的情况。它曾用"盎格鲁—威尔士文学"一词界定用英语写就的威尔士文学,但该词的后殖民色彩令很多学者持否定态度,而普遍使用 Welsh writing in English 一词来表示。参见许景城:《吉莲·克拉克:为族群发声、为生态言说的威尔士民族诗人》,《外国文艺》2016 年第 6 期,第 38—39 页。

③ 参见 Gerard Carruthers and Liam McIlvanney (eds.),*The Cambridge Companion to Scottish Literature*,Cambridge:Cambridge University Press,2012,p.5.

④ "在 1820 年代至第二次世界大战期间,大约 230 万苏格兰人移居他乡。"参见 Gerard Carruthers,2012,p.275。

诺贝尔文学奖的加拿大小说家艾莉丝·门罗(Alice Munro)①和加拿大作家阿利斯泰尔·麦克洛德(Alistair MacLeod)②都是如此。还有作家如安吉拉·卡特(Angela Carter)因为她的父亲是苏格兰人也会觉得自己游弋于英格兰之外,与苏格兰亲近些。③ 西印度作家威尔逊·哈里斯(Wilson Harris)等也都与苏格兰有或多或少的联系。

此外,尽管没有白种人的肤色,杰姬·凯(Jackie Kay)等作家也活跃在苏格兰小说界。凯的母亲是苏格兰人,父亲是尼日利亚人,此外,她不仅是黑人还是同性恋者,可谓民族身份和性别身份多重性的最好代表。她的创作多从自身经历出发,突出笔下人物对族裔、身份和文化差异的追寻。另一位混血作家卢克·萨瑟兰(Luke Sutherland)也是位有非洲血统的苏格兰人。他们作为少数族裔的身份错综复杂,身份危机往往是他们作品中的重要描写因素。

克莱格曾言,在"一个并非独立的、尚不能确定自己的民族身份是不列颠还是苏格兰的民族里,小说很有可能是首先遭罪的形式"④。且不说遭罪与否,更接近生活的、以虚构想象为特征的小说在苏格兰的发展确实由于历史原因而没有形成统一表达身份的语言介质,而小说家们身份的多样性与多种语言创作并存一样,不仅影响到他们的创作,也会给人们带来一定的困惑,或多或少地造成了读者对他们身份的混淆。他们会被粗心的读者当作英格兰作家,忽略了他们的苏格兰身份,也就在不经意间弱化了苏格兰小说整体上的影响。但是,换一个角度来看,民族文化身份的不确定性为苏格兰小说家提供了说之不尽的素材,提供了"积极的机会

---

① 艾莉丝·门罗:1931— ,门罗的先人于1818年从苏格兰移民到加拿大。她的《石城远望》(*The View from Catle Rock*,2006)描写了先人在苏格兰高地的生活及后裔的变迁。

② 阿利斯泰尔·麦克洛德:1936—2014,麦克洛德的苏格兰先人在18世纪90年代迁往加拿大。他的小说常常讲述苏格兰移民后裔的故事,代表作是获得2001年度英帕克-都柏林文学奖的小说《损失不大》(*No Great Mischief*,1999)。

③ Gavin Wallace and Randall Stevenson(eds.), *The Scottish Novel since the Seventies*:*New Versions*,*Old Dreams*, Edinburgh:Edinburgh University Press,1993,p.171.

④ Cairns Craig,*The Modern Scottish Novel*:*Narrative and the National Imagination*,Edinburgh:Edinburgh University Press,1999,p.14.

而非不利条件"①,对相关问题的关注成为他们小说创作难以舍弃的内容。他们一直在通过文学叙事的参与而建构或强化表现民族身份问题,使之成为苏格兰小说创作的一个核心内容。在当今的社会语境中,身份多样性对于小说家的积极意义是显著的。在四海一家的地球村中,发达的交通设施,灵敏的通信设备,四通八达的网络,这一切都使得作家的流动性越来越强,作家具有流散性或多重的身份反而会为小说创作增添光彩。如俄裔美籍的纳博科夫,日裔英籍的石黑一雄(Kazuo Ishiguro),印度裔英籍的 V.S.奈保尔(V.S.Naipaul),南非白人作家现居住在澳大利亚的约翰·马克斯维尔·库切(John Maxwell Coetzee),他们自身的血脉承载着不同的民族文化,也许其身份性质与苏格兰作家的身份性质不尽相同,但其作品中或明或暗地呈现出由身份问题引出的多重文化视角,不可不说是吸引读者的原因之一。苏格兰的小说能够在 21 世纪扩大影响力,其中一个重要原因,不仅在于其创作者个体身份的多重性,还在于其创作者整体表现出来的特征不是单一的。正如,"抵制一语化是苏格兰文学关键性的有创见的一个部分"②,小说家们的多重身份丰富了苏格兰小说的创作底蕴,使得苏格兰的小说既能体现苏格兰特有的风情,也能够不囿于民族性和地域性的限制,表现出人类共通的东西。可以说,作家的多重身份是苏格兰文学置身于世界文坛的一个重要特征。

起步晚、语言多、身份杂,还有种种盘根错节的政治历史文化问题,苏格兰小说在发展之路上遭遇着种种的麻烦和坎坷,但正是在困境中,苏格兰小说越挫越强,它们穿梭于历史的演变和民族情感的纠结,将原有的尴尬化解为小说发展的契机,形成自己的特色,使其在当代获得了前所未有的成就。它目前所有的成就不在于某个个人的作品,不在于固守单一的

---

① Gerard Carruthers,"Scottish Literature in Diaspora", in *The Cambridge Companion to Scottish Literature*, Gerard Carruthers and Liam McIlvanney(eds.), Cambridge:Cambridge University Press,2012,p.278.

② Ian Brown and Alan Riach (eds.), *The Edinburgh Companion to Twentieth-century Scottish Literature*,Edinburgh:Edinburgh University Press,2009,p.5.

民族性,而是在于将历史融入创作,聚合苏格兰的多样化特征,在于与其他民族其他文化的交融并蓄中,寻找到了突破的方向,形成苏格兰小说繁盛发展的今天。在以下三章中,我们将分阶段探讨当代苏格兰小说的状况,进一步展现它在民族性与世界性、个性化与多样化之间的动态发展。

第三章 蛰伏发展期:文艺复兴至 20 世纪 70 年代

伊恩·布朗和艾兰·里亚赫曾评述说:"20 世纪苏格兰最伟大的成就或许就是彼此表达不同的苏格兰身份。苏格兰,在文学领域,只能被定义为多层面的、复杂的身份,拥有很多未曾涉足的区域和未曾发掘的财富。"①他们所强调的身份多样性表达对于当代苏格兰小说来说,是文学多样性表达的一种基础,与之相关的语言、种族、阶级、消费等各种问题直接或隐性地存在于他们的作品中,形成多方位多样式的棱镜空间。这种多样性在文艺复兴时期开始张扬,逐渐成为当代苏格兰小说的一种力量所在。如果说,20 世纪 80 年代是当代苏格兰小说爆发的阶段,21 世纪是其扬名立万多样化呈现的时期,它爆发的蛰伏期即在张扬"苏格兰式对立"的苏格兰文艺复兴时期。苏格兰文艺复兴是一场雄心勃勃的民族文化复兴运动,力图发扬本民族文化的精髓,推动民族文化的复兴和民族文学的发展。在这场运动中,"苏格兰式对立"这一具有历史意义的概念被推到前台,倡导苏格兰文化及文学的民族特色和多样化发展。文艺复兴运动为苏格兰小说提供了长足发展的契机,探究该时期的复兴理念如何作用于小说的发展,可以为我们厘清当代苏格兰小说的多样化发展途径提供可能性。

一般认为,苏格兰文艺复兴的第一阶段是最强势的阶段,主要是指

---

① Ian Brown and Alan Riach (eds.) , *The Edinburgh Companion to Twentieth-century Scottish Literature* , Edinburgh : Edinburgh University Press , 2009 , p.1.

20世纪二三十年代,第二阶段在四五十年代,第三阶段在60年代;也有看法认为,80年代是该运动的第二波。本书基本采用第一种阶段划分的视角,以二三十年代文艺复兴的高潮期为基点,综合考查该运动为80年代后苏格兰小说爆发所埋下的伏笔,探寻其小说的发展轨迹。

第一节　文艺复兴与苏格兰式对立

文艺复兴的基调在19世纪末20世纪初就已见端倪,"格拉斯哥男孩"的画作、格拉斯哥艺术学院的设计师的作品,还有麦金托什(Charles Rennie Mackintosh)的建筑设计等都已经表现出现代主义创作意识和复兴民族文化的意图。据沃森所言,"文艺复兴"一词首先出现在1895年的期刊《常青》(The Evergreen)上,格迪斯(Patrick Geddes)提出了"凯尔特文艺复兴"(Celtic Renascence),他在文中将爱丁堡视为欧洲城市,认为它表现出超越苏格兰范围的视野和胸怀[1]。用文艺复兴的术语特指20世纪初的这一运动,是出现在法国学者索拉(Denis Saurat)1924年发表的文章中,他用"文艺复兴作家群"(le group de la Renaissance Ecosssise)指代麦克迪尔米德在其诗集中包括的一批作家及其创作。这场运动的帷幕即是由麦克迪尔米德在他本人创刊的文学杂志《苏格兰创作册》(Scottish Chapbook)和在《苏格兰民族》(Scottish Nation)上发表的系列文章拉开的。[2]

文艺复兴运动帷幕的拉开与持续可以说是苏格兰自治风波、社会矛盾的积累和文艺发展的需求共同造成的。苏格兰自1707年失去了

---

① 参见 Roderick Watson, *The Literature of Scotland*:*The Twentieth Century*, New York：Palgrave MacMillan,2007,p.8。

② 麦克迪尔米德在20年代编辑了数本杂志,其中有《苏格兰创作册》(*Scottish Chapbook*)、《北方期刊》(*Northern Numbers*)、《苏格兰民族》(*Scottish Nation*)、《北方评论》(*Northern Review*)等。这些期刊都没有长久发行,但它们"标志着'苏格兰文艺复兴'成为一个自我定义的现代文学运动"。(Roderick Watson, *The Literature of Scotland*:*The Twentieth Century*, New York：Palgrave MacMillan,2007,p.34.)

自己的议会之后,寻求自治的暗流不断。在 19 世纪末期,苏格兰和爱尔兰自治运动(Scottish and Irish Home Rule)已经摆上了执政党自由党的议程上,但第一次世界大战的爆发打断了进程。20 世纪 20 年代早期自由党解体,劳工党实行国际化策略,苏格兰自治提案再度被搁置。不过,自治的努力没有中止,苏格兰国家联盟(Scottish National League)等各种民族运动组织纷纷建立,1928 年建立苏格兰的民族党(the National Party of Scotland),1934 年该党与主张"北爱尔兰模式"的苏格兰党(Scottish Party)合并重组为苏格兰民族党(the Scottish National Party)①,逐渐成为苏格兰自治的主要推动力量。这期间,第一次世界大战打断了自治进程也在战后促使自治活动继续,而且战争硝烟给苏格兰带来了巨大的伤害与损失,深切地激化了社会矛盾。英国军队在苏格兰尤其是高地地区的征兵率远远超过其人口比例,高地居民中几乎整整一代年轻男子都献身于大英帝国,然而牺牲并没有换来苏格兰在大英帝国的地位的提高和群众生活的改善。英国不再是傲娇的工业化强国,苏格兰也随之陷入了糟糕的经济泥沼,抗议、罢工一时成为经常发生的现象。

在落后与不满中,苏格兰人希望能通过复兴运动提升自己的政治经济地位。就苏格兰文学的切身状况而言,自苏格兰与英格兰合并以来,作为官方语言的英语一向在苏格兰有鸠占鹊巢之嫌,虽然传统的盖尔语和苏格兰低地语没有消失,但文人政客基本上都在用英语写作,文学作品也多受英格兰创作模式左右,以至于让人感觉到苏格兰的语言与文学似要被英格兰文学和不列颠意识湮没。在战后政治经济颓败、文学独立创新意识增强的情形下,苏格兰的知识分子开始高调反思民族的历史与文学艺术的现状,寻求文学发展的出路。诗人麦克迪尔米德、埃德温·缪尔,小说家刘易斯·格拉西克·吉本和内尔·米勒·冈恩等人都是该时期的文学精英,积极参与了复兴运动。

---

① 苏格兰民族党(the Scottish National Party):为区分 the National Party of Scotland 和 the Scottish National Party 的汉语译名,也有主张将后者译为"苏格兰国家党"或"苏格兰国民党",本书采用了普遍的译法"苏格兰民族党",将前者译为"苏格兰的民族党"。

与同时期的爱尔兰文艺复兴（1885年至1940年①），美国黑人的哈莱姆文艺复兴（20世纪10年代至20世纪30年代），以及印度的孟加拉文艺复兴（19世纪至20世纪初泰戈尔时期）相似，苏格兰的文艺复兴运动致力于本民族的文化复兴和民族文学的发展。它有着不再唯英格兰马首是瞻的态度，其基本内核有二：一是寻求建立享有政治独立的苏格兰；二是促进苏格兰文化复兴。第一个目标随着第二次世界大战的爆发以及之后公投的失利而未能即时见效。第二个目标，即在促进苏格兰文化复兴方面，"苏格兰式对立"这一概念尤其在文学发展的探讨中为其所用，涉及苏格兰文学的范畴、语言、经典与独立性等问题，为第二次世界大战后苏格兰小说的腾飞作好了准备。

"苏格兰式对立"最初是G.格雷戈里·史密斯在1919年的专著《苏格兰文学：性格与影响》中提出来用以归纳苏格兰文学中显现的民族心理或民族表达的一些特征。这个概念不是一个为时间所限制的概念，并不专属于对当代苏格兰的描述。它的基本意思是，苏格兰式的情感是独具特色且极端化的，包括相反趋势的结合。在史密斯的论述中，苏格兰文学的一致性，至少是在形式表达和素材选择上的一致性，是表面性的；实际上，苏格兰文学"明显是多样化的"，而且，

> 在国外影响和国内分裂与反拨的压力下，它几乎成为百转千折的矛盾体。不过，我们无需为矛盾对立而感到窘迫。或许正是相反事物的组合——两位来自诺维奇和克罗马第的托马斯爵士可能愿意将之称为"苏格兰式对立"——可以让我们反思苏格兰人在每个转折时刻的矛盾：在政治和教会历史方面，在极端的不安分方面，在适应性方面。这是以另一种方式说明，在实际判断中，苏格兰为新情况留有余地，也就是承认事物的两方面都考虑在内了。②

---

① 参见何树：《从本土走向世界——爱尔兰文艺复兴运动研究》，军事谊文出版社2002年版，第1页。也有说法认为爱尔兰文艺复兴时期为19世纪90年代至20世纪30年代。

② G.Gregory Smith, *Scottish Literature：Character and Influence*, London：MacMillan and Co.，Limited，1919，p.4.

史密斯继而肯定了对立矛盾对于苏格兰尤其是苏格兰文学的价值,"可以在不一致的基础上,更好地揭示苏格兰文学中显而易见的综合性;……更好地揭示文学传统的延续。"[①]这个概念在实际的运用中包含了多方面的意思,它形象地阐释了长久以来苏格兰人个性的两极化,民族文化的矛盾性和身份的不稳定性;同时,它也形象地表现了苏格兰小说书写内容的多样性,以及苏格兰小说发展的多样化特征。

"苏格兰式对立"概念中所包含的兼容并蓄的现代主义精神十分符合文艺复兴时期的需求,文艺复兴的领袖麦克迪尔米德积极利用它的内涵来推动文艺复兴运动,倡导苏格兰文学的多样化发展,小说在这一时期也获得了发展的契机。麦克迪尔米德以庞德、劳伦斯、乔伊斯为样板,提倡苏格兰文学向欧洲看齐,甚至可以看得更远。他主张追求文学的多样化发展,其中一个基本的诉求就是打破英语的垄断地位,提倡使用苏格兰方言,形成苏格兰语言使用多样化的格局,以此彰显苏格兰文学的民族性和多元性。当时有些作家通过更改姓名这一个看似不起眼的行为作出了响应。麦克迪尔米德本人原名为克里斯托夫·格里夫(Christopher Grieve),在用苏格兰方言发表诗作时更改为麦克迪尔米德。小说家费恩·迈克·科拉(Fionn Mac Colla)原名为汤姆·迈克唐纳德(Tom Mac-Donald),伊恩·海(Ian Hay)也是从约翰·海·贝斯(John Hay Beith)改过来的,他们三人都是将名字改成了盖尔语的称呼。有的作家如梅弗(Osborne Henry Mavor)则没有采用盖尔语姓名,而是改笔名为詹姆斯·布赖迪(James Bridie)。通过改名换姓,作家们借助语言的"游戏"暗示了自己对民族文艺复兴的理解,同时创作也更加自由地跨越苏格兰的地域边界呈现多样性。[②]

埃德温·缪尔是文艺复兴时期的另一位扛鼎人物,麦克迪尔米德的

---

①　G.Gregory Smith, *Scottish Literature : Character and Influence*, London : MacMillan and Co., Limited,1919,p.5.

②　参见 Ian Brown and Alan Riach, "Introduction", in *The Edinburgh Companion to Twentieth-century Scottish Literature*, Ian Brown and Alan Riach (eds.), Edinburgh : Edinburgh University Press,2009,p.3。

主张由于他的存在而更具有活力。缪尔比麦克迪尔米德年长五岁,原来两人同为《新时代》(*New Age*)的供稿人,在 20 世纪 20 年代结为朋友,但后来却因意见相左而分道扬镳。缪尔在《司各特与苏格兰:苏格兰作家的困境》中认为,苏格兰文学的复兴不能依靠使用苏格兰语,苏格兰语的使用只会促使理智与情感的分离,成熟的文化应该有同质的语言;坚持使用苏格兰语的作家会让人觉得他们趋于让情感控制理性,不愿进入成人的世界。实际上,缪尔是主张使用英语进行创作以拓宽苏格兰文学的出路,但使用英语并不等于抛弃苏格兰特色,亦可以通过其他方式进行声张。缪尔本人在创作中热衷于运用史诗神话的象征意义,表现苏格兰文化的源远流长与深厚底蕴。对于麦克迪尔米德推崇的"苏格兰式对立",他也有所质疑,认为这个概念给人的印象是一个极端直接到另一个极端,没有缓和没有出路,只会导致没有结果的文化僵局。①

麦克迪尔米德与缪尔关于苏格兰式对立的争议,表面上看来是在语言使用的层面,实际上牵涉到苏格兰文学走向的根本问题,而且这一问题在争议中并未形成明确答案。有意思的是,尽管缪尔不完全赞同"苏格兰式对立",但他与麦克迪尔米德的争执恰恰体现了它的精髓:不同观念的碰撞,皆为苏格兰文学繁荣发展这一目标。正是如此,在文学意义上,这场运动逐渐发展成为文学的多样性并存及对文化霸权的去中心化运动。刘易斯·格拉西克·吉本和内尔·米勒·冈恩等苏格兰小说家们为了振兴苏格兰文学与文化这一共同目标而进行创作,努力使得"坚定的开放性和真正意义上的骨气深刻地嵌入苏格兰文艺复兴的作品中"②。他们自觉地背负起振兴民族身份、进行艺术创新的职责,力图在文学作品中重构一个独特的苏格兰,将"个人的、民族的,甚至是世界的结合在一起"③。他们对苏格兰文化历史进行重新阐释,在语言、主题和表现方式

① 参见 Roderick Watson, *The Literature of Scotland*: *The Twentieth Century*, New York: Palgrave MacMillan, 2007, p.3。

② Ian Brown and Alan Riach (eds.), *The Edinburgh Companion to Twentieth-century Scottish Literature*, Edinburgh: Edinburgh University Press, 2009, p.7。

③ Roderick Watson, *The Literature of Scotland*: *The Twentieth Century*, New York: Palgrave MacMillan, 2007, p.2。

上多层面地打破对英格兰文学的亦步亦趋的状态,向世人展示苏格兰小说的独特性与价值,而苏格兰小说多样化发展的特征也正是由于这样的努力而逐步形成。简单说来,"苏格兰式对立"作为文艺复兴的一个重要概念,它既主张多样化发展,也要求彰显民族意识,既可以极具苏格兰特征,也可以关乎苏格兰以外,看似对立矛盾的各个方面形成张力推动了苏格兰文学的发展,而这种特征在当时的小说创作中不无体现,并延伸至以后的小说创作中。

第二节　高潮期开创新风的小说创作

在二三十年代的文艺复兴高潮期,麦克迪尔米德等复兴领袖在文学创作方面多以诗歌见长,让人觉得当时诗歌发展一片繁荣。不过,小说在当时创作的声势虽然不及诗歌,但成长的步伐并不缓慢。民族意识、个人身份等长期存在又具有现代性的问题以各种形式融入了苏格兰小说的骨血,弗洛伊德和荣格等人的现代性理论也渗入苏格兰小说的文本,借助不同语言的"游戏",小说家们进行着主题和形式的拓展。他们趋向于象征性地运用神话史诗表达思想,深入过去的辉煌,透析现代的文明危机,再现"苏格兰式对立"兼容并蓄对立统一的特征。对 19 世纪末流行的菜园小说进行反拨是该时期小说发展的突破口,打破了当时乡村理想主义的单一情调,逐渐形成了城镇现实主义与乡村理想主义的对立。

菜园小说长于乡村风情描写一度颇受读者青睐,以乔治·道格拉斯·布朗(George Douglas Brown)为代表的作家则对其中怀旧善感的苏格兰乡间田园故事不以为然,他们另辟蹊径,以批判讽刺的手法描写苏格兰人的生活,再现苏格兰不容乐观的状况。布朗在《绿色百叶窗的房子》(*The House with the Green Shutters*,1901)中借苏格兰乡镇上某个商人的故事辛辣讽刺了小镇居民思想的陈腐与狭隘。书中白手起家的商人颐指气使风光一时,但由于未能顺应铁路和煤矿业的发展及时调整营业策略,生意走向下坡路。他寄希望于儿子,儿子却成了一事无成的失败者。小说最后,醉酒的儿子弑父后自杀,他患病的姐姐和一向惧夫的母亲也自杀身亡。小说里找不到菜园小说习以为常的矫情,而是以阴沉客观的语调冷酷地直描了苏格兰的颓败景象。王佐良先生在《英国 20 世纪文学史》中将这本出版于 20 世纪第一年的作品当作苏格兰现代小说的开始,认为它开创了新小说的传统。① 这部小说在沃森的评论中也具有极大的重要性,是"苏格兰文学一个特别的里程碑,利用菜园小说本身的要素摧毁了这漂亮的花丛本身"②。摧毁也意味着新生,它就此开启了苏格兰小说摆脱菜园小说的温情模式、直面苏格兰冷酷现实进行创作的先河。

在偏离菜园小说的发展过程中,作家们各用其道书写现实的苏格兰,更加关注生活的艰辛以及人性的阴暗。埃德温·缪尔对于菜园小说的表现方式也比较感冒,不同于布朗,他将创作的矛头由乡镇更多地指向城市生活。如果说,他在诗歌创作中运用英语"以平和中立的语调,通过引经据典或来自少年时期、神话或梦境的意象,冥想时间及永恒"③,在小说中,他则更加直接地描绘了城市社会的阴暗与生活的苦痛。1927 年至 1932 年期间,他发表过三部小说,第三部小说《可怜的汤姆》(*Poor Tom*, 1932)借一个患有脑瘤的酗酒者和兄弟之间的故事,展现了格拉斯哥令人难受的中低层阶级的生活,表现出对现实的厌恶与对宗教和社会主义的失望。

缪尔善于从神话中寻找诗歌和小说创作的灵感与内容,专事小说创作的刘易斯·格拉西克·吉本④和内尔·米勒·冈恩甚至比缪尔更多地诉诸神话原型以借古喻今,和布朗一样,他们也不再动辄田园风光温情脉脉,而是以苏格兰原本的状态映衬其居民现代生活的困惑或者希望。

---

① 王佐良、周珏良主编:《英国 20 世纪文学史》,外语教学与研究出版社 2006 年版,第 299 页。

② Roderick Watson, *The Literature of Scotland: The Twentieth Century*, New York: Palgrave MacMillan, 2007, p.18.

③ Roderick Watson, *The Literature of Scotland: The Twentieth Century*, New York: Palgrave MacMillan, 2007, p.51.

④ 刘易斯·格拉西克·吉本(Lewis Grassic Gibbon)为笔名,原名 James Leslie Mitchell(1901–1935)。

"'集体记忆'在一个集体——特别是民族集体——回溯性的身份认同中起到了持久的作用。"①冈恩和吉本都非常珍视高地文化在现代社会中的传承,他们在小说里大量运用传统的象征意象诉诸"集体记忆",传达苏格兰的传统与精神,形成象征性的现实主义写作。

吉本可以说是文艺复兴时期成就最高的小说家。他的三部曲《苏格兰人之书》(A Scots Quair,1932–1934)游走于苏格兰低地语和英语之间,反映了 1911 年到 1932 年间苏格兰的社会历史变迁。第一部《落日之歌》(Sunset Song)是很多苏格兰学校的课堂读物,并曾在报刊的投票中入选"苏格兰最受欢迎的小说"②。三部小说皆围绕生长于苏格兰东北部的女主人公克丽丝展开。小说虽然不是用方言写成,却蕴含着高地生活的节奏,运用内在口语化叙事手段,以人称代词"你"用于人物自称和泛指,使得读者自觉地分享人物的经历和感受。克丽丝似一个高地的精灵,喜欢流连于城堡废墟或高处联想往昔,是一个极具象征意义的人物。第一次世界大战的爆发、大罢工的失利给她和家人与同乡的生活带来冲击,而三次的婚姻、几次的迁移,最终的回归故乡都未能让她形成对自己的明确认知。在面对身边的男人们时,她仿佛有多个自我,但始终有一个自我是属于她自己的,旁人不可触及。她的丈夫似乎都不能真正拥有她,第一任丈夫死于战场,第二任丈夫因大罢工失败而郁积病亡,第三任丈夫则认识到自己不能真正拥有克丽丝而移居加拿大。克丽丝和丈夫们的关系象征了苏格兰不可调和的方方面面,而她也在一定程度上成为苏格兰人的象征。吉本信奉传播学派的"文化圈"学说,认为苏格兰的黄金岁月始于母系社会的皮科特人,所以在小说中赋予了主人公女性的身份和民族精神的特质,让她的精神世界不时地回归到高地过去的自由岁月,透露出吉本对过去的缅怀以及对现实的揭示与诗化疏离。这部小说成为文艺复兴时期的代表作品,在我国于 1993 年由上海译文出版社推出了中文译本。

<hr>

① 〔法〕阿尔弗雷泽・格罗塞:《身份认同的困境》,王鲲译,社会科学文献出版社 2010 年版,第 37 页。

② 参见 Ian Brown and Alan Riach (eds.), *The Edinburgh Companion to Twentieth-century Scottish Literature*, Edinburgh: Edinburgh University Press, 2009, p.12。

　　吉本的小说显现出记忆的厚重与失落感,和他一样珍视高地文化的冈恩则力图在作品中通过过去寻找自我、探寻实现文化复兴的可能。冈恩在平日生活中热心于苏格兰民族党事务,小说也多直接相关苏格兰20世纪30年代的状况。他的代表作《高地河》(*Highland River*,1937)采用现代主义小说的叙述技巧,大量运用苏格兰民族的传统意象,以片段式的环状叙述穿梭于过去和现在,讲述主人公肯的人生成长。肯追寻着河流的源头,也在寻找着逝去的金色年华,寻找着自己的根源。小说中河流源头的消失与再现似乎象征着寻找根源的无意义,演绎了个人身份乃至文化身份的模糊性。这部小说堪与乔伊斯《一位青年艺术家的肖像》媲美。沃森的评论具有概括性:"冈恩的作品令人印象深刻地对难以表述的事物进行了表达;在考虑到人类思维本性时,他的象征性的洞察力与盖尔人诗歌的天分相结合,对现实进行了非个人化的详尽表达。"①

　　对于民族文化与历史的思考是文艺复兴时期小说创作的重要内容,吉本和冈恩的作品中不乏此类的表现,同时期的大卫·林赛(David Lindsay)等人的创作也是如此。他们的创作与吉本、冈恩的小说相较在创作技巧和手法上各有所长,以不同的方式呈现民族文化的记忆以及对苏格兰现状的冷静思考,写作的触角也有意伸出苏格兰本土,而且在民族主义思想方面,各自进行着或显性或隐性的表达,促进多样化创作局面的逐步形成。

　　林赛擅长于将对现实的思考放置在科幻的背景中。他的代表作《大角星之旅》(*A Voyage to Arcturus*,1920)列于哈罗德·布鲁姆的西方经典书目中。虽然小说具有科幻传奇特征,但梦幻始终与现实交织,并蕴含着对身份与命运的疑惑、对精神与哲学的思索。作品中没有插科打诨的讽刺,在它的奇幻世界里弥漫着黑色沉重的氛围。主人公马斯卡尔飞离苏格兰东北海岸到达大角星下的托曼斯星球。他与同伴走散,在这个充满着对立存在的星球上四处寻找他们,最终聆听着曾在苏格兰海岸听过

---

　　① Roderick Watson,*The Literature of Scotland:The Twentieth Century*,New York:Palgrave MacMillan,2007,p.91.

的鼓声而死去。小说并没有在此结束,死后的马斯卡尔与他的另一个自我奈特索珀合体,并发现物质世界藏匿于艺术与美好之下原本丑陋的真面目。此刻,马斯卡尔才真正了解了自己的旅程,但只能由奈特索珀开始新的旅程。这部小说的情节与人物也许缺乏圆润感,但书中描绘的奇异而现实的大角星世界带给读者不一般的新鲜感和冲击感,寻找与旅行的过程深度蕴含了对民族和身份的探寻,小说原显生硬的技巧因此也不那么受人诟病,反而成为它的艺术特征之一。据说 C. S. 刘易斯(Clive Staples Lewis)著名的科幻小说《皮尔兰德拉星》(*Perelandra*,1943)曾受到林赛这部作品的影响。

埃里克·林克莱特(Eric Linklater)的作品有社会滑稽戏的味道。他在这时期创作的《马格努斯·梅里曼》(*Magnus Merriman*,1934)中塑造了一个民族主义分子马格努斯。马格努斯是个政治和爱情的冒险家,而他与年轻漂亮思想贫乏的苏格兰姑娘的婚姻却成了他的羁绊,书中借这个人物以嘲弄的口吻涉及了苏格兰的民族主义运动。林克莱特的创作还表现出苏格兰小说创作背景的广泛化。他本人去过法国、中国、意大利等异域之处,丰富的游历使得他创作的视域越过了苏格兰,如《璜在美国》(*Juan in America*,1931)中的主人公璜是个走到哪里把麻烦带到哪里的人,林克莱特通过这个拜伦式的天真又桀骜不驯的人物,描绘了在禁酒令时期的美国状况。

民族主义表现最明显的小说家是费恩·迈克·科拉(Fionn Mac Colla)。他积极参与民族主义党的活动,曾专门到格拉斯哥大学学习盖尔语,也是在那里开始用科拉这个名字来称呼自己。科拉是麦克迪尔米德的好友,文艺复兴的坚定支持者,在他的创作中不难见到对于民族身份的忠诚和对于超越民族界限的自由创作的热望,可以被称为当时"唯一一位坚持民族身份重要性,并在政治主张中表明这点的作家"①。这在科拉的代表作《阿尔巴那赫》(*The Albannach*,1932)中不无体现。小说主人公

---

① Bernard Sellin, "Post-War Scottish Fiction-Mac Colla, Linklater, Jenkins, Spark and Kennaway", in *The Edinburgh Companion to Twentieth-century Scottish Literature*, Ian Brown and Alan Riach(eds), Edinburgh: Edinburgh University Press, 2009, p.129.

安德森是个高地人,他离开大学回乡奔丧然后结婚成家,但看似安顿的日子并没有带来幸福感,酗酒也无法令他得到解脱,还差点儿自杀。科拉为笔下的主人公提供的出路即是投身于民族文化的浸淫:让高地的农耕生活和传统的诗歌民谣赋予他生活的热情,用苏格兰的民族精神激励他发现自己的创作力。

不难发现,以上所提到的都是一些男作家,其实,女作家在文艺复兴时期也开始蓄力而发。虽然她们的创作往往被挡在经典之外,但"以不同的方式这些女作家们实现了麦克迪尔米德与他的同行者所提出的很多目标"①。凯瑟琳·卡斯韦尔(Catherine Carswell)②、南·谢菲尔德(Nan Shepherd)③、薇拉·缪尔④,及姐妹花玛丽·芬勒特(Mary Findlater)和简·芬勒特(Jane Findlater)⑤等都是当时杰出的代表。她们当中,娜奥米·米奇森最具声望,她涉猎历史小说、科幻小说、非虚构小说各类型创作,其作品在揭示现实社会的疮疤方面,丝毫不逊于男性作家的作品,甚至是更为大胆。她的代表作为借古喻今的《玉米国王与春王后》(*The Corn King and the Spring Queen*,1931),以及另一本因涉及强奸打胎等行为而屡遭非议的《受过警告》(*We Have Been Warned*,1935)。《玉米国王与春王后》发生在公元前 2 世纪,描写的是锡西厄游牧民族的国王典仪和生命繁衍。小说影射了现代社会中的权力之争,将黑海边上的远古事件和意大利墨索里尼的统治巧妙地联系在一起。米奇森和同行女作家们的崛起,为苏格兰小说创作又增添了多样化的风景。

在这一阶段的小说创作中,除去表现历史文化、民族意识和性别身份之外,城市问题也成为当时作家笔下的关注点。1920—1930 年的全球经

---

① Douglas Gifford, Sarah Dunnigan and Alan MacGillivray (eds.) *Scottish Literature:in English and Scots*,Edinburgh:Edinburgh University Press,2002,p.506.

② 凯瑟琳·卡斯韦尔:1879—1946,代表作为《开门!》(*Open the Door!*,1920)。

③ 南·谢菲尔德:1893—1981,代表作为《捕猎林》(*The Quarry Wood*,1928)。

④ 薇拉·缪尔:1890—1970,代表作为《幻想角落》(*Imagined Corners*,1931)。她是埃德温·缪尔的妻子,另一部知名作品是《里奇夫人》(*Mrs Ritchie*,1933)。

⑤ 玛丽·芬勒特和简·芬勒特:玛丽·芬勒特(1865—1963)的作品有《窄路》(*A Narrow Way*,1901)等。简·芬勒特(1866—1946)的作品有《说过的故事》(*Tales That Are Told*,1901)等。姐妹两人合作完成代表作《克罗斯里格》(*Crossriggs*,1908)。

济危机使格拉斯哥等工业化城市遭受了沉重打击，大量劳动力失去了工作，暴露出贫困与犯罪等城市化过程中的典型的社会问题和矛盾，但事物往往具有两面性，城市的颓败与堕落却也为小说创作提供了更多的可能性。乔治·布莱克（George Blake）、詹姆斯·巴克（James Barke）和爱德华·盖坦思（Edward Gaitens）①等创作了以工业化和城市为背景的小说，城市无产者及其生活由此纳入了小说创作的内容与主题。其他作家如林克莱特、缪尔和科拉等在书写中也都表现出对城市现状的在意。在他们的作品中，苏格兰城市往往不具备积极的意义，缺乏正能量的传递。这种对于城市生活的关注在 20 世纪五六十年代及之后的阿拉斯代尔·格雷和詹姆斯·凯尔曼等作家的创作中皆有所回应。

第三节　高潮期后疏离且继承的小说创作

苏格兰小说在文艺复兴的所谓第二和第三阶段的发展则更像是在对二三十年代复兴高潮的某种疏离中成长，并逐渐形成当代苏格兰小说发展的格局和规模。第二次世界大战的浩劫给苏格兰人带来严重的心理创伤，文艺复兴的民族主义高调已然难以一呼百应。莫伊拉·伯吉斯（Moira Burgess）在谈及此现象与文学创作的关系时摘引了吉福德《苏格兰文学：英语文学和苏格兰语文学》中的描述："文艺复兴的价值观在很多人看来，危险地接近了三四十年代的德国纳粹民族主义……质疑……一直持续到 1945 年很久以后，这种质疑，以及 50 年代了无生气的城市灰霾所带来的理想破灭与怀疑主义，导致了作家们拒绝'文艺复兴'作家的价值观和信仰。"②可以说，作家们拒绝的是文艺复兴时期过分强调民族

---

① 乔治·布莱克的代表作为《造船者》（*The Shipbuliders*，1935），詹姆斯·巴克的代表作为《大手术》（*Major Operation*，1936），爱德华·盖坦思的代表作为《学徒的舞蹈》（*The Dance of the Apprentices*，1948）。

② Moira Burgess, "Arcades—The 1940s and 1950s", in *The Edinburgh Companion to Twentieth-century Scottish Literature*, Ian Brown and Alan Riach (eds.), Edinburgh：Edinburgh University Press, 2009, p.103.

主义的价值观,小说家尤为如此。从某种意义上说,这也相当于与高潮期形成矛盾的"苏格兰式对立"存在。不过,如前所述,高潮期的小说虽然表现民族复兴的主题,但并不都是极端民族意识的喇叭,它们的价值亦在于开始面对苏格兰的现实。高潮期之后的创作延续并发扬了这一趋势,小说家们以更现实的态度对待本民族的人民和生活状况,或者是以更开阔的视野讲述苏格兰内外的故事,丰富小说创作的多样化,避开民族主义的死扣。娜奥米·米奇森的《公牛》(*The Bull Calves*,1947)、迈克·科拉的《背叛》(*And The Cock Crew*①,1945)等都是当时的杰出作品。

文艺复兴高潮期后的 40 年代,战争在埃里克·林克莱特等作家的小说中成为重要的内容。林克莱特基于自己在意大利的经历,以反讽的风格写出了代表作《士兵安杰洛》(*Private Angelo*,1946)。该小说以战争为背景,却竭力不直接涉及灾难等负面内容,悲观情绪也被以喜剧化的手段展现。沃森认为它在描写战争的痛苦与荒诞的意义方面不啻于约瑟夫·海勒(Joseph Heller)的《第二十二条军规》。②

有些作家尽管有着强烈的民族主义思想,但也不会让它过度渗入自己的作品,康普顿·麦肯齐(Compton Mackenzie)③即是其一。他的小说很少关涉苏格兰政治问题,在代表作六卷本的《爱之四向风》(*The Four Winds of Love*,1937−1945)中也只是略有显露。该小说用三千多页的篇幅虚构了一位中上层阶级的苏格兰人奥格尔维在 20 世纪初 40年的经历。其手法类似于成长小说,演绎了奥格尔维从学生到剧作家、游客、情人、政客、教师的种种身份,具有反省的意味。麦肯齐在这系列小说中将东南西北风对应"四个爱情故事,四种爱情哲学,一个人生命中

---

① 《背叛》的英文标题源自于《圣经》故事。彼得在最后一次晚餐耶稣被抓后三次不认主,而耶稣之前就预言过:鸡叫之前,他会背叛。

② Roderick Watson,*The Literature of Scotland:The Twentieth Century*,New York:Palgrave MacMillan,2007,p.64.

③ 麦肯齐并非苏格兰人,只是先辈在苏格兰居住过。他出生于英格兰,在圣保罗和牛津接受过教育。尽管不是苏格兰本土居民,他热衷于苏格兰的民族事业,赋予自己苏格兰人的身份,并成为苏格兰民族党的奠基人之一。

的四十年"①。东风部分发生在 1900—1911 年的英格兰并转至波兰，南
风部分为 1912—1917 年间发生在地中海的爱情与战争，西风部分立足于
战后的美国和困顿的爱尔兰，最后的北风部分在奥格尔维的老家赫布里
底群岛，亦是希特勒的北欧人纯种论大行其道之时。这部史诗般的长篇
小说被称为"20 世纪最有雄心的苏格兰小说之一"②。麦肯齐在 40 年代
后期的小说创作趋于轻松流行，写出过滑稽故事《幽谷之王》（*The
Monarch of the Glen*，1941）。

自 20 世纪 50 年代起苏格兰小说发展出现了一些新的机遇，彼时乔
治六世去世（1952），伊丽莎白女王登基（1953），电视开始在苏格兰使用，
传播出版业开始发展，文学传播的途径因而更为广泛。当时爱丁堡和格
拉斯哥雄厚的印刷出版业实力已经不可小觑。如克莱格所言："从形式
上来看，小说是现代化的一种力量，是本尼迪克特·安德森（Benedict An-
derson）③定义为'一种现代性推动力量'的印刷资本主义发展的结果。"④
印刷业的发展为苏格兰小说家提供了广袤的发表园地，推动着苏格兰小
说的发展。康斯特布尔（Constable）、布莱克伍德（William Blackwood）、奥
利弗与博伊德（Oliver and Boyd）、钱伯斯（Chambers）、尼尔森和布来奇
（Nelson and Blackie）等出版社基地集中在爱丁堡，柯林斯出版社
（Collins）落户于格拉斯哥。虽然在汤姆森集团（Thomson Organisation）收
购尼尔森出版社之后，苏格兰出版业有些下滑，但很快，一些规模不大的
独立出版社接连出现。爱丁堡大学学生出版社（即后来的 Polygon）和坎
农格特出版社（Canongate）相继在 1969 年和 1973 年成立，它们继续担当
起振兴苏格兰文学出版和传播的任务，激励着小说的创作。

----

① 转引自 Roderick Watson，*The Literature of Scotland：The Twentieth Century*，New York：
Palgrave MacMillan，2007，p.61。

② Moira Burgess，"Arcades—The 1940s and 1950s"，in *The Edinburgh Companion to
Twentieth-century Scottish Literature*，Brown and Alan Riach（eds.），Edinburgh：Edinburgh Uni-
versity Press，2009，p.105.

③ 本尼迪克特·安德森著有《想象的共同体：民族主义的起源与散步》。

④ Cairns Craig，*The Modern Scottish Novel：Narrative and the National Imagination*，Edin-
burgh：Edinburgh University Press，1999，p.11.

创作的机遇大于以往,20 世纪 50 年代及之后的苏格兰小说创作在民族主义表现方面也更趋于淡化。小说家们在战争和民族心理的阴影中缓步前进,在现代化的风潮中为日后的发展积攒内力。我们知道,这一时期也是英格兰"愤怒的青年",美国"垮掉的一代"和法国"新小说"等流派活跃非常的时期,它们以文学的形式宣泄愤世嫉俗的情绪、张扬自由主义的精神。苏格兰并未像它们那样形成新一轮的文学运动或流派,不过,在其创作中也时常可见当时弥漫欧洲的悲观情绪和寻求变化的思想。作家们在迷惘、失落的语境中,面对着战后艰难的生活、城市的败落和工业化发展的劣迹,普遍缺少安定感与归属感。从政治层面上看,战后低落的民族主义情绪在这一阶段并没有根本的改变,不列颠意识占据着上风。英国从 1945 年工党上台执政到 1979 年撒切尔夫人出任首相,历届执政工党和保守党执行了近乎一致的政策,形成了共识政治。苏格兰在这一阶段基本服从于共识政治的统治,对相去不远的"二战"血腥现实的恐惧与反思使得民族主义性抗争情绪没有形成潮流。怀揣着个人的或民族的创伤感,苏格兰的小说家们在这一时期的创作中没有过多的理想主义也没有过多的怀旧,没有执着于强化民族独立意识,而是延续了 40 年代现实主义趋势,描绘了在失去信仰的世界里的生存者,尤其是苏格兰人的众生图。据加文·华莱士所言,"五六十年代的小说家为了挑战文艺复兴时期的史诗—神话冲动,而故意专注于玩世不恭的且是宿命论的城市现实主义——这是一个没有实现可能性的世界,理想主义幻灭的世界,令准艺术家们心生畏惧望而却步的世界。"[①]在描绘这样一个令人心伤的世界同时,他们的创作带上了更多怀疑主义和个人主义的精神。不过,对于个人的关注并不意味着闭关自守,失却了苏格兰式对立的精神;他们也更加关注道德等更具有普遍意义的一些问题,并且表现出国际化倾向。于 1968—1974 年出版发行的《国际苏格兰》(Scottish International)通常被当作文艺复兴的第三阶段发展的标志,它实际上也表现出苏格兰文学越来

---

① Gavin Wallace and Randall Stevenson(eds.),*The Scottish Novel since the Seventies*:*New Versions*,*Old Dreams*,Edinburgh:Edinburgh University Press,1993,p.3.

越不愿故步自封,而是将视野更多地放向苏格兰以外的疆域,谋求风格和主题创新,主动向国际化发展实现创作突破的努力。这一阶段的代表作家有罗宾·詹金斯、詹姆斯·肯纳韦和穆丽尔·斯帕克。

罗宾·詹金斯在20世纪50年代才出版专著,但这些专著却为后20年很多现实主义小说定下了基调。他的小说里"通常注重的是个人问题,而不是集体利益或视角"①,它们的背景常设置在萧条的拉纳克郡地区。在《蓟与圣杯》(*The Thistle and the Grail*,1954)等作品中,我们可以读到城市里的罪恶引力与精神成长间的磨砺,感受到小说中的是非善恶常处于临界的状态,人性在詹金斯的演绎下倍加令人心痛。而且,宗教元素和相关主题也是其创作中的暗流,"他对更广泛的道德问题、对善恶本性和个人罪责问题的关注本身就是更动态的相关宗教改革和启蒙运动的早期苏格兰文化的历史产物。"②他的代表作品《摘果人》(*The Cone-Gatherers*,1955)讲述了战争期间一对兄弟在苏格兰某林场与林场管理员的遭遇和矛盾,小说对于善恶人性与阶级冲突的描写深入情理。他在六七十年代的小说更注重个人自我的表现,《弗格斯·拉蒙特》(*Fergus Lamont*,1979)借格拉斯哥贫民窟出生的拉蒙特重塑身份的故事,充分演绎了现代苏格兰人的心理,被称为"当代苏格兰小说一个深刻的叙事修辞"③。

同时期的小说家詹姆斯·肯纳韦也长于现实性的创作,他常以对话形式进行叙事,描写家庭事务、谎言与背叛,影射当时的货币危机、学潮等政治社会问题。他的第一部小说《荣耀之曲》(*Tunes of Glory*,1956)即是基于本人的经历以现实主义的笔调讲述"二战"后军队里的故事。小说主人公陆军上校乔克具有传统苏格兰军人的气质,但又与现代社会有些格格不入。他和新上任的少校之间的矛盾,表现出传统对于苏格兰人性

---

① Bernard Sellin,"Post-War Scottish Fiction – Mac Colla,Linklater,Jenkins,Spark and Kennaway",in *The Edinburgh Companion to Twentieth-century Scottish Literature*,Ian Brown and Alan Riach(eds.),Edinburgh:Edinburgh University Press,2009,p.130.

② Roderick Watson,*The Literature of Scotland:The Twentieth Century*,New York:Palgrave MacMillan,2007,p.160.

③ 转引自Ian Brown and Alan Riach (eds.),*The Edinburgh Companion to Twentieth-century Scottish Literature*,Edinburgh:Edinburgh University Press,2009,p.142.

格的影响,以及个人意识的冲突和权力的争夺。他在60年代的创作实验性相对强化,发表了《家族幽灵》(*Household Ghosts*,1961)和《如此生活的代价》(*The Cost of Living Like This*,1969)等作品。

苏格兰小说的巨匠级人物穆丽尔·斯帕克在20世纪50年代崭露头角,60年代推出了代表作。她和詹金斯一样看到个人的力量,和肯纳韦一样关注战后的人们,并和其他苏格兰作家一样,虽然见证了宗教在"二战"后普遍失去了它以往的强大作用,但亦无法割舍这一主题,在自己的作品中深刻地反映了宗教信仰的失落或变化对人的影响。其第一部自传体式小说《劝慰者》(*The Comforters*,1957)出版于她皈依天主教三年之后,主人公卡罗琳和斯帕克本人一样饱受精神危机的折磨,在上帝的意志和个人意志间徘徊。在《曼德鲍姆门》(*The Mandelbaum Gate*,1965)中,有着犹太血统的主人公芭芭拉面对宗教和民族身份的困扰,在性与天主教准则之间力寻平衡而不得。《唯一的问题》中人物纠结于《约伯记》矛盾命题的深思,其人生际遇与选择也与之相呼应。这种将宗教与个人身份自我意识的关联在代表作《布罗迪小姐的青春》(*The Prime of Miss Jean Brodie*,1961)中表现突出,探究了个人自我表现和膨胀的可能性。小说背景设置在战后的爱丁堡,其主人公布罗迪小姐执拗地将个人观念强加于学生,落得个被爱徒背叛的下场。小说将个人身份的表现契合于宗教、战争、人性等多重影响力之下,宗教与身份问题在其描写与探索中互为映衬。在斯帕克的作品中,对于个人存在的关注是常见的主旨,只是随着创作的发展,小说的背景常常被设置到了苏格兰以外。如,《驾驶席》(*The Driver's Seat*,1970)以出乎读者期待的倒叙方式追踪描述了一名北欧女子陷入疯狂直至自杀的几个小时,呈现了一种个人在与世隔绝的状况下对自我定义的不可能的探寻。

在詹金斯、肯纳韦、斯帕克这三位作家中,前两位基本延续了19世纪现实主义小说的模式,但也时常打破一下传统的叙事,与20世纪后期的小说创作接轨。比方说,詹金斯在《弗格斯·拉蒙特》中运用双重叙事声音,肯纳韦在《家族幽灵》(*Household Ghosts*)中安排叙事者交替出场。与詹金斯和肯纳韦相比,斯帕克的故事更具有国际性,也更具有现代叙事精神。她在小说里更经常地使用多重叙事视角、反讽、时间跳跃等手法,强调小说的虚构性。互文、元小说等术语常被用来标注她的作品。

除了这三位以外,20 世纪 50 至 70 年代还有几位作家,他们创作小说的历史虽然很短,但也有所建树和影响,尤其是对城市的描写方面,如艾伦·夏普(Alan Sharp)、戈登·M.威廉斯(Gordon M.Williams)和阿奇·欣德(Archie Hind)。他们的作品主要是在 60 年代面世,延续了布莱克和巴克对城市的关注,以浓重的现实主义笔墨展现了令苏格兰人沮丧的城市生活。在夏普和威廉斯的小说中可以见到对当代苏格兰西部生活的描写,以及理想幻灭的年轻人到伦敦和欧洲的故事。威廉斯的小说《源于如此景象》(*From Scenes Like These*,1968)获得过布克奖提名,欣德的《可爱的绿地》(*The Dear Green Place*,1966)获得《卫报》小说奖。后者甚至可以说是个里程碑,它“开启了书写都市景致的方式,该方式在之后的阿拉斯代尔·格雷、詹姆斯·凯尔曼和威廉·麦基尔文尼那里又得到了发扬光大”①。另外还有一位格拉斯哥作家乔治·弗里尔(George Friel)也热衷于描写颓废的工业城市。他的格拉斯哥三部曲《渴望和平的男孩》(*The Boy Who Wanted Peace*,1964)、《格蕾丝与帕特利杰小姐》(*Grace and Miss Partridge*,1969)以及《艾尔弗雷德·马先生》(*Mr Alfred MA*,1972)点燃了格拉斯哥作家书写城市的创作热情。在弗里尔现实主义与表现主义结合的笔下,格拉斯哥犹如恶魔般的城市,诸如艾尔弗雷德·马先生之流的角色在冷漠的人际关系中陷入或被陷入精神失常,让人们看到城市里人际关系的失败和共同体精神的失落。类似这样的城市表现在之后 80 年代格拉斯哥作家的作品中有过之而无不及。

在 70 年代书写城市工人阶级最有影响力的作品当推威廉·麦基尔文尼的《多彻迪》。该小说叙事部分以英语进行,对话则采用苏格兰语,以现实的手法描绘了 20 世纪初萧条时期一位苏格兰矿工家庭的故事,深刻反映出当时工人共同体精神的凝聚与涣散。评论者迪克逊将

---

① Ian Brown and Alan Riach (eds.), *The Edinburgh Companion to Twentieth-century Scottish Literature*, Edinburgh: Edinburgh University Press, 2009, p.142.

之比作"城市版的《日落之歌》,'一战'前工人阶级的集体精神及品质的哀歌"①。该小说获得当年的惠特布莱德奖,并"使他(麦基尔文尼)在当代苏格兰小说迅速占据了领军地位"②。

有以上这些小说家注重当代城市生活的书写,也有小说家如麦克唐纳(Norman Macdonald)着意创作有关高地人生活的作品,他的《凯拉姆·托德》(Calum Tod,1976)有科拉、冈恩、吉本等人的写作之风,反映某高地家族几代人的生活经历。还有些小说家也是热衷于以苏格兰的历史事件或人物为素材进行创作的。这一时期历史小说产出最频繁的是奈杰尔·特兰特(Nigel Tranter),他在 50 至 70 年代创作了《女王的荣威》(The Queen's Grace,1953)等二十多本基于苏格兰的历史或冒险小说。多萝西·邓尼特(Dorothy Dunnett)也在同时期推出了其著名的以 16 世纪某苏格兰贵族为原型的六本历史小说系列《利蒙德编年史》(Lymond Chronicles,1961—1975)。这两位历史小说家都荣膺过大英帝国勋章中的官佐勋章(OBE)。在撰写历史故事的同时,也有作家在创作中延续着文艺复兴昌盛期时兴的史诗神话写作。缪尔的学生乔治·麦凯·布朗在小说中将奥克尼岛转化为人类的缩影,运用大量的象征意象,透过奥克尼岛的自然、历史与人文反映人类的生存状态。他的《迈格努斯》(Magnus,1973)采用奥克尼的传奇故事,将首位奥克尼伯爵迈格努斯的牺牲与纳粹的暴行等同书写,表现出对人类古今战争延绵不断的深刻思考。不过,与文艺复兴时期力图塑造出可以象征苏格兰永恒的中心意象的小说家相比较,他的"想象立刻显得更消极些"③。

可以看出,在文艺复兴高潮过后,面对"二战"的冲击和战后不容乐观的现实,以上作家的创作无论采用何种方式、描写何种主题,似乎对苏格兰和社会现实都普遍表现出一种消极的基调。他们在小说中有意无意

---

① Keith Dixon,"Writing on the Borderline:The Works of William McIlvanney", *Studies in Scottish Literature*,Vol.24,No.1(1989),p.148.

② Douglas Gifford,"Modern Scottish Fiction", *Studies in Scottish Literature*,Vol.13,No.1 (1978),p.260.

③ Douglas Gifford,Sarah Dunnigan and Alan MacGillivray (eds.), *Scottish Literature:in English and Scots*,Edinburgh:Edinburgh University Press,2002,p.840.

地疏离了民族主义的宣扬,延续了高潮期对现实的关注,将写作触角伸向苏格兰各个方面或超出苏格兰本土,并更加注重对人性黑暗与现实丑陋的揭示,表现出创作思维的扩展和具有现代主义特征的现实写作色彩。有人用"消极现实主义"概括这一时期的创作特征,只是从其消极的表现中不难看出,苏格兰小说家们在创作理念和内容上的拓展,更何况消极现实主义创作并非当时创作的全部。①

　　综上所述,就文学发展而言,苏格兰文艺复兴对民族精神的在意并不对应着政治上极端的民族主义诉求,而是促进了苏格兰小说家冷静思考、谋求发展形成创作多样化的局面,培养了作家们打破传统锐意求新的精神。民族文化复兴对于小说家来说更多的意义是在于追求文学的个性与创新。小说家们继承了"苏格兰式对立"兼容共存的理念内涵,既关注厚重的历史文化又直面冷峻的现实。即便在文艺复兴的高潮期,多数作家也看到,民族文化的复兴不仅仅是关乎本民族的事业,他们同样追求将个人的、民族的、世界的包含在自己的作品中。菜园小说成为当时苏格兰小说求新发展的一个蹬脚石,作家们更多地反映现实不容乐观的方面,具有象征性的史诗神话叙事得以引领当时的创作,城市描写也逐渐起步。作家们以各自的方式书写,多层面多样化地观照现实表现人性。他们超越个人与民族局限走向世界的雄心,在文艺复兴后期的创作中有增无减,并随着时事的改变而愈发减少或疏离了民族主义的偏执。小说家们在创作中运用不同的手段反思民族意识,注重个人观点的表达和道德等问题的探究,书写战争的影响,表现生者的迷惘、社会的沉闷,也更注重反映城市生活的压抑与颓靡。他们的作品因而更加多样化,更具有现实和普遍意义。可以说,受苏格兰文艺复兴的影响,小说创作在与民族主义意识的拉

---

　　① 吉福德指出,尽管书写消极现实是创作的主流,在六七十年代也有作家尝试喜剧化小说的创作,博曼特(Chaim Bermant)、弗雷泽(George MacDonald Fraser)和汉利(Cliff Hanley)等作家在这方面都作出过努力。他们的作品虽然不是主流,但对于苏格兰小说的多样化发展而言具有意义。参见 Douglas Gifford," Modern Scottish Fiction", *Studies in Scottish Literature*, Vol.13, No.1(1978), p.269。

锯中,发扬了"苏格兰式对立"蕴含的现代精神,为 80 年代格拉斯哥城市小说的兴盛以及苏格兰小说愈发多样化的发展打下了基础,促使苏格兰小说在多样化的不同存在中获得发展的力量与意义。

第四章 转折高潮期:20 世纪 80 年代至 20 世纪末

循着文艺复兴引发的触动和思考,20 世纪末迎来苏格兰小说发展的一个转折期和昌盛期,这一阶段小说的写作既具有强烈的苏格兰性,也更加趋于多元化和国际化,让人们看到苏格兰小说愈发彰显的艺术生命力。英国著名的文学杂志《格兰塔》(Granta)曾在 1980 年第 3 期上发文哀悼英国小说的末日,为之唏嘘叹惋①,而对于苏格兰小说来说,在多数评论家的眼里,七八十年代则是它发展的一个转折期和昌盛期,它在这一时期发展成熟稳定,其影响远远超出本民族的范畴。华莱士在论及这一阶段时说:"事后看来,1970 年以来的时期可以被看作苏格兰小说昌盛的阶段,发展成熟、稳定,延续了 19 世纪以高尔特、司各特和霍格为代表的,或者 20 世纪以吉本、冈恩、迈克科拉、林克莱特和米奇森为代表的鼎盛时期的特征,获得了相似水准的荣誉,其影响也远远超出本民族的范畴。"②尤其是在 80 年代,阿拉斯代尔·格雷等人的小说创作掀起了苏格兰小说创作的热潮,他们的出现象征着苏格兰小说创作力量真正开始崛起,推动90 年代发展的热闹局面,为 21 世纪小说创作的繁盛和影响的扩展吹响起激昂前进的苏格兰风笛。

---

① 参见 Malcolm Bradbury, *The Modern British Novel* 1878 - 2001, Foreign Language Teaching and Research Press, 2005, p.ix。

② Gavin Wallace and Randall Stevenson (eds.), *The Scottish Novel since the Seventies*: *New Versions*, *Old Dreams*, Edinburgh: Edinburgh University Press, 1993, p.2.

第一节　反思问题谋求发展

苏格兰小说在这一时期爆发,原因是多样的,其中苏格兰与英格兰的政治文化纠结始终是一个不能搁置的诱因,其小说发展的兴盛与滞后都与它有着或多或少的关系。在这一阶段,不列颠意识在苏格兰再度受到挑战。

20 世纪下半叶,正值撒切尔夫人执政时期。撒切尔夫人对于英国整体的经济发展功不可没,但在苏格兰她并没有赢得多少赞扬的口碑。她推行的去工业化政策深刻冲击了苏格兰的工业发展,其原本赖以生存的纺织、制造等重工业不得不从英国乃至整个西欧逐渐转移到世界其他地区,造成苏格兰经济衰退,政治缺乏自主性,贫困、失业、犯罪等社会现象普遍。60 年代末北海油田的发现给英格兰和苏格兰带来经济繁荣的曙光。靠近苏格兰的艾克菲斯克油田和布伦特大油田的相继开发为英国带来了巨额的经济收入,但大部分税款都直接归属英国政府,苏格兰为此愤愤不平,认为伦敦打着"联合王国"的旗帜拿走了他们的利益,苏格兰民族主义者寻求独立的呼声因此再度高涨。1979 年,苏格兰民族党高呼"这是苏格兰的石油"(It's Scotland's Oil)的口号,发起公投,但未能获得足够的票数支持,建立议会的理想遭遇了滑铁卢①。之后的"不列颠时期"是令很多苏格兰人倍感不满的时期:"没有大轰炸②后凝聚起来的自豪,没有福利化的政府,也没有工业的扩张",尽管有学者指出苏格兰在20 世纪80 年代,"工业经济成熟,经历着复苏和新的开始"③,但成熟的代价甚是高昂,"失业率在 1979 —1983 年期间翻倍,人们首次比战前更

---

①　当时的选举条约规定,如果赞成苏格兰建立拥有下放权力的议会的人数不足全体苏格兰选民40%以上,则公投无效。结果是,51.6%的票选支持,但参与选举的总人数仅为选民总数的63.72%,实际支持率仅为 32.9%,不足 40%,因而未能建立独立议会。

②　指 1940—1941 年间,德国对英国城市的大轰炸。

③　T.M. Devine, *The Scotish Nation: A Modern History*, London: Penguin Books, 2012, p.646.

广泛地接受了社会不平等"①,1986 年苏格兰的失业率达到了 14%,"明显远远高于英国的平均失业率 11.4%"②。在这一期间,"不仅仅是威尔士和苏格兰,英格兰的北部工业区和乡村边远地区也感到失去了权力,甚至伦敦人也通过大伦敦议会抗议,英联邦政府再也不是代表机构,而成为金融管理的寡头政府。苏格兰文学再生了,而不列颠这个概念比自 18 世纪以来任何时候崩溃得都快。"③可见,苏格兰政治经济的衰微促使作家们承担起了振奋民族精神的责任,从而实现文学参与民族构建的作用。他们有着这样的意识:"为了弥补民族主义政治的失利,苏格兰得在国际文化地图上重塑民族的形象"④。带着这样的共识,很多作家在创作中突破不列颠意识,专注于本土特色的建设。这种对民族性的重视在 80 年代苏格兰的文学作品中十分普遍,而且取得了显著的成绩,因此,这一波文学发展也有第二次文艺复兴之称。⑤

不过,值得注意的是,作家们并非在政客们大肆鼓噪民族主义之时积极响应,而是在政客几近偃旗息鼓之时,他们再拾起民族热情,发展具有苏格兰思想特色的文学。有学者在谈及此时说:"苏格兰民族主义在 1970 年左右达到高潮,苏格兰作家们却对苏格兰文学与文化的传统表示质疑,宁愿对之持贬斥的态度或向美国和其他地方看齐;具有悖论意义的是,当民族主义退潮之时,作家们重新意识到苏格兰语言和身份

---

① Michael Gardiner,"Arcades—The 1980s and 1990s", in *The Edinburgh Companion to Twentieth-century Scottish Literature*, Ian Brown and Alan Riach(eds.), Edinburgh:Edinburgh University Press,2009,p.181.

② Duncan Petrie, *Contemporary Scottish Fictions:Film, Television and the Novel*, Edinburgh:Edinburgh University Press,2004,p.3.

③ Michael Gardiner,"Arcades—The 1980s and 1990s", in *The Edinburgh Companion to Twentieth-century Scottish Literature*, Ian Brown and Alan Riach(eds.), Edinburgh:Edinburgh University Press,2009,p.181.

④ Stefanie Preuss,"Occasional Paper:Now That's What I Call a Scottish Canon!"*International Journal of Scottish Literature* 8(2011),http://www.ijsl.stir.ac.uk,accessed 3 August,2013.

⑤ 参见 Bernard Sellin,"Post-War Scottish Fiction – Mac Colla,Linklater,Jenkins,Spark and Kennaway", in *The Edinburgh Companion to Twentieth-century Scottish Literature*,Ian Brown and Alan Riach(eds.),Edinburgh:Edinburgh University Press,2009,p.123。

的重要性。"①他们指出了苏格兰文学的一个标志性特点:苏格兰的文学
发展与政治相关联却也并非政治的传声筒。政治上的喧嚣过后,作家们
主动承担起反思与表达的任务。不同于政客,作家们没有将文学当作鼓
吹极端民族主义的利器,而是引导读者深入思考苏格兰的民族精神及当
前的种种问题,推动"苏格兰人"的文化认同。就苏格兰小说本身而言,
历经文艺复兴和战后的磨砺发展到这一阶段,也正需要有激情的血脉偾
张。反思苏格兰问题的需求与小说求新发展的需求在此一拍即合,阿拉
斯代尔·格雷等作家抓住这一契机为苏格兰小说带来又一春,让"20 世
纪 80 年代是苏格兰本世纪最多产、最具创造力的年代"②的说法更具说
服力。

更有价值的是,80 年代见证了苏格兰文学多样化发展的趋势。这一
时期的作家们虽然热衷于苏格兰的文化认同,但他们追寻的并不是刻板
的文化同一性。他们认识到,语言和文化的多样性是苏格兰的常态,这并
不是苏格兰文学创作的短板而是优势所在,他们主张文化多重性多样化
的表现,认为这样才能有助于苏格兰认同的形成。在 80 年代后期,"克
莱格·贝弗里奇(Craig Beveridge)、罗纳尔德·特恩布尔(Ronald Turn-
bull)、大卫·麦克龙(David McCrone)、林赛·佩特森(Lindsay Paterson)
和凯恩斯·克莱格等以爱丁堡为基地的学者和评论者"都曾对前人所主
张的统一确定的民族文化提出了质疑,凯尔曼、韦尔什等小说家们开始纷
纷借助方言利用地域文化进行各种形式的小说创作。③

作家们得以大展手脚,还在于他们获得了更为自由广阔的创作氛围
和条件。苏格兰艺术协会(the Scottish Arts Council)在这方面功不可没。
它在 1967 年摆脱了作为大不列颠艺术协会苏格兰委员会的附属地位,得

---

① 参见 Douglas Gifford, Sarah Dunnigan and Alan MacGillivray (eds.), *Scottish Literature: in English and Scots*, Edinburgh: Edinburgh University Press, 2002, p.900。

② 凯恩斯·克莱格(Cairns Craig)的评论,转引自 Duncan Petrie, *Contemporary Scottish Fictions: Film, Television and the Novel*, Edinburgh: Edinburgh University Press, 2004, p.1.

③ 参见 Gerard Carruthers and Liam McIlvanney (eds.), *The Cambridge Companion to Scottish Literature*, Cambridge: Cambridge University Press, 2012, pp.10−11。

以独立管理与经营。独立以后,该协会设立了各种奖项、写作基金和出版基金,为苏格兰作家和出版商提供了前所未有的众多优厚的条件,使得他们获得创作和出版的经济保证。推动作家走向市场的出版社在这期间得以稳健发展,"80年代末之前,保罗·哈里斯、麦克唐纳、理查德·德鲁以及后来的坎农格特、维拉戈和其他一些非苏格兰本地的出版商的加入犹如诸多支流汇集成河"①,推广了苏格兰当地小说家的作品,也为小说创作的再度崛起添加了润滑剂。大卫·林赛、娜奥米·米奇森等人在三四十年代的作品得以重见天日,阿拉斯代尔·格雷、伊恩·班克斯、艾伦·马西等新锐作家的作品也经由出版社积极推动发行,形成苏格兰小说蓬勃发展的新气象。

第二节　格雷与凯尔曼

苏格兰头号工业重镇格拉斯哥集中体现了苏格兰在20世纪末政治经济发展的状况,它也孕育了苏格兰文学的新走向。小说创作在这一时期尤其表现出前所未有的活力,让人们看到苏格兰文学的希望。扛鼎人物阿拉斯代尔·格雷和詹姆斯·凯尔曼在八九十年代推出了自己的重磅小说,而实际上他们在70年代就已经蓄势待发。早在1971年,他们和一些志同道合者就已经每两周一次在菲利普·霍布斯鲍姆(Philip Hobsbaum)格拉斯哥的家中进行创作小组聚会。霍布斯鲍姆是著名的评论家、诗人,格拉斯哥大学的英语教师,其他参与者还有利兹·洛克黑德(Liz Lochhead)、汤姆·伦纳德(Tom Leonard)和麦克尼凯尔(Aonghas MacNeacail)等。这些作家以格拉斯哥为据点,在小说创作中表现出强烈的地方色彩,让人不禁想起30年代的乔治·布莱克和詹姆斯·巴克及60年代艾伦·夏普和阿奇·欣德对格拉斯哥的书写。格雷他们在写作

---

① Douglas Gifford, Sarah Dunnigan and Alan MacGillivray (eds.), *Scottish Literature: in English and Scots*, Edinburgh: Edinburgh University Press, 2002, p.900.

中传承了 20 世纪早期这些苏格兰小说家描写工人阶级的城市现实主义色彩,同时,在欧美创作和消费主义的影响下,他们比较推崇卡夫卡、乔伊斯、贝克特等现代主义作家的创作,对前一时期的消极现实主义表现方式有所反拨。在他们的笔下,依然可以看到那令人压抑的城市描写和人物形象,但表现手法已大不同于传统的现实主义手法。他们让想象力飞跃出刻板的现实,趋向于用科幻、超现实的手法描写生活万象,反映个人乃至苏格兰民族的创伤心理和苏格兰的现实问题。

在他们当中,格雷是执牛耳者。他简直可以说是个构思小说的精灵怪才,是众人心中沃尔特·司各特以来最伟人的苏格兰小说家之一。他在 1981 年推出的《兰纳克:生活四部书》具有划时代意义,堪比休·麦克迪尔米德 1926 年的诗作《醉汉看蓟花》("A Drunk Man Looks at the Thistle")和 1932 年刘易斯·格拉西克·吉本的《日落之歌》的影响,甚至有过之而无不及——"对当代苏格兰小说的考量无不是从阿拉斯代尔·格雷的《兰纳克:生活四部书》(1981)开始的。它无疑是苏格兰最伟大的一部小说,可以与世界上最伟大的超现实和反乌托邦小说相媲美"①。也有人说:"《兰纳克》的视野与想象帮助复兴了整个民族的文学文化。"②这部小说从各个角度冲击了读者的感官。它有点天马行空的味道,打破各类文体的限制,既有苏格兰式的神话幻想,又有典型的苏格兰现实特征。格雷在小说中把格拉斯哥暗化为并不存在的"盎散克",消解格拉斯哥的存在意义,街面突现的大嘴,治疗异症的"机构",无不充斥着非现实的色彩。在看似轻松的篇章混排和文字文体游戏中,深入到个人生存的困惑和苏格兰的政治文化困境。这部小说的出现激励了苏格兰本土文学的发展,也让出版商们看到了苏格兰小说的商业价值。华莱士如是描绘这部小说的意义:"格雷的小说引爆了一颗不紧不慢计时多年的文化定时炸

---

① Douglas Gifford, Sarah Dunnigan and Alan MacGillivray (eds.), *Scottish Literature: in English and Scots*, Edinburgh: Edinburgh University Press, 2002, p.909.

② David Leishman, "'The Voice is Still There': The Persistence of Voice in the Fiction of Janice Galloway and Alasdair Gray", in *Voices from Modern Scotland: Janice Galloway, Alasdair Gray*, Bernard Sellin (ed.), Crini: Centre de Recherche sur les Identites Nationales et L'interculturalite, 2007, p.71.

弹,尽管有很多人认为 1979 年以后这个爆炸装置已经被永远地解除了。犹如当头一棒,伦敦的出版商们更清楚地意识到了苏格兰文学,开始渴求抓住由复兴文学传统而有望带来的商机,因为这种传统或许能符合新潮而有利可图的'时尚'的要求:开拓富于商业价值的苏格兰文学想象"。①

格雷的想象力总是令人咂舌。在出版于 1984 年的《1982,詹宁》(*1982, Janine*)中,酗酒的鳏夫在酒店里幻想与包括詹宁、超级婊子、同性恋胖子在内三个女人的情色故事,其中性虐狂的描写、上帝的出场以及印刷排版的别样形式让这部小说处于争议的前沿,给予人们不一样的阅读体验,也鼓励了他的苏格兰同仁们在创作中不拘一格大胆发挥艺术的想象力。小说仍然采用了具有强烈个人风格的虚实结合的手法,讲述了年近五十岁的公司雇员乔克·麦克利什在酒店闭门不出,依靠沉溺于酒精和性幻想来摆脱束缚、寻求精神自由和自我实现的故事。它与《兰纳克:生活四部书》一样,都揭示了现代社会中人与人注定无法彼此理解,只能深陷孤独与无助却难以自拔,最终在不断地否定过去、质疑现实中堕入"地狱"。同样,这部小说也充满了政治隐喻,它借乔克的个人境遇来暗指 1979 年独立公投失败后苏格兰的社会政治困局。格雷在后记中明确提醒读者,他虽写的是酒后幻想,却意在苏格兰社会现状。

之后,格雷又发表了《凯尔文·沃克的堕落》(*The Fall of Kelvin Walker*, 1985)、《皮革的故事》(*Something Leather*, 1990)等作品,但其影响都不及 1992 年出版的《可怜的东西》(*Poor Things*)。《可怜的东西》戏拟了玛丽·雪莱的《弗兰肯斯坦》,其飞腾的想象力,对历史的揶弄、现实的捕捉和写作技巧为它赢得了惠特布莱德奖(现在的柯斯达文学奖)和《卫报》小说奖。这部被《伦敦书评》称为"极其轻快、有趣、低俗和烧脑"②的小说通过叙述者麦克肯德里斯讲述了维多利亚时期一桩弗兰肯斯坦式的医学传奇。医生戈德温挽救了一位投河自尽的女子的生命,将其腹中胎儿的大脑移植到她头颅中,使其以贝拉的身份重获新生。如此,贝拉的新

---

① Gavin Wallace and Randall Stevenson(eds.) , *The Scottish Novel since the Seventies* : *New Versions* , *Old Dreams* , Edinburgh : Edinburgh University Press, 1993, p.4.

② https://en.wikipedia.org/wiki/Poor_Things, accessed 11 November, 2014.

生是女子的身体与其腹中胎儿的大脑结合而成,既是母亲又是孩子的双重性身份使其同时存在于两种不同的时空里,这种生理上的错位影射了苏格兰文化所经历的错位与混乱。书中贝拉与麦克肯德里斯在一次冒险之旅后结为眷属,但故事并没有了结,贝拉紧接着用一封写给后人的书信推翻了丈夫的叙述。真相究竟为何?这并不重要,因为历史并非是确定无误的。小说独特的排版结构和虚实结合的叙事手法沿袭了《兰纳克:生活四部书》和《1982,詹宁》的创作风格,而有关公共健康和社会进步的情节安排则体现了格雷小说中社会政治的主题。小说中贝拉的成长已不再局限于单一的民族叙事空间内而是延伸到了更广阔的空间内。其后在90年代格雷还发表了小说《历史缔造者》(A History Maker,1994),其小说风格一以贯之,主人公厌倦了现实生活,指挥了一场毁灭自己世界生活方式的战争。

格雷小说融汇各种文学样式,其中地方意识、民族意识、历史意识、人性的挖掘,社会的影射,以及乖张的情节、幽暗的声调、异形的插画、独特的文字排版,乃至书前引言书后索引的非常作用都给苏格兰小说的创作带来震动与惊喜。尤其,小说的语言运用令人耳目一新。苏格兰底层人民使用的俚语俗言在作品中堂皇登场,取代了循规蹈矩的语言进行文学的表达,让人们看到一向被轻视被沉默的民众语言所具有的文学表达力。同时,小说中醒目的非言语性表达(如插画、注释等)亦成为苏格兰民族身份表达的一种可利用的方式。年轻一辈的欧文·韦尔什、詹尼斯·加洛韦等作家在创作中对此不无借鉴与发扬。可以说,格雷的出现犹如苏格兰文学史上的一道闪电,影响耀眼而深切。

詹姆斯·凯尔曼这位15岁就离开学校专心写作的作家与格雷政治立场相似,支持社会主义和苏格兰独立,但他的写作形式不同于格雷,不像后者那样在文本中以各种方式致敬于苏格兰本土文化。他觉得"从我自己的文化当中我没有文学模式可以借鉴"①,然而他又是苏格兰生活的敏锐捕捉者和刻画者,将苏格兰小说进一步推到了世人评论的风口浪尖。

---

① Alex Thomson,"Review:Scottish Fiction by Kelman and Gray",*Scottish Affairs*,Vol.58(2007),p.114.

他出生于格拉斯哥一个普通的贫困家庭,在80年代发表过三部小说,《司机海恩斯》(*The Busconductor Hines*,1984)、《机会主义者》(*A Chancer*,1985)和《叛离》(*A Disaffection*,1989)。凯尔曼小说引人注目的有两点:首先是语言风格,其次是对苏格兰普通人的关注。凯尔曼在语言运用上不走寻常路,他通常运用第一人称,借助格拉斯哥工人阶层的方言,以重复、磕巴、断裂等语言形式和内心独白舒张突发的难以名状的情感,表现抗拒与屈从之间难以把握的张力。人物的语言充斥着俚语脏话,叙述语言失去了正统的英语风格。此外,凯尔曼对于阶级等级不以为然,不屑于再去创作文学作品中常见的那些不为物质发愁幸运随时降临的人物。他的小说的主人公大多来自于格拉斯哥的普通人家,生活拮据,言辞粗俗,地位低下,但正是他们构成了苏格兰的现实,也正是他们带给了凯尔曼作品不一般的感染力。

出版于1994年的《为时已晚》(*How Late It Was,How Late*)是凯尔曼的代表作,集中表现出了这两个特征。这部小说获得当年的布克奖,凯尔曼也是第一位获得该奖项的苏格兰人。小说中,醉汉萨米被格拉斯哥警察暴打扔到监狱,醒来之时已经不能视物。走出监狱之后的遭遇更是一件比一件奇怪。女朋友失踪了,警方以莫须有的罪名责问他,医生也竟然不肯开失明诊断等。凯尔曼以黑色幽默的苦涩之笔写尽格拉斯哥下层人的凄凉,但其中的"污言秽语"让当时的布克奖评委之一朱丽亚·奈布热(Rabbi Julia Neuberger)竟要拂袖而去,埃米斯(Kingsley Amis)也对之略有微词:"作者坚持不懈地喷出这个伟大的词和它的变体已经有些过时了,是时候改变了。"①布朗和里亚赫则不以为然,认为对《为时已晚》的抨击"不仅可以理解为城市朋党狭隘的蒙昧主义,因为被从舒适区域拽走而痛苦不已;也可以理解为,他们着实不能理解凯尔曼对语言(格拉斯哥方言基础上的)与小说形式重构的深刻内涵"②。围绕小说的争议其实表明了一个基本事实:这部作品令苏格兰小说引起更多人的瞩目。它让

---

① "James Kelman's Booker Prize Acceptance Speech", http://www.citystrolls.com/z-temp/z-pages/kelman.htm,accessed 4 November,2013.

② Ian Brown and Alan Riach (eds.), *The Edinburgh Companion to Twentieth-century Scottish Literature*, Edinburgh:Edinburgh University Press,2009,p.13.

世人看到苏格兰小说独特的语言力量和艺术呈现力,它的成功也使得其他苏格兰小说家注意到个性与差异对于苏格兰小说发展的重要性。

不管受到怎样的非议,苏格兰人是凯尔曼坚定的支持者,1998 年,他获得格兰菲迪苏格兰奖(Glenfiddich Spirit of Scotland Award)。2008 年,他以《男孩,别哭》获得苏格兰最有威信的文学奖项"圣安德鲁协会年度图书奖"。新西兰作家柯丝蒂·冈恩(Kirsty Gunn)甚至美誉他为"当代最伟大的不列颠小说家"[①]。

以格雷和凯尔曼为代表的小说家形成了格拉斯哥文学现象。与前人相比,他们在语言表现上更加频繁地将英语和苏格兰方言相结合,突出苏格兰语言特征,扩展了苏格兰小说的创作空间与活力。在文本结构上,他们更张扬地采用种种现代后现代的写作技巧,不拘于现实主义的表现模式。在他们的作品中,小说的地域性特征愈发明显,苏格兰对于他们来说不再只是一个笼统的概念,而是与自己成长或熟悉的特定区域相联系。凯尔曼作品情节就多发生在格拉斯哥的德鲁姆扎佩尔(Drumchapel)和玛丽希尔地区(Maryhill)。在格雷和凯尔曼的带动下,小说家们在作品中日益注重地域文化的影响和作用,除格拉斯哥和爱丁堡以外,以往小说中很少涉及的一些苏格兰边缘地区开始出现在小说家的笔端,协力构建苏格兰小说的内容与影响。他们的作品虽然常常表现出苏格兰城市的暴力与不堪,但在其中又蕴含着对苏格兰未来的希望。可以说,身为小说家,他们将苏格兰民族意识民族问题借助语言、版式等表达介质嵌入作品中,从更宽广的视野展现苏格兰的危机与情感,让以他们为代表的苏格兰小说铿锵有力地发出了属于自己的声音。

第三节　洞察现实多样化创作

格雷和凯尔曼的格拉斯哥小说点燃了苏格兰小说家们的创作激情,

---

① Michel Faber, "James Kelman's Monologue of an Inarticulate Glasgow Lad, Boy, is Mercilessly Authentic", *The Guardian* 25 April, 2008.

引发了八九十年代苏格兰小说更具个性化也是多样化的创作热潮。和他们同时期的作家以及年轻的小说家们纷纷推出得意之作，对日益复杂的社会现实作出各具特色的回应和表现。他们或在遵循传统写作手法时融入个性，或善于运用各种现代文学技巧突出创新。部分作家和格雷他们一样在作品中表现出强烈的地域性：苏格兰方言更多地参与故事的讲述，故事的主人公多是苏格兰人，故事发生地也多在苏格兰；他们当中并非所有人都像凯尔曼那样将英语和苏格兰低地语结合起来，而是根据自己的喜好与能力使用着自己驾轻就熟的语言。还有部分作家虽然与苏格兰有着千丝万缕的联系，但在创作中并不表现出鲜明的苏格兰地域特征，而各自在于书写苏格兰以外的世界，其风格也是多种多样，不拘一类。无论是哪一类作家，他们都为繁荣苏格兰的小说创作、描画其多样性特征作出了贡献。

　　和格雷同时期且年纪相仿的作家，伊恩·克赖顿·史密斯、威廉·麦基尔文尼、杰夫·托林顿（Jeff Torrington）也在这一阶段创作出了代表作品，他们作品的风格和格雷、凯尔曼不尽相同，展现出苏格兰小说的多种风采。①伊恩·克赖顿·史密斯的作品多呈自传形式，因此也被称为自白小说（confessional novel）。他的小说有反映对苏格兰高地家乡的复杂情感，也有"超越了地方思考，审视抽象的文化的问题，这些问题不拘于地点不拘于时间"②。他早在 1968 年就发表过以 19 世纪高地大清洗为背景的《百合启示录》（Consider the Lilies），在 80 年代他作品的主题更多地表现为"磨难、赎罪和宽恕"③，和詹金斯一样对苏格兰的道德和宗教态度进行执着的探究。《人来人往的地方》（A Field Full of Folk，1982）描写了

---

　　①　盖尔语作家托莫德·坎贝尔（Tormod Caimbeul）在这一阶段创作也比较旺盛。他专心于盖尔语创作，有 20 世纪最重要的盖尔语作家之称。曾在 1979 年发表过盖尔语小说，在 90 年代推出了两部短篇小说集，在 2015 年出版了第三部盖尔语短篇小说集。他是推动盖尔语文学延续与发展的主要作家。

　　②　Gavin Wallace and Randall Stevenson（eds.），*The Scottish Novel since the Seventies*：*New Versions*，*Old Dreams*，Edinburgh：Edinburgh University Press，1993，p.28.

　　③　Gavin Wallace and Randall Stevenson（eds.），*The Scottish Novel since the Seventies*：*New Versions*，*Old Dreams*，Edinburgh：Edinburgh University Press，1993，p.25.

岛上盖尔人的生活及其信仰的失落与希望的重生;《梦想》(The Dream, 1990)一书聚焦了一对当代格拉斯哥夫妇重返岛屿的想象和矛盾的婚姻生活。他的小说以小见大,看似个人经历却融汇了人生诸多滋味和思考。

威廉·麦基尔文尼在 80 年代偏离了《多彻迪》的创作路径而转向了侦探小说创作。他的作品多是关于格拉斯哥的故事,其中包括《莱德劳》(Laidlaw, 1977)、《托尼·维奇的论文》(The Papers of Tony Veitch, 1983)和短篇小说集《带伤行走》(Walking Wounded, 1989)。前两部塑造了一位格拉斯哥侦探莱德劳,小说里中下阶层的主人公们操着明显的苏格兰腔,案件黑白是非难辨,人物身上"苏格兰式对立"特征明显,令人难以定性。《莱德劳》被看作当代"黑色苏格兰格"(Tartan Noir)①的小说的首部作品,麦基尔文尼也因此有苏格兰侦探小说教父之称。② 虽然小说的风格有变,但他对苏格兰下层社会的关注没有改变。无论是侦探小说还是现实小说,麦基尔文尼作品中描写的都是他熟悉的环境与人物,少有苏格兰中上层阶级,发表于 1985 年讲述失业者靠搏击赛谋生的《大人物》(The Big Man)也是如此。

喜爱卡夫卡、契诃夫和加缪的杰夫·托林顿参加过格拉斯哥创作小组的活动,在 20 世纪 90 年代才发表处女作《摆动锤打摆动》(Swing, Hammer, Swing)。他在创作中精益求精,一生只发表过两部小说。《摆动锤打摆动》的创作耗时 30 年光阴,重写数稿而完成,获得 1992 年的惠特布莱德奖。这部亦相当于苏格兰小说里程碑式的作品描写了 60 年代晚期格拉斯哥某位不成名作者的经历。小说有同时代凯尔曼小说的平民化之风,也不乏尼采、萨特、契诃夫思想的影子,电影戏剧等表现方式在小说中施展身手,英国多种方言也有其用武之地。

除了这些年纪略长的作家在八九十年代获得文学的青春之外,当代

---

① "黑色苏格兰格"小说基本特征是发生在苏格兰的苏格兰人的侦探故事,涉案人物往往是反英雄的角色类型,正邪品性难辨,体现出"苏格兰式对立"中对立统一双重性的特点。

② 麦基尔文尼在 2015 年年底去世,为了纪念他对苏格兰侦探小说的贡献,"苏格兰年度侦探作品奖"(the Scottish Crime Book of the Year)自 2016 年改名为"麦基尔文尼奖"(The McIlvanney Prize)。

很多作家也是在当时发表了打响他们知名度的作品,伊恩·兰金、玛格丽特·埃尔芬斯通、詹尼斯·加洛韦等作家都是如此,他们现已成为苏格兰小说发展的中坚人物。这批作家基本上出生于五六十年代,他们当中有欧文·韦尔什这样出身普通贫民家庭曾在社会上打拼谋生的,也有很多是接受过良好高等教育的,如伊恩·兰金毕业于爱丁堡大学,加洛韦在格拉斯哥大学就读并工作过,罗纳德·弗雷姆(Ronald Frame)在格拉斯哥和牛津大学就读,伊恩·班克斯受业于斯特林大学;玛格丽特·埃尔芬斯通受聘为格拉斯哥大学的教授,安德鲁·格雷格毕业于爱丁堡大学,在格拉斯哥大学任过写作教员。不同的生活经历和教育背景赋予了他们观察生活表现人物的不同视角,从而将苏格兰的方方面面呈现在读者面前。

在这一批作家中,注重个性表达和写作手法创新、描写苏格兰普通人现实生活为主的小说家最为令人关注。欧文·韦尔什即是其中的佼佼者。他写过剧本,做过导演,是一位擅长将电影电视技巧移植到小说创作中的作家。他的代表作《猜火车》和老将凯尔曼的《为时已晚》都是在 90 年代掀起苏格兰小说热议的作品。该小说在语言表现上比凯尔曼的作品有过之而无不及,而且视角更集中在年轻人身上。他以浓厚的苏格兰方言腔描写了 80 年代爱丁堡所属里斯地区的底层青年人,他们吸毒、盗窃、闹事、暴力、乱性、放浪形骸。书中全知全能的叙述与不同人物的第一人称叙述接替出现,视角的持续转换及其切入骨髓的描写令人震撼地表现了苏格兰底层青年人的迷惘颓废。小说主人公瑞顿最终背叛自己的同伙而重新开始自己的生活。该小说在 1996 年改编成电影,新形式的展现也帮助它扩大了全球性的影响。韦尔什在之后的创作中,更加求新求异,曾和格雷一样将印刷版式及各种文类融入小说中,他在《污物》(*Filth*,1998)中的想象力则是登峰造极,绦虫与其宿主嵌套的心理独白令人瞠目。

罗纳德·弗雷姆的小说具有明显的苏格兰视角,哪怕写的不是苏格兰的人与事,他也能非常细致地刻画人物的心理和人物之间的关系,并总能让你感到苏格兰式超自然的因素和道德感。他在 1989 年发表《珀涅罗珀的帽子》(*Penelope's Hat*),代表了当代苏格兰小说家对自我建构的关注和对时尚的捕捉。小说讲述了 20 年代到 80 年代的一位女作家的故事，不同的帽子象征了她不同的自我。小说结构独特，直到结尾才让读者发现该小说原来是女主人公为自己写的虚拟传记（fictitious biography），整部小说通过如此构架将虚构与现实的关系好好讽拟了一番。1999 年的《提灯笼的人》（*The Lantern Bearers*）获次年圣安德鲁协会年度图书奖，书中发生在苏格兰小镇某个同性恋作曲家和男孩歌者的故事，深切关注了艺术与生活的选择。

伊恩·班克斯的作品自由穿梭于政治、宗教、科技和流行文化，飞翔着丰富而奇异的想象力，萦绕着迷人的哥特式气质，以至于他在 2013 年的离世让世人哀叹失去了一位标杆性的作家。他以伊恩·班克斯为名发表主流小说，以伊恩·M.班克斯之名发表科幻作品，如《游戏玩家》（*The Player of Games*，1988）。班克斯的小说作品通常呈现黑色基调，但暴力并不是它们的代名词，其成名作《捕蜂器》（1984）以成长小说的形式、哥特式小说的氛围讲述了一个孩子弗兰克的故事。弗兰克一直以为一场意外夺去了他的生殖器，性格行为变得怪异，并冷漠地谋害了三个孩子。直到从疯人院逃离的兄弟回来，他才发现残酷的真相，父亲从小给他注射荷尔蒙进行性别转化的实验，他原本是个女孩！小说内容令人震惊却又将现实世界的伦理与异化表现得入木三分。他在 90 年代发表的《乌鸦公路》（*The Crow Road*，1992）有《捕蜂器》成长小说之风却多了些黑色幽默感，《同谋》（*Copmlicity*，1993）则沿袭了一些《捕蜂器》的恐怖气氛，以双重叙事讲述了一桩暴力谋杀案。班克斯的这些小说多以苏格兰为背景，在苏格兰的生活氛围中更多地展现了现代社会中人类生存与伦理的问题。

犯罪与侦探小说在这一时期也占据了一席之地。自 19 世纪末 20 世纪初阿瑟·柯南·道尔著名的福尔摩斯系列开始，苏格兰侦探小说家就名声在外，伊恩·兰金则继威廉·麦基尔文尼在 20 世纪末吸引读者对更具苏格兰本土特征的"黑色苏格兰格"小说表现出了更多的热情。兰金在 1987 年创作出版了《绳结与十字》（*Knots and Crosses*），开启了他的《雷博思探长》（*Rebus*）小说系列，塑造了亦正亦邪的爱丁堡神探雷博思探长的形象。书中案件涉及了毒品、暴力、非法移民、恋童癖等种种不良现象，将苏格兰社会的隐患问题借案件的展开而一步步揭示。系列中第八部《黑与蓝》(*Black and Blue*)为他赢得1997年英国犯罪小说作家协会金匕首奖。以兰金为代表的侦探小说创作让人们看到,犯罪在他们这一代小说家笔下已经成为现代社会的隐喻,其人物也摆脱了以往简单划一的侦探或罪犯形象。

利用苏格兰的历史故事以借古喻今依然是作家们的不可放弃的法宝,如大卫·克莱格的《科迈隆王》(*King Cameron*,1991)即是基于苏格兰历史上相关高地清洗的真实事件写成,罗斯·莱德劳(Ross Laidlaw)在《派自艾索尔》(*Dispath'd from Athole*,1992)中则捡起史料尽情发挥玩起穿越,竟让17世纪的女作家贝恩变身为监视苏格兰的间谍。他们的创作将历史与现实混淆,赋予苏格兰小说更多的趣味与深意。

以上提到的这些八九十年代出品的作家大多钟情于苏格兰的生活,其创作传递了大量苏格兰的故事、文化和问题,体现出这一时期作家们重塑民族形象确立民族身份的努力,但这还不是他们创作的全部内容。有些小说家的写作兴趣已经明显不限于苏格兰内部事物,而是转向苏格兰以外的人与事。文坛老将斯帕克是该类写作的典型代表。她在20世纪末的作品大多远离了苏格兰本土风情和政治,而且更趋向于实验性写作,体现虚构与现实的交错。其作品与现代科技和人情世故有着更多的互动,创作题材也更加广泛,如受到布克奖提名的《带着意图徘徊》(*Loitering with Intent*,1981)有元小说之风(元小说的一个特点是利用小说本身探讨小说创作的问题,即"关于小说的小说")①,《唯一问题》(*The Only Problem*,1984)涉及了恐怖主义和宗教思辨,《来自肯辛顿遥远的哭声》(*A Far Cry from Kensington*,1988)戏拟了战后伦敦的出版业,《聚会》(*Symposium*,1990)将五对伦敦人的聚会出其不意地与谋杀联系起来,曾被《星期日泰晤士报》评为当年最佳小说之一的《现实与梦想》(*Reality and Dreams*,1996)讲述了一位电影导演之路被迫中断而导致的梦想与现

---

① 该小说的女主人公受雇于某专辑委员会,她利用所得材料进行小说创作,但同时发现雇主意在敲诈会员们,而雇主也发现了她的小说,由此,女主人公在小说中虚构的事情竟然变成了现实。

实生活之间的纠结。而且,她的这些小说表现出对女性生存状况持之以恒的关注,她以出众的创造力和敏锐的洞察力塑造多色调的女性形象,深刻反映了饱受宗教信仰和民族身份困扰的苏格兰女性追寻自我的历程。

另外一位作家威廉·博伊德与斯帕克有相似之处,其作品中少有苏格兰地方风情,也少有苏格兰人的身形。他在 1983 年入选"20 位最佳青年英国小说家",其首部小说《非洲好人》(A Good Man in Africa,1981)撰写了英国外交官在西非的经历,获得了惠特布莱德奖和毛姆文学奖。1982 年的《冰淇淋战争》(An Ice-Cream War)为"一战"时东非殖民地的故事,1991 年的《布拉柴维尔海滩》(Brazzaville Beach)也是发生在异域,讲述非洲某位女科学家研究黑猩猩的事迹。

斯帕克跨越地域疆界的创作自成一派,那些与苏格兰联系更紧密的新翼女作家的创作也特别值得一提。越来越多的女作家在这一阶段走入读者的视野,她们的创作亦在对自身进行思考的同时,切入现实中的苏格兰生活,有意识地扩大了创作内容的覆盖面,"在世纪末的 20 年里,苏格兰女作家的创作已经自成一体。"①玛格丽特·埃尔芬斯通和詹尼斯·加洛韦具有代表性。埃尔芬斯通继承文艺复兴时期历史神话写作之风,擅长于从女性的视角构建神幻色彩的历史性小说。她在 1989 年出版的《麻雀的飞翔》(A Sparrow's Flight)中,将小说背景设置在苏格兰和英格兰的边界,虚构了托马斯和娜奥米在世界经历了一次毁灭性灾难后的旅程。小说将现代的问题象征性地放在了将来进行思考,神话与现实,清醒与疯狂,过去与将来,似乎一切都是不确定的。1994 年发表的《岛民》(Islanders)一开头就将地图中南北方向颠倒,暗示了不同的审视世界和历史的视角。小说对女主人公在岛上传统风尚中成长的娓娓描述无不透露出埃尔芬斯通的女性视角及对女性受压抑现象的关注。她的作品其实也代表了苏格兰小说的一个走向,即灵活对待苏格兰传统,不以之为准绳,也不以之为无物,而是借助魔幻的或象征的手法回应传统与历史,反思当代的

---

① Douglas Gifford, Sarah Dunnigan and Alan MacGillivray (eds.), *Scottish Literature: in English and Scots*, Edinburgh: Edinburgh University Press, 2002, p.938.

现象。埃尔芬斯通的作品避开直面苏格兰的政治性,强调想象的自由,对于女性的观察有着很强的穿透性和洞察力。

詹尼斯·加洛韦与埃尔芬斯通写作风格有所不同,她的作品风格里有格雷和凯尔曼的影子,且作品受益于作者的女性身份,主题相关的多是现当代苏格兰女性的生活和境遇。加洛韦极力挑战传统观念,倡导女性思想行为的解放和独立,其小说颇具后现代主义特色,有力地传递着苏格兰女性的声音。她的首部小说《窍门是保持呼吸》(1989)以主人公乔伊·斯通第一人称日记的形式进行叙事,不同形式的文字排列变化着叙述的内容与意义,并不时溢出残酷的谐趣感,讲述着斯通在情人淹死之后所面对的生活:福利部门的种种是非,无用的心理治疗,无处逃避的冷峻生活,冷漠的人际关系,还有如影随形的罪恶感,等等。这部小说已经成为当代苏格兰小说的经典之作,并被改编成戏剧在各地演出。1994 年的《异域风情》(Foreign Parts)关注的也是女性生存,讲述了两位关系密切且紧张的女性友人在法国旅行的故事,该小说获麦维他奖(the McVitie's Prize)和美国艺术暨文学学会 E.M.福斯特奖(the American Academy of Arts and Letters E.M.Forster Award)。

相较于早期的苏格兰女作家,当代女作家的作品对于女性在现代社会的经历和感受,对于人性的观察,视角更独特也更具有穿透性和洞察力。她们常常发挥超乎寻常的想象力,进行虚幻而非现实的创作,将现代的苏格兰在作品中变形展现。A.L.肯尼迪(Alison Louise Kennedy)也是一位代表。她在 20 世纪 90 年代的作品多涉及父女关系、幼童时期的性侵对成年之后的影响等,气氛偏于阴郁沉闷,但写作手法不同寻常。1995 年的《因而我很开心》(So I Am Glad)超现实特征明显。这是一个发生在格拉斯哥的传奇故事。当代女主人公詹妮弗遇到了怪异且失忆的新房客西哈诺,后者居然是 17 世纪法国著名的大鼻子作家西哈诺·德·贝尔热拉克,他噩梦缠身,爱上了詹妮弗。不过,小说却又让人生疑这位怪人是否是童年被扭曲的詹妮弗的臆想。肯尼迪在小说中娴熟地驾驭着文字,书中对历史与臆想的撺弄也因而显得出入自如毫无违和感。

和肯尼迪同期的女作家们涉猎的主题相当广泛,可以冲破禁区,将笔触伸及各个领域,如,阿莉·史密斯以细腻的眼光和优美的文笔讲述主流文化罅隙下人物的生存体验,探讨当代社会中多重性别意识。她在《自由的爱》(*Free Love*,1995)和《相像》(*Like*,1997)①中都大胆书写了两性问题。科林·道格拉斯(Colin Douglas)在《疾病与健康》(*Sickness and Health*,1991)中揭露医院的黑暗;大器晚成的阿格尼斯·欧文斯(Agnes Owens)在《打工的母亲》(*A Working Mother*,1994)和《为了威利的爱》(*For the Love of Willie*,1998)中聚焦格拉斯哥社会底层的边缘女性,以黑色幽默对抗残酷的社会现实;尼日利亚裔苏格兰人杰姬·凯(Jackie Kay)的《喇叭》(*Trumpet*,1998)敢于对各种现象进行揭示批判;等等。此外,从60年代就开始创作的谢纳·麦凯(Shena Mackay)在1995年发表了《失火的果园》(*The Orchard on Fire*),运用细腻巧思之笔以50年代为背景勾画出天真女孩在童年时代所遇善良和邪恶的故事,该书入围1996年的布克奖。爱丽丝·汤普森(Alice Thompson)文风清晰简洁,继承苏格兰哥特小说传统的同时大胆创新,讲述艺术收藏家为一幅肖像痴迷而寻找真人的小说《贾斯廷》(*Justine*)获得1996年的詹姆斯·泰特·布莱克纪念奖。

从性别书写的角度看,女作家们的作品更乐于关注苏格兰女性的状况,这种关注也在一定程度上丰富了苏格兰民族主义的内涵,扩充了凯尔曼、格雷等男作家的作品对民族身份的探讨,特别揭示出民族身份中的性别元素,尤其是对苏格兰女性身份的意义。当然,她们的笔触不限于此,对于两性书写的同时也关联到深刻的社会政治经济话语。《窍门是保持呼吸》和《相像》等小说都是这样的作品。

①　以《相像》为例。该小说由两部分构成,围绕艾米·肖恩和艾什·麦卡锡两个女人展开。她们曾相识于苏格兰,多年后在剑桥重逢,时过境迁,艾米成了出众的学者,艾什则是小有名气的演员。艾米和17岁的女儿凯特住在苏格兰,谁也不知道她的过去。小说借助平行叙述从两个视角展开回望,艾什的部分以第一人称追述自己的初恋和与艾米之间复杂的感情纠葛。史密斯把《相像》描述为"一本布满冲突且令人不快的书,一本讲述事物两面的书"。(Isobel Murray ed.,*Scottish Writers Talking* 3,Edinburgh:John Donald Publishers,2006,p.222.)两部分的叙述既是互补的又留给读者更多对未知的不解。分述式的结构看似平行分离,实则紧密相连,不仅启发读者深入性别问题的思考,亦能引发对偏爱与爱慕、虚构与现实、真相与谎言等问题的反思。

　　女作家的创作话题不止于女性而具有丰富内涵,其实,男作家对于女性的表现在这一阶段也有所变化,他们尝试着更客观地展现现代社会中的性别问题。女性不仅常常成为他们作品的主要人物,而且被赋予一定程度的理解。格雷的《1982,詹宁》《皮革的故事》和《可怜的东西》即是如此,小说中失去常态的女人和男人有时更能典型地表现出两性的性格。伊恩·班克斯的《运河梦》(Canal Dreams,1989)、《惠特》(Whit,1995)和《生意》(The Business,1999)中的女性则都要比男人更显强势。艾伦·沃纳的《莫文·卡拉》(Morvern Callar,1994)讲述了一位女性在男友自杀后盗用男友作品、努力走出创伤重谋活路的故事。不着痕迹的创作几乎让读者想不到它出自男性作家之手。可以说,男性作家的作品中不乏正视女性所面临的问题,要求平等地对待女性、正确地看待女性社会角色的。在性别问题上,当代男性作家的创作和女性作家的创作一起为读者带来更开阔的视野,挑战了人们对性别的成见。

　　从总体上来看,20世纪末的小说家们不再像文艺复兴时期的作家那样纠结于语言的选择,不再那么大规模地追求民族主义的表达,而是更多地关注于对内心的体验、对个人身份的探究、对文化差异的体察,以更广阔的视野反映苏格兰的现状与问题,以及与现代人的道德和生活息息相关的种种主题。他们当中有作家循着传统的创作路径,也有不少作家以看似虚幻的描写带给他们作品强烈的务实性,丰富了苏格兰民族文化的内涵与形式。在阿拉斯代尔·格雷、欧文·韦尔什、伊恩·班克斯、詹姆斯·凯尔曼和詹尼斯·加洛韦等作家的作品中,吹响风笛的小伙子,穿着格子裙的乡村少女已大多隐身匿迹,作家们或幽默、或残酷,运用各种手段与风格所展现的更多是苏格兰形形色色生活在当下的普通人,他们会特意注重描写他们的吸毒、性乱、犯罪等社会现象,对经济、阶级、性别、环境、城市等诸多传统或现代的问题作出敏锐而深刻的反映。

　　他们不再像世纪初那样着意地反拨菜园小说,而是让苏格兰风光和传统与苏格兰现实中的问题呈现相结合,让主人公于传统中寻找到启发。在这个过程中,继50年代以来对城市的书写,城市逐渐成为小说家们描绘的主体,乡村与城市的差异在他们的作品中亦不再那么泾渭分明。格雷、凯尔曼、韦尔什的有些作品极尽所能反映着苏格兰城镇的暴力与罪恶,揭示着苏格兰的阴暗面和人性的阴暗面,表现出对苏格兰城市否定消极的态度,不过,小说对前景的期盼未必显得那么渺茫黯淡,而是在苦涩的讽刺或谐谑中寄予了希望。

　　同时,这一时期小说创作的地域性愈发明显,各种方言的参与写作也使得语言成为苏格兰小说的主要特征。格雷、凯尔曼等人格拉斯哥小说的成功带动了苏格兰小说的发展,加强了苏格兰小说的地域文化特征和多样性表达。至于写作对象不完全为苏格兰本土人物与故事的斯帕克等小说家,他们创作的国际化风格对于苏格兰小说的多样化来说同样是极为重要的组成部分。可以说,20 世纪末的苏格兰的小说家们以个性化的写作风格占据了世界小说创作一隅,推动了苏格兰小说在 21 世纪的繁荣,吸引了更多的读者和评论者关注苏格兰小说的艺术魅力和发展潜力。

第五章　增强影响期:21 世纪初

21 世纪过去了十余年,这段光阴对于苏格兰小说来说是确立经典扬帆发展的时期。趁着 20 世纪末发展的强劲势头,借着新世纪出现的更多机遇,阿拉斯代尔·格雷、欧文·韦尔什、詹尼斯·加洛韦、阿莉·史密斯等老骥新秀们将苏格兰风笛吹得更加悠扬嘹亮;他们的小说创作手法各具特色,既没有完全脱离英国小说悠久传统的影响,又在颠覆与创新中谋求个性化的发展;小说关注的内容纷繁多样,个人身份、民族矛盾、宗教派系、文化霸权、商业消费等问题诉诸小说家的笔端,充分体现了当代苏格兰小说的杂糅性和文化的凝聚力,彰显出创作的无穷活力。

第一节　确立经典与民族意识

从整体上而言,苏格兰文学文化的知名度与影响力在这一时期与日俱增,其中很具有代表性的事件是 2004 年爱丁堡被命名为文学城市,这是联合国教科文组织命名的第一座文学城市,此举无疑是对苏格兰文学发展的一种肯定。而且,进入 21 世纪后,苏格兰本土对自己小说或整体文学创作的宣传力度也在加大。他们有意识地建构并宣传自己的经典书目,推广苏格兰文学,扩大它的影响。2005 年,《苏格兰人》(the Scotsman)列出 20 本必读苏格兰著作,同年苏格兰专著基金(the Scottish Book Trust)和《排名》(List)杂志公布了百本史上最佳苏格兰著作。2012 年,"苏格兰书橱计划"(Scotland's Bookshelf project)为纪念米切尔图书馆(Mitchell

Library)一百周年遴选出 20 世纪每十年最好的两部著作。《先驱报》(*The Herald*)也在邀请读者提名心目中的百本最好的小说以推出苏格兰有史以来最佳小说目录。此外,苏格兰本土的多种文学类奖项的评选,如麦维他奖(*McVitie's Prize for Scottish Writer of the Year*)和圣安德鲁协会年度图书奖(*Saltire Society Scottish Book of the Year Award*),每年都在井然有序地进行,为自己民族的作家加油鼓劲。同时,也有不少作家获得苏格兰以外英、美、欧洲等地区和国家设立的各级别的文学奖项,在国际上张扬了苏格兰小说的影响,也增强了学者对于苏格兰文学的研究兴趣。美国现代语言协会在 2000 年正式认可苏格兰文学的地位,并于当年在华盛顿特区展开了第一次苏格兰文学专题研讨会。2014 年 7 月在格拉斯哥大学召开的第一届国际苏格兰文学大会(World Congress of Scottish Literatures),首次建立了国际性研究苏格兰文学的专门会议组织,当代苏格兰小说研究是会议的重头讨论对象之一。

文学经典的确立有助于苏格兰民族意识的表达,而 21 世纪苏格兰经济政治的发展则有将民族意识推向极致的趋势。不过,小说家们对民族性的在意和政治家们不同,他们力图通过文学的创作深入思考民族的历史与现状,因此,尽管苏格兰的政治经济力量在 21 世纪渐强于以往,其小说创作也更加有声有色,却未必与政治经济同声相应。先看它的经济。在这一时期,苏格兰在生命科学、航空制造业、微电子与光电子、金融服务、可再生能源、数码媒体等诸多现代和未来产业中确立了优势发展的地位,就业率大幅度提高。以 2005 年为例,苏格兰"永久性职位的增长速度比 2000 年以来任何时候都要快",其"失业率跌至 30 年以来的低点,边界北部的经济增长没有像英国其他地方那样缓慢"①。经济发展的一个直接结果是,苏格兰获得更多的自信,谋求政治独立的意图也日趋明显。他们不满于英国政府拿走位于苏格兰海域的北海石油的高额收益,不满于政府在政治财政上不相应的优惠力度,加上长久以来的积怨,诉求独立

①　T.M. Devine, *The Scotish Nation: A Modern History*, London: Penguin Books, 2012, p.645.

104

的呼声越来越响。早在 1999 年,按照英国工党政府通过的《1998 年苏格兰法案》,苏格兰自 17 世纪末以来再次拥有了自己的议会,有权在英国议会批准的范围内对于法律、财政、教育、医疗、福利等一系列问题进行立法。2004 年苏格兰众多人士(500 人)签署了《卡尔顿山宣言》(*The Declaration of Calton Hill*),要求建立独立的苏格兰共和国。同年,英女王出席新苏格兰议会大厦的落成礼,9 月 7 日苏格兰议会议员在该处举行他们的第一次辩论会议。2007 年经苏格兰议会选举,苏格兰民族党成为当地第一大政党,积极宣传鼓动苏格兰独立。只是由于占据多数席位的其他三大党派明确反对独立,他们的诉求才暂时作罢。时至 2012 年 1 月形势又有所发展,在英国首相卡梅伦的支持下,苏格兰首席部长亚历克斯·萨蒙德(Alex Salmond)宣布将在 2014 年举行独立公投。2014 年 9 月 18 日如期举行了全民公投,反对独立派以 55%的票数决定了苏格兰留在英国。公投结果出来后不久萨蒙德辞去首席部长职位,由尼古拉·斯特金(Nicola Sturgeon)接任。虽然公投暂时告一段落,但独立的呼声并没有湮灭,相应的问题还在困扰着苏格兰民众。

在这种形势下,苏格兰小说家们有旗帜鲜明地支持苏格兰独立的,也有将政治理念与艺术创作相分离、专心于小说艺术建构的。从总体上说,政治在苏格兰小说中有些式微,如罗斯玛丽·戈林指出的,除去个别如《大地依然寂静》(*And the Land Lay Still*)①这样的政治小说外,更多的小说家们避开政治而在艺术内容与形式创新之路上奋力探索②。他们的作品或关注现实或沉溺历史,或探险或浪漫,或阴郁或机智,或城市或乡村,或本土或异域,或魔幻或真实,或普世或自我,彰显着各自的风格,延续了 20 世纪末洞察现实且个性化创作的潮流,赋予了小说更多现代化的品性,丰富了小说多样化创作的特征。在这些作家中,有那些在 20 世纪八九十年代已建立声名的作家们,他们在 21 世纪依然执着地拓展着自己的

---

① 《大地依然寂静》是詹姆斯·罗伯逊(James Robertson)的作品,获得 2010 年苏格兰最佳图书奖并入围 2011 年苏格兰年度创作奖。

② 参见 Goring, Rosemary (ed.), *Scotland's Bookshelf: a Celebration of 100 Years of Scottish Writing*, Glasgow: Glasgow Libraries, 2012, p.81.

创作,也有那些在七八十年代甚至 90 年代出生的作家们,他们业已开始在键盘上铿锵有声地敲击着缪斯引导的指尖。

在语言运用方面,新一代的小说家们更加乐意于颠覆标准英语在小说创作中的霸权地位,他们"'完全拒绝将伦敦当作文化与语言的中心',相似的,也不赞成一个单一的苏格兰文化中心"[1]。他们当中有的依然坚持用盖尔语和苏格兰低地语创作,但由于这两种语言使用者及受众面在客观数目上的缩小,大部分作家还是会选择国际化的英语作为他们创作的主要媒介。不过,作为颠覆或创新的手段,他们往往会结合苏格兰多种方言进行创作,以此营造具有地方特色的语言氛围和新颖的阅读感受,使得语言不仅是创作的工具,也使其成为苏格兰多重民族性的表征与内容。

第二节　延续与创新

20 世纪 80 年代带给苏格兰小说充沛的活力,其个性化创新发展的精神一直延续到 21 世纪的创作。引发震动效应的阿拉斯代尔·格雷等作家们保持着高昂的创作热情,在新的时代里继续切入生活,创新形式,不时地给读者带来阅读的惊喜,给年轻的作家带来启发。

格雷在 21 世纪曾热衷于创作或编选自己的短篇小说,推出过《绳索之末:13 短篇小说》(*The Ends of Our Tethers*:13 *Short Stories*,2005)和《阿拉斯代尔·格雷短篇小说:1951 — 2012》(*Every Short Story by Alasdair Gray* 1951-2012,2012)。他的短篇有其长篇里飞扬的想象和冷峻的幽默,在 2007 年创作出版的《恋爱中的老人》(*Old Men in Love*)又让这些特点在长篇空间里展现。在该小说中他愈发地信马由缰,让自己充当了故事中的一个角色,负责整理编辑某位作家留下的三部书稿。孰料,在小说后记中某位文学评论者揭露出书稿实际上是格雷自己早些年间作品的翻

---

① Robert A.Morace, *Irvine Welsh's Trainspotting*:*A Reader's Guide*, New York, London: The Continuum International Publishing Group Inc.,2001,p.22.

写! 该小说发扬了其成名作《兰纳克:生活四部分》一贯以来的风格,互文、剽窃、引用、盗用等扯不清的文理问题遍布其中,在喜剧化的表现中,这种作者自己游戏自己作品的作品着实引起了人们的阅读兴趣。

以《为时已晚》获得布克奖的詹姆斯·凯尔曼在 21 世纪的创作焦点没有离开普罗大众,笔下的人物大多来自于格拉斯哥寻常中下层家庭。据莫里斯所言,"记者艾伦·泰勒(Alan Taylor) 曾将现代格拉斯哥的故事比喻成'双城记',失业、疾病、昌盛的牟利经济与新的文化活力、放纵的消费主义一起令人不踏实地共存着,'需要位陀思妥耶夫斯基来对此情形给予恰当的描绘'"①,凯尔曼虽然不是陀大师却也不负众望,他将这个两面的城市及其住民鲜活地呈现给了读者。2008 年他以《男孩,别哭》(Kieron Smith, boy) 获苏格兰最具权威性的文学奖项"圣安德鲁协会年度图书奖"。小说通过一个平常苏格兰小男孩的独白展开,以四百多页的篇幅讲述了男孩在格拉斯哥平民家庭的生活和学校的经历,情节没有多少波澜起伏之处,人物也没有像马克·吐温的哈克贝利·费恩那样有多少冒险经历和英雄气质。青少年的成长,父母子女的关系,普通人性的反映,日常语言的纠结乃至苏格兰英格兰之间的矛盾等方面就在这平常叙述中得以展现,现实地表现了格拉斯哥城市平民的生活。这在他 2016 年的作品《土路》(Dirt Road) 中也有延续。《土路》以青少年的成长为主题,用从苏格兰到阿拉巴马的旅途叙事形式,讲述了一位 17 岁少年和父亲的隔阂与关系的治愈,以及音乐艺术对人心灵的触动与作用。凯尔曼还在 2004 年发表过《在自由之地要当心》(You Have To Be Careful In The Land Of the Free),2012 年出版过《莫说她很诡异》(Mo Said She Was Quirky)。在这部小说里,凯尔曼小说中的主角首次变成了工薪阶层的女性,作品围绕一位在伦敦的格拉斯哥女工在路上偶遇一位可能是她兄弟的事件展开了她丰富的内心世界,种族、性别、阶级、城市等宏大主题借女工的故事铺展演绎开来,被书评人称赞为"了不起的成就,克制

---

① T.M. Devine, *The Scotish Nation: A Modern History*, London: Penguin Books, 2012, p.654.

内敛而动人心弦"①。

在格雷、凯尔曼笔耕之时,其他在 20 世纪末已具声名的小说家也在继续推出新作,令苏格兰小说不减多样化发展的势头。托莫德·坎贝尔依然在坚持不懈地进行盖尔语文学创作,在 2006 年发表了《弹片》(Shrapnel),2011 年发表《来自东方的鼓》(An Druim bho Thuath)。畅销小说家 J.K.罗琳继续亨利·波特的魔幻系列并转向了侦探小说的写作,伊恩·兰金的《雷博思探长》系列侦探小说凭借现代影视技巧的运用和特色的语言描述而持续受到追捧,作品被翻译成多种语言。他的作品获爱伦坡奖最佳小说奖,还连续两次获过英国国家图书奖年度犯罪惊悚小说奖。玛格丽特·埃尔芬斯通多次荣获苏格兰艺术委员会作家奖金和苏格兰艺术委员会旅游奖。她在 2000—2009 年间发表了五部小说②,她撰写的历史小说故事往往发生在旅途中,而且背景常设在交界地,突出不同文化的冲突或融合。詹尼斯·加洛韦 2002 年出版了关于 19 世纪音乐家克拉拉和舒曼之间动人爱情故事的《克拉拉》(Clara),该小说获得 E.M.福斯特奖、苏格兰创造奖、圣安德鲁协会年度图书奖。优美的文字中流淌着的音乐气质为小说本身增添了艺术魅力,其艺术成就不无超越她第一部小说《窍门是保持呼吸》之处。欧文·韦尔什借助 20 世纪末引发轰动的小说《猜火车》的成功,创作了更多的以苏格兰下层青年为主的系列作品,将苏格兰底层人的状态鲜活地呈现给读者。2001 年《胶》(Glue)写了四个苏格兰男生从 20 世纪 70 年代孩童期到 2000 年左右三十多岁成年期间的遭遇,2002 年的《情色》(Porno)讲述了《猜火车》中主人公十年以后围绕情色行业发生的故事,《猜火车》的前传《瘾君子》(Skagboys③,2012)让读者了解到主人公瑞顿等人如何成为瘾君子。另外他还在 2006

---

① https://www.amazon.com/Mo-Said-She-Was-Quirky/dp/1590516001/ref = sr_1_1?ie = UTF8&qid = 1471832205&sr = 8-1&keywords = mo+said+she+was+quirky, accessed Oct.12, 2016.

② 五部小说为:《海路》(The Sea Road, based on the life of Gudrid of Icelan, 2000)、《嗨,巴西》(Hy Brasil, Based on the Mythical Island of Brasil, 2002)、《旅行者》(Voyageurs, 2003)、《光》(Light, 2006)、《聚会之夜》(The Gathering Night, 2009)。

③ skag 是海洛因的俗称。

年和 2008 年分别推出了同父异母兄弟相见不相识以悲剧结尾的《主厨的卧室秘密》(*The Bedroom Secrets of the Master Chefs*)和不完美侦探拯救小女孩的《罪》(*Crime*),其中的诡异彩色令人欲罢不能。

安德鲁·格雷格和凯尔曼、韦尔什一样,在小说里自然地运用当地俗语创作;不同于他们,他有意远离对苏格兰城市生活进行揭露这一写作趋势,而去描写苏格兰边远地区的生活。他在 20 世纪 90 年代就已发表小说作品,在 21 世纪里的创作获得了更多认可。2004 年发表的《另一方面》(*In Another Light*)获得当年圣安德鲁协会年度图书奖,书中以双重叙述声音讲述了父子两人看似无关却又具有共性的故事:20世纪 30 年代父亲去殖民地马来西亚的槟榔屿工作,邂逅两位女性,最终"声名狼藉"地离开了那里。70 年后儿子在一场事故后醒来隐约见到了父亲的影子,而他自己的生活也似乎陷入了爱的困境。这部小说以互不交叉却又相互映照的结构既写出了浪漫的故事,又夹杂着不为人知的秘密和复杂的矛盾。2008 年的小说《罗马诺桥》(*Romanno Bridge*,2008)则以浪漫与深沉的巧妙结合为格雷格赢得了更多的国际读者。

20 世纪 80 年代风生水起的威廉·博伊德在写作方面表现出更多的张力和内涵。他在《凡人之心》(*Any Human Heart*,2002)中以日志的形式虚构了 20 世纪某英国作家芒斯图尔特的多事春秋,弗吉尼亚·伍尔夫、詹姆斯·乔伊斯和邦德的创作者伊安·弗莱明等知名人物在小说中"客串",成为主人公经历的一部分。芒斯图尔特的经历赋予小说强烈的历史感,很多 20 世纪的重大事件在其中有所反映:英国总罢工、西班牙内战、皇室变故、第二次世界大战、文化复兴、现代科技发展,等等。该书引发了很多争议,但销量非常好,是 2002 年布克奖的热门候选书目。《无法安宁》(*Restless*,2006)讲述了女儿发现母亲在"二战"中间谍的身份而引发的种种事件,获当年科斯塔小说奖。2012 年博伊德还发表了颇具弗洛伊德心理学色彩的《等待日出》(*Waiting for Sunrise*),并传承伊安·弗莱明的衣钵在 2013 年发表了邦德 007 系列间谍小说《单独行动》(*Solo*),塑造了机智英勇而更具普通人特征的邦德。

于格拉斯哥出生如今长居法国的彼得·梅(Peter May)①则是位一直热衷侦探小说创作的作家,并在 21 世纪获得较多的关注。他的作品地域性和国际性结合特征明显,在严肃的推理中描写剖析情感的秘密和人性的深邃。他曾专程到中国采风,和中国的专业人士交流,在 1999—2004 年间写成《中国惊悚小说》(The China Thrillers)六部系列。小说背景辗转上海、西安、北京等地,杜撰了中国侦探李岩和美国病理学家坎贝尔携手破案的故事。该系列于 2016 年和 2017 年又在美国和英国发行了新的版本。2009—2013 年间发表的《路易斯三部曲系列》(The Lewis Trilogy)以外赫布里底群岛地区为背景,讲述岛上的谋杀案件。第一部《黑屋》(Blachouse,2009)获得数项法国文学奖和美国文学奖,包括世界最大的读者评选奖赛扎姆文学奖(the Prix Cezam)和美国巴利最佳神秘小说奖(US Barry Award for Best Mystery Novel)。第二部《路易斯人》(The Lewis Man,2012)的中文译本已经刊登在《译林》2017 年第 2 期上,是 2015 年度麦卡维帝最佳推理小说奖决选作品。第三本《棋手》(The Chessmen,2013)也曾入围 2014 年柴克斯顿年度老牌诡异犯罪小说奖。2006—2017 年间,他又以法国为背景创作了有苏格兰血统的法医恩佐·麦克劳德的六部系列侦探小说。其间,他还发表了一些单行本的侦探小说,《恩垂岛》(Entry Island,2014)获得汀斯顿苏格兰年度侦探作品奖。彼得·梅典型地代表了当代苏格兰小说家充分利用现代社会的便利条件进行国际化创作的趋势,通过小说的背景设置多方位地拓展了小说的意义空间。

此外,在讨论 21 世纪初小说界的繁荣景象时,还有必要提及两位久负盛名、承上启下,在 21 世纪第一个十年中分别于 2006 年和 2005 年离世的苏格兰小说家:穆丽尔·斯帕克和罗宾·詹金斯。斯帕克继续着她特色的国际性写作风格,在进入 21 世纪后发表了两部小说:《帮忙与教唆》(Aiding and Abetting,2000)和《精修学校》(The Finishing School,

---

① 彼得·梅在 20 世纪主要从事电视剧写作。自小说《报道者》(The Reporter)成功改编为电视剧后,他撰写了多部电视剧剧本,在盖尔语创作方面也有成果。他和妻子詹尼斯·海利(Janice Hally)合写的盖尔语作品《沿岸》(Machair)在 BBC 和英国独立电视网播出,成为第一部主要的盖尔语电视连续剧,为他带来了巨大的成功。

2004)。《帮忙与教唆》借用英格兰的历史事件虚构了两位自称是卢坎男爵的人找同样有着不可告人秘密的心理分析师的故事,罪中罪的情节与结构展现出斯帕克活跃的创作思维。收官之作《精修学校》涉及的是斯帕克熟悉的题材,它杜撰了关于老师和学生在写作进修班因创作而嫉妒的故事,以讽刺幽默的笔触切入到性、婚姻和人性的深处。不过,这两部小说普遍被认为可读性不错,但有失其之前作品的水准。纵观斯帕克的小说,她的文字简约内敛于不经意间流露深意,创作题材广泛且不限于苏格兰本土问题,对人际关系、帝国建构、宗派主义、信仰失落等方面洞察秋毫,而且她在艺术形式上一直追求创新,其后现代主义小说的风采拓展了苏格兰作家的国际性影响,使得更多读者认识到苏格兰小说家的才情。在书店里有关当代苏格兰小说家的研究专著,也数关于斯帕克的最多。

詹金斯未如斯帕克那样超然于苏格兰市井事物,他一如既往讲述着苏格兰内外善恶人性的故事,着意于探析文化的冲击。在 20 世纪八九十年代他出版了六部小说和一个短篇小说集。其中,《达洛克的苏醒》(The A-wakening of George Darroch,1985)围绕 1843 年苏格兰教会的分裂展开,《威利·霍格》(Willie Hogg,1993)讲述了一对格拉斯哥老夫妇在当地报纸宣传组织的捐助下去美国看望濒死的传教姐妹,关涉了不同文化的比较。詹金斯在 21 世纪出版了四本小说,《可怜的安格斯》(Poor Angus,2000)故事平常但叙述动人,在苏格兰的小岛和浪漫环境的依托下,构建了妻子企图利用与艺术家的调情激怒并赢回丈夫的故事。《天真往事》(Childish Things,2001)是一个关于人们如何从天真走向成熟的故事,它从老妇人的葬礼开始,戏谑而不失敏锐地揭示了她貌似正派的 72 岁老公的一段段风流史。《玛格达伦夫人》(Lady Magdalen,2003)则将宗教、等级、政治、战争、爱情等融合在一起撰写了玛格达伦夫人的选择与生活。其逝后发表的《挖贝人》(The Pearl-fishers,2007)讲述了外来的挖珍珠的渔民与高地人的爱情故事,当地人的冷眼相看与两人的执着热恋将不同文化的冲击与交流形象地表现出来。詹金斯在小说中表现出对人性的深刻把握和对现实的敏锐观察,有鉴于他对苏格兰文学的贡献,在他逝后特别以他名字设立了罗宾·詹金斯文学奖(The Robin Jenkins Literary Award)。

第三节　创作的中坚力量

目前苏格兰小说创作的中坚力量有不少是出生于20世纪六七十年代,他们在90年代崭露头角,成长于苏格兰小说走向成熟和多样化发展的阶段。在他们的手中,多样化的发展趋势较以前有过之而无不及。A.L.肯尼迪(A.L.Kennedy,1965—)、艾伦·比赛特(Alan Bissett,1975—)、安德鲁·克拉米(Andrew Crumey,1961—)、索菲·库克(Sophie Cooke,1976—)、克莱格·弗格森(Craig Ferguson,1962—)、克里斯托夫·布鲁克穆尔(Christopher Brookmyre,1968—)、查尔斯·卡明(Charles Cumming,1971—)、约翰·尼文(John Niven,1966—)、安德鲁·奥黑根(Andrew O'Hagan,1968—)、萨拉·谢里登(Sara Sheridan,1968—)、杰姬·凯(Jackie Kay,1961—)、阿莉·史密斯(Ali Smith,1962—)、艾伦·沃纳(Alan Warner,1964—)和卢克·萨瑟兰(Luke Sutherland,1971—)都是活跃在小说界的佼佼者。

他们当中,杰姬·凯和卢克·萨瑟兰等作家本人的身份或许就凸显出苏格兰文学的多样化。凯出生于爱丁堡,是个混血儿,母亲是苏格兰人,父亲是尼日利亚人,从小是在养父母家中长大的。在她的作品中可以明显地感受到对个人身份的追寻。她在1998年发表的《喇叭》(*Trumpet*)赢得《卫报》小说处女作奖(the Guardian First Book Award Fiction Prize),该书以美国爵士音乐家比利·蒂普顿(Billy Tipton)的生活为蓝本而创作,挑战了对性行为的正统理解和表达。2011年的自传小说《红色尘途》(*Red Dust Road*)则讲述了她自己寻找亲生父母的故事,以个人身份的迷茫反映了当代社会道德价值观及身份问题的普遍性,该书获苏格兰抵押投资信托年度最佳作品奖(Scottish Mortgage Investment Trust Book of the Year Award)。另一位混血作家卢克·萨瑟兰是位有非洲血统的苏格兰人。他也常把自己的经历感受融入到作品中,2004年发表的《少年维纳斯》(*Venus As A Boy*)描写的就是作者小时候作为唯一一个非裔苏格兰人在奥克尼群岛的经历。种族问题、身份问题、文化差异等在这些具有多重身份的作家的创作中占据着重要地位。

对身份的注重在当前的苏格兰小说创作界不是个案也不是新鲜事,和杰姬·凯他们一样,当前很多苏格兰小说家乐意于以自己的经历或熟知的对象作为创作的素材,并使之更具有现代性。约翰·尼文的成名作《杀死你的朋友》(*Kill Your Friends*,2008)即是以作者本人在 A & R 艺人经纪部门的经历而写就的讽刺音乐产业的作品,曾被誉为"可能是自《猜火车》之后最好的不列颠小说"①。他之后还接连创作了《业余人》(*The Amateurs*,2009)、《基督再临》(*The Second Coming*,2011)、《冷手》(*Cold Hands*,2012),其新作《白人直男》(*Straight White Male*,2013)让读者在阅读的泪水和欢笑中认识了一位酗酒而且性上瘾的作家。

这一批小说家的作品游历于传记与虚构之间,打破了文体的界限,而且,他们描写的大多是 20 世纪 70 年代后的苏格兰。他们的小说具有历史感且不回避政治性,具有政治性但又在竭力避免沦为纯粹的政治鼓吹工具。安德鲁·奥黑根在这方面是个中高手。小说、文献、新闻和回忆录等不同文体在他的作品中杂合且别有韵味,在他的作品中可以欣赏到苏格兰的景致,更可以看到他独辟蹊径,借苏格兰城市建筑发展的框架展开对人物故事的叙述,切入社会的冷暖炎凉。他的处女作《我们的父辈》(*Our Fathers*,1999)中的祖父和孙子,一位献身于战后城市发展和安居民宅的建设,一位却开始致力于拆毁城建。两代人的不同做法象征了过去与现在的割裂、家庭传统的断裂、政治的分离等严峻的问题。该书获得多种奖项提名,并最终获得温妮弗雷德·霍特比小说奖(Winifred Holtby Prize for Fiction)。2003 年的《名人》(*Personality*)借生长于苏格兰的意大利少女的明星之路,描写了她在当代名利场与商品文化中所经历的彷徨与悲凉,折射了苏格兰的历史、种族、民族意识等内在问题。奥黑根凭此书赢得英国最古老的文学奖詹姆斯·泰特·布莱克纪念奖(James Tait Black Memorial Prize);在 2010 年的小说《小狗麦弗与它的朋友玛丽莲·

---

① http://en.wikipedia.org/wiki/John_Niven,accessed 9 June,2014.

梦露的生活与观点》(*The Life and Opinions of Maf the Dog, and of His Friend Marilyn Monroe*)中,他放下苏格兰的话题,而去写一条狗狗,有意让玛丽莲·梦露的苏格兰爱犬成为叙述者,这也许是得益于伍尔夫的《弗拉希》,不过其语气没有《弗拉希》那么简明轻松,该书获格兰菲迪苏格兰奖(Glenfiddich Spirit of Scotland Award)。

艾伦·沃纳有格雷和凯尔曼之风,小说的苏格兰腔调有过之而无不及。他在 2003 年被知名文学期刊《格兰塔》(*Granta*)提名为"20 位最佳年轻英国小说家"之一。沃纳不像格雷、韦尔什等大部分苏格兰小说家那样热衷于城市生活的书写,而是专注于苏格兰的乡村地区,尤其是沿海和岛屿地区。小说中对景致、气候、四季转换的精致描写与居住其中的主人公的命运密切结合在一起。《碧空的星星》(*The Stars in the Bright Sky*, 2010)继 1998 年创作的《女高音》(*The Sopranos*)描绘了几位当初学校合唱队女生多年后相聚出游的故事,有趣写实的对话,卡夫卡式的风格吸引了读者,该书曾入围布克奖的候选名单。

在当代苏格兰小说中,苏格兰人乃至世人所处的种种困境得到各式各样的演绎,运用黑色幽默、反讽戏谑挖掘社会和人性的黑暗面愈发成了一种普遍现象,小说的语调也往往显得阴郁沉重。女作家 A.L.肯尼迪的创作还因此受过诘难。肯尼迪在 20 世纪 90 年代发表过三部小说①,进入新纪年后发表的《戴》(*Day*,2007)②获得当年的科斯塔图书奖。同年,她还获得奥地利欧洲文学奖(the Austrian State Prize for European Literature)。她在 20 世纪 90 年代的作品气氛偏于阴郁,21 世纪出版的小说也没有表现出更多的亮色调,《戴》描绘了经历过"二战"的艾尔弗雷德·戴在战后的一部战争片中受雇为临时演员因景生情而对自己战时经历的回忆,其叙述手法和人物的内心建构引人入胜,在冷静中透着睿智,真实再现了世态炎凉,也赋予弱势群体深切的人文关怀。

---

① 三部小说为:《寻舞》(*Looking for the Possible Dance*,1993),《因而我很开心》(*So I Am Glad*,1995),《如你所需》(*Everything You Need*,1999)。

② 除《戴》以外,A.L.肯尼迪在 21 世纪里发布的《天堂》(*Paradise*,2004)和《蓝书》(*The Blue Book*,2011)等都获得不错的口碑。

出生于爱丁堡的爱丽丝·汤普森的小说充满了不定性和多元性,叙述者性别模糊难辨,真实与想象融合。继在 20 世纪 90 年代发表过三部小说后,于 2000 年获苏格兰艺术协会创新苏格兰奖(Scottish Arts Council Creative Scotland Award),并在 2002 年至 2015 年间又发表了五部小说,成为新时代苏格兰风格独特、极具潜力的女作家。

另一位女作家阿莉·史密斯在 21 世纪的创作也特别引人瞩目,有天才型作家之称。自 1997 年发表第一部小说《相像》(Like)后,她在 2000—2012 年间发表了《当女孩遇见男孩》(Girl Meets Boy,2007)等五部小说①,荣获过惠特布莱德奖等奖项。在为纪念百年苏格兰文学而编写的《苏格兰书橱》中所列的 21 世纪头十年的两本最佳书目中,她的《当女孩遇见男孩》即名列其一(另一本是加洛韦的《克拉拉》)。该小说灵巧地戏拟了奥维德的《变形记》,将现代社会中多重的性别意识和可笑的消费理念等问题以看似轻巧却实际严肃的方式表现出来,赢得不俗口碑和众多拥趸。史密斯在近年的名声越来越响,2014 年新版的小说《如何两全》(How to be both)表现出的创新性和艺术性又引起一片惊叹声,亚马逊的网评有把她称为“在世的最具创新力的作家之一”(Emerald Street),有赞誉她是“最近红火的女小说家中最闪亮的,在形式和叙述方面敢于独辟蹊径。”(Metro)②。该小说中两部分可以颠倒顺序阅读,一位现代少女和一位 15 世纪意大利画家在不同的时空里一起演绎故事。史密斯在 2016 年出版的短篇故事集《公共图书馆及其他故事》(Public Library and Other Stories),也是被英媒炒得热热闹闹。史密斯计划撰写四本与季节同名的系列小说,2016 年第一本《秋》(Autumn)问世,2017 年第二本《冬》(Winter)问世,《秋》获得了 2017 年布克奖提名,并被评为《纽约时报》2017 年度十大好书。这两部小说可谓紧随当下,借人物的情感故事关涉到英国脱欧和美国特朗普的新政。史密斯的创作契合时代的精神,凭借

①　其他四部小说为:《饭店世界》(Hotel World,2001),《迷》(The Accidental,2005),《纵横交错的世界》(There But For The,2011)和根据《雾都孤儿》中机灵鬼道奇(Artful Dodger)形象展开撰写的《机灵鬼》(Artful,2012)。

②　https://www.amazon.cn/图书/dp/024114521X,accessed 26 Feburary,2017.

着出色的创新能力和想象天分,她多次获得布克奖提名,成为21世纪苏格兰小说创作的一位主力代表。

可以一提的是,20世纪八九十年代出生的苏格兰作家也开始小有影响,如艾玛·默里·厄克特(Emma Maree Urquhart,1991—)2003年约13岁时就小露头角开始发表科幻小说《驯龙者》(Dragon Tamers)。科斯蒂·罗根(Kirsty Logan,1984—)发轫稍迟,在20世纪前10年发表了数部短篇小说后,创作的小说《葬仪员》(The Gracekeepers,2015)获得2016年的兰达最佳LGBT文学奖(Lambda Literary Award for Best LGBT SF/F/Horror)。当然,他们的创作虽然棱角不失锐利,但也更加有待接受时间的磨炼和检验。

苏格兰小说在21世纪初的表现可圈可点,它的多样化世界性的表现与其民族的历史经历与文化发展不可割裂,与民族的政治命运也有所关联。不过,任风云变幻,苏格兰小说乃至整体上的文学都具有独立的存在价值,尤其不会因为苏格兰政治地位的变化而存在或消亡;从文学构建的角度看,这种独立性又是相对的。它所受到的外来文化文学的浸染,所受到的当今国际化的影响,使其更加呈现出多样化的特征。值得指出的是,多样化并非民族性的丧失,而是民族文学发展的必需。如今的苏格兰小说创作既表现出张扬的个性,又表现出多样化发展的特征。在崇尚多元语境多元文化的社会大环境中,它丰富的题材、多面的人物、多样的形式、多种的文化因素呈现出创作的复杂性与开放性,使其受到越来越多的读者和研究者的青睐。

在21世纪初十余年的创作中,哪些是经典性的作品还难以定论,仍有待时间的检验,但从整体上而言,当今的苏格兰小说延续了它在20世纪末就已表现出的种种特质,小说的地方性与国际化并行不悖,超现实书写与现实主义创作携手并进,而且其创作者身份地位各异,多样化写作是其必然而不变的发展之路。那么,在今后这条路又会怎样延续下去?作者们怎样走得更为精彩并创作出更多经典性的作品?可以肯定的是,它不会因公投结果而停止对民族身份的思索,对个人价值的考量,对人性的持久揣摩,不会停止对苏格兰历史文化的眷恋与批判,对现代化发展问题的关注,也不会改变对小说形式创新的孜孜追求,因为这些都是它谋求发展的基本要素。

也许,苏格兰自己的作家和评论家在这方面更有发言权,在谈到苏格兰小说在新时代的发展时,《苏格兰文学:英语文学和苏格兰语文学》的编者(苏格兰当地学者)从以下方面暗示了今后的发展方向:苏格兰小说家们会站在欧洲乃至世界历史高度看待苏格兰的历史,更多接受世界文学的影响;尽管苏格兰方言创作受到种种局限,苏格兰传统文学的影响不会磨灭;小说作品中会更多具有环境意识更加关注科学实验引发的灾难;给予苏格兰的资产阶级更加公正的多样化塑造与描绘;苏格兰儿童文学在今后会受到更多创作者的青睐。尤其在谈及小说对于环境与科学实验的关注时,他们不仅认为这是将来苏格兰小说必然的主题,而且借机指出对苏格兰小说"后民族主义"发展的预测:"在更有深度更加全面的层面上来看,作家们很可能会以正面的态度代言看待世界的不同方式,鼓励人们对我们的星球和它养护的生命采取更加负责的态度。也许,一个必然的表现就是,苏格兰作家不再那么'苏格兰的',他们的写作会呈现出'后民族主义的'基调。倘若苏格兰作家和世界上其他的作家分享这一特征,倘若这个特征也具有对过去的意识,那么,这样的发展是值得期待的。"[1]可以说,这样一种期待并不虚无,在 21 世纪的创作中,小说创作的国际化世界性是民族小说发展的趋势,后民族主义创作不是泯灭民族性思考,而是可以将其放置于更广阔或更微妙的背景下语境中,使其引起更多的共鸣召唤更多的读者。如此,苏格兰小说今后发展的空间更为开阔,可阐释的空间也更为丰富,使其多样性特征既具苏格兰民族特色也有普遍的人文关怀。

---

[1] Douglas Gifford, Sarah Dunnigan and Alan MacGillivray (eds.), *Scottish Literature*: *in English and Scots*, Edinburgh: Edinburgh University Press, 2002, pp.999–1000.

下　　篇

第六章　20世纪50年代:罗宾·詹金斯与《摘果人》

　　20世纪50年代,人们都还在经受着第二次世界大战后的阵痛,苏格兰人在百废待兴的状况下,民族主义活动趋于平静,对于不列颠的认同感甚至强于以往,"20世纪50年代是苏格兰认同'不列颠性'的高潮期,也是个转折点……50年代边界南北的选举活动具有史无前例的相似性,大家都认为政府是变革经济的载体,而经济变革正是苏格兰迫切需要的。尽管1948年号召自治的苏格兰公约获得了200万人的签名,但对于政治明确的民族主义来说时机尚不成熟。"①在战争浩劫之后,人们更珍惜来之不易的安宁平和的生活,希冀在政府的带动下发展经济,激进的民族主义对于当时的苏格兰重建并没有实际的意义,所以总领全局的不列颠政府在那一段时期比较具有凝聚力和领导力。对于这一时期的苏格兰小说家而言,相较于文艺复兴时期对民族主义的普遍兴趣,战争带给他们的惊骇与苦痛还在震荡,反思战争平复创伤成为他们创作中的普遍内容,只是深邃的痛苦和严峻的现实令他们的创作中不乏悲观的情绪,"战后的苏格兰小说家比'文艺复兴'时更难以借助主人公和情景来表现苏格兰的正面形象。"② J.D.司各特(J.D.Scott)的《老歌的终结》(*The End of an Old Song*,1954)和詹姆斯·肯纳韦(James Kennaway)的《荣耀之曲》(*Tunes of Glory*,

---

①　David McCrone, *Understanding Scotland:the Sociology of a Nation*, London and New York:Routledge,2001,p.21.

②　Douglas Gifford,"Modern Scottish Fiction", *Studies in Scottish Literature*, Vol.13, No.1 (1978), p.254.

1956)等作品都流露出苏格兰人深刻的幻灭感。和《荣耀之曲》相似,当时不少小说,如内尔·冈恩的《阴影》(*The Shadow*,1948)、《银枝》(*The Silver Bough*,1948),林克莱特的《列兵安吉洛》(*Private Angelo*,1946)和《夏日暗沉》(*The Dark of Summer*,1956)等,都与战争相关或以战争为背景,对于战争的非人道性和痛楚给予现实主义式的表现,对于人性的沦丧作出更多哲学式的揭示和反思。其中,苏格兰小说界宿将罗宾·詹金斯的《摘果人》独具风格。这部作品契合时代背景,以第二次世界大战期间的苏格兰高地林场为故事空间展开关乎人性与道德等普遍主题的叙述。和其他作家直接切入战争伤害的小说不同,在詹金斯关于战争的作品中,最突出的特点就是将战争与对道德的思考联系在一起,他的《向上帝的致意》(*A Toast to the Lord*,1972)和《公正的达菲》(*Just Duffy*,1988)等作品也都是如此。

50年代的苏格兰小说创作以现实主义路线为主,詹金斯在当时的创作语境中,既可以做到机智地沿用前辈沃尔特·司各特威弗利小说的现实主义之风,同时又能巧妙地建构内心冲突,让宗教、阶级、人性、道德等主题在他的作品中无缝交织,为20世纪后期苏格兰小说家创作提供了可以借鉴的作品。他一共出版过30部小说和两个短篇小说集。继1950年发表第一部小说《云雀欢唱》(*So Gaily Sang the Lark*)之后,他于1955年推出成名之作《摘果人》,同一时期发表的《战争客》(*Guests of War*,1956)和《丑小孩》(*The Changeling*,1958)、《爱如烈火》(*Love Is a Fervent Fire*,1959)也获得很好的口碑。在1957年到1968年期间,他曾辗转于阿富汗、西班牙、婆罗洲(Borneo)教书,《手上的尘埃》(*Dust on the Paw*,1961)和《圣树》(*The Holy Tree*,1969)就是以这些地方为背景的小说。回到苏格兰之后,他专心专职地投入写作,创作了更多以苏格兰为核心的作品,《弗格斯·拉蒙特》(*Fergus Lamont*,1979)、《典型苏格兰事件》(*A Very Scotch Affair*,1968)、《公正的达菲》、《威利·霍格》(*Willie Hogg*,1993)、《挖贝人》(*The Pearl-fishers*,2007)等作品都在不同时期展现了他的创作力,丰富了苏格兰小说的宝库。克莱格高度评价詹金斯在苏格兰文学领域的贡献,认为很有可能"在20世纪的(如今是21世纪的)苏格兰小说家当中没有人与他匹敌,因为还没有哪位当代的苏格兰小说家可以如此敏锐犀利地关注内心冲突和矛盾,表现了苏格兰社会的诸多方面"①。詹金斯因其对小说创作的贡献获得过大英帝国勋章和苏格兰艺术协会及圣安德鲁协会授予的终生成就奖(2003)。

在詹金斯的全部作品中,《摘果人》在苏格兰小说史上印记尤为深刻,也是詹金斯自己最喜欢的小说。这部作品在当时斩获了1956年的弗雷德·尼文奖(the Frederick Niven Award),如今被列入"苏格兰书橱计划"(Scotland's Bookshelf project)所选20世纪50年代最佳两部著作之一②。它被评论家们当作20世纪苏格兰文学的经典之作③,并成为苏格兰中学生或大学生课堂学习研讨必读的一部作品。它应和时代精神,既有苏格兰因素,又有着超出地域性的思考,通过道德寓意糅合了现实中的诸多主题。一般说来,道德寓意是文学创作超越个别而具有普遍意义的重要方面之一,是作家对现实生活的体验和凝练的升华。詹金斯在《摘果人》中则从具有普遍性的道德视角来反观社会现实,将其与纳粹、阶级等因素密切联系在了一起,从而在融入50年代苏格兰小说创作潮流的同时,突出对人性的反思,增强了小说的深刻寓意,使其成为苏格兰小说的代表作品。那么,他到底是如何看待道德、如何将一个看似简单的故事演绎得不平凡呢?

第一节　微言大义的道德小说

2005年在詹金斯逝世后举办的首次纪念会上,主持人里德(Harry Reid)说道:"他是一位关注道德的作家,富有思想;他也是高

① Cairns Craig, "Robin Jenkins: a Would-be Realist?" *Edinburgh Review*, Vol. 106 (2001), p.12.

② 另外一部是亚历山大·托鲁奇(Alexander Trocchi)的《年轻的亚当》(*Young Adam*, 1954),在这两部迥异的小说中,"唯一将它们联系起来的就是看待人世的苍凉态度,以及不屈服的声音中表现出的信心。"[Rosemary Goring (ed.), *Scotland's Bookshelf: a Celebration of 100 Years of Scottish Writing*, Glasgow: Glasgow Libraries, 2012, p.45.]

③ 米勒在评述中说:"《摘果人》(1955)被公认为是他最好的作品,是20世纪苏格兰小说的一部经典之作"。[G.Miller, "Sympathy as Cognitive Impairment in Robin Jenkins's *The Cone-Gatherers*: the Limits of *Homo Sacer*", *Journal of Literary Disability*, Vol.2, No.1(2008), p.22.]

明的艺术家,他的作品读起来似乎全不费力气,技巧和深度都不留痕迹。"①詹金斯本人是非常看重小说道德主题的。他以道德家自誉,强调自己小说的出发点是对道德的关注:"我不认为自己是讲政治的。我认为自己是道德家,从道德角度判断所有的政治问题。我的作品,我很肯定,有时候过于注重道德。"②"人性是道德的精神渊薮和根源"③,道德的探讨离不开人性的展现。詹金斯喜欢麦尔维尔、厄普代克、贝娄、哈代的作品,正是由于欣赏他们作品中对于复杂人性的刻画。在他的认知中,"人从始至终都是复杂的",而"这个世纪并没有人性那么复杂"④,换句话说,历史与现实没有人性那么复杂,他更感兴趣于人性善恶人类道德的思辨。不过,深刻的艺术作品不会止于单一的人性表现,其意义在形式与内容的张力作用下必定是多元联系互相深化的。

在"我宁愿割断喉咙也不愿写一个没有生命力的句子"⑤的原则下,詹金斯的《摘果人》以 16 个短小的篇章讲述了第二次世界大战时期苏格兰某林场里发生的故事。兄弟俩卡鲁姆和尼尔受雇于朗西坎贝尔夫人,在林场里采摘松果,他们的存在无可名状地令林场管理员杜勒尔厌恶憎恨,尤其是身有残疾的弟弟卡鲁姆屡屡受到他的诽谤与陷害。在小说的最后,卡鲁姆死在杜勒尔的枪下,后者也饮弹自尽。应和 50 年代的写作氛围,詹金斯在小说里除提及英格兰士兵对卡鲁姆的无意冒犯外,并未多用笔墨染指英格兰与苏格兰之间的矛盾,而是集中于人性道德的刻画。小说中尼尔与驼背弟弟卡鲁姆的关系很像《人与鼠》中工人乔治和弱智朋友朗尼的关系⑥,但两

---

① Michael Russell, *Robin Jenkins and the March of Time: a Chronicler of Changing Scotland*, Argyll: Cowalfest Publishing, 2006, p.4.

② Isobel Murray (ed.), "Robin Jenkins", *Scottish Writers Talking* 3, Edinburgh: John Donald, 2006, p.103.

③ 肖群忠:《道德与人性》,河南人民出版社 2003 年版,第 23 页。

④ Isobel Murray (ed.), "Robin Jenkins", *Scottish Writers Talking* 3, Edinburgh: John Donald, 2006, p.112.

⑤ Isobel Murray (ed.), "Robin Jenkins", *Scottish Writers Talking* 3, Edinburgh: John Donald, 2006, p.110.

⑥ 伊恩·克赖顿·史密斯在为重版的《摘果人》撰写的介绍中,将该小说与斯坦贝克的《人与鼠》进行比较,提出了人物关系的相似性。

部小说着眼点不同,杜勒尔的恶与卡鲁姆的善构成《摘果人》的核心冲突。

而且,小说一个值得注意的特点是,与后期苏格兰小说家描写工人的作品相比,《摘果人》没有选取正常人作为小说的主角,也没有选取城市作为发生地,而是以残疾人为中心人物,以风景如画的苏格兰高地林场为背景,通过别有特征的人物和叙事者第三人称的冷静述说取得特别的叙事效果。而且,叙述和对话都以英语为主,只有少数单词保留苏格兰语发音。①《摘果人》中各色人物不仅体现了詹金斯对人类内心善恶的认知,同时小说的铺陈技艺也给读者和评论者留下很大的空间进行阐释和评论。刊登在该小说2012年版封底的《泰晤士报》推介之词如此赞美过他和这部小说:"如同所有的大师一样,他的写作技巧略显老派,他的字里行间却吟唱着没有说出来的东西。"克莱格在对詹金斯的《摘果人》和斯帕克的《布罗迪小姐的青春》进行对比时也有类似的措辞,认为两者的手法看似轻描淡写实则匠心独运,都有以小见大微言大义的本事,而且,詹金斯的小说预示了斯帕克作品的出现:

> 和斯帕克的小说一样,这部小说以貌似忽视的样子关注了20世纪那段恐怖的历史。斯帕克通过苏格兰教师的生活展现法西斯主义的兴起与灭亡,詹金斯则通过两兄弟的日子喜剧化展现了纳粹主义的邪恶,这两兄弟在林子里摘拾松果是因为体力和智力上都无法为战争作出更有用的付出。②

小说开头就很能展示詹金斯"貌似忽视"的样子。它落笔于苏格兰的自然环境,以林场的树木开头:"这是一棵长在海湖边的好树,松果满枝,阳光普照其间;也很令人惬意,在最高的树枝上休息就像坐在椅子里

---

① 如know写成ken,forgive-forgie,gives-gies,little—wee。
② Cairns Craig, Introduction, *The Cone-Gatherers* by Robin Jenkins, Edinburgh: Canongate, 2004, p.vii.

一样舒服。"①林子里平和的氛围、惬意的自然环境的描写让人不免预感这又是一本菜园小说。② 不过,詹金斯不会落入俗套的,他的作品情节与内容的发展往往出乎当时习惯于菜园小说套路的读者的意料(讽刺性的是,这也曾是他的小说不为当时的读者热捧的原因之一)。他的作品文字并不艰深,故事也不惊险,需要读者随着其利落且雅致的语言,略带方言的表达,去慢慢体会其中的人物与主题。《摘果人》即便在小说开头的景致描写后出现了飞机、驱逐舰、枪炮声,但一切又显得那么遥远,没有战争血淋淋的场景,没有刺激感官的血腥味,宁静的笔触似乎不会去触及战争的邪恶、人性的丑陋。"一艘驱逐舰向着大海驶去,海员在船上开心地歌唱。飞机以胜于老鹰击空迅捷之势,超出瀑布咆哮之声,在林子的上空扫射,林子的秋色犹似它们借来的伪装。在随后的沉寂中,扫射声在林子的深远处连绵回响。"③秋色再美再具有伪装性,枪炮声再遥远也是战争与灾难的符号,这貌似宁静的描写下已然泛起令人不安的涟漪,暗示着小说从根本上来说不会是一本和平欢乐的作品。在深远处回响的扫射声击打的是人类心灵深处的阴暗、暴露的是纳粹屠杀的邪恶。很快,小说中的尼尔和卡鲁姆兄弟俩就谈到了战争与死亡,陷入了一场他们尚不明其所以然的善恶对立之中,小说由此自然地展开了基于道德的深层探究,通过两兄弟的故事去书写道德与社会的大环境大问题。

第二节　恶与纳粹意识

善和恶的对照与冲突是《摘果人》的关键内容,在小说中表现得十分

---

① Robin Jenkins, *The Cone-Gatherers*, Edinburgh, London: Canongate, 2012, p.1.

② 詹金斯以苏格兰为背景的小说很多是以乡村作为故事发生地的。他喜欢独自在高地徒步旅行,感受自然的陪伴,雨雾之时行走在幽谷之间,与飞鸟羊只相伴,不仅让他了解周围的存在,也让他更多地了解自己。所以,他的小说里不乏对景致的类似描写。(参见 Iain Crichton Smith, *Robin Jenkins's The Cone Gatherers*, Glasgow: Association for Scottish Literary Studies, 2007, p.2。)

③ Robin Jenkins, *The Cone-Gatherers*, Edinburgh, London: Canongate, 2012, p.1.

鲜明形象,残疾叙事从中起了很大的作用。詹金斯从小说伊始就交代了杜勒尔对卡鲁姆的莫名恨意,后者善良的残疾人形象极大地反衬了卡鲁姆那种看似没有根源的恶。小说中的残疾人或者称为身体不完美、思想不完善的人至少有五个:卡鲁姆、尼尔、杜勒尔的妻子佩吉、林场主夫人14 岁的儿子罗德里克和酒吧女招待。前四位和杜勒尔都有过交集,都不招他喜欢,最令他厌恶的就是卡鲁姆,欲置其于死地而后快。从表面上看,杜勒尔对卡鲁姆不可遏制的憎恨源于卡鲁姆放走了陷阱里捕捉到的小兔子(受伤的小兔子已经困在陷阱里长达一天一夜,杜勒尔故意置之不理)。于常人而言,不管对错与否,这可能只是一件令人一时生气的小事,却激起了杜勒尔持久的阴暗心思,以至于最终枪杀了卡鲁姆。对于杜勒尔所代表的人性恶,詹金斯运用全知视角的优势,通过描述其他人物的揣测或当事人的自白多方面地给予描写和阐释,展现杜勒尔对残疾的莫名反应,激发读者在追随叙述的同时联想到小说发生的战争语境,从而如他所言,"从道德角度判断所有的政治问题。"①

书中正直的林务员塔洛克分析过杜勒尔讨厌卡鲁姆的原因,他直接将其归咎到后者的残疾状态:"可能就是健全人对残疾人的厌恶造成的,没有理由,本能而发的:他就见过乌鸦围攻一只断了翅膀的同类。也可能是杜勒尔讨厌他们掺和到林场来:还是那样,自然界的动物都有自己的猎场,会赶走闯入者。又或者那种厌恶就是无法说清楚的:他见过一匹马每次见到某个人都会生气地龇牙,而那个人肯定从没有虐待过它……"②塔洛克将厌恶归于一种自发的情感,这种阐释在某种程度上和基督教认为人有原罪人性本恶的理念相似,杜勒尔任由恶的本性发展,没有正当理由地去戕害卡鲁姆。林场主人朗西坎贝尔夫人的儿子罗德里克也揣测过杜勒尔的动机:"是否是因为他们代表了善,他自己代表了恶? 在祖父的教育下,罗德里克知道在这个世界上,在每一个人身上,善与恶的争战从不

---

① Isobel Murray (ed.), "Robin Jenkins", *Scottish Writers Talking* 3, Edinburgh: John Donald, 2006, p.103.

② Robin Jenkins, *The Cone-Gatherers*, Edinburgh, London: Canongate, 2012, p.194.

会停止。"①细读小说,可以理会到作者詹金斯的高明,他对杜勒尔的剖析是多方位的。也可以说,他似乎借用了柏拉图的方法,"为了认识人,孤立地探讨个体是无法奏效的,必须把他投射到一个更大的平面上去。"②具体到这部小说对人性的揭示,詹金斯借战争背景让读者对杜勒尔这个个体的认识获得一个更大的平面。他将人物表面的憎恶表现与当时残暴的纳粹意识联结起来,以其表现人性的深层状态。在他的笔下,人物心理上的障碍表现出明显的纳粹气质。

小说里有关战争和纳粹的状况不时看似轻描淡写地出现在叙述或对话中,不在场的战争与人物都多多少少发生了关联,如,杜勒尔妻子佩吉的收音机里广播着苏联斯大林格勒的战况,塔洛克的兄弟死于敦刻尔克大撤退,管家莫顿夫人的儿子亚力克参加商船队,朗西坎贝尔夫人的丈夫和兄弟都在战场上征战。纳粹对于他们都是极恶的代名词,对于杜勒尔却并非如此。杜勒尔虽然相貌端正,其思想行为却趋同于纳粹的理念。战争引起的是他内心邪恶的共鸣,"他的态度可以与纳粹对犹太人的态度相提并论"③。纳粹要将犹太人赶尽杀绝,他则潜伏在林子阴暗处偷窥,恨不能立刻赶走卡鲁姆兄弟俩,不能忍受"在那肮脏的小屋子里那两个次人类平平安安地住着,好像得到上帝的庇佑似的"④。他千方百计地在他人面前诋毁卡鲁姆,在猎鹿活动中利用卡鲁姆对动物的同情心设计陷害他,在管家面前造谣卡鲁姆是性变态。卡鲁姆雕刻的木头松鼠栩栩如生也让他生气,不能忍受美好的东西竟然出自一个"似人非人、怪物、白痴"之手。于他而言,卡鲁姆这种残疾人就该被纳粹放到毒气室里去:"他知道这世上有件东西是他再也不想看到的:那个驼背的笑容。"⑤詹金斯的叙述者告诉我们,杜勒尔"读到过德国人把白痴和跛子在集中营处

①　Robin Jenkins, *The Cone-Gatherers*, Edinburgh, London: Canongate, 2012, p.145.

②　程新宇:《加尔文人学思想研究》,中国社会科学出版社 2012 年版,第 121 页。

③　Iain Crichton Smith, *Robin Jenkins's The Cone Gatherers*, Glasgow: Association for Scottish Literary Studies, 2007, p.24.

④　Robin Jenkins, *The Cone-Gatherers*, Edinburgh, London: Canongate, 2012, p.16.

⑤　Robin Jenkins, *The Cone-Gatherers*, Edinburgh, London: Canongate, 2012, p.117.

死的报道。从表面上看，他如常人一样谴责这样的暴行；从内心里，他对白痴和跛子的看法不是抽象的而是体现在驼背的摘果人身上，因此他完全赞同"①。

纳粹强词夺理地只把雅利安人当作最优秀的人种，犹太人、残疾人之类都是残次的不完美的次人种，应在被消灭之列。杜勒尔从内心里接受这种理念，而且他从小就不能接受不完美或残缺的事物：三条腿的猫，没了翅膀的苍蝇等等别人感到遗憾怜悯的东西在他眼里都是令人恶心的。摘果兄弟的到来把他的厌恶感激化起来了，觉得他们才来"仅仅一周，附近的地方就被他们的垃圾和臭气搞得污秽不堪"。驼背的卡鲁姆让他受不了，因关节炎走路有点跛的哥哥尼尔在他眼中也是个残废，甚至认为他的神情不符合他的身份："严肃思考的神情，明显不应该出现在一个不会阅读只能一个单词一个单词拼读报纸的人身上。"这种厌恶感他自己也控制不了，当他偷窥兄弟俩的住处时，"杜勒尔听到的是自己体内的咆哮，似乎一阵大风吹动了憎恨厌恶之树。"②

在残疾叙事中，他人的残疾在某种程度上可能会映照自己在某方面的不足或缺失，评论者默里所言"他（杜勒尔）如此讨厌卡鲁姆是因为卡鲁姆成为了他自己畸形生活的拟人化表现"在此不无道理。③ 在遇见卡鲁姆以前，杜勒尔身边的残疾人已让他原本不健康的心理积郁起来。18世纪的苏格兰哲学家大卫·休谟认为人性是相对固定不变的，杜勒尔贯穿小说始末恶的表现似乎是休谟论的反映，不过，詹金斯并没有简单化处理，而是写出了其畸形生活的形成和自我的多样面。已48岁的杜勒尔在25岁结婚后只享受了三年的婚姻生活，妻子就常年瘫痪在床，身形也肥胖了起来。岳母认为他没有照顾好自己的女儿，经常讽刺责难他。再者，他意图参军摆脱家人，但三次报名都被拒绝，只成为备战的地方志愿军成

---

① Robin Jenkins, *The Cone-Gatherers*, Edinburgh, London：Canongate，2012, p.15.

② 该段落的引言出自：Robin Jenkins, *The Cone-Gatherers*, Edinburgh, London：Canongate，2012, pp.12，12，14.

③ 引自默里在苏格兰文学研究协会网站上写的文章。Isobel Murray, "Robin Jenkins's Fiction", 2010, http://asls. arts. gla. ac. uk/Laverock-Robin_Jenkins. html, accessed 2 May，2015.

员。医生看出来在他身上"虽然没有表现出来,也肯定有很深的伤害"①。他对残疾妻子的恨只能隐藏在心而不能肆意于言表,卡鲁姆的出现让他将两者结合起来:瘫痪在床的妻子恳求他亲吻的声音"让他想起了驼背的声音"②而愈发嫉恨,他们都是他欲处之而后快的对象。在捕鹿时,他设计让卡鲁姆受到众人尤其是夫人的误解,而"他的妻子有一刻变成了獐鹿,他割裂了她的喉管,试图用她的血来抚平他的痛苦"③。阴郁的情绪、畸形的生活勾起他纳粹似的残暴,活生生地显示出内心的扭曲与丑恶。

詹金斯的刻意之处还在于,在一个残疾人物身上集聚了美与丑两种外在特征,使得卡鲁姆像个"圣洁的傻瓜"(holy fool):在身体或智力上虽有缺陷,却又表现出纯真圣洁的方面,同时也使得杜勒尔的仇恨更加复杂化。卡鲁姆外形的残疾基本上都是从杜勒尔的视角来写的:卡鲁姆身形像个猴子,驼着背拖着脚走路,手臂长可及地,按照纳粹的逻辑就是该消灭的那一类。可是,令杜勒尔愈发无法忍受的是,他如此畸形却有张天使般的面孔,更有甚者,卡鲁姆本人并不为自己的残疾自卑或者痛苦,而是过着自在于内心的生活。这就像杜勒尔忍受不了妻子佩吉尽管卧床依然渴望爱、依然化妆打扮欣赏音乐一样,他受不了残疾的卡鲁姆也有快乐。

除了外貌的矛盾呈现外,詹金斯将"圣洁的傻瓜"卡鲁姆刻画成有些稚弱但并非痴呆的残疾人,赋予他与自然同感的能力和直觉思考的能力,从而更显示出他的善。卡鲁姆高于杜勒尔之处在于,他自在着自己的快乐,对于弱小有本能的同情。他与自然生灵的通感传达出人性的善良。在猎鹿时,他"已经不是猎手了,他也是被人捕猎的鹿。呻吟着,喘息着,他跟在它们后面逃窜,没有奢望使它们免于屠杀,而是一股子冲劲要和它们分担"④。扑倒在被猎杀的鹿身上,挽救被困住的受伤小兔子,他做这一切都是出于对自然与动物的同情之心,源自于本真的善良。他虽然残

---

① Robin Jenkins, *The Cone-Gatherers*, Edinburgh, London: Canongate, 2012, p.21.

② Robin Jenkins, *The Cone-Gatherers*, Edinburgh, London: Canongate, 2012, p.25.

③ Robin Jenkins, *The Cone-Gatherers*, Edinburgh, London: Canongate, 2012, p.115.

④ Robin Jenkins, *The Cone-Gatherers*, Edinburgh, London: Canongate, 2012, p.84.

疾却可以像猿猴一样在树上行动自如,此处的猿猴具有象征意义。猿猴常被当作人类的祖先——"詹金斯在这本意义丰富的书中要讲的一件事可能是,人在生活于陆地上以前,有种简朴和纯真,但这种品质后来随着人类行为举止的复杂化而丧失了。"①卡鲁姆沿承了简朴与纯真,与自然和谐相处,他休息的时候可以觉得自己是安歇在花朵的中心,听着猫头鹰的鸣叫,他就"觉得自己像只猫头鹰"。然而,自然中的弱肉强食也会令他痛苦和质疑:"他变成了猫头鹰,站起来拍打着翅膀,飞近地面,接着一个俯冲,再飞起来抓着在它爪间尖叫的仓鼠或鼩鼱。半鸟半人的,他陷入在无法抗拒的必然的痛苦和死亡的困境中。不该责怪猫头鹰,它是遵照自然法则生存的;但是它的牺牲品也该得到怜悯啊。这就是令人可怕的神秘,为什么他热爱的生灵要互相残杀。"②在这段间接心理独白中,卡鲁姆不能理解自然界动物间的杀戮,不能理解林子以外的战争和屠杀,对于杜勒尔的憎恨也只是可以感受到而无法理解和规避。畸形的身体,圣洁的脸庞,纯真的心灵,残疾而善良的卡鲁姆与健全而邪恶的杜勒尔构成残疾叙事的矛盾双方并形成鲜明的对照,于詹金斯而言,这种对照也是对依据外表判断道德善恶的那种幼稚却常见的做法的反讽。

　　詹金斯如此将杜勒尔与卡鲁姆关联起来,突出杜勒尔的恶与纳粹性,实际上和他本人的经历有关。书中的卡鲁姆兄弟俩没有上过战场,林场主因参战而将林场交由妻子管理,林场里留下的基本上是一些不能或不愿直接参与战争的人,如未能上前线的杜勒尔、夫人年幼的儿子和女儿、不受居民欢迎的反战者等。这些人物原型大多来自于詹金斯自己在"二战"期间的经历。他当时是名反战者,拒绝上前线服兵役,因而于1940—1946年被派到苏格兰某森林牧场工作。不过,以卡鲁姆这样的残疾人为小说的主角,似与詹金斯个人的生活经历没有直接的关联。他1912年出生于拉纳克郡某煤村的工人家庭里,由寡母抚养成人。1935年从格拉斯哥大学英语专业毕业,在格拉斯哥和杜诺的学校里教过书,也到阿富汗等

① Iain Crichton Smith, *Robin Jenkins's The Cone Gatherers*, Glasgow: Association for Scottish Literary Studies, 2007, p.16.
② Robin Jenkins, *The Cone-Gatherers*, Edinburgh, London: Canongate, 2012, p.3.

地居住过一段时间①。不敢说他的生活中有无残疾人的直接参与,但可以说对平民生活的体验和观察大大触动了他对于原始人性的感悟。他曾目睹了1926年的煤矿工人罢工,看见"矿工们拿着棍子袭击开车的司机……我永远忘不了矿工脸上的愤怒。我经常看见他们晒着太阳唠嗑或打牌……我瞥见了表面下的愤怒与怨恨,不只是他们身上,我们所有人身上都有的愤怒与怨恨。这种体验让我创作出了《摘果人》中的杜勒尔"②。这种同类相袭无以名状的怨愤集中体现在杜勒尔这个生活压抑的林场管理员身上,他的愤怒与怨恨是那么根深蒂固,体现了人类身上某些黑暗的品质。苏格兰小说家史蒂文森、詹姆斯·霍格、司各特的作品中都不乏恶棍角色,杜勒尔这一人物形象则是在当代"二战"时期的苏格兰绿林中演绎着人类心灵深处的黑暗,挥散着极端的邪恶。詹金斯虽然没有亲历纳粹的战场和集中营,但对该类暴行深恶痛绝,"我不会原谅德累斯顿、广岛、集中营这样的事情:为这些事不会原谅任何人。"③他在这部小说里充分施展了微言大义的本事,将自己的经历和感悟融入整部小说,通过表现战争背景下正常人对残疾人的恶,使得小说的艺术表现犹如海明威所言的冰山,浮现在文本表面看似简单的文字故事成为深层的对人性的隐喻、对纳粹暴行的隐喻。

克莱格从弗雷泽的《金枝》人类学的角度分析过杜勒尔和卡鲁姆的关系。他认为杜勒尔就像原始社会中地位随时受到威胁和挑战的首领,他杀死卡鲁姆是把卡鲁姆当成了自己的替身,希望通过杀死替身的牺牲仪式而使自己回生。"杜勒尔的内心犹如古代神话中的核心,在丛林里

---

① 苏格兰是个"居民移出社会而非居民移进社会",五六十年代苏格兰外流人口几乎有50万之众(参见 David McCrone, *Understanding Scotland: the Sociology of a Nation*, London and New York: Routledge, 2001, p.16),詹金斯在此期间前往异域逗留了十年,去过阿富汗、西班牙和英属北婆罗洲(现在马来西亚属地),因而他的作品也有以这些地方为背景的小说。

② Iain Crichton Smith, *Robin Jenkins's The Cone Gatherers*, Glasgow: Association for Scottish Literary Studies, 2007, p.2.

③ Isobel Murray (ed.), "Robin Jenkins", *Scottish Writers Talking* 3, Edinburgh: John Donald, 2006, p.119.

重新上演,牺牲性地毁灭他自己的替身们,以此祈望使自己这个丛林里难以为继的失利的国王回生。"①着眼于纳粹意识,评论者米勒则运用吉奥乔·阿冈本(Giorgi Agamben)和多米尼克·拉卡普拉(Dominick Lacapra)关于"燔祭"(holocaust)一词的理解对克莱格的解读表示质疑:按照两位哲人的说法,"燔祭"有为了崇高的对象或目的而牺牲的意思,纳粹对犹太人的屠杀如希特勒所宣扬的那样,是把他们"当作虱子",当作裸体生命(bare life),用燔祭一词来形容屠杀有"不负责任的杜撰历史的盲目性",有拔高这一行径的危险。米勒从而指出克莱格从牺牲仪式的意义来理解杜勒尔不乏这样的危险。② 也就是说,把卡鲁姆当作原始仪式中的"牺牲品"来阐释这种做法美化了杜勒尔的动机,拔高了其纳粹性质的黑暗心理和行为。米勒于是用阿冈本的生命政治学中的牲人概念(homo sacer)解读了杜勒尔对卡鲁姆的厌恶:杜勒尔隐喻了生命政治的主权者,卡鲁姆和他的妻子佩吉都是杜勒尔有权决定生死的"牲人"。他同时指出,詹金斯超越阿冈本之处在于颠覆了同情在当代西方文化中是认知缺陷抑或男人气质缺乏的理念,在小说中将同情建构为有可能实现社会公正的一种形式。米勒等人的评析帮助我们进一步理解了杜勒尔和卡鲁姆的关系和意义,小说中其他人物,如朗西坎贝尔夫人,则更让我们看到善恶之念在平常人身上的矛盾与体现。

第三节　道德选择与阶级意识

　　道德选择似乎与阶级意识关联性不强,然而詹金斯的创作则将它们联系在了一起,并且显示出从普遍性回归个别性的艺术独特性。通过朗西坎贝尔夫人这个角色,詹金斯进一步表现出善恶行为与阶级身份等方

---

① Cairns Craig, *The Modern Scottish Novel : Narrative and the National Imagination*, Edinburgh : Edinburgh University Press, 1999, p.148.

② 参见 Gavin Miller, "Sympathy as Cognitive Impairment in Robin Jenkins's *The Cone-Gatherers : the Limits of Homo Sacer*", *Journal of Literary Disability*, Vol.2, No.1 (2008), p.25。

面的多重关系。

从传统意义上来说,英国阶级分为贵族阶级和平民阶级。在詹金斯看来,阶级差异意识对于他们的道德取向是有一定影响的。他对于真正具有贵族气质的人抱有敬意,但小说中具有贵族身份的人物并非他所崇尚的。他在访谈中特别提醒人们注意,夫人并不是出身于贵族家庭,与准男爵的联姻提升了她的阶级地位[①],也造成了她道德选择和行为决定的困境。她的父亲是法官也是基督徒,他将对法律的公正性理解与基督教主张的虔诚善良的精神融合,教会她懂得正义和爱;她的丈夫科林封建阶级意识浓厚,即便是宗教信仰里也带有强烈的阶级意识,认为天堂里也有高低贵贱之分,自己的妻儿必须在仆人和雇工面前保持尊贵的形象。在父亲的影响下,朗西坎贝尔夫人明白对所有人都应有一种真诚的爱,而丈夫尊卑有别的阶级差异意识也作用于她的为人处世。在父亲的教导和丈夫的影响之间,她举棋不定:"她富有,有影响力,可以任意打发良心,至少可以成功地行贿良心;但她也努力地成为基督徒。她知道有钱有权的人要进入天堂是多么困难。"[②]

詹金斯在小说里让她的矛盾心理多次展现,突出表现出公正意识和阶级意识对于正常人道德行为选择的影响。她在对待卡鲁姆的问题上经常前思后想,拿主意时犹豫不决,时常还是让等级意识占了上风,小说里至少有三次明显的表现。一是听信杜勒尔的蛊惑,她为了自己的面子而不顾卡鲁姆的残疾命令兄弟俩充当打猎助手。二是在镇上遇见兄弟俩时拒绝了让他们搭车返回的提议,还向儿子罗德里克灌输他父亲的阶级意识。三是因林场大雨瓢泼,兄弟俩情急之下跑到她的沙滩小屋避雨,她和孩子恰巧也赶来避雨,撞见他们后愤怒地将他们撵了出去。其实,这三次事件中,儿子与她的争辩都使她产生过犹豫。猎鹿事件之后,夫人要赶走兄弟俩,儿子提出了抗议,让夫人意识到猎鹿活动是她违背他们意愿逼他们参加的。在第二次事件中,她一开始就作出了不让他们上车的决定,但

---

① Isobel Murray (ed.), "Robin Jenkins", *Scottish Writers Talking* 3, Edinburgh: John Donald, 2006, p.137.

② 参见 Robin Jenkins, *The Cone-Gatherers*, Edinburgh, London: Canongate, 2012, p.96。

儿子不介意和他们坐在一起,认为"人比狗要重要得多"。儿子的提议令她犹豫,以至于又去询问心怀恶意的杜勒尔的意见。小屋事件发生时,又是儿子表示了不满。虽然受丈夫的影响她也觉得儿子"身体孱弱思想迟钝"①,但儿子正面的争辩总是会令她再三思量。通过这三次事件,儿子揭示出她作为基督徒的欠缺,促进她更为向善的一面,为她在最后能同意尼尔的要求亲自去请他们解救爬上高枝无法下来的罗德里克埋下了伏笔。通过朗西坎贝尔夫人对待摘果兄弟的犹豫态度,小说表现出阶级意识和宗教理念在一定程度上也会深刻影响到个人的善恶道德选择。

这其中有意味的是,屡屡劝说母亲进行正确选择的小儿子罗德里克也并非"健全人",他被父母认为身心有欠缺(类似残疾人)。不过,于作者詹金斯而言,罗德里克其实更像贵族,是"一位自然的绅士"②,纯正的贵族,只有他会给兄弟俩送"友谊的蛋糕,让他们躲开杜勒尔恶意的蛋糕"③。可以说,詹金斯在小说里给予卡鲁姆和罗德里克等这里或那里令人感觉不完美但善良正直的人充分的敬意。④

借这三次事件,詹金斯同时构建起尼尔与朗西坎贝尔夫人在等级意识等方面的直接冲突,体现了普通贫民对社会公正这种大善的渴望。尼尔不像弟弟那么残疾稚弱,他对社会不公和阶级差异都很敏感,林子外的战争加强了他反对不公正的意识:"他们不是那些被拉到集中营的犹太人。但是,尽管他自己没有意识到,在战争中以祖国名义激发起的荣誉、独立与勇气深刻地影响了他个人的态度:他现在应该反击对他,尤其是对他弟弟的任何不公正。"⑤战争可能实现的正义教会他在生活中反对不公

---

① 该段落的引文分别出自 Robin Jenkins, *The Cone-Gatherers*, Edinburgh, London: Canongate, 2012, pp.113, 113, 136.

② Isobel Murray (ed.), "Robin Jenkins", *Scottish Writers Talking* 3, Edinburgh: John Donald, 2006, p.137.

③ Robin Jenkins, *The Cone-Gatherers*, Edinburgh, London: Canongate, 2012, p.144.

④ 小说里还有个不起眼的角色也是如此:八字脚、面颊绯红的酒吧女招待麦琪,总是给予兄弟俩特别的关照,不肯接受尼尔留下的小费。

⑤ Robin Jenkins, *The Cone-Gatherers*, Edinburgh, London: Canongate, 2012, p.100.

正的对待。他觉得自己不伤害别人，别人也不应伤害他，希望社会公平，"我们是和他们一样的人。我们需要地方住需要地方呼吸。"①夫人命令他们做打猎助手，他觉得夫人像狗一样使唤他们，夫人赶他们出小屋，他虽然离开却愤懑不已，也激起了他的报复之心，以至于罗德里克被困在树上之时，他坚持要夫人亲自上门请他们出手援救，从而引发了小说中高潮性的结局。尼尔为了寻求公正而表现出报复心，差点走向恶的表现，但在公正的基础上与人为善还是他的底线，与夫人相比，他更具有平民朴实的道德观，与失去人性的杜勒尔相比，他俩则远不在一条水平线上。

第四节　死亡与道德的救赎

在文学创作中，宗教往往成为作家笔下走出现实困境的救世良药。但是，詹金斯的创作却并非如此。在小说里，宗教向善的理念可以感化某些人物，但它并未成为人物救赎的出路，小说因而也体现出由普遍的说教回归现实的创作倾向。在小说的最后，詹金斯通过卡鲁姆死亡这个有争议的意象结束了一切，将小说中的道德冲突引向对现实具有启示意义的景象。小说中是这样描写刚刚死去的卡鲁姆的："他身体扭曲着悬挂在树上，摇晃着。胳膊耷拉着，摆出毛骨悚然的祈愿姿势。"②史密斯从宗教意义上将卡鲁姆死亡的姿态解读为耶稣受难时的形象，耶稣受难意味着众人的罪恶得以救赎，是希望的象征，"和基督一样，卡鲁姆是无辜的，他的死亡因而也是一种为了帮助人类的牺牲。"③从宗教意象来解读具有一定的可行性，小说里也有不少宗教意象，如田园牧歌式的林子有如伊甸园等，不过，这样把卡鲁姆作为牺牲者的解读也许还是有前面提到过的拔高纳粹屠杀目的之嫌。评论者史密斯一开始也曾从宗教意义上将卡鲁姆死

---

①　Robin Jenkins, *The Cone-Gatherers*, Edinburgh, London: Canongate, 2012, p.4.

②　Robin Jenkins, *The Cone-Gatherers*, Edinburgh, London: Canongate, 2012, p.219.

③　Iain Crichton Smith, *Robin Jenkins's The Cone Gatherers*, Glasgow: Association for Scottish Literary Studies, 2007, p.26.

亡的姿态解读为耶稣受难时的形象，不过，他后来又纠正了自己的看法，驼背的卡鲁姆不能替代上帝之子耶稣，杜勒尔也不是犹大，他从开始就厌恶卡鲁姆，不像犹大是后来背叛耶稣。[①] 不仅如此，在小说中，宗教失去了规训的作用，人物也游离于宗教。夫人在宗教向善教义和等级意识之间纠结；杜勒尔的岳母不满上帝，不愿接受女儿残疾是因为上帝赐予的某种惩罚这种命定之说；尼尔则根本不相信上帝是仁慈的，尤其是他们的妈妈在生下畸形的儿子后自杀身亡更让他对宗教失去了信仰。小说中宗教的无所作为和詹金斯自己的宗教观有些联系。詹金斯不是天主教作家，而且自言没有任何宗教背景。他十四五岁参加过长老教会、浸礼教会、苏格兰圣公会的活动，但都没有使他成为信徒。他认为，"上帝与对人的爱毫无关系。在这方面，我们只有自己，我们得看到人类的种种罪恶，就我看来，这些罪恶远远超出种种的善行，而且危险得多。"[②]因此，从这些方面看，詹金斯未必将卡鲁姆挂在树上的意象当作基督教赎罪精神的宣扬，倒是将分别代表善与恶人物的下场并置，将死亡与再生这一古老的命题重新演绎。

　　杜勒尔在枪杀卡鲁姆之后，自己也饮弹身亡，恶的事物在消灭善的事物之后，也并无活路，恶至极端的纳粹再猖獗最终换来的还是灭亡，而以朗西坎贝尔夫人为代表的普罗大众则从中汲取教训获得凤凰涅槃再生的希望，詹金斯赋予这一幕亚里士多德式的悲剧净化效果："她双膝屈地，靠近血迹和裂开的松果。她无法祈祷，只能哭泣；随着她的哭泣，怜悯、纯洁的希望和喜悦，充盈了她的心"[③]。这顿悟式的希望与喜悦并不奇怪，小说里为了这希望和喜悦的顿悟是有所铺垫的。在之前去拜访杜勒尔妻子的路上，夫人很高兴"到了春天这壮美的树就会被战争之斧砍伐"，因为那意味着丈夫的归来和重新的播种，那时"新树尚未发芽还是松果的

　　① 参见 Iain Crichton Smith, *Robin Jenkins's The Cone Gatherers*, Glasgow: Association for Scottish Literary Studies, 2007, p.33。

　　② Isobel Murray（ed.），"Robin Jenkins", *Scottish Writers Talking* 3, Edinburgh: John Donald, 2006, p.120.

　　③ Robin Jenkins, *The Cone-Gatherers*, Edinburgh, London: Canongate, 2012, p.220.

形态,看起来要比这些沉默冷峻的巨树亲切得多。巨树象征了贫瘠的过去和痛苦的现在,而不是绿色丰饶的将来"①。消亡对于她而言早已有再生和希望的含义。而且,她一直在父亲和丈夫的影响下徘徊,罗德里克和塔洛克等人带给她的道德冲击在面对卡鲁姆浸血的尸体前达到了高潮,令她像《达罗卫夫人》的女主人公听到他人死讯时一样,怦然且更加直接地从死亡的恐惧中得到净化,领悟生活的意义也激起更多生活的希望。

显然,生活的希望不在于宗教,不在于战争的胜利,詹金斯通过这最后一幕将读者引向对自身的认知,看到希望在于人类对自身的感悟、与自然的亲和。詹金斯认同赫胥黎等人的说法,认为人大概在 12 岁以后,对人性就不再有什么理解了,年龄的增长只是让你找到更多的例证来证实自己的"本能的知识","本能的知识全在那里了,在二岁、三岁、四岁、五岁……积累起来的。"②夫人见到卡鲁姆被杀的样子亦是一种例证来证实自己对人性的本能认知,人生中不断的经历和感悟将其引至人性向善的一面,从而获得生活的希望。

善与恶的较量在这部小说里,没有经历人物激烈的正面冲突,在看似平淡的叙述中影射了纳粹的邪恶、人性的不可捉摸和自然的平和。在所有的恶与血之中,自然美丽如画的风景与民族风情的传递都在帮助读者走出对以杜勒尔为代表的人性恶的恐惧。在詹金斯的笔下,没有猎人侵扰的林子里树静草香,摘果人爬树捡果悠然自乐,卧病在床的倍吉聆听着苏格兰音乐自寻安慰,尼尔尽管对盖尔语一知半解,依然吟唱着妈妈爱唱的高地歌曲,还有哈里和贝蒂坐在至静至美的湖边,哈里的口琴演奏和贝蒂的格拉斯哥嗓音都那么让人宁静快乐。这一切都与最后卡鲁姆被枪杀形成强烈的比照,人性的黑暗毁了世间的平和安宁,但民族意蕴的永恒、自然的轮回再生依然会给人带来希望,落到地面上裂开的松果在来年春天又会带来生命的征兆,夫人在卡鲁姆尸首前的希望与欢欣也应该部分是源自于此。

---

① Robin Jenkins, *The Cone-Gatherers*, Edinburgh, London: Canongate, 2012, p.138.

② Isobel Murray (ed.), "Robin Jenkins", *Scottish Writers Talking* 3, Edinburgh: John Donald, 2006, p.106.

　　与探究人性黑暗与隐秘的《黑暗的心》等现代主义作品相比,《摘果人》的叙事手段趋于传统,但它可以不紧不慢地,无需刺激的字眼,不用煽情的话语,领你在苏格兰高地林场中感悟杜勒尔的恶、卡鲁姆的善和朗西坎贝尔夫人的彷徨,步步探入不可理喻的人性深处,即便难以获得答案,却也经历一次对人性与道德的思索。如戈林所评述:"小说叙述的典雅与联想性使这部现代寓言永远流传。"①《摘果人》不仅仅是个人层面的故事,它将具有普遍性的人类道德问题置于具体的历史和自然背景之中,从道德的视角来反观社会的现实。道德问题在苏格兰小说中一向占有重要位置,如果说詹姆斯·霍格的《罪人忏悔录》引领了苏格兰作家们对于善与恶的思考和书写,詹金斯的《摘果人》则使道德问题更具现代意义。小说发生的时间地点与其残疾人物的象征性等诸多因素将它与纳粹主义、阶级观念、宗教教义等方面密切联系在一起,这不仅实践了詹金斯所言的从道德角度对政治问题的评判,同时也使得小说在多重张力的作用下获得丰富意义的空间,成为当代的寓言式杰作。

　　詹金斯和他的《摘果人》在战火余烬飘摇的 20 世纪 50 年代思考战争与道德,拓展了当代苏格兰小说对现实书写的思路与深度。20 世纪 60 年代的苏格兰小说则开始表现出更多的都市特色和实验性特征,穆丽尔·斯帕克的《布罗迪小姐的青春》一马当先。

---

　　①　Rosemary Goring（ed.）, *Scotland's Bookshelf：a Celebration of* 100 *Years of Scottish Writing*, Glasgow：Glasgow Libraries, 2012, p.44.

第七章　20世纪60年代:穆丽尔·斯帕克与《布罗迪小姐的青春》

　　20世纪60年代的苏格兰依然没有走出战后的雾霾,工党为首的政府把经济发展当作首要任务,政治上相对稳定,没有兴起大风大浪,在文学创作方面苏格兰文学既耽于内省,也不排斥世界文化和科技发展的影响,根据贝尔(Eleanor Bell)的说法,埃德温·摩根等诸多苏格兰诗人"常常将20世纪60年代看作灵感的主要来源,代表了最重要的文化发展:太空探索的开始①、新音乐试验的形成、反文化形式的发展,以及垮掉的一代作家的重要影响"②。虽然文艺复兴的领军人物大诗人麦克迪尔米德雄风犹在,但已不被当作先锋性的力量,反而被当作守旧派,与埃德温·摩根、亚历山大·托鲁奇(Alexander Trocchi)等作家形成分歧。当时苏格兰小说创作尽管还有些沉浸在战后的保守氛围里,然而划旧谋新的时代精神鼓舞下,冲锋创新的号角已经吹响,一生创作22本小说的穆丽尔·斯帕克在60年代初既以《布罗迪小姐的青春》(1961)扬起了色彩斑斓的旗帜,令人为之振奋。它预演了后来的评论者布朗(Ian Brown)和尼克松(Colin Nichloson)总结的60年代四个基本趋向:新的表现方式,都市

---

　　① 苏联和美国在60年代进行了具有历史意义的航空探索:继1957年10月4日苏联发射了人类第一颗人造地球卫星之后,1961年4月12日,苏联宇航员尤里·加加林乘"东方1号"宇宙飞船进入空间轨道,开创了载人航天的新时代。1969年7月20日,美国宇航员N.A.阿姆斯特朗和E.E.奥尔德林乘"阿波罗Ⅱ号"登上月球,实现人类首次成功登月。

　　② 参见 Ian Brown and Alan Riach (eds.), *The Edinburgh Companion to Twentieth-century Scottish Literature*, Edinburgh: Edinburgh University Press, 2009, p.135。

特色,对苏格兰地方精神的反思,本土复兴。① 这部小说颇受大众的欢迎,自《纽约客》上首次露面后被多次改编成戏剧、电影、电视剧,演员麦琪·史密斯(Maggie Smith)凭借布罗迪小姐一角荣膺1969年第42届奥斯卡最佳女主角奖。它是斯帕克个人成为国际文学经典作家的标志性作品,也是苏格兰作家拓展国际影响的一次成功的范例。它位列于1987年由美国纽约公共图书馆和兰登书屋评选出的"20世纪百大英文小说"、2003年由《观察家报》发布的三百年来百部最伟大的小说、2005年由《时代》杂志发布的自1923年(《时代》创刊的年份)至当时的百部最佳英语小说之一,至今依然受到评论家和读者的青睐,是当代苏格兰小说的经典之作,也是英语小说的典范之作。

这部作品是斯帕克的第六部小说,在它之前的《劝慰者》(The Comforters,1957)、《罗宾逊》(Robinson,1958)、《死的警告》(Memento Mori,1959)、《佩克姆草地叙事曲》(The Ballad of Peckham Rye,1960)和《单身汉》(The Bachelors,1960)早期作品中既已预演了她诡异无常的想象力和艺术创新力。以她的第一部带有自传性的《劝慰者》为例,该小说的叙述打破单一的叙述模式,主人公听见打字机的声音讲述她的故事,声音如影随形无法摆脱,斯帕克的自传成分隐匿其中变得很难察觉②。在之后的作品中,斯帕克更加显示出国际化作家的风范。在60年代以伦敦为背景的《窈窕淑女》(The Girls of Slender Means,1963)、以耶路撒冷为背景的《曼德鲍姆门》(The Mandelbaum Gate,1965)、70年代发生在欧洲南方某城市的《驾驶席》(The Driver's Seat,1970)和以意大利为背景的《接管》(The Takeover,1976)、80年代写伦敦作家的《带着意图徘徊》(Loitering

---

① 布朗和尼克松在谈及六七十年代的苏格兰文学的变化时,借用麦克迪尔米德和托鲁奇的分歧总结出这四个基本趋向:"抵触既定的地方精神,新的表现方式,更具有都市特征和注重本地复兴。"[Ian Brown and Alan Riach (eds.), The Edinburgh Companion to Twentieth-century Scottish Literature, Edinburgh: Edinburgh University Press, 2009, p.133.]

② 斯帕克约从1954年1月至4月由于药物的副作用而产生幻视,感觉眼前的文字都成了字谜和填词游戏,她为此接受过心理治疗。这段经历成为她写《劝慰者》的素材,她的幻视变成了主人公的幻听。参见 Muriel Spark, Curriculum Vitae, Boston, New York: Houghton Mifflin Company, 1993, p.204。

with Intent，1981）和以法国为背景的《唯一问题》（The Only Problem，1984）、90 年代关于英国导演的《现实与梦想》（Reality and Dreams，1996）、21 世纪出版的辗转于英法和非洲的《帮忙与教唆》（Aiding and Abetting，2000），以及发生在瑞士的《精修学校》（The Finishing School，2004）中，她都可以从容地将人们习以为常的生活和社会问题以其轻盈不失复杂的文学形式传神地表现出来，歌谣、圣经、小说、诗歌等种种文学类型在她的作品中进行着互文的狂欢。如果里奇蒙（Richmont）在 20 世纪 80 年代还把斯帕克当作一位未受到足够重视和认可的作家不算夸张①，如今她已是公认的小说巨匠，无论是在苏格兰还是本土以外的市场上都是闻名遐迩的作家。她是"自司各特和史蒂文森以来最重要的苏格兰小说家"，她"对文化过程和文学传统的敏感性，与精准的说故事技艺结合在一起，使得她在 20 世纪成为最重要的文学人物之一"，她的"创作可以与马塞尔·普鲁斯特、詹姆斯·乔伊斯、弗拉基米尔·纳博科夫、多丽丝·莱辛比肩"。② 有鉴于她的文学成就，她在 1993 年以平民身份荣膺不列颠帝国爵士勋章，且获得过三次布克奖提名③，并荣获过詹姆斯·泰特·布莱克纪念奖、英格索尔艾略特奖、大卫·科恩英国文学终生成就奖等奖项，难怪苏格兰国家图书馆在其专栏介绍中不无骄傲地说：半个多世纪以来，她一直处于国际优秀作家的前列④。

在中国，斯帕克相比其他当代苏格兰作家更为人所知，也较早地受到了研究者们的关注。1981 年齐宁在《外国文艺》推介斯帕克当年的新作《有目的地闲逛》和王家湘 1986 年在《外国文学》上推介斯帕克的旧作《死的警告》的两篇文章是国内较早介绍斯帕克的文章，阮炜在 1992 年《外国文学研究》发表的《有"洞见"的秩序扰乱者——读斯帕克的〈佩克

---

① 参见 Velma Bourgeois Richmont, Cover Comment, *Muriel Spark*, New York：Frederick Ungar Publishing Co.，1984。

② Michael Gardiner and Willy Maley,（eds.）,*The Edinburgh Companion to Muriel Spark*, Edinburgh：Edinburgh University Press，2010，pp.1，2.

③ 获布克奖提名的小说为：《公众形象》（1968）、《驾驶席》（1970）和《带着意图徘徊》（1981）。

④ http://digital.nls.uk/murielspark/，accessed 12 September，2015.

姆草地叙事曲〉》则是国内研究斯帕克创作较早的一篇成果。王家湘翻译的《死的警告》以及任吉生翻译的《布罗迪小姐的青春》分别在1987年和1988年出版,袁凤珠在20世纪90年代是斯帕克的主要译介者,翻译过《布罗迪小姐的青春》和《驾驶席》,并于1995年在《当代外国文学》、1999年在《外国文学》上分别发表《英国文坛女杰缪丽尔·斯帕克》和《缪里尔·斯帕克——当代英国文坛女杰》,还撰文讨论过斯帕克的宗教小说。王约西也在1999年《外国文学》上发表了《人与上帝的抗争——论缪里尔·斯帕克的宗教小说》。在21世纪,有关斯帕克的研究视角和方法开始多样化。如,秦怡娜和孔雁2001年在《外国文学研究》上发表文章从形象选用的角度来探讨小说的内涵与主题,同年杨金才在《世界文化》上将斯帕克和默多克并置探讨,张云鹤2014年在《语文建设》上探究斯帕克小说的创作心理。戴鸿斌基于项目在斯帕克研究方面撰文较多,2011年出版专著《斯帕克的后现代小说艺术》,并在《当代外语研究》发表过《国外缪里尔·斯帕克研究述评》,对英美等国的斯帕克研究现状进行归纳和梳理,还在《外国文学研究》和《外语教学》等期刊上探讨过《安慰者》和《驾驶席》等作品并论及斯帕克的小说叙事理论。国内研究对斯帕克的关注虽然相对小众,也在一定程度上补充反映出斯帕克的国际影响性。

无论斯帕克获得怎样的国际声望,无论她的作品多么远离苏格兰的风土,苏格兰作家是她必然的一个身份。在评介苏格兰女作家问题时,麦格林(Mary McGlynn)说"苏格兰女作家往往根本不被当作苏格兰人,通常这也是她们自己选择忽略/否认自己民族身份、出版社营销的策略或者缺少社会意识造成的结果"①,在她看来,斯帕克即是其中之一。的确,斯帕克是常被人当作英国作家而忽视了她的苏格兰身份,但是,斯帕克从未否认过自己的苏格兰血脉②,她的作品也没有根本性地脱

---

① Mary McGlynn, "'I Didn't Need to Eat': Janice Galloway's Anorexic Text and the National Body", *Critique: Studies in Contemporary Fiction*, Vol.49, No.2(2008), p.222.

② 斯帕克把出生地爱丁堡当作自己创作思想和风格的源头,对苏格兰有着自然的亲近感。在《自传》(*Curriculum Vitae*)中谈到1935年的小说时,斯帕克说那年她最喜欢林克莱特的《诗人俱乐部》(*Poet's Club*),其中一个原因就是"林克莱特是苏格兰人,我有亲切感。"(Muriel Spark, *Curriculum Vitae*, Boston, New York: Houghton Mifflin Company, 1993, p.113.)

离苏格兰的土壤。

在苏格兰文学中,她和詹姆斯·肯纳韦一样被定位为盎格鲁—苏格兰作家(Anglo-Scots)。根据吉福德的描述,这一类作家是"在苏格兰以外生活和创作的作家,他们的作品主要是针对英国或国际市场的,写作主题具有普遍意义,不以苏格兰为背景"①。"盎格鲁—苏格兰"这个称谓从地缘意义上来说有一定道理。斯帕克出生在苏格兰,父亲是苏格兰犹太人、工程师,母亲是位热爱艺术的英格兰人。斯帕克在爱丁堡度过大部分青少年时光,在津巴布韦(当时称为罗得西亚)、伦敦生活过,也曾迁居纽约(1965年)和罗马(1967年),还在意大利的托斯卡拉居住过。她的盎格鲁—苏格兰性还可以表现在,她以英语进行创作,创作手法有苏格兰文学的烙印,也更多地秉承了西方文学传统。普鲁斯特、约翰·亨利·纽曼和马克斯·比尔博姆是她在《我的皈依》一文中提到的三位深刻影响她创作的作家②,同时,苏格兰小说家如司各特的浪漫主义创作也深深地吸引过她。但是,吉福德所言的"不以苏格兰为背景"这一条还是有点欠精准的,表现出目前评论更乐意关注其国际性特征的趋势。如吉福德本人在后期的研究中所认识到并指出的,"她受到了广泛的评论关注,但她的小说中经常出现的苏格兰人物和小说的苏格兰特征,其中隐含的对苏格兰的岛国根性(insularity)和复杂心理的严肃批判,可能尚未得到足够的审视。"③且不说她的代表作是以苏格兰首府为背景的,她的作品,尤其是后期的作品,其对象与主题尽管不具有明显的苏格兰特征,远离了苏格兰的疆域,但作者本人一直坚持的苏格兰身份、苏格兰的背景及宗教文化影响都是内嵌其中的,只是由于被高度艺术化地隐性表现而不易为人瞩目。此处,我们还是从其代表作《布罗迪小姐的青春》谈起,了解一下在这部苏格兰元素占显要地位的小说中,斯帕克的盎格鲁—苏格兰性及其艺术

---

① Douglas Gifford,"Modern Scottish Fiction",*Studies in Scottish Literature*,Vol.13,No.1(1978),p.272.

② Velma Bourgeois Richmont,*Muriel Spark*,New York:Frederick Ungar Publishing Co.,1984,p.4.

③ Douglas Gifford,Sarah Dunnigan and Alan MacGillivray (eds.),*Scottish Literature:in English and Scots*,Edinburgh:Edinburgh University Press,2002,p.861.

创作思想和形式,为揣摩她之后的创作奠定基础。如果说,50年代那部男孩为主体的英语小说《蝇王》以揭示荒岛上的人性让读者津津乐道,60年代这部女孩子的英语小说《布罗迪小姐的青春》则以其苏格兰特征与多重主题的艺术结合捕获了读者的喜爱。

第一节 爱丁堡的地理空间

小说最显眼的苏格兰特征莫过于它的背景地——爱丁堡。它以20世纪30年代的爱丁堡为背景,围绕着女教师布罗迪小姐在爱丁堡的鼎盛年华,讲述了她和布罗迪帮六位女生的故事。小说共六章,第一章开始于1936年爱丁堡的一所中小学连读的女子学校,正值女孩子们16岁之际,最后一章落脚于女生们初中毕业及之后,中间的叙述似无章法可循,时而转至1930年小学时的布罗迪帮,时而针对中学的布罗迪帮,时而讲述成年后的帮中女生。贯穿其中的一条线索是,布罗迪小姐宣称要将自己最鼎盛的时光用来塑造这些女孩子,让她们成为人杰中的人杰,结果却被最信任的学生桑蒂背叛而失去教职。小说以预叙的手段在开头就预告了背叛的行为,要背叛的原因成为小说的悬念,令人难以一言以蔽之。通过非直线性的闪回叙述,小说在过去、现在和将来的时间跳跃中完成这个发生在爱丁堡的关于教育、法西斯、宗教、人性,当然还有爱情的故事。

爱丁堡作为小说的背景地,构成资深意厚的地理空间。它早在15世纪起就是苏格兰的首府,18、19世纪新古典主义风格的新城区和中世纪风格的老城区形成它特有的城市风景。它既有时髦喧嚣的王子大街,也有古老静谧的旧城建筑,既有阴沉多雨时晦暗的氛围,也有晴天朗日花园般的景致。很难用一个词来概括爱丁堡的风格。对于作者斯帕克来说,爱丁堡是她走不出的记忆。她出生于爱丁堡布伦茨菲尔德(Bruntsfield)的一个中产家庭,虽然后半生身在异乡,但悠久的苏格兰文化已经深深植入在她的生活和作品里。她特意强调过,"我和我父亲的出生地爱丁堡对于我的思想、文风和思维方式有着影响。"①在《布罗迪小姐的青春》中,桑蒂所在的马西亚·布莱恩女子学校的原型是斯帕克在 1923—1925 年间就读的吉莱斯皮尔女子高中(James Gillespie's High School for Girls),布罗迪小姐的原型也来自于这个学校——当时斯帕克的老师克里斯蒂娜·凯小姐②。更重要的是,爱丁堡不仅是学校的所在地,它的语言、教堂、街道、古堡、行人所构成的地理文化都成为小说内在运行的要素。

首先,爱丁堡的各种地方方言和标准英语的各行其是令它成为小说中传递文化差异与人物个性的载体。小说以英语写成,其中也没有多少方言的直接呈现,不过,小说人物在爱丁堡语音和标准英语语音间的选择与感受微妙地表现出了苏格兰人的敏感问题。桑蒂是小说中另一个重要角色,她的母亲和斯帕克的母亲一样是英格兰人,桑蒂因而对苏格兰语与标准英语发音与用词的差异比较敏感。她的妈妈招呼孩子的用词方式和爱丁堡的妈妈不一样都会令她感到难堪。虽然妈妈的英语让桑蒂难堪,但她的身上还是悄悄透露出对英语的偏向,觉得爱丁堡的口音有那么点土气。此外,在揣测布罗迪小姐与已婚美术教师劳埃德先生的事件时,她会觉得其他教员故意讽刺性地用"比爱丁堡人的惯常方式高雅多了"的说话方式向布罗迪小姐打招呼,而布罗迪小姐则以"更加盎格鲁化"的发音回应,从而"表现得更加傲气"③。通过描写爱丁堡方言在桑蒂心上引起的波澜,小说取得一举两得的效果:一方面,推动了人物性格的展现,布罗迪小姐与爱丁堡口音的疏远凸显出她特立独行的性格,而桑蒂对爱丁堡发音的间接性评论亦间接地表现出她的敏感和审视者的视角;另一方面,人们对苏格兰英格兰的成见在这里得到细致入微的表现,虽然没有什么重大的分歧,差异就这样存在着,渗透在生活的细微之处,影响到人们的行为举止。

———

① 转引自 Isobel Murray and Bob Tait, *Ten Modern Scottish Novels*, Aberdeen University Press,1984,p.114。

② 斯帕克在《自传》中细说了她的学校生活,并对克里斯蒂娜·凯小姐多有描述。

③ [英]缪丽尔·斯帕克:《驾驶席·布罗迪小姐》,袁凤珠译,译林出版社 1999 年版,第 130 页。

　　在爱丁堡的地理空间里,除去语言差异的微妙体现,城市人文景观的描写亦被斯帕克用来体现出作品的社会性。小说的主体是以布罗迪小姐和桑蒂为首的中上层社会的教师和学生,她们在爱丁堡的视角转换刻意地展现出这座城市的另一面。20 世纪初,爱丁堡的新老城区相当于同一地域中两个不同阶层的地理空间,当时的老城区尚无今日的繁华,后消费时代也尚未到来,低迷的经济在老城区表现为贫困的生活和肮脏的环境。在苏格兰"直到 20 世纪 30 年代,人们才认识到应该立即打开新的市场,运行新的生产方式"①,不过,在新市场打开之初,爱丁堡并无太大的起色,失业者流浪汉被视为常景,在老城区尤甚。小说的第二章集中体现了这一方面。斯帕克不惜笔墨地描写了布罗迪带领女孩子穿过老城贫民区的所见所闻,描绘了老城区的脏乱差和居民的粗俗。老城区的乱象和布罗迪女生们优越的生活环境形成对照,贫富差距、阶级差异等问题随着人物的视角嵌入在文本中,形成意义的多元。布罗迪帮的女孩子对于爱丁堡的历史所知不多,与穷人居住的老城区接触也很少。街上的失业者们排着队从劳动局领救济,大声地咳嗽随地吐痰衣着不整,"乱七八糟的贫民窟"等一切令她们吃惊。这些孩子的吃惊也透露出以他们家长为代表的中上层社会人们对穷人的漠视或隔阂,不屑于让孩子们了解或接触底层的民众。贫穷的景象给女孩子们造成视觉和心理上的冲击,对于桑蒂尤为如此。看见领救济的队伍,她"刚止住笑,恐惧感又产生了。她眼中的那队时快时慢向前挪动的生命在颤抖,他们如同一条龙,既无权在城市里居住,又不想离去,又不能被消灭"②。通过地理空间反差带给孩子们的冲击,小说在展现爱丁堡黑暗贫穷的景象时,将桑蒂和布罗迪小姐的形象深入推进了一步。

　　值得一提的是,布罗迪小姐带着孩子们走过这里不是因为她的同情心,而是像敏感的桑蒂描述的那样,她像是领导着效忠的法西斯党员"为

---

① David McCrone, *Understanding Scotland: the Sociology of a Nation*, London and New York: Routledge, 2001, p.12.

② [英]缪丽尔·斯帕克:《驾驶席·布罗迪小姐》,袁凤珠译,译林出版社 1999 年版,第 116 页。

了她的需要"①而前进着。悉心阅读可以看到,桑蒂的恐惧,对贫困、对粗俗、对不同生活方式的恐惧是和对布罗迪小姐的回忆联系在一起的。尽管布罗迪小姐竭力要把桑蒂们培养成人杰中的人杰,爱丁堡黑暗的色调却是孩子们对她的一种回忆。也是在这第二章里,中年的桑蒂那习惯性抓住修道院窗户上栏杆的意象首次出现,她听着来访者讲述他心目中的爱丁堡,并回应说:"'有一次人家带我到康诺盖特区散步,……'我被那里的贫困状况吓坏了'。"②她口中的人家正是布罗迪小姐,当时对她影响最大的人。布罗迪小姐带着帮里的女生穿行过她们不熟悉的街道,一如既往地表现出引路人的姿态,控制他人的欲望,而桑蒂在她的引领下感到的却是恐惧,有对爱丁堡她所不熟悉的贫穷和黑暗的恐惧,也有对布罗迪小姐控制力尚不能说清楚的恐惧。

小说里,爱丁堡的阴沉凝重借此与贫穷落后联系在一起,和布罗迪小姐的强势形象联系在一起,但它同时却也是新思想新气象的发生地。它是和世界风云相连的土地,也是布罗迪小姐新思想形成的一片土壤。斯帕克着笔描绘了与布罗迪小姐相似的一大批"爱丁堡思想进步的处女们",她们受女权思想的浸润,对宗教、人权、节育、社会福利、民族运动等事务无不热情饱满,透过这些"靠在爱丁堡商店的民主柜台上与老板争论"的女权维护者③,小说为布罗迪小姐看似"与众不同"的思想和行为提供了一个大环境。当然,她的法西斯思想也和其时其地脱不了干系,不过小说里强调了另一个特别具有法西斯印记的国度——意大利——对她的影响。意大利之行增加了她对法西斯的盲目崇拜,而爱丁堡给予她沐浴新思想的环境,同时也给予她可能展现个性实施抱负的处所。她跻身于一个一般"爱丁堡思想进步的处女们"不会去的传统学校里,才得以有

---

① [英]缪丽尔·斯帕克:《驾驶席·布罗迪小姐》,袁凤珠译,译林出版社1999年版,第108页。
② [英]缪丽尔·斯帕克:《驾驶席·布罗迪小姐》,袁凤珠译,译林出版社1999年版,第111页。
③ [英]缪丽尔·斯帕克:《驾驶席·布罗迪小姐》,袁凤珠译,译林出版社1999年版,第118页。

机会显得与众不同,可以传授她膨胀的个人思想和宣传她对法西斯主义的认同。

通过爱丁堡人的语言方式、爱丁堡两极的地理空间,以及其中的贫民和女权者,小说在一定程度上展现出对社会政治的关注,不过,社会活动家不是作者斯帕克的标签,女权主义者也不是她的符号,她没有自己祖母那样的政治热情①,如评论所言,"斯帕克不是政治性的小说家,但是她竭力表现出自己生活的语境。"②她让读者看到爱丁堡不同的侧面,思想进步的女性们在穿梭,老城区穷人的生活在进行,布罗迪和她的帮中女生们在爱丁堡这同一地理文化环境中走向不同的方向,在这个过程中,爱丁堡典型的宗教氛围也对于她们的发展起到重要的作用。

第二节 信仰的选择

苏格兰教派林立矛盾丛生,首府爱丁堡则是其国教加尔文宗长老会制教会的重要阵地。桑蒂或叙述者在小说中称"在爱丁堡,加尔文教看似不被广为认可,但它遍及爱丁堡的各个角落"③。它渗透在爱丁堡的空气中,在某种程度上代表了"只有爱丁堡才有的而别的地方都不具有的特殊生活"④。桑蒂所去的圣贾尔斯教堂⑤是加尔文宗苏格兰长老会的教堂,有着将近九百年的历史,是曾在日内瓦学习加尔文教义的约翰·诺

---

① 斯帕克的祖母热心于妇女选举权运动。参见 Velma Bourgeois Richmont, *Muriel Spark*, New York: Frederick Ungar Publishing Co., 1984, p.1。

② Velma Bourgeois Richmont, *Muriel Spark*, New York: Frederick Ungar Publishing Co., 1984, p.22.

③ 该句为笔者自译,原文为"It pervaded the place in proportion as it was unacknowledged"。

④ [英]缪丽尔·斯帕克:《驾驶席·布罗迪小姐》,袁凤珠译,译林出版社1999年版,第183页。

⑤ 圣贾尔斯教堂是爱丁堡的主教堂,也是苏格兰的国家教堂。教堂始建于1120年,后遭大火烧毁,于1385年重建。教堂的塔顶仿照苏格兰王冠设计。圣贾尔斯教堂是苏格兰长老会的权力中心,通常被认为是全世界苏格兰长老会教堂的"母教堂"。

克斯宣传宗教思想的阵地①。在他的带领下,苏格兰教会进行了宗教改革,逐渐确立了长老会在苏格兰的国教地位②。这场宗教改革是沃森所言的苏格兰历史的关键点之一③,加尔文教由此成为苏格兰一个重要组成部分。在英格兰,王权高于教权,而苏格兰的国教则是独立于政权的,虽然没有政治的权威,但其教义在苏格兰人当中影响深远。

　　不过,身为爱丁堡人斯帕克并没有选择加尔文教,她在而立之年受约翰·亨利·纽曼的宗教道路及思想的影响,在深思熟虑之后皈依了罗马天主教④。"我是苏格兰作家,也是天主教作家",斯帕克在1999年的一次采访时说。在创作中涉及宗教的问题对于她来说已成为本能:"在写作之时我从不想自己是罗马天主教徒,因为把自己当作其他

---

　　① 约翰·诺克斯于1559—1572年间在圣贾尔斯教堂任教堂牧师。

　　② 此处简单综述苏格兰长老会的情况:长老会即长老宗,也称归正宗,或加尔文宗,是新教主要宗派之一,以加尔文(Jean Calvin, 1509—1564)的宗教思想为依据。16世纪初,苏格兰王权衰弱,天主教会权势强大,威沙特、约翰·诺克斯等掀起了苏格兰宗教改革和民族独立运动。1560年,苏格兰与天主教割裂而与英格兰新教结盟,1567年,将加尔文宗苏格兰长老制教会定为苏格兰的国教,独立于世俗的政权存在。但在17世纪初苏格兰英格兰王位联合之后的一段时期内,由于英国统治者詹姆斯一世、查理一世和查理二世强行实行宗教同化政策恢复主教制,长老会一度失去主导地位。直至1689年,威廉三世为获得苏格兰支持而同意恢复苏格兰长老会的地位。在安妮女王实现英苏正式合并前,1706年苏格兰议会通过了《确保新教信仰及长老制教会安全法案》,英格兰议会也通过了《确保安立甘宗安全法案》,两项法案又成为《1707年合并法案》的一部分,自此重新确立了苏格兰长老会的至高地位。(参见李丽颖:《英格兰、苏格兰合并过程中的宗教问题》,《世界宗教研究》2011年第2期,第95—103页。)

　　③ 他所列举的关键节点为:宗教改革、1707年苏格兰与英格兰合并,工业革命,以及高地清洗运动。[George Watson, "Scottish Culture and the Lost Past", *The Irish Review*, Vol.8 (1990), p.34.]

　　④ 约翰·亨利·纽曼:John Henry Newman(1801—1890),曾在英国国教会任圣职,后来在1845年正式加入天主教会,做过红衣主教。发表过《为自己一生辩护》《论基督教教义的发展》《与信徒谈信仰》等文章或著作,他对斯帕克影响至深。斯帕克言称:"纽曼帮我找到一个确定的位置。"[Muriel Spark, "My Conversion", *The Twentieth Century*, Vol.170 (1961), p.59.]和纽曼一样,斯帕克有改弦更张的经历。斯帕克的父亲是犹太教教徒,母亲是长老会教徒,家里的宗教环境比较宽松。在长老会学校接受的教育,但并没有激发起她对宗教的兴趣。她于1953年皈依英国国教,参加各类教堂活动,与朋友讨论宗教问题,深思熟虑之后于次年5月才皈依罗马天主教,从此笃信一生。她在《我的皈依》中说:"可以肯定的是,我最好的作品都是在皈依后创作的。"(Muriel Spark, "My Conversion", The Twentieth Century, Vol.170(1961), p.59.)

什么是如此之难"。① 她以《约伯记》为核心问题写成的宗教诡辩性很强的小说《唯一问题》是这种本能的写照,学校小说《布罗迪小姐的青春》的写作亦是如此。这是一部"不通过宗教情节来写的"②反映宗教信仰问题的小说,而且,它的发生地被特意设置在苏格兰宗教问题集中的爱丁堡,增添了这部小说的宗教魅影。加尔文教与罗马天主教在小说文本中互为作用,她笔下的人物对宗教的理解也都不尽相同,真切地显示出爱丁堡宗教氛围的复杂性。

一、布罗迪小姐的热情与僭越

先看布罗迪小姐。和自己的创作者斯帕克不同,她富有宗教热情,但对于天主教非常排斥。她既是宗教的信徒又是它的僭越者,形象地体现了个人选择与命由天定信念之间的矛盾。布罗迪对非天主教的宗教信仰抱有热情,积极参与这些教会的活动。"她在严格遵守年轻时养成的苏格兰教规和信守安息日的同时,又在爱丁堡大学的夜校里学'比较宗教'"③,还在每周日到各种非天主教的教会做礼拜。她坚定地拒绝天主教的影响,认为"只有那些自己不愿动脑筋的人才信罗马天主教"④,所以在拜见罗马大主教时,她也只是躬身做个样子。不过,尽管排斥天主教,她也并非加尔文宗苏格兰国教的真正信徒,对于它在苏格兰的领袖约翰·诺克思也是不无轻视。

加尔文神学强调上帝的权威,认为命由天定,一切已经由上帝安排好。而且,在加尔文神学的观念中,上帝的全能应该使人感到谦卑:"基督教的人论首先将人置于与上帝的关系之中来理解,在上帝与人的互动

---

① Muriel Spark,"My Conversion",*The Twentieth Century*,Vol.170(1961),p.60.
② 王佐良、周珏良主编:《英国20世纪文学史》,外语教学与研究出版社2006年版,第303页。
③ [英]缪丽尔·斯帕克:《驾驶席·布罗迪小姐》,袁凤珠译,译林出版社1999年版,第112页。
④ [英]缪丽尔·斯帕克:《驾驶席·布罗迪小姐》,袁凤珠译,译林出版社1999年版,第160页。

之中来理解上帝和理解人,由于上帝的全能而认识到人的渺小,结果是教人谦卑。"①"荣神益人"是它的重要思想:"基督徒永远应该谦卑,不可狂妄,要记住自己没有任何可夸耀的,是神根据他自己的意志无条件地拣选,基督徒才有得救的盼望。"②从这个层面来说,布罗迪小姐并非真正的加尔文教徒。她缺乏的正是加尔文教看重的谦卑之心,她肆意地根据自己的需求阐释教义,不仅认为自己肯定是上帝的选民,甚至有取代上帝主宰自己控制别人的意图,想必她认为即便耶稣被背叛,她也不应该被背叛。在她的意识中上帝是和她在一边的:"她自己坚信也让所有的人相信,无论她做什么事上帝都与她同在。""她以为她就是天意,她就是加尔文的上帝,她预见到了太初与终结。"③这些从叙述者的视角或桑蒂的视角给出的评论已然明确地揭示出她的狂妄和危险性。

布罗迪小姐坚持自己对宗教的理解,在一定程度上是独立性格的体现,但她在僭越的路上走得远了些,没有及时进行自觉的自省。尤其表现在,她对帮中女生的主导和控制有着扮演上帝角色之嫌,不乏法西斯独裁的做派。她有条件地拣选了几个女孩子,按照自己的意愿管理教育她们,认为自己可以把她们培养成人杰中的人杰。在她们面前,她反复自信地重申"我事业的鼎盛期到了","我事业的鼎盛期真正开始了"④,鼓动孩子们信服于她的管理和教育。在课堂上,她的教学可以用霸道二字形容,不允许学生冒犯她的权威性。学生回答说达芬奇是意大利最伟大的画家,她即刻不容置疑地否定,说她最喜欢的画家乔陶才是。她自以为与上帝同在,"即使一边做礼拜一边与音乐老师上床睡觉的时候,她并不会为有可能被视为伪君子而不安。"⑤实际上,她对孩子们所谓的奉献在一定

①　程新宇:《加尔文人学思想研究》,中国社会科学出版社2012年版,第114页。
②　程新宇:《加尔文人学思想研究》,中国社会科学出版社2012年版,第116页。
③　[英]缪丽尔·斯帕克:《驾驶席·布罗迪小姐》,袁凤珠译,译林出版社1999年版,第161、195页。
④　[英]缪丽尔·斯帕克:《驾驶席·布罗迪小姐》,袁凤珠译,译林出版社1999年版,第87页。
⑤　[英]缪丽尔·斯帕克:《驾驶席·布罗迪小姐》,袁凤珠译,译林出版社1999年版,第161页。

程度上不过是满足自己的控制欲,利用她们来实现自己做不到的事情,如,让罗丝上自己爱而不能得的男人的床,蛊惑学生去西班牙追寻法西斯。最糟糕的也正在于此,她去意大利度假带回来的成果就是增加了对墨索里尼和法西斯党人的认同,增长了个人的狂妄,以至于造成人死命丧的灾难性后果。布罗迪这种只顾美化自己不顾道德感的人物在斯帕克《接管》等国际化背景下的小说中也有着不同的演绎。同时,这也让人想起了该小说的电影中文译名《春风不化雨》,这样的翻译虽然形象但有些偏离了人物。作为教师,布罗迪小姐开阔学生视野、对新事物的热情值得首肯,但她的狂妄自大和法西斯思想已让她失去了被比作可以带来生机与希望的"春风"的资格,更无奢谈正确引导学生实现"化雨"的可能。以上帝自居的她让人们看到,具有号召力的个人如果缺乏正确的自我认识和判断力会给他人带来如何致命的影响。

小说叙事对她的一个讽刺性打击就是布罗迪帮里的孩子没有一个因为她的教育而成为人杰中的人杰。在小说开头读者就知道布罗迪帮的女生"早已成为学校赫赫有名的人物",第一章的结尾我们又听见布罗迪小姐响亮的声音:"只要你们认真听我的话,我就会把你们变成人杰中之人杰。"[1]结果呢,随着叙述者的讲述,我们知道这些赫赫有名的要成为人杰中之人杰的女生在毕业后都没有如她所愿成为顶尖的人物。游泳健将尤妮斯当了护士,因性感出名的罗丝毕业不久就结了婚,少言寡语的玛利当了速记员后来在旅馆的大火中丧生,以美貌出名的珍妮上了戏剧学校,擅长算术的莫尼卡和科学家结了婚,眼睛小音质美被她寄予厚望的桑蒂背叛她成为修女。把"处于鼎盛时期"挂在嘴上的布罗迪小姐自己则由于背叛而早早结束教职失意离世。她的结局在第一章描述她不愿去其他学校的隐喻性意象中就已经得到了暗示:"盼着布罗迪小姐去狂热学校谋职比盼着凯撒大帝去还难呢。"[2]我们知道,无畏的凯撒是遭到自己信任

---

① [英]缪丽尔·斯帕克:《驾驶席·布罗迪小姐》,袁凤珠译,译林出版社1999年版,第82、90页。

② [英]缪丽尔·斯帕克:《驾驶席·布罗迪小姐》,袁凤珠译,译林出版社1999年版,第86页。

的部下布鲁图背叛而被刺死的,凡人布罗迪小姐并不比伟人幸运,她被爱徒背叛失去教职也就失去了她生命的意义。桑蒂背叛她,直接的诱因是女孩艾米丽受了布罗迪法西斯宣传的蛊惑而丧命,桑蒂可能由此领悟到布罗迪法西斯式的操控欲和对生命的轻视,看到妄图控制其他人生活的可怕后果。背叛的可能原因落足在法西斯问题上,也隐约和作者斯帕克自身的经历有关。她在"二战"期间从非洲返回英国后(1944年),曾在英国外交部政治情报局秘密进行削弱德军士气的宣传工作,这段工作经历令斯帕克对希特勒独裁统治的毁灭性有深刻的感悟,而在作品中假借布罗迪小姐的独裁式教育方式反映出来:布罗迪自以为是天定选民,又僭越上帝给予自己无上的选择权力,按照自己的意愿随意阐释预定论的信念,表现出对法西斯独裁权力的膜拜,她不仅僭越了上帝,也僭越了人的道德底线,葬送了别人的卿卿生命。

斯帕克对布罗迪的塑造还促使人们想到,她的这种自大倾向在某种程度上与新教教义本身容易引起歧义有关。加尔文教等新教破除信徒与上帝之间的中介,不需要神父和繁文缛节的教义规章,这种唯信仰论的做法不免使其教徒有走向极端的可能。它的命定论原本是以信称义,指引人们向善而行,但某些教徒则会想当然地认为自己已经是上帝的选民,可以不必担心惩罚而为所欲为,这就有凌驾于上帝和法令之上的危险。布罗迪小姐正是如此,"她不是像新教徒那样通过圣经理解上帝,而是通过没有根据的理由和个人的感悟这种错误而危险的手段得来……布罗迪小姐的宗教根本不是基督教。说到底就是个人化的、一意孤行的、狂妄化的自我主义。"①她按照自己的意愿为人行事,背离了基督教对上帝的敬畏,反倒像是将无神论存在主义主张的"自由选择"权放大到了极致。

二、桑蒂的背叛与皈依

书中明确地写出了布罗迪小姐对加尔文教等新教的热忱与僭越以及

---

① Isobel Murray and Bob Tait, *Ten Modern Scottish Novels*, Aberdeen University Press, 1984, p.112.

对天主教的排斥,叙述者不无讽刺地说,也许只有天主教的教规才能约束她使她正常起来。自以为选民的布罗迪不肯接受天主教的约束,她的徒弟兼背叛者却投向了天主教。这位背叛者也可以说是与布罗迪小姐并驾齐驱的一号主人公。她"担负起布罗迪哲学的分量和影响"①,她在小说里不仅是故事的当事人,也参与了故事的叙述,没有这个眯缝着眼善于审视的桑蒂,布罗迪小姐的存在失去意义,有关宗教问题的思辨也会失去有力的参照对象。

小说虽然没有交代桑蒂后来成为天主教修女的具体过程,但字里行间可透露出她皈依的轨迹。桑蒂在布罗迪小姐推心置腹寄予厚望的谈话之后,来到圣贾尔斯教堂和托罗布斯教堂寻求精神上的领悟。她感到自己被剥夺了对加尔文教的认识,她"渴望得到这与生俱来的权利,可是她又一直在拒绝这一权利"②。桑蒂的皈依与对布罗迪小姐僭越行为的洞察不无关系,她体验到"有些她认识的人以难以理喻的方式违抗上帝的旨意,她从布罗迪小姐的过分行为中嗅到了这一点"③。布罗迪的僭越令桑蒂对新教信仰产生怀疑,她最终投向天主教,没有追随预定人命运的那个意义上的上帝,而是"罗马天主教的上帝,创造生灵并让他们为自己的行为负责,获得奖赏或受到惩罚"④。她背叛了布罗迪小姐,拒绝了加尔文教,布罗迪小姐万万不会想到自己视为心腹的学生成为最抵触她控制的人。

其实,桑蒂的背叛和皈依也是布罗迪小姐偷鸡不成蚀把米的"功劳"。即便在爱情中,布罗迪小姐也把自己当作命运的主宰者。她自以为娄塞先生是自己的囊中物却等来他另结良缘的消息,她喜欢劳埃德可又不能与之发展,竟然唆使性感的罗丝替代自己成为劳埃德的情人,让桑

① Benilde Montgomery, "Spark and Newman: Jean Brodie Reconsidered", *Twentieth Century Literature* Vol.43, No.1(1997), p.97.
② [英]缪丽尔·斯帕克:《驾驶席·布罗迪小姐》,袁凤珠译,译林出版社1999年版,第183页。
③ [英]缪丽尔·斯帕克:《驾驶席·布罗迪小姐》,袁凤珠译,译林出版社1999年版,第184页。
④ J.H.Dorenkamp, "Moral Vision in Muriel Spark's *The Prime of Miss Jean Brodie*", *Renascence* 33.1(1980); ProQuest p.6.

蒂为她通风报信。令人感到讽刺的是,事情并没有按照她的预想发展,桑蒂越俎代庖成了劳埃德的情人,破坏了布罗迪一厢情愿的安排。后来,桑蒂发现自己"失去了对他的兴趣,但是对他思想的兴趣仍没有减退"。劳埃德是天主教徒,小说里也没有具体阐述影响的形成表现,只是接着说"他的思想里充满了他的信仰,如同夜空里充满了已知和未知的东西。于是她就带着那个男人的信仰离开他去当修女了"①。叙述的留白让人想象,人与人之间的影响就是这么微妙难以言说,桑蒂就如此投身天主教获得了另一个身份海伦娜修女,并撰写了心理学相关的《普通人的转变》引起世人的关注和拜访。

海伦娜修女的一个标志性、反复被提及的动作,就是在接待访客时,抓住修道院窗户的栏杆:"她紧紧攥住铁栏杆,好像要从这个阴暗的会客厅里逃出来。她接见来访者的方式与其他修女们不一样:别人都坐在远处的黑暗里,双手相握,桑蒂则总是将身体探向前方,眼睛盯着外边,两手抓着窗户上的铁格子。"②她撰写的那本《普通人的转变》内容是小说的又一处留白,不知它是关于谁的转变,不知它具体的内容为何。在斯坦福(Derek Stanford)看来,所谓的"转变只是纸上谈兵。内心里,海伦娜修女还是个不安分的不满意的女人",而且,她的不安分是想回到从前:"当有拜访者来时她绝望地抓住窗户上的铁格子,似乎是想回到她先前抛弃的世界。她的才智与她的职业斗争。也许所有有才智的人都不会安宁。"③多伦坎普(J.H.Dorenkamp)则认为那是桑蒂克制不安分的表现:"抓住栏杆将她与世界和鲜活的生活隔离开,她就像个被关起来的动物,不会再造成任何伤害。"④在我们看来,对布罗迪的背叛是桑蒂人生的一个重要节

① [英]缪丽尔·斯帕克:《驾驶席·布罗迪小姐》,袁凤珠译,译林出版社1999年版,第198页。

② [英]缪丽尔·斯帕克:《驾驶席·布罗迪小姐》,袁凤珠译,译林出版社1999年版,第111页。

③ Derek Stanford, *Muriel Spark: a Biographical & Critical Study*, Fontwell: Centaur Press Ltd., 1963, pp.133,137.

④ J.H.Dorenkamp, "Moral Vision in Muriel Spark's *The Prime of Miss Jean Brodie*", *Renascence* 33.1(1980); ProQuest p.6.

点，抓住栏杆可以将自己与外界和过去隔离开来，并非是后悔过去的背叛而是进行自省向前看的表现。

如蒙哥马利（Benilde Montgomery）认为的那样，这里也表现了斯帕克本人对罗马天主教的观察与认同。桑蒂抛弃了布罗迪的法西斯式权威，投身天主教"拥抱了另一种权威，这种权威不是建立在个人权力之上，而是基于动态的传统，纽曼认为这种传统不是独裁而是以与'个人判断'的'无休止的决斗'来激发"，"这种激发性的权威接纳桑蒂在修道院过着安全的宗教的生活，也是这同样的教派，以桑蒂的更高宗教形式，要求她更进一步：从客厅的阴影望出去，凝望她试图忽视的世界的面孔。"①也可以说，桑蒂投身罗马天主教并迎来了她自己的鼎盛年华，只是这鼎盛年华会如何发展，叙述者没有交代，她紧紧握住栏杆也许还是出于自省而需要外界的支持，不过，有一点是可以肯定的，她以行动摒弃了布罗迪小姐所代表的对上帝的僭越和法西斯般恶的可能，而且，在"继发性的权威下"对窗栏另一边世俗世界的凝望和向往无论怎样纠结与深切也会让位于她对天主教的忠诚。

爱丁堡修道院的窗栏隔开了修女与来访者，隔开了桑蒂与昔日的自己和布罗迪小姐，也将加尔文教置于窗栏的另一边。桑蒂对天主教的选择应和了斯帕克本人的选择，但在小说中对于加尔文教没有激烈的驳斥言辞，而是通过第三人称有限视角给予人物足够的演绎空间，展开她们的宗教想法，同时将叙述者的立场渗透其中，以看似平和实则消解的态度将加尔文教解构。如讲到桑蒂对加尔文教的认识："后来当桑蒂读到约翰·加尔文的书籍时，她发现加尔文的教义有些是错误的，但在这一点上他并没有错。说实在的，他对这一问题的看法并不那么容易让人接受。……桑蒂没有能力将这些令人激动的见解理出头绪来，可她却从她呼吸的空气中体验到了这些见解的实质。"②由于第三人称视角的模糊

---

① Benilde Montgomery, "Spark and Newman: Jean Brodie Reconsidered", *Twentieth Century Literature*, Vol.43, No.1(1997), pp.104–105.

② ［英］缪丽尔·斯帕克：《驾驶席·布罗迪小姐》，袁凤珠译，译林出版社1999年版，第183—184页。

性,这里的表述既可说是桑蒂的,也可说是叙述者的。它既有桑蒂基本不认同加尔文教义的视角,又隐含有叙述者对桑蒂尚不能理性认知加尔文教的看法。又如,叙述者借布罗迪小姐对天主教的排斥来反衬天主教的作用:"她不赞成罗马天主教的原因是,只有那些自己不愿意动脑筋的人才信罗马天主教。这种看法在某种程度上是不正常的,因为她的性格最适于信罗马天主教。罗马天主教可能会接受她,并用纪律约束她那狂涛汹涌般的思想使她变得正常起来。也许正因为如此,她才远远避开罗马天主教。"①这里布罗迪小姐对天主教的看法和叙述者对她的揶揄也是同时体现,并借揶揄突出了天主教的纪律性。

在这样的叙述中,读者不难看到布罗迪小姐对新教教义的篡用与桑蒂对她的小心审视,以及叙述本身所暗含的对两种教派的态度,如此布罗迪被背叛与桑蒂皈依天主教的结局变得顺理成章,没有激烈的争锋,加尔文教在斯帕克的笔下既已被无声地颠覆。这也像克莱格所说:"斯帕克必须认可与加尔文本体论宇宙观达成形式上的同谋,才能在小说中表现出反加尔文的立场。"②在爱丁堡这样深受加尔文教浸淫的背景下,斯帕克采取这样解构分裂的写作策略无疑是明智之举,视角的模糊多重性无言地挑战了加尔文教的世界。且不说宗教信仰选择的孰是孰非,解构分裂的策略既令苏格兰的宗教问题得到体现,也使得宗教氛围为桑蒂等人物性格的完善作出贡献。

第三节　双重性叙事与文学的真实性

在爱丁堡,信仰与僭越的可能性同时存在,这其实也应和了这座城市本身乃至苏格兰的矛盾性和双重性。以爱丁堡为代表的苏格兰是阴郁与

---

① [英]缪丽尔·斯帕克:《驾驶席·布罗迪小姐》,袁凤珠译,译林出版社 1999 年版,第 160—161 页。

② Cairns Craig, *The Modern Scottish Novel: Narrative and the National Imagination*, Edinburgh: Edinburgh University Press, 1999, p.205.

阳光并生的地方,冰冷的石头和绚丽的花朵相得益彰,由于特殊的地理、历史环境再加上宗教改革的影响,双重性对于苏格兰来说是习以为常的事情,是"苏格兰对立"的另一种表达,而且成为苏格兰文学的一个突出特征："苏格兰真实与幻想的对立所具有的含义比熟知的修辞学规则所能解释的更多……它们是苏格兰缪斯的'两极双胞胎'。"①苏格兰作家们惯于在小说中探究人物的双重身份和性格,表现出人物的复杂性和长久以来困扰人们尤其是苏格兰人的身份问题,如彭斯的《威利长老的祈祷》、霍格的《罪人忏悔录》、史蒂文森的《化身博士》,以及詹金斯的《弗格斯·拉蒙特》和格雷的《可怜的东西》都是这样的作品。

斯帕克熟知苏格兰的这种双重性和文学传统,而且把它当作爱丁堡的一种气质,在她的表述中,任何立场或态度都有另一面的"然而原则"成为双重性的近义表达,爱丁堡即是体现"然而原则"的城市："爱丁堡城堡岩很有意思,一如史前矗立,凌驾于新城雅致的形式与旧城高贵的街道之间。一块巨大的原始的黑色陡岩高耸在人头攒动的商业街道、庄严的广场和蜿蜒的巷子中央,就像在纯粹的事实陈述前面加上了'然而'一词。"②她将带着爱丁堡气质的这个原则渗透在自己的创作中："我认为自己的文学创作大都基于这个然而观。"③《劝慰者》中难辨现实与小说的主人公乔治娜,《佩克姆草地叙事曲》中幽灵般变形的道格尔、《唯一的问题》中和圣经人物约伯有着类似生存烦恼的神学家哈维,《帮忙与教唆》中两位都自称是卢坎男爵的复杂故事等都呈现了这一原则,在《布罗迪小姐的青春》里它则以不同的方式得到显性的表现,爱丁堡新城旧城的两面性,布罗迪小姐和桑蒂身上的种种品质等都是这一原则的写照。桑蒂曾打了个很形象的比方,布罗迪小姐一错再错时才"美丽而又脆弱,就像这座又阴暗又沉重的爱丁堡城一样,当天空呈现难得的银白色时,它便会在刹那间变成一座流动的城市降落在那条优雅时髦的

---

① G.Gregory Smith, *Scottish Literature, Character and Influence*, London：MacMillan and Co.,1919,p.20.

② Muriel Spark,"Edinburgh-born", *New Statesman*, Vol.64(1962), p.180.

③ Muriel Spark,"Edinburgh-born", *New Statesman*, Vol.64(1962), p.180.

大街上"①。布罗迪如此,桑蒂亦是如此,在然而原则下,人物的双重性与叙事双重性的结合使得这部小说更具有多元意义的空间,深度反映出现代苏格兰乃至西方社会人们的心理和道德困惑。

一、人物的双重性

布罗迪小姐在小说里毫不回避自己的双重性基因,声称自己的先人就是爱丁堡历史上有名的双重身份人物威廉·布罗迪。威廉·布罗迪在历史上确有其人。他生活在 18 世纪,平日里是位受人尊敬的执事和议员;私底下却在晚间入室抢劫包养情妇,最终死在自己设计的绞架上。如今在爱丁堡皇家英里大道和班克街的拐角处上还可以见到 1806 年修建的执事布罗迪酒馆,据说史蒂文森《化身博士》的原型也是这位布罗迪先生。在布罗迪小姐的叙述中,她对这位先人的冒险精神引以为荣,作为这位先人的后裔,她表现出双重性也是再自然不过的。她可以是课堂里头头是道的女教师,也可以是单身音乐教师娄赛先生的周末爱人,"当她一边做礼拜一边与音乐老师上床睡觉的时候,她并不会为有可能被视为伪君子而不安。"她可以和娄赛过夜,又"总设法让人们知道她不在这里过夜"②。她可以和女孩子们动情地讲述自己的爱情故事,又可以让别人以为她在上历史课;她有着即便在现代看来也合理的教育理念,认为学生需要引导而非灌输:"'教育'这个词来自词根 e 和 ex,意思是'出',还有 duco,'我引导'。也就是说要引导出来。……绝不要认为我在往你们脑子里灌输思想。"③教育要"引导出来"的理念不错,但她却也会毫不犹豫地将自己的思想(诸如"艺术比科学更伟大")硬塞进孩子们的大脑,还会

---

① [英]缪丽尔·斯帕克:《驾驶席·布罗迪小姐》,袁凤珠译,译林出版社 1999 年版,第 186 页,笔者对原译文略有改动。

② [英]缪丽尔·斯帕克:《驾驶席·布罗迪小姐》,袁凤珠译,译林出版社 1999 年版,第 161、168 页。

③ [英]缪丽尔·斯帕克:《驾驶席·布罗迪小姐》,袁凤珠译,译林出版社 1999 年版,第 113 页。

让孩子复述她的理念,如刚说完"逻辑是说理的艺术",立刻就发问:"逻辑是什么,罗丝?"①她不屑于集体主义精神,认为那"常常是用来防止个人主义、爱情以及对个人的忠诚的"②,但又刻意组织了布罗迪帮,宣传令她钟情的法西斯主义,让孩子们忠诚于她听从她的管教。可以说在她身上,双重性贯穿了她的个人生活、教学活动和行事之道,她还喜欢进行与现实相左的幻想,编造浪漫忠贞的爱情故事,但在实际生活中又左顾右盼,委身娄赛却心系劳埃德,让女孩子们汇报劳埃德课上发生的一切,甚至让学生去做劳埃德的情妇。

布罗迪小姐这些方面的双重性和她的宗教态度一样,专断和强势而又不乏偏执与幼稚,她自在于此而不像桑蒂对自己以及影响她的人产生了疑惑和反省。小说叙述者对她有着清醒的认识:"其实她性情的成熟过程是伴随着她的学生们的成熟过程而发展的,可是这些姑娘才刚刚十几岁。"③当年十几岁的桑蒂的双重性不亚于布罗迪,甚至更明显些,但年轻的优势让她在成熟的过程中也更具有反省的可能。

桑蒂全名"Sandy Stranger","Sandy"英文原意为"多沙的",暗示着流动性和不稳定性,"Stranger"有陌生人的意思,她就像个外来客有着好奇探寻的心。这个名字"既暗示了变化无常的不确定性,也暗示了和所有人的根本疏远"④,写照了她在成长过程中好奇而又保持审视距离的特征。她那双眯缝起来的小眼睛总是审视着身边的人和事。在某些方面,她有点像另一个布罗迪小姐,喜欢自作主张,爱把自己想象成故事的女主角,好替别人拿主意(如,在珍妮碰见暴露狂的事上替珍妮做主不告诉布罗迪小姐),她也有些趋同布罗迪小姐的观念,如瞧不起帮里的替罪羊角

① [英]缪丽尔·斯帕克:《驾驶席·布罗迪小姐》,袁凤珠译,译林出版社1999年版,第114页。

② [英]缪丽尔·斯帕克:《驾驶席·布罗迪小姐》,袁凤珠译,译林出版社1999年版,第154页。

③ [英]缪丽尔·斯帕克:《驾驶席·布罗迪小姐》,袁凤珠译,译林出版社1999年版,第120页。

④ Velma Bourgeois Richmont, *Muriel Spark*, New York:Frederick Ungar Publishing Co., 1984,p.26.

色、一向被认为愚钝的玛丽①,生怕因青睐了玛丽而遭到其他人的排斥。布罗迪小姐对她信任尤加,一心想把她打造成人杰中的人杰,不过,桑蒂尽管表面上听话顺从,私底下却时刻没有抛弃那审视判断的习惯。如,"显而易见,布罗迪小姐让富有直觉的罗丝成为泰迪·劳埃德的情人,而让她,桑蒂,以她的悟性为她提供有关这件事的情况。正是出于这一目的,罗丝和桑蒂才被选为人杰中之人杰。桑蒂这一看法像一股硫黄气在她心中翻腾。"②这一第三人称有限视角的叙事将桑蒂内心的实际想法揭示了出来。

　　杜撰或改写故事是斯帕克表现桑蒂双重性的一种策略。桑蒂常常幻想自己与其他故事中的人物,尤其是与经典文学作品中人物的对话。这是她的特有方式,"她必须用自己特有的过双重生活的方式才能使自己不厌倦。"③和布罗迪小姐及同伴们走在老城的街道上,她将玛利晾在一边,也没用心听布罗迪小姐的话,径自琢磨着和史蒂文森《绑架》中的人物艾伦的对话,幻想两人见面时会不会发生冲动。一旁的布罗迪却还以为桑蒂"才像个守规矩的女孩呢,只有她在认真听我讲话"④。不仅如此,布罗迪小姐在缝纫课上朗读《简爱》,桑蒂却想象着和男主角罗彻斯特情深意长的对话。她不仅幻想自己的故事,也擅长改写别人的故事,在这方面更加表现出她善于审视的特征。她和珍妮一起改写过布罗迪小姐自说自话的与情人休的爱情故事,篡改过原作者所说的结局,后来又编撰过布罗迪小姐和音乐老师娄赛的爱情信笺,试图掌握好分寸写出布罗迪小姐的正反两面。在珍妮遇到暴露狂的事上,她编造一个安妮女警官,幻想自

---

① 对玛丽的讨论可参见 Peter Robert Brown, "'There's Something about Mary':Narrative and Ethics in *The Prime of Miss Jean Brodie*", *Journal of Narrative Theory*, Vol.36, No.2 (2006), pp.228-253。

② [英]缪丽尔·斯帕克:《驾驶席·布罗迪小姐》,袁凤珠译,译林出版社1999年版,第184页。

③ [英]缪丽尔·斯帕克:《驾驶席·布罗迪小姐》,袁凤珠译,译林出版社1999年版,第97页。

④ [英]缪丽尔·斯帕克:《驾驶席·布罗迪小姐》,袁凤珠译,译林出版社1999年版,第114页。

己和她一起办案侦破布罗迪小姐的桃色事件。

　　桑蒂和小伙伴的幻想是随着年龄阅历的增长而发生变化的,中学后"对布罗迪小姐爱情故事的兴趣进入了一个新阶段。她们不再把每件事都与性放在一起考虑,而是要深入到心灵深处来分析"。在成长的过程中,爱幻想的桑蒂能够日益敏锐地看出布罗迪小姐编造的故事不够真实:"布罗迪小姐常说的'我小的时候'的故事听起来并不真实","布罗迪小姐在为以前讲过的爱情故事拼凑内容。"①

　　她对布罗迪小姐的判断与背叛在终止了布罗迪小姐职业的同时,也终止了她与布罗迪趋同的可能,走出了不切实际的浪漫主义同时还摆脱了霸权法西斯思想的影响。从这一点上看,她比布罗迪小姐略显成熟。同样是幻想,桑蒂通过这种方式让自己的多重人格有抒发和成长的渠道,从而有可能认识到布罗迪小姐专制性的危害而跳出她的专制影响。对于她来说,幻想帮助她理解自己和他人,帮助她走向心智的成熟。而布罗迪小姐作为人生观价值观基本定型的成年人,她身上承载的更多是时代和个人的彷徨与失落,她编造的浪漫故事是对过去的无益的缅怀和对现在的逃避,与桑蒂的幻想相比,失去了积极的现实意义。

　　小说中人物大多都有着双重性的表现,例如娄赛先生平日是温文尔雅的教师和教堂长老,同时也是布罗迪小姐的秘密情人。天主教徒劳埃德的画像也能说明问题:"他像给她们施了魔法,把罗丝、桑蒂、珍妮、玛利、莫尼卡和尤妮斯都变成了吉恩·布罗迪。"②画像表露出他对布罗迪小姐的满心钟爱,也暗示了人与人之间的普遍联系和可能具有的相似性。③ 从整体上看,小说如此既表现了爱丁堡人物的双重性特征,又将她

---

　　①　该段落的引文分别出自[英]缪丽尔·斯帕克:《驾驶席·布罗迪小姐》,袁凤珠译,译林出版社1999年版,第156、129、148页。

　　②　[英]缪丽尔·斯帕克:《驾驶席·布罗迪小姐》,袁凤珠译,译林出版社1999年版,第186页。

　　③　默里指出,劳埃德和王尔德笔下某位诗人画家托马斯·魏莱特(Thomas Waine-wright)有点像。魏莱特将自己的邪恶表情画到一个漂亮女士的肖像画中,劳埃德则让布罗迪帮女孩子们的肖像都成了布罗迪小姐肖像的翻版。两者的创作都反映出人的多重性和互相影响。参见 Isobel Murray and Bob Tait, *Ten Modern Scottish Novels*, Aberdeen University Press, 1984, p.106。

们的双重性指向了人的普遍状况,获得普遍的意义。斯帕克没有将性格双重性进行《化身博士》那样明显的外在演绎,而是侧重于表现性格行为的双重性如何作用于桑蒂和布罗迪等人的选择,让传统的苏格兰双重性为小说的现代主题服务。她同一时期的作品《佩克姆草地叙事曲》中有变形奇能的人物道格拉斯和布罗迪小姐在本质上也有所相像,应和了"苏格兰人格分裂和信奉黑暗力量的古老黑暗的苏格兰特征"①。

二、多重叙事的真实性

由人物的双重性可以延伸探讨叙事的复杂性上。斯帕克塑造了这些双重性的人物,既继承了苏格兰文学中双重叙述的传统,也沿用了"故事套故事"这种英国文学中惯用的叙述方式②,在它们的基础上构建了这部小说的叙事线索和模式,使得小说中人物的双重性和叙事的复杂性相辅相成。从整体叙事模式来看,小说具有元小说特征,它的叙述者以游离其外的语气讲述布罗迪小姐和帮中女孩的故事,并从各个人物的视角即第三人称有限视角呈现该人物及相关角色。同时,主要人物又各自编说故事,布罗迪小姐编撰她和以前男友的动人爱情故事,桑蒂编写布罗迪的爱情故事,想象自己和经典文学中人物的对话。各样故事的嵌套相互呼应,辅助搭建起小说层层叠叠的内部结构,它们同时进一步拉开了人物和叙述者、作者及读者的距离,嘲讽了人物的浪漫主义,又批判了缺乏判断力的盲目自大。

此外,书中聪明的叙述者还利用自己全知全能的权威性,赋予她们每个人鲜明的个人特征,在小说中反复出现"富有直觉的罗丝""罗丝·斯坦利以性感出名""珍妮的美貌已经出名了"等类似的特征描述语③,防

---

① Douglas Gifford, Sarah Dunnigan and Alan MacGillivray (eds.), *Scottish Literature: in English and Scots*, Edinburgh: Edinburgh University Press, 2002, p.861.

② "故事套故事"的嵌套式叙事手法在斯帕克的创作中屡见不鲜,如《精修学校》中学生与校长的恩怨故事中内嵌着学生创作的历史小说。

③ [英]缪丽尔·斯帕克:《驾驶席·布罗迪小姐》,袁凤珠译,译林出版社1999年版,第184、83、99页。

止读者一不小心混淆了没有依照线性讲述的故事中的姑娘们,亦通过重复这种富有节奏感的修辞手段加强了小说的语言魅力。不仅如此,叙述者还在叙述中夹杂着诙谐的讽刺,令人物与事件更为形象,阅读也因此变得有趣,如:罗丝毕业后结婚成家,叙述者戏言说"摆脱了布罗迪小姐的影响,就像一条刚从水塘里爬上岸的狗甩掉身上的水一样"①。在提及蒙娜丽莎的复制品时也不免戏谑:"不惑之年的蒙娜·丽莎笑得多么泰然自若,尽管她刚刚看过牙医,下巴还肿着呢。"②由此可窥见,书中戏谑任意的叙述者应该不是那位把握全局、稳重老道的作者,其实,斯帕克本人在《我的皈依》一文中("My Conversion")说过,自己小说中的叙事者是与她自己分离不相关的角色,叙事者一向有着与她不同的观点。③ 这部小说里,我们也同样难以把叙述者等同于睿智的作者斯帕克。叙述者也成为小说的一个书写对象。前面提到过的有关桑蒂和布罗迪小姐宗教态度叙事的例子,也可以说明这点。在讲到布罗迪小姐的宗教时,"这种看法在某种程度上是不正常的……也许正因为如此……"④"某种程度""也许"表现出叙述的含糊性,显示出叙述者并不敢冒用作者的大权,断然否定布罗迪小姐的观点或对她抗拒天主教的原因言之凿凿。叙述者就如同斯帕克笔下的一个人物,增强了叙述的含糊性和不确定性。从整体上看,斯帕克作为掌握全局的人,和无名的叙述者以及人物布罗迪小姐和桑蒂都在讲述着这本小说里的故事,使得小说存在于不仅是双重而是重重的建构与解构当中。

如此的叙事风格也就因而指涉了另一个问题,文学的真实性问题。斯帕克的小说中时不时会流露出作家是职业骗子的观念(如《劝慰者》和

---

① 〔英〕缪丽尔·斯帕克:《驾驶席·布罗迪小姐》,袁凤珠译,译林出版社1999年版,第194页。

② 〔英〕缪丽尔·斯帕克:《驾驶席·布罗迪小姐》,袁凤珠译,译林出版社1999年版,第98页。

③ 参见 Muriel Spark, "My Conversion", *The Twentieth Century*, Vol.170(1961), p.62.

④ 〔英〕缪丽尔·斯帕克:《驾驶席·布罗迪小姐》,袁凤珠译,译林出版社1999年版,第160—161页。

《死的警告》①），然而，在她看来，这种欺骗的本领却又是最接近真实的（这也可以说是她"然而原则"的体现）："我不会说我的小说都是真实的——我会说它们是虚构作品，虚构中表露某种真实。我铭记着自己写的是虚构作品，因为我对真实，绝对的真实，感兴趣。我不伪装自己写的东西超越了对真实的想象，是什么创造性的东西……有隐喻的真实，道德的真实，人们所谓的神秘的真实，对呵，有不同种类的真实，还有绝对的真实，尽管我觉得难以相信，但还是相信它们，因为它们是绝对的。这或许是真实的一个方面。实际上如果我们打算作为理智的生命活在这世上，我们就得把它称为谎言。然而我们是视之为虚构作品的，仅凭这一点，就不能称其为谎言。"②"虚构中表露某种真实"，斯帕克的这番虚构与真实的表述看似绕人，却道出了"职业骗子"作家存在的理由：小说是虚构的，但又是最接近真实的，承认虚构才能反映绝对真实。虽然两者的具体语境不同，斯帕克追求的绝对真实倒有些像我国《红楼梦》里描绘的境界：假作真时真亦假，无为有处有还无。她在小说中以多重的叙事和人物的双重性层层解构艺术的真实，意在探索绝对的真实，至于绝对真实是什么，那应该就是无法说得清道得明、真亦假来假亦真的生活和人性吧。

　　为了这种真实，斯帕克在这部小说里没有运用花哨唯美之词，也没有进行弗吉尼亚·伍尔夫批驳的那种老式的物质主义书写，而是以简洁的文字、短小的篇幅、现代的叙事展开艺术和生活的谋划。她有意识地采用重重嵌套的叙事方式令读者远距离地观察文本中的人物，通过各人物聚焦的叙述视角将真实与虚构更加复杂化，同时，前面提及的叙事时间的跳跃与人物特征的重复等手段也时不时将读者的注意力拉回到阅读的现实中，促使他们以明知虚构的态度审视桑蒂和布罗迪小姐等人。类似的手

---

　　① 《劝慰者》中把小说家称为职业骗子，小说的主人公由于听觉上的幻象，分不清自己是叙述者还是小说中的人物，常常将现实与小说的界限混淆。《死的警告》中的小说家也说"写小说就像在行骗……在现实生活中就完全不一样。一切都是天意。"(Muriel Spark, *Memento Mori*, New York: Avon, 1959, pp.187-188.)

　　② Velma Bourgeois Richmont, *Muriel Spark*, New York: Frederick Ungar Publishing Co., 1984, p.9.

法在现代写作中已不再具有新鲜感,但是斯帕克娴熟地进行叙事话语的切换,将苏格兰地方特征和叙事手法巧妙融于大的英语叙事传统之中,繁而不乱,短而不俗,将读者和文本的距离控制在有效的影响范围之内,以艺术的虚构激发读者对于人物的爱情、宗教、教育、政治取向等真切的问题进行感知和思考,从而从虚构世界里获得对实际生活的感悟,也从而将这本发生在爱丁堡的小说与世界的读者联系在了一起。

明亮与晦暗同生的爱丁堡以其独特的地理文化环境赋予斯帕克创作这部小说的灵感,同时,它还无限激发了斯帕克的想象力,让这部小说的言说跃出爱丁堡跃出苏格兰的地理局限。通过一位女教师如何影响学生的故事,斯帕克将双重性等苏格兰叙事传统与现代写作手法结合,在指涉小说艺术性本身的同时,借助爱丁堡的背景呈现了不同的教育理念、政治运动、宗教的影响,在虚构中表现真实,讽刺了苏格兰中上层社会的虚伪淡漠,揭示了法西斯独裁专政与个人专制且缺乏正确认知的严重后果。小说中个人化的问题也是具有普遍意义的问题,从而使它带着苏格兰的元素走向了国际读者,成为苏格兰最精致的一部小说。

斯帕克和她的《布罗迪小姐的青春》在20世纪60年代的写作体现了划旧谋新的时代精神,演绎了苏格兰小说将地方性特征、热点问题和普遍主题结合的写作趋势。在政治经济矛盾迭生的20世纪70年代,这一趋势得到发展,通过聚焦不同的写作对象和写作手法,作家们各显所长。威廉·麦基尔文尼和他的《多彻迪》将笔锋对准城市里的工人阶层,书写了一部苏格兰工人的史书。

第八章 20世纪70年代：
威廉·麦基尔文尼
与《多彻迪》

　　随着城市工业化的发展和政治风云的跌宕,苏格兰小说在20世纪70年代描写的人物与地域都发生了变化,城市、工人、底层民众取代了以前的乡村田园,作家们对于社会现实倾向于进行反乌托邦式的描写。这和当时的英国工会与政府之间矛盾重重有很大关系。70年代工党和保守党轮番执政,无论是工党哈罗德·威尔逊(Harold Wilson)①、詹姆斯·卡拉汉(James Callaghan)②,还是保守党的爱德华·希思(Edward Heath)③都未能在当权时期很好地解决双方的矛盾。同时,由于资本市场的扩张,消费社会的逐步壮大,人与人之间既定的社会关系制约受到削弱,瓦解了国家共同体中人们的认同感。罢工成为工人们对自由与安全感失衡的反应。英国海员联合会(National Union of Seamen)曾在1966年大选后发动罢工,罢工持续了六星期,为后来工会与政府的矛盾激化埋下伏笔。希思在任期间工会改革未能取得成效,通货膨胀和失业情况愈益严峻,削减社会福利开支令民众滋生怨言,卡拉汉任职期间控制薪金加幅的政策也激起工会强烈不满,1978年至1979年的冬天英国国内接连发生工业纠纷和大罢工(史称"不满足的冬天")恶化了经济的混乱状态。苏格兰作为大英帝国的一分子,其工业发展和工人的待遇都受到直接的

---

①　哈罗德·威尔逊,于1964—1970年、1974—1976年期间担任英国首相。
②　詹姆斯·卡拉汉,继威尔逊之后于1976—1979年间担任英国首相。
③　爱德华·希思,于1970—1974年期间担任英国首相。

影响，"民族陷入严峻的危机，似乎没有从失业、收支平衡问题以及恶劣的劳资关系这些大不列颠顽疾中复原的希望。"①60年代至70年代北海油田的发现与开采又"使得许多苏格兰人相信，如果脱离英国，苏格兰将能凭借北海石油的巨额收入摆脱经济困境"②，但实际状况并不容乐观。严峻的社会现实促使小说家反思苏格兰城市工人阶级的遭遇，威廉·麦基尔文尼即是其中的一位代表性作家。他的创作把握住了时代的脉搏和苏格兰的现实，既继承了前期苏格兰文艺复兴中对民族精神的在意，也率先将创作的笔触对准了苏格兰城市普通人的，尤其是工人的生活。他的作品，无论是所谓的侦探小说还是严肃小说，都传达出对城市工人阶级的关注，起到标杆性的作用，"标志着苏格兰作家从文艺复兴转向近期出现的对苏格兰西部萧条的城市现实的关注。"③

《多彻迪》是麦基尔文尼于1975年发表的成名之作，获得惠特布莱德奖和苏格兰艺术协会奖（Scottish Arts Council Book Award），已在苏格兰文学史上占据了相当的地位。此前，他还发表过《无法治愈》（Remedy is None，1967）和《内萨斯的礼物》（A Gift from Nessus，1968），这两部小说也获得过小奖项，《多彻迪》的出版则使麦基尔文尼"在当代苏格兰小说迅速占据了领军地位"④，成为文艺复兴时期与当代的城市现实主义写作之间的桥梁式人物。麦基尔文尼在后来的创作中将背景专注于苏格兰最大的城市格拉斯哥，创作了莱德劳侦探故事系列，并因而被称为"黑色苏格兰格"（Tartan Noir）侦探小说之父。莱德劳系列既实现了他创新的愿望，也满足了读者市场的阅读兴趣。该系列的首部《莱德劳》（Laidlaw，1977）和第二部《托尼·维奇的论文》（The Papers of Tony Veitch，1983）分别获得过英国犯罪小说作家协会金匕首奖，第三部《奇怪的忠诚》

---

① T.M. Devine, *The Scotish Nation*: *A Modern History*, London: Penguin Books, 2012, p.585.

② 许二斌：《苏格兰独立问题的由来》，《世界民族》2014年第4期，第25页。

③ Gavin Wallace and Randall Stevenson（eds.），*The Scottish Novel since the Seventies*: *New Versions*, *Old Dreams*, Edinburgh: Edinburgh University Press, 1993, p.54.

④ Douglas Gifford, "Modern Scottish Fiction", *Studies in Scottish Literature*, Vol.13, No.1（1978）, p.260.

（*Strange Loyalties*，1991）将格拉斯哥先驱报人民奖（Glasgow Herald's People's Prize）纳入囊中。他在 1985 年和 1996 年还分别发表过《大人物》（*The Big Man*）和《窑》（*The Kiln*）。2013 年圣安德鲁协会鉴于他"对于苏格兰生活和文化的杰出贡献"授予他索尔顿·弗莱彻奖项（Fletcher of Saltoun Award）①。尽管人们将他的小说分为严肃小说和侦探小说，他本人却并不以为然，认为莱德劳系列延续了他一贯的小说风格和思考。《窑》似乎是有意强调这一点，把《多彻迪》和莱德劳系列小说中的人物联系在了一起。主人公是多彻迪的孙子、侦探莱德劳的同学，跻身为中产阶级的小说家。其实，不仅是人物上的联系，无论麦基尔文尼的作品内容如何变化，《多彻迪》对于工人阶层的关注成为其各类创作中一个持续的主题，而这也是他对于苏格兰小说的贡献之一：麦基尔文尼是"率先成功冒险穿越阶级界限（就他而言，他只是原地不动地）将创作专注于苏格兰工人阶级的主要苏格兰作家"②。

"率先成功冒险穿越阶级界限"自然是相对而言的，早期的苏格兰作家，如埃德温·缪尔的《可怜的汤姆》（*Poor Tom*，1932）、乔治·布莱克的《造船者》（*The Shipbuilders*，1935）、詹姆斯·巴克的《大手术》（*Major Operation*，1936）、爱德华·盖坦思（Edward Gaitens）的《学徒的舞蹈》（*The Dance of the Apprentices*，1948）都对工人阶级有过描写，但在麦基尔文尼的时代，这些作品并不广为人知，对麦基尔文尼似乎也未形成多大影响，反而是苏格兰以外的作家，如厄内斯特·海明威、约翰·斯坦倍克和 D.H. 劳伦斯等人是麦基尔文尼首肯的影响者③。他的率先表现在：在以前的苏格兰小说中城市和工人没有成为作家的主要关注点，即便有相关的作品，影响力也是有限的。在他的年代，工人已经成为社会的一支主要力

---

① 该奖项以苏格兰作家和政治家索尔顿·弗莱彻（Andrew Fletcher of Saltoun，1655 – 1716）命名。

② Keith Dixon，"Writing on the Borderline：The Works of William McIlvanney"，*Studies in Scottish Literature*，Vol.24，No.1（1989），p.142.

③ 参见 Beth Dickson，"Class and Being in the Novels of William McIlvanney"，in *The Scottish Novel since the Seventies：New Versions，Old Dreams*，Gavin Wallace，and Randall Stevenson（eds.），Edinburgh：Edinburgh University Press，1993，p.55。

量。随着格拉斯哥等工业城市的发展，工人人口增加，城市成为苏格兰工人的主要集聚地。麦基尔文尼以他们为描写对象，但没有遵循传统的写作手法去正面表现激烈的劳资矛盾，而是落笔在普通工人的日常生活以洞见时代的流光，并通过共同体这一视角表现出对当代社会工人问题的思考。

第一节　对城市工人共同体的追溯性反思

共同体是麦基尔文尼和后来的詹姆斯·凯尔曼、欧文·韦尔什等苏格兰作家都刻意表现的一个主题，是他们反思苏格兰民族现状的一个重要方面。齐格蒙·鲍曼（Zygmunt Bauman）在《共同体：在不安宁的世界里寻求安全》（Community：Seeking Safety in an Insecure World）一书中，赞同罗森伯格（Göran Jakob Rosenberg）对共同体的描述，将之描绘为成员相互帮助令人感觉温暖的集体。但是，这种温馨不可避免地要受到外界的影响和冲击，它在很大程度上是一种美好的希望与想象，与残酷的现实存在着分歧。小说中的人物往往由于这种分歧而迷茫沉沦，韦尔什等所创作的来自下层社会的人物身上所呈现的基本是现代社会中共同体精神的缺失，如《猜火车》中80年代的瘾君子们形同散沙给人分崩离析的感觉。《多彻迪》与之不同的是，它发生在共同体价值依然受到尊重但已然受到威胁的20世纪初期，通过对工人个人品质与命运的建构表述了工人对共同体精神的坚守与彷徨。

这部小说和D.H.劳伦斯的《儿子与情人》有相似之处，都是相关矿工家庭的故事，但是它们的背景、叙事与内涵都相去甚远。麦基尔文尼将小说的背景设置在1903年到20年代，小说运用的语言、反映的社会风气和生活状况都植根于当时苏格兰的西部，讲述了埃尔郡格雷斯诺克镇上一个有着爱尔兰渊源的矿工家庭的故事，这个以塔姆·多彻迪为中心的一家三代人演绎出历史动荡中的工人状况及其共同体信念。全书分为四部分，序言通过中产者吉尔菲兰小姐的视角切入多彻迪家，从康恩出生叙述至他三岁左右,主要展现了塔姆的品性。接下来的第一部分由 18 个短章组成,视角集中在小康恩和塔姆身上,由非线性的叙述讲述了高街上的人们。他们期待着美好生活而浑然不知自己即将面临的困境。第二部分的 19 章时间跨度为"一战"爆发到 1920 年的新年,多彻迪家在动荡中生存,孩子们先后结婚、参军、工作,大儿子米克和二儿子安格斯的戏份儿较多。第三部分的 15 个短章的内容关涉到 1921 年煤矿工人罢工失利的事件,讲述塔姆的失意与离世。虽然时代背景宏大,但麦基尔文尼没有将工人运动的历史细节在小说中铺陈,而是将之自由而悄然地融入小说的肌理,更多地讲述的是人们对于种种事件的反应,使小说在个人命运的演绎中承负着历史的厚重。评论者迪克森认同了他的努力,将小说比作"城市版的《日落之歌》①,'一战'前工人阶级的集体精神和品质的哀歌","对逝去的道德观的致意"②,简单说来,这部小说是对 20 世纪 70 年代工人状况的追溯性反思。

《多彻迪》借昔喻今,避开现实的锐利锋芒,以 20 世纪初期既已不容乐观的工人状况比照了小说写作年代更加恶化的情势。在小说主人公的年代,第一次世界大战爆发,众多苏格兰人应征入伍,"应征入伍的 55.7 万苏格兰人中,26.4% 的人失去了生命。相比而言,1914 年至 1918 年间其他不列颠军队只有 11.8% 的死亡率。"③战争让苏格兰人受到打击,社会主义思想在格拉斯哥、克莱德班克、格里诺克等地广为流传开来。当时,苏格兰工人运动随着时代此起彼伏,但多以失败告终。工人们为工业发展作出了贡献,却成为大英帝国牺牲的对象。1919 年,在工会组织下,9 万名左右苏格兰工人聚集于格拉斯哥市中心的乔治广场,要求改善工作条件,实行每周 40 小时工时制,政府出动了警力进行镇压。1926 年 5 月英国工人大罢工持续十天,170 万工人上街游行,支持煤矿工人停止削

---

① 《日落之歌》(*Sunset Song*)是文艺复兴时期代表小说家刘易斯·格拉西克·吉本的代表作,为其《苏格兰人之书》(*A Scots Quair*,1932—1934)系列作品中的首部。

② Keith Dixon, "Writing on the Borderline: The Works of William McIlvanney", *Studies in Scottish Literature*, Vol.24, No.1 (1989), p.148.

③ T.M. Devine, *The Scottish Nation: A Modern History*, London: Penguin Books, 2012, p.309.

减工资改善工作条件的诉求,但是罢工又以失败结局,很多煤矿工人出于生计被迫接受低工资长工时重返煤矿工作。《多彻迪》主要涉及的是1921年为期三个月的煤矿罢工。矿工们希望政府接管煤矿,保证工作和薪金的稳定,但劳埃德·乔治(Lloyd George)政府拒绝将煤矿国有化,还是把煤矿交还给了私营矿主,此次罢工直至政府同意给予煤矿业补贴才结束。然而罢工之后,工会没有给予足够的支撑,煤矿采用关门歇业来对付工人,逼得矿工们接受强加的条件,工资也被削减了。小说依托于工人运动的宏大背景,但没有直白地呈现这些运动,而是让读者看到它们如何深刻地影响到生活在这个时代矿工主人公的生计与命运。如果说,"怒火与怨恨中烧"的矿工激起另一位小说家罗宾·詹金斯在小说中挖掘人性之恶,麦基尔文尼则赋予他们充分的同情,塑造的塔姆这样的矿工形象则是具有正能量且带有悲剧性的英雄品质。书中的塔姆们集中了老一代工人淳朴团结的品质,他们寄希望于工会运动为工人的状况带来根本改变,但在严酷的现实面前,他们的希望只能够湮灭。在小说里,塔姆和儿子们的分歧,他最终的死亡都宣告了工人集体精神的崩溃、抗争无力的悲剧性结局,演绎出工人群体在当时情景中对共同体信念的执着与迷茫。

　　麦基尔文尼本人并没有亲身经历过20世纪前20年的生活,他于1936年出生于基尔马诺克(小说里的格雷斯诺克),不过工人家庭的环境与境遇让他从小熟知工人生活的状况,后期受到的教育使他可以从容地提笔为工人阶级创作(尽管他也曾抱怨英语教育使他不能自然地运用苏格兰语说话)。他从小就喜欢阅读,全家除了他父亲以外都喜爱读书,他们一家人会坐在一起兴致勃勃地朗读文学作品,而他从14岁就开始了文学写作的初航①。之后他在格拉斯哥大学英语专业学习,在中学教过书,也曾在斯特拉思克莱德大学和阿伯丁大学做过写作教员。在他的阅读视域和写作经验中,工人多是处在作品的边缘小人物或处于边缘地位,他自

---

① 参见 Isobel Murray (ed.), "Plato in a Boiler Suit: William McIlvanney", *Scottish Writers Talking*, East Lothian: Tuckwell Press, 1996, p.133。

幼所熟悉的苏格兰城市工人生活和工人家庭在文学作品中尚未得到充分的表现和演绎,70 年代工人依然不容乐观的现实状况更令他有了为他们谱写一部作品的冲动。可以说,这首哀歌谱成于工人与政府矛盾激化的70 年代,书写的是 20 世纪初已然令人扼腕的工人状况,其寓意已然深入小说的字里行间。他本人亦特别指出过:"我想为那些同我一样出身,为那些只通过教区登记而被铭记的人们创作一本家谱式的文学作品。"①而且,他是"为或许从不会阅读这本书的人撰写了这本书⋯⋯"②。他口中"从不会阅读这本书的人"正是那些不能用文学的方式来表达的人们,他们在 20 世纪已经成为社会建设的主要力量,他们的生存状态成为苏格兰的重要生存表征,然而"他们的历史大半却是沉默"③,正需要作家给予更多切实而艺术的有力表现。麦基尔文尼由此将生活在城市底层的工人置于艺术创作的中心,让多彻迪一家人进入了他的小说,让他们成为当时苏格兰工人大众的缩影,展现他们传统的共同体精神和价值观,从苏格兰工人的现实与理想、阶级的差异、理念的撞击、苏格兰与英格兰的文化冲突等方面多维度地构造了这部具有历史意义的作品。其中,家庭、宗教都与工人的共同体信念密切联系相互交织,而且家庭首先呈现出共同体信念的凝聚与涣散。

第二节　共同体关系的呈现

一、共同体关系的基础:传统的苏格兰家庭

家庭是共同体的一种形式,用滕尼斯(Ferdinand Tönnies)的话说,它

---

① William McIlvanney, *Surviving the Shipwreck*, Edinburgh & London: Mainstream Publishing, 1991, p.223.

② William McIlvanney, *Surviving the Shipwreck*, Edinburgh & London: Mainstream Publishing, 1991, p.220.

③ William McIlvanney, *Surviving the Shipwreck*, Edinburgh & London: Mainstream Publishing, 1991, p.223.

是共同体的胚胎，"是共同体现实的最普遍的表现"①，是其他共同体关系表现的基础。麦基尔文尼在小说里让它成为基本内核，通过父子、夫妻、邻里关系展现主人公塔姆·多彻迪在家庭共同体中的角色，并推演到他在宗教信徒和工人社群中的关系。小说围绕着塔姆一家展开，叙述从幼子康恩的出生延展至塔姆在矿上罹难之后，其中出生、婚礼、葬礼等仪式性事件伴随着家庭遭遇和变化暗喻了当时整个苏格兰工人阶级的状况。不过小说并未直接从塔姆家说起，而是首先以突降的手法突出塔姆的家庭对于小说中工人生活和精神面貌表现的重要地位。

开头就像大事记似的列举了1903年发生的事情，如爱德华国王成为印度皇帝，93岁的教皇在这一年去世等，还从国内说到了国外，讲到了北加州莱特兄弟发明的第一架飞机，在洋洋洒洒列举这些重大事件之后，叙述者笔锋一转话锋一沉，转到了再普通不过的城镇小人物和事件上："在格雷斯诺克镇的高街上，吉尔菲兰小姐夜不能寐。"②这吉尔菲兰小姐并非主人公多彻迪的家人，而是他的邻居，一位独居的中产者。这样的开场看似头重脚轻甚至戏谑，却将历史的厚重感不露声色地穿透到即将叙述的人物和故事当中去，历史是集体的经历，也是个人的，而个人的历史经历对于个体的生存来说具有无比重要的意义，不啻于那些重大的历史事件。由此，某小姐的失眠也可以与国王教皇的事件相提并论，由她引出小说的主人公一家人虽然是平民的煤矿工人家庭，其重要性自然也是不可小觑。

通过吉尔菲兰小姐的视角，一家之主塔姆·多彻迪和他即将临盆的妻子出现在读者的面前，勾勒出一个传统的家庭景象，类似于阿伯克龙比（Abercrombie）等在《当代英国社会》中所描绘的基本家庭模式：

　　父母双亲，年纪在20至45岁之间，依法缔结婚姻，之前未有过

---

① ［德］斐迪南·滕尼斯：《共同体与社会——纯粹社会学的基本概念》，林荣远译，商务印书馆1999年版，第76页。

② William McIlvanney, *Docherty*, 1975, Edinburgh, London: Canongate, 2014, p.3.

嫁娶。家里有两个孩子,由该对父母(非他人)所生,与之共同生活。丈夫的工作为重中之重,妻子也可以有工作,兼职性质的,或可以因抚养孩子中断,无需有职业。即便丈夫可以偶尔帮忙,妻子也需承担主要的家务。家庭本身是自给自足的、几近私人化的机构——一个自己的世界。最后就是,家庭成员有着幸福感。[1]

这一家庭也符合苏格兰经济学家亚当·斯密在《国富论》中对家庭中两性角色的区分:男人致力于"生产",而女人致力于"再生产",负责繁育和家里的活计。在传统的苏格兰家庭里,男主女从的模式是普遍状况,男性中心是不二法则,至于幸福感的问题则可另当别论。小说中高街上的居民多为煤矿工人家庭,男人出工上班,女人在家打理家事。叙述者如是说:"高街上的一些传说民俗是有关女人牺牲的:打老婆、发薪后就在煤矿到家的路上买醉、孩子爸喝多了啤酒昏头昏脑地躺在临盆的房间里,孩子生了也浑然不知。"[2]多彻迪一家和他们相似也有些不同。

他们一家六口人,塔姆、妻子詹妮以及他们的三个儿子一个女儿,塔姆作为丈夫和父亲是这个家庭毋庸置疑的中心,是稳固家庭共同体的核心人物。不过,他和民俗说法中的那些男人很不一样。麦基尔文尼将他塑造成一位有担当的男性家长,身上洋溢着朴实的工人品质。叙述者借吉尔菲兰的眼光打量着这个男人,他从煤矿工作回来,总是"干干净净的,穿着宽松的夹克,戴着白色的围巾,黑色头发上戴着个无边呢帽,他看起来竟有些弱不禁风,脸色苍白,好像是挥之不去的怒火引发的苍白。不过,夏天卷起衬衫袖子时,他的骨架掩饰了其他部分。肩膀很有英雄气势,每动一下前臂的肌肉都会鼓起来。腰部以下,他又显得羸弱了,宽大的裤子掩饰不住稍微弯曲的双腿"[3]。这样的描述呈现给人们的是一位尽管有脆弱之处却不失尊严和英雄气概的男性。在麦基尔文尼的笔下,

---

[1] 转引自 Horst Prillinger, *Family and the Scottish Working-class Novel*: 1984 – 1994, Frankfurt am Main, Berlin, Bern, Bruxelles, New York, Oxford, Wien: Peter Lang, 2000, p.23。

[2] William McIlvanney, *Docherty*, 1975, Edinburgh, London: Canongate, 2014, p.4.

[3] William McIlvanney, *Docherty*, 1975, Edinburgh, London: Canongate, 2014, p.5.

塔姆虽然处于下层阶级，是为了生计而奋力工作的矿工，但他全然不是现代小说中惯常出现的那种"千篇一律的毫无个性、可耻的、没有品位的社会团体（穷人）"①的一员。

在滕尼斯描述的家庭共同体里，父亲的威严是具有领导力的。"年龄的威严，强大的威严，智慧或智力的威严"在父亲的威严里结为一体，"保护、提携、领导着"家人②，塔姆在家里即起到了这样的作用。可贵的是，他的威严是与慈爱相互依存的。他在家里既不买醉，也不打老婆，是个可以在妻子临产时守候在身边的尽职丈夫，为孩子教育和工作费心尽力威严而慈爱的好父亲。旁观者吉尔菲兰小姐的父亲也是位威严的家长，他的威严却带着冷酷和拒人千里之外的感觉。留在吉尔菲兰记忆里的场景是他严厉地训斥并解雇了一个瘦骨嶙峋的邮递男孩，这个记忆在她的脑海里挥之不去，似乎预示了她家后来的没落离析。工人出身的多彻迪的威严与她中产阶级出身的父亲形成对比，与自以为是的后者不同，塔姆威严而不失温情，坚忍而富有同情心，是家里的顶梁柱和凝聚力量。他和麦基尔文尼在侦探小说《莱德劳》中创造的父亲形象也很不一样，那位父亲严苛地对待自己的女儿，在一定程度上促成了女儿离家出走而被奸杀。塔姆的慈爱与威严则凝聚了家人，在外界变化还未形成强烈干扰的状态下，持久地维护了家庭这种最基本的共同体形式，即便后来二儿子分家单过对父亲也还是满怀敬畏。对于家庭这个极具凝聚力的集体，塔姆有着极为朴素而不乏深刻的理解："家庭是忠诚、理智、彼此关爱的小城堡，矗立在与合法化的财富掠夺和社会不公正相对抗的土壤上。"③出于这样的理解，他忠诚于自己的家庭，热爱自己的家人，并将对家人的爱与保护拓展到对不公正现象的感悟与批判，这也正是他英雄品质的

---

① 转引自 Carole Jones, "White Men on Their Backs – From Objection to Abjection：The Representation of the White Male as Victim in William McIlvanney's *Docherty* and Irvine Welsh's *Marabou Stork Nightmares*", *International Journal of Scottish Literature*, 1（2006）, p.Online15, http://www.ijsl.stir.ac.uk, accessed 5 May, 2014。

② ［德］斐迪南·滕尼斯：《共同体与社会——纯粹社会学的基本概念》，林荣远译，商务印书馆1999年版，第64页。

③ William McIlvanney, *Docherty*, 1975, Edinburgh, London：Canongate, 2014, p.95.

一种表现。

塔姆的原型来自于麦基尔文尼自己的工人父亲。不过,麦基尔文尼很清楚地区分过角色和父亲的区别:"当然,我是基于对我父亲的理解创作了塔姆·多彻迪这个角色,但这不是说威廉·麦基尔文尼的父亲和塔姆·多彻迪是可以互相替代的。并非如此!"①麦基尔文尼的父亲在他18岁时因患癌症去世②,丧父的心理创伤让他想到和父亲有着类似生活的人们,而将对父亲那一辈人的理解注入到塔姆这个角色上。虽然《绿色百叶窗的房子》(*The House with the Green Shutters*,1901)等早期苏格兰小说里提供了样板式的苏格兰家长,塔姆所承载的工人阶级品质则令他的家长形象更富有棱角和凝聚力。

麦基尔文尼努力"将文学的英雄主义色彩赋予工人阶级生活"③,赋予了主人公塔姆英雄的品质。然而,塔姆已不同于古代神话中高于常人具有神性的英雄,也不同于现代作品中某些非人性化的英雄,而是普通工人家庭中的一员,一个"将人性置于教义、规章和观念之上的"④英雄,家庭成为展现塔姆朴实品质的最充实的平台。需要指出的是,温顺的妻子和尚且听话的子女似乎构成了温馨的家庭圈子,不过,温馨并不能持久,外界风云的变化也影响到这个家庭的稳定和睦。在演绎变化的过程中,麦基尔文尼尽管展现了妻子詹妮给予丈夫的支持,女儿对父亲的敬重,给予女性角色一定的空间,但他没有花费很多笔墨突出女性形象,或让夫妻及父女关系成为这部小说发展的主线,而是令父子关系(塔姆与自己的父亲,塔姆与自己的儿子)占据了主导地位,由父子关系的变化颠覆了家庭共同体。这种聚焦男性父子关系的写法虽然有囿于性别意识窠臼之

---

① Isobel Murray(ed.),"Plato in a Boiler Suit:William McIlvanney",*Scottish Writers Talking*,East Lothian:Tuckwell Press,1996,p.139.

② 据他所言,父亲去世留给他长时间的伤痛,其长诗《启蒙》("Initiation")和第一部小说《无法治愈》(*Remedy is None*)都与之相关。(William McIlvanney,*Surviving the Shipwreck*,Edinburgh & London:Mainstream Publishing,1991,p.222.)

③ William McIlvanney,*Surviving the Shipwreck*,Edinburgh & London:Mainstream Publishing,1991,p.231.

④ William McIlvanney,*Surviving the Shipwreck*,Edinburgh & London:Mainstream Publishing,1991,p.233.

嫌,却也是一种现实状况的反应,并且有效地突出了塔姆与共同体精神的情结。有关父子关系变化的意义在后文将会进一步讨论。

二、宗教信仰的选择与人文的共同体信念

塔姆在家庭共同体中的核心地位展现了苏格兰工人家庭的特征,也融入了小说对于工人生活和社群的探究。我们知道,在共同体不同形式的结合里基本上都保留着家庭的类型和理念①。麦基尔文尼在小说里独具匠心地通过家庭形式来展现宗教凝聚力的势弱,以突出工人共同体的团结性,丰富了共同体在小说里的表现形式与内容。

在现代苏格兰社会和家庭中,宗教共同体这一信徒团体的凝聚力已不同于以往,多种信仰分支的并存还很容易引发争端。麦基尔文尼在小说里并未试图刻画一个温馨的宗教社群,而是展现了不同信仰的碰撞。同时,他还是将家庭作为切入口,没有设计新教徒和天主教徒在公共场所高街上发生冲突,而是将不同教派放置在多彻迪一个家庭里以引发矛盾,以此促进人物的性格发展和小说意义的构建。小说里,出身爱尔兰天主教家庭的塔姆与新教徒詹妮的婚姻以及他对儿子宗教归属多样化的选择,都令他与父母和亲戚产生芥蒂。塔姆的三个姐妹都是和天主教徒结姻,他父亲老康恩希望自己的孙子都能在天主教学校接受教育。塔姆的四个孩子中,米克和凯瑟琳上的是天主教学校,安格斯是新教学校,塔姆替小康恩选择的也是新教学校。老康恩为此而质问,但塔姆只是寥寥数语打发了父亲,牧师的劝诫也未能改变他的决定。从这类事件可以看出,塔姆有主见而不随波逐流,没有依附于宗教共同体的繁文缛节,而是既坚持自己对宗教的理解,又对宗教信仰持包容态度。也正是由于这种包容,日后在老康恩丧偶并被女儿们推诿抚养之时,是塔姆主动承担起抚养他的责任。

---

① 参见［德］斐迪南·滕尼斯:《共同体与社会——纯粹社会学的基本概念》,林荣远译,商务印书馆 1999 年版,第 278 页。

塔姆和家人不同的宗教选择从一个侧面反映出当时的苏格兰家庭里多样化的宗教信仰,宗教的凝聚力量不再那么强大。宗教在多彻迪的家里既不是凝聚家庭成员的要素,也没有成为凝聚小说里塔姆和其他人物的力量,起作用的是塔姆的人格力量和他对团体的信念。在小说最后塔姆的葬礼上,他的妻儿尊重他对于宗教的态度,没有安排天主教仪式的葬礼,结果是:"一些人因为整个过程令他们觉得不符合规矩而回避。一些人为了塔姆而来,一些人为了露个面,一些人来是想表明对詹妮的支持。整件事的分歧表现在,来了某位姐夫,其他的姐夫没来,来了丈夫,妻子没来,即便两人都受到了邀请。"①这来与不来很是微妙地显示了宗教信仰或强或弱的作用,尽管如此,来参加葬礼的人并不在少数,他们的到来并非都因为属于一个宗教社群,而更多的是对塔姆的认同与尊敬。他的老朋友塔杰尔和被他救起的小伙子在悼词中赞誉了塔姆的人格力量,后者更是承诺,他会在塔姆的感召下成为比以前更好的人。大儿子米克在塔姆下葬前的一席话为点睛之言,道出了塔姆的力量所在:"没有仪式,是因为我们认为他并不想要仪式。我想他是希望这样的。只有朋友来为他送行。我想,他所信奉的就是同伴(folk)。"②的确如此,塔姆将人们聚集在他身边依靠的不是某种宗教信仰,而是他对工友的帮助团结之心和对工人共同体的信念。

当时的苏格兰,随着工人罢工运动的进行与失利,底层人民的团体理想得到鼓舞但也逐渐随着运动的失利而涣散。就塔姆而言,以他为代表的工人们没有放弃对工会的信任,还是抱希望于通过社群团体的努力可以改善劳资关系改善境遇。在塔姆和叔叔去参加埃尔郡各煤矿罢工前的会议并看到与会者为数众多时,他产生的是"敬畏感",觉得他们可以做"任何想做的事"了,他和父亲老康恩之前争执而产生的空白"突然地,奇妙地,被人填满了"③。共同体理想带来的力量感给予他信心和满足,他本人在自己的小团体里也表现出锲而不舍遵循原则的领袖力和影响力,

---

① William McIlvanney, *Docherty*, 1975, Edinburgh, London: Canongate, 2014, p.339.
② William McIlvanney, *Docherty*, 1975, Edinburgh, London: Canongate, 2014, p.340.
③ William McIlvanney, *Docherty*, 1975, Edinburgh, London: Canongate, 2014, p.52.

用他的同伴的话说,"他身形不高但影子宽"①。其他人也许可以打败塔姆,但塔姆只要认准了理就不会妥协不会放弃。

塔姆所奉行的其实是朴实而人文的共同体信念,尊重同伴,尊重作为人的尊严。在小说里,以他为代表的工人没有被赋予贫穷而堕落的习惯性标签,而是被塑造为忠厚善良、崇尚工人团结具有英雄气质的形象。例如,某个外来的醉汉挑衅打架,塔姆的同伴塔杰尔起身应战一头撞破了醉汉的鼻子。不过,教训了醉汉之后他们并没有扬长而去,而是帮他清洗,送他到路口去火车站。叙述者紧接着对此作出了评论:"整件事具有共同体行为的品质,并非带着敌意来做的"②。暴力是麦基尔文尼小说中常见的一个元素,但正如他自己所言:就像喜欢性未必就会多写性一样,写暴力并不预设喜欢暴力。暴力并不都是坏的,也可以是对生活的恰当比喻,更是对资本主义社会生活的恰当比喻。③ 小说人物有时只能靠自己的拳脚来解决问题,他们不是为了作恶,暴力是他们解决内部纷争的手段,或者是对付外侵的手段,上面这个例子就能很好地说明高街上这一群人的善良本质和团体精神。共同拥有的工人社群给予他们存在感和自尊感,这件事发生在高街街角的俱乐部附近,"在这儿,男人在自己的朋友当中表现得更加自由。"④他们互帮互助抱成了团,身体力行地实践着共同体团结互助的精神。小说开头讲到的好友巴夫在小康恩出生前来看望塔姆也是因此而为:"加深他们情谊的是矿工间共有的身份,好像他们是特别的一类。"⑤塔姆和他的工友们这种拥有相同身份与特点、具有共同习惯和需求的工人共同体关系,使得他们互相帮助平等和睦地相处。

在这样的关系中,他们身上的毅力、韧性和团结性无疑是作者麦基尔义尼认同的,但这也涉及问题的另一方面,在当时的环境中,这种工人品

①　William McIlvanney, *Docherty*, 1975, Edinburgh, London:Canongate, 2014, p.197.

②　William McIlvanney, *Docherty*, 1975, Edinburgh, London:Canongate, 2014, pp.42-3.

③　参见 Isobel Murray (ed.), "Plato in a Boiler Suit:William McIlvanney", *Scottish Writers Talking*, East Lothian:Tuckwell Press, 1996, p.145。

④　William McIlvanney, *Docherty*, 1975, Edinburgh, London:Canongate, 2014, p.44.

⑤　William McIlvanney, *Docherty*, 1975, Edinburgh, London:Canongate, 2014, p.13.

质虽然珍贵但难以为继。小说中塔姆他们这一代人具有共同的思想记忆，会不时提起苏格兰的传说和从前的故事，这是他们对传统的继承表现，也是建立起更亲密的团体关系的一种手段，如塔姆很喜欢听同伴讲偷猎、讲传说中的小灵狗、调皮的林鼬的故事，喜欢他讲故事用的方言土语带来的归属感。不过，这种传统在米克等年轻一代人的身上并没有得到很好的延续，这从一个方面表现出两代人不同的价值取向和共同体精神的衰微。老一辈工人们忠实于传统的价值观，但罢工失利的严峻现实将他们推进悲怆的境遇，对于共同体理想产生疑惑。塔姆三个儿子的不同选择与走向，他们与塔姆的矛盾，突出表征了苏格兰工人阶层的分化和共同体理想信念的逐渐离析。

第三节 "默认一致"的解构

如上所析，宗教共同体对于主人公塔姆和他的亲友来说不具有显著的凝聚力量，对工人社群的热爱与忠诚是塔姆的力量来源，而他的悲剧性也在于，他习惯于传统的团体价值理念但又逐渐认识到它所带来的束缚，他所在的共同体已经不能带给他温馨的宁静和鲍曼所言的"长期确定性"[1]。换个角度说，是"把人作为一个整体的成员团结在一起的特殊的社会力量和同情"的"默认一致性"受到了破坏。[2] 小说中最显著的表现依然是通过家庭中的共同体关系进行的：父子的价值观日趋不同，父子关系也日趋疏离。塔姆和他的儿子们因为没有"共同的、有约束力的思想信念"[3]而矛盾丛生。塔姆的三个儿子安格斯、米克和康恩有些像20世纪初传统价值游离阶段和20世纪后期个人主义喧嚣时期的过渡性人物，

---

① ［英］齐格蒙特·鲍曼:《共同体:在一个不确定的世界中寻找安全》,欧阳景根译,江苏人民出版社2003年版,第11页。

② ［德］斐迪南·滕尼斯:《共同体与社会——纯粹社会学的基本概念》,林荣远译,商务印书馆1999年版,第71页。

③ ［德］斐迪南·滕尼斯:《共同体与社会——纯粹社会学的基本概念》,林荣远译,商务印书馆1999年版,第71页。

代表了不同的发展方向,与塔姆所奉行的工人共同体理想不甚吻合。

二儿子安格斯的选择接近于撒切尔时期消费社会的个人主义表现,他更多感受到的是消费社会以资本衡量价值的诱惑。他虽然按传统子承父业在矿上工作,但他的继承并非是精神上的接力。他和塔姆一样身强力壮,有四两拨千斤之力。不同的是,他一意孤行,缺乏塔姆那样的凝聚力和感染力。他路上拦住姐夫杰克要教训他时,他感到自己言语空洞没有能力控制事态。即便是打了杰克一顿,也没有给他得胜的感觉。不过,自己做了点事的感觉又很快让他重拾自信。麦基尔文尼让这位以自我为中心的角色充分演绎出新与旧的分歧。小说中两件事令安格斯和塔姆之间产生了较深的裂隙。一是,他执意离开原来所在的矿井,不再做挖煤的矿工而去另一个矿井当薪资主管;二是,他把一个女孩搞大了肚子,却拒绝娶她。这样的事情完全违背了塔姆的道德价值观,争执之后安格斯搬出了家门。安格斯后来自己分析了自己和父亲的分歧所在:"你知道什么让老爸烦我? 我打人没打在该打的脸上,没带着应有的敬意撩女孩的裙子。嘿,你知道我想啥? 老爸还对什么神圣抱有信念。至少是在努力相信吧,他不是天主教徒。老天知道他相信什么。不过,他的信念还非常强……我不在他的集体里。他晓得他的集体会输掉的。我会赢的。到目前我干得还行。"①安格斯高调地摒弃了塔姆所代表的传统道德和团体精神,离开矿井并分家单过,按照自己的愿望行事,甚至没有出席父亲的葬礼。他的离经叛道可以说是个人主义的张扬,也是个预警,预示着在撒切尔时期苏格兰共同体精神随处可见的败落。

麦基尔文尼让大儿子米克代表了共同体精神式微的另一种表现,并通过他反映了战争带来的深重创伤。米克在"一战"时期响应英国政府的征兵号召,参加了高地轻步兵团,在战场上历经枪林弹雨目睹战友的死亡,他自己也受了伤。战争几近让他失去了正常的感知力,家人的气息才能给予他存在感。麦基尔文尼设计了一个很有意义的细节。米克在酒吧里,阅读一封已经读过的来自母亲的信件,虽然不像第一次阅读时那么激

---

① William McIlvanney,*Docherty*,1975,Edinburgh,London:Canongate,2014,p.320.

动,它却令他意识到"自己的身份,是他还能感知事物的证据"。战争摧残了他的身心,也促使他在回乡后找了份磨坊看门人的工作后开始关注工人阶级政治问题。米克的思想同样是对父亲塔姆所代表的传统价值观的一种解构,他和塔姆之间的裂隙虽然没有像安格斯那样喷发出表面,却似暗流不断。面对儿子的伤残,塔姆感到自己的无能为力,并不能保护自己一直以为像个城堡的家庭,"过去掌控自己生活的权威不过是个笑话。"米克则经常以沉默和冷嘲热讽对待塔姆,对于父亲旧式的行为方式和单纯的团体理想业已不以为然。他认为,"什么是合法的? 合法就是他们需要保持已经得到的东西。我们就得给予打击,而且得消灭任何挡着我们道路的人。"他的这番激进言论在弟弟康恩看来说得铿锵有力,但也令他质疑,认为米克没有认识到父亲最重要的品质——"父亲对人的尊重,无论是谁"①。米克没有看到的是塔姆那一辈工人朴素的共同体信念中的人文关怀,而且,他主张的政治暴力所具有的摧毁力量对于老一辈的共同体理想也是极具颠覆性的。

在小说中穿针引线的人物、三儿子小康恩对于中产阶级价值理念的疏离则在一定程度上继承了塔姆的精神。他和塔姆一样,具有同情心,维护工人社群的团结,与中产阶级的生活方式和价值导向有意保持了距离。在对待吉尔菲兰小姐和学习英文的问题上,都可以看到他的这种品质。吉尔菲兰小姐试图引导小康恩成为绅士,但她呆板的生活令小康恩退避三舍。② 借评论者牛顿所言:"麦基尔文尼让自己的主人公通过吉尔菲兰小姐看透了资产阶级价值观的空洞无物。"③学校里的英式教育也拉开了康恩和中产绅士生活的距离。学好标准英语是走向中产绅士生活的必要

① 该段落的引文分别出自 William McIlvanney, *Docherty*, 1975, Edinburgh, London Canongate, 2014, pp.186,230,355,355.

② 吉尔菲兰小姐家里停摆的大钟和呆板的陈设让小康恩感觉像个没有生气的清真寺,也让他失去了成为"绅士"的兴趣。吉尔菲兰小姐在某种程度上代表了没落的中产阶级生活。对于这个角色本身,麦基尔文尼在访谈中直接否认了对她持批评态度。相反,他对这位竭力维护中产阶级生活方式的角色抱有同情,对于她在时运不济之时还能有尊严地按照自己的方式生活抱有"很深的羡慕"。

③ K.M. Newton, "William McIlvanney's Docherty: Last of the Old or Precursor of the New?"*Studies in Scottish Literature*, Vol.32, No.1(2001), p.104.

条件,但小康恩却觉得"学校无关紧要,它否认了他父亲和家庭的价值,判断缺乏正确性,它的专门术语也是索然无味"①。他因使用苏格兰方言遭到老师皮里先生的训斥,要求他用"母语"英语。英语对于康恩来说并没有母语的感觉,老师的强迫反而令他"想写些找不到英语对应的东西"②。

康恩离开学校继承父业在煤矿工作,以实际行动疏离了中产阶级价值观,而倾向于父亲所代表的工人群体。他因而也是三个儿子中最能理解塔姆的人。他不仅明白大哥米克对父亲的不理解,也看出塔姆承受米克的反驳是出于"对自己的愤怒":"他把自己的孩子送进了一种体制,这个体制把他们就像生活中每天吃的面包一样交还给他。直到他张口吃的时候,才发现自己做了什么。太晚了,他知道的。"③相较于二哥安格斯和大哥米克,小康恩没有那么自我,也没有那样激进,更像个冷静的观察者,意识到苏格兰工人共同体信念不容乐观的前景及其根源:英国整体劳资矛盾的激化与工人待遇的恶化并非一时造成,问题的一个源头在于以富人利益为核心的政治经济体制,而这也是最难以撼动的。麦基尔文尼在小说中并未规划出他最终的发展方向,应该也与此相关。

共同体的一个主要规律是:"相爱的人和相互理解的人长久待在一起,居住在一起,安排他们的共同生活。"④而小说中的父亲和儿子们缺乏深层的相互理解,削弱了默认一致的程度,他们的选择代表了当时工人阶层的分裂趋向,偏离了老一辈工人团结互助的共同体理想,更使得最具切身关怀的家庭共同体难以为继。在这种情况下,塔姆无可作为只有用酒精麻痹自己。小说通过死亡事件解脱了塔姆的矛盾与痛苦,深化了"个

---

① William McIlvanney, *Docherty*, 1975, Edinburgh, London:Canongate, 2014, p.117.
② William McIlvanney, *Docherty*, 1975, Edinburgh, London:Canongate, 2014, p.118.对教育的质疑,尤其是语言学习的质疑,是麦基尔文尼小说中一个常见的主题,他曾抱怨过学校的英文教育让他失去了言讲当地语言的能力。不过这也就像把"双刃剑",没有当初的英文教育可能也就成就不了他现在的语言风格。
③ William McIlvanney, *Docherty*, 1975, Edinburgh, London:Canongate, 2014, pp.328-329.
④ [德]斐迪南·滕尼斯:《共同体与社会——纯粹社会学的基本概念》,林荣远译,商务印书馆1999年版,第73页。

人的抱负和梦想在无力的现实面前的支离破碎"①这一主题。塔姆的死被描述成落败的英雄式的。矿井突然塌方,他为了拯救走在前面的汉姆而牺牲了自己,现场只有他的一只手露在废墟外:"手握成了拳头。"②如琼斯所评析的,"英雄般的牺牲使塔姆免于沉湎于酒精的耻辱,随着小说的叙述,酗酒渐渐成为他在工人生活没落期努力应对绝望与幻灭的手段。……握紧了的抗争的拳头证明了塔姆力量的挫败。"③

小说中小儿子康恩认识到父亲逃离现实的欲望:"父亲的最后馈礼是给他们机会与他断绝关系,由他自己来承担一切责任。"④塔姆的英雄色彩并不因此有所减弱,反而更令人唏嘘。他的塑造者指出塔姆的英雄气质即表现在道德的坚守:"他也许会人格分裂,也许会一点点被磨蚀,但其核心的正直不会丧失,我觉得,正是他完全意识到自己梦想的挫败还能保持正直地活着,这才是英雄品质所在。"⑤道德的坚守赋予他英雄的光环,但他的梦想在他儿子这一代得不到全然的认同,他们已不再像他那一辈人那样注重温馨团结的共同体精神,"默认一致"的前提受到破坏;家庭解体,罢工失利,塔姆的牺牲也因而凸显了在萧条时期苏格兰工人阶级传统价值观的衰败以及小众努力的无效。可以说,父辈与子辈的个人矛盾业已内化为全体苏格兰工人面临的困境,直指严峻的工业社会问题,深化表现了当时社会变化对工人共同体理想的冲击。塔姆这握紧的拳头把过去握在其中,却不能握住未来。从塔姆的 20 年代到麦基尔文尼的 70 年代,工人的状况并没有根本好转,社会主义理想没有实现,手的姿态"实际上揭示了对历史的缅怀,将作者和人物联系在一起,将 20 世纪 70

---

① William McIlvanney, *Surviving the Shipwreck*, Edinburgh & London: Mainstream Publishing, 1991, p.237.

② William McIlvanney, *Docherty*, 1975, Edinburgh, London: Canongate, 2014, p.333.

③ Carole Jones, "White Men on Their Backs – From Objection to Abjection: The Representation of the White Male as Victim in William McIlvanney's *Docherty* and Irvine Welsh's *Marabou Stork Nightmares*", *International Journal of Scottish Literature*, 1 (2006), p. Online1, http:// www.ijsl.stir.ac.uk, accessed 5 May, 2014.

④ William McIlvanney, *Docherty*, 1975, Edinburgh, London: Canongate, 2014, p.343.

⑤ Isobel Murray (ed.), "Plato in a Boiler Suit: William McIlvanney", *Scottish Writers Talking*, East Lothian: Tuckwell Press, 1996, p.141.

年代和20世纪20年代联系在一起"①,表现出对共同体精神日渐销蚀的抗议与无奈。

第四节　表现工人共同体精神的语言策略

在《抗击戈耳戈之盾》("A Shield Against the Gorgon")一文中,麦基尔文尼借用了希腊神话戈耳戈蛇发三姐妹的故事喻示自己的写作。在神话中,蛇发三姐妹可将看她们的人变成石头。宙斯之子帕尔修斯向雅典娜借了一个盾牌,用它反射三姐妹中美杜莎的目光,从而安全地取得了她的首级。麦基尔文尼将人类不可理解的经历比喻成戈耳戈,只有通过艺术之盾的反射才能将其反映。② 在《多彻迪》中,他的艺术之盾以独特的语言策略促进了对处于社会下层的工人共同体的思考。小说中的苏格兰矿工们在困境中企图通过维护共同体理想借助工会的力量谋求生存,对于他们的境遇与抗争,麦基尔文尼并未设计他们与中上层阶级的直接冲突,全书也只有两位中产代表者吉尔菲兰小姐和皮里先生。他完全扣住多彻迪一家人的日常生活展开,在文本语言的选择和运用上煞费苦心。

在苏格兰较年轻一代作家的作品中,团体信念的销蚀与沦丧往往通过以低俗写低俗的手法反映,凯尔曼的《为时已晚》和韦尔什的《猜火车》都是明显的例子。麦基尔文尼在《多彻迪》中采取的语言策略则既有后来者的创新性,也有折中之举。他的语言表达方式会让一些读者感到脱节:小说的叙述语言是纯正的英语,通过全知全能的叙述视角以练达的语言正面地表现工人阶级;然而,人物对话运用的则是英语读音表现的苏格兰方言(phonetic transcription of Scots)。在解释为何采用这样的语言组合形式时,他流露出无奈的情绪:对于出身苏格兰的他来说,用英语叙事

---

① Cairns Craig, *The Modern Scottish Novel : Narrative and the National Imagination*, Edinburgh : Edinburgh University Press, 1999, p.124.

② 参见 William McIlvanney, "A Shield Against the Gorgon", *Surviving the Shipwreck*, Edinburgh & London : Mainstream Publishing, 1991, pp.223-224。

却是必须的选择。"五岁前我说的是苏格兰语,后来上了学,受到英语教育——令我厌恶的是,英语教学**压制了**苏格兰语。"①成年的他已不会用苏格兰语自然地对话,而当今很多孩子也不会说或不懂他小时候说的方言词了。麦基尔文尼不能全然采用方言创作,尽管如此,他依然觉得苏格兰方言非常具有表现力,隐喻意义丰富,"苏格兰语自身有一套隐含的哲学"②,令人听起来踏实不会感到自负。在小说里,小康恩有些像他的代言人。在英语教学的课堂上,小康恩在纸的一边列出表现力强的苏格兰方言词汇,另一边列出表现力弱的英语词汇,然后又列出了没有英语对等词的苏格兰语。他对英语与苏格兰语的偏向是显而易见的,也表现出苏格兰人对自己语言不可割舍的情感。语言的共用,从小范围说,是他们维护苏格兰工人共同体意识的一种工具,从大范围看,也是他们维护苏格兰民族共同体意识的一种手段。

可以说,作者麦基尔文尼对叙事语言的选择虽然无奈但也是故意而有效的。克莱格评论说:"以这样的叙事模式和隐喻结构,这位苏格兰小说家戏剧化地呈现了一种尴尬处境:小说叙事声音面向的基本上是英语阅读(通常也是说英语)者,而小说角色只被赋予所在环境使用的语言,而且他们的声音最终会在异样的语言环境中缺失或沉默。"③或许,这种对缺失或沉默的感受正是麦基尔文尼想获得的效果,表现出苏格兰人尤其是苏格兰劳动团体的普遍失语。而且,他借助全知叙事以评析的姿态细致地讲述了事件传达了人物的内心,他既是讲述者,也是分析者,并艺术地掌控了人物所用的苏格兰方言,没有让粗言俗语横溢于他们的对话,有效地帮助了文化程度有限的人物表述自己的感觉,提升了他们的表现力。

小说叙事语言的殖民性含义也不外乎于此。苏格兰文学大部分作品

---

① Isobel Murray (ed.),"Plato in a Boiler Suit:William McIlvanney",*Scottish Writers Talking*,East Lothian:Tuckwell Press,1996,p.137.

② Isobel Murray (ed.),"Plato in a Boiler Suit:William McIlvanney",*Scottish Writers Talking*,East Lothian:Tuckwell Press,1996,p.136.

③ Cairns Craig,*The Modern Scottish Novel:Narrative and the National Imagination*,Edinburgh:Edinburgh University Press,1999,p.77.

都是关于白人的,那些受压迫的穷白人由于与黑人或被殖民者境遇相似,在文学表现中会常常被类比为后者。麦基尔文尼虽然没有像20年后的韦尔什那样在小说中直接用"白种黑人"这一称呼,他的小说在表现工人共同体时也不乏这种意味的殖民话语。小说里的中产者吉尔菲兰小姐就曾把高街的人称为"奴隶"。如琼斯指出的,类似的说法散见在小说中,"说明麦基尔文尼有意地参与维多利亚时期的殖民话语,这些话语将工人阶级当作低于人类的群体进行建构和贬低。"①麦基尔文尼在小说中呈现了这种殖民话语,表明了这样一种贬低的存在,但这样的建构其实意在形成一种反差:殖民话语的蔑视冷讽反而可以衬托出普通工人的憨厚忠诚。

小说叙事语言的多样化表现出人物生活的困境,加强了作品的苏格兰意味,也加深了对社会底层共同体信念的挖掘。用评论者的话说:"这本书写得很不一般。威廉聚焦在人物的想法上,限定他们表述的内容,实际上是通过叙述手段表现他们生活的某些压迫感。"②麦基尔文尼清楚地知道小说中描绘的体验超越了小说人物的实际表述能力,有疏离读者的风险。③ 但这种风险是他为了让工人真正成为小说的主角、真实展现普通工人的实际处境、突出他们的共同体信念而特意面对的,也正是他反射蛇发女怪注视以触及不可言说经历的一面盾牌。

麦基尔文尼的小说多是关于底层人民生活的,他本人也不否认自己的社会主义立场,并曾参与苏格兰BBC谈话节目,宣扬自己的主张,声称"这个立场于我,是来之不易的"④。基于对工业社会中城市工人生活状

① Carole Jones,"White Men on Their Backs – From Objection to Abjection:The Representation of the White Male as Victim in William McIlvanney's *Docherty* and Irvine Welsh's *Marabou Stork Nightmares*",*International Journal of Scottish Literature*,1(2006),pp.Online5 – 6, http:// www.ijsl.stir.ac.uk,accessed 5 May,2014.

② Isobel Murray and Bob Tait,*Ten Modern Scottish Novels*,Aberdeen University Press, 1984,p.168.

③ 参见 William McIlvanney,*Surviving the Shipwreck*,Edinburgh & London:Mainstream Publishing,1991,p.229。

④ Isobel Murray (ed.),"Plato in a Boiler Suit:William McIlvanney",*Scottish Writers Talking*,East Lothian:Tuckwell Press,1996,p.147.

况的切身体验，基于对他们坚忍与缄默的理解，他构思了《多彻迪》为工人们树碑立传，通过一个普通矿工家庭的经历而非激烈的劳资矛盾来展现工人的集体记忆与社会现实，探析底层人们所在的家庭、宗教以及工人社群在历史风云作用下的转变。同时，麦基尔文尼以风格变化的叙事语言有意深化了小说的文化矛盾和历史意义，将苏格兰工人在 20 世纪初的挽歌在 70 年代之后的读者面前演绎，借过去寓意了工人的现实状况和堪忧的未来，为人们展现了苏格兰工人共同体理想在现代社会的衰微，也为韦尔什等后辈演绎苏格兰工人或下层平民的共同体想象奏起了前奏。

　　和麦基尔文尼一样，很多当代作家开始表现出书写城市工人阶层生活的兴趣，其中不乏本身出生于工人家庭的苏格兰作家。阿格尼斯·欧文斯、A.L.肯尼迪、詹尼斯·加洛韦和欧文·韦尔什都是如此，他们常常在自己的严肃小说创作中将苏格兰的中下层人物当作自己的书写对象，展现他们生活的不同层面。这些作家的创作风格各具特色，其中有类似麦基尔文尼的现实主义之风的，也有人偏向于另一位和他基本同龄的作家的实验性风格：阿拉斯代尔·格雷。格雷在出版于 80 年代的代表作中以别样的手法刻画了另一幅现代城市民众异化生活的图景，让变形的格拉斯哥不仅是苏格兰之城，也是西方社会之城，开启了苏格兰小说创新发展的新阶段。

第九章　20世纪80年代:阿拉斯代尔·格雷与《兰纳克:生活四部书》

　　20世纪80年代是苏格兰小说的大发展时期,其意义不亚于苏格兰历史上的第一次文艺复兴。二三十年代第一次文艺复兴的铺垫,以及五六十年代小说在数量和质量上的提升为80年代的爆发积蓄了力量。凯恩斯·克莱格在谈及这一阶段时说,"论及小说,可能苏格兰文化的任何一个时期都无法与60年代到90年代的这段时间相媲美。"①在这一阶段,不仅有一批优秀的作家和作品脱颖而出,更重要的是,它突破了民族局限,重新构建了苏格兰文学的标准,拓宽了苏格兰文学的创作空间,使其兼具本土情怀和国际视野。这一阶段的苏格兰小说既承袭了前期对城市工人阶级生活遭遇的现实主义书写,具有鲜明的苏格兰特征,同时对创作手法进行大胆的实验和创新,涉及的主题也更加广泛,呈现出强烈的个性化和国际化趋势,充分表现出苏格兰文化两重性乃至多重性的苏格兰式对立特征,从而获得了前所未有的国际声誉。

　　阿拉斯代尔·格雷无疑是此次苏格兰文学复兴中最耀眼的巨人,被誉为当代苏格兰小说的主要开创者,"在世的最重要的英语作家之一"②。他的成名作《兰纳克:生活四部书》(*Lanark:A Life in Four Books*)自1981年问世以来一直受到文学界的广泛好评。《卫报》称之为"20世纪具有

---

① Cairns Craig, *The Modern Scottish Novel*, Edinburgh:Edinburgh University Press,1999, p.36.

② Stephen Bernstein, *Alasdair Gray*, Lewisburg:Bucknell University Press,1999,p.17.

里程碑意义的小说之一"①。评论家安东尼·伯吉斯(Anthony Burgess)将其列入 1945 年以来最伟大的 99 部英语小说之一,认为它可与詹姆斯·乔伊斯(James Joyce)的名作《尤利西斯》相媲美,并称格雷是"自沃尔特·司各特以来最优秀的苏格兰小说家"②。克莱格也指出,"《兰纳克》的意义已经超出了它作为个体文本的价值。它激进的实验模式标志着一个时期的终结,即对苏格兰工人阶级生活的书写……同时他大胆的写作技巧也预示着新阶段的开始,那些 70 年代的政治力量也许能借此登上(国际)文化舞台。"③

《兰纳克》由四个部分构成:第一、二部分用现实主义的手法描绘了艺术家邓肯·索尔在苏格兰城市格拉斯哥离群索居的灰暗生活,第三、四部分则运用异乎寻常的想象虚构了兰纳克(索尔死后的灵魂)游弋的几处空间——益散克(Unthank)、"机构"(Institute)和普罗文(Proven)等。格雷继承了苏格兰小说的写实传统,同时在现实中注入具有苏格兰特征的神话幻想和二重性策略,使小说虚实结合、真假难辨。他运用混排、互文、怪诞和戏拟等后现代叙事手法,探讨以格拉斯哥为代表的苏格兰战后的现实社会,达到揭露、讽刺和批评社会现实的政治目的,从而成功地将国际流行的创作趋势与苏格兰传统主题融为一体。

小说中前生后世两种身份的主人公、虚幻与现实的两个世界等无不是苏格兰民族文化的真实写照,展现或回应了苏格兰式对立特征。值得一提的是,与苏格兰传统小说中人物性格的分裂多由施咒、疯癫等导致相比,格雷笔下的人物虽然充满了矛盾性,但他们清醒理性,通过自身的不断成长,最终实现了整体上的人格统一。因此,从这个角度来说,他的作品具有 19 世纪苏格兰小说所不具备的乐观和积极意义。格雷对传统的

---

① https://www.theguardian.com/books/2008/jun/13/alasdair.gray, accessed 20 May, 2016.

② 转引自 Stephen Bernstein, *Alasdair Gray*, Lewisburg: Bucknell University Press, 1999, p.18。

③ Luis de Juan, *Postmodernist Strategies in Alasdair Gray's Lanark: A Life in 4 Books*, Frankfurt am Main: Peter Lang, 2003, p.27.

延续继承与创新超越不仅奠定了自己在苏格兰文学界的"国宝"地位,而且他试图寻找70年代民族运动发展与衰落的原因,重新思考和定义苏格兰的历史传统和自我身份,重塑苏格兰的民族自信和文化自尊。在政治上,格雷是一位民族主义者,他强调苏格兰民族和文化的历史性与独特性,主张苏格兰民族自治。70年代,苏格兰社会和经济持续衰退,而北海油田的开发则为苏格兰经济繁荣带来无限遐想,苏格兰民族党抓住这一契机,不断描绘苏格兰美好的经济前景,同时利用民族感情和文化再次提出苏格兰自治的政治主张。格雷对此表示支持。他认为,即便是由倡导福利国家政策的工党执政,掌控北海油田的不列颠英国政府也不会进一步推进社会福利,而自治则很可能帮助苏格兰"成长",赢得社会尊重和民族平等。他相信,为了民族的利益和未来,"由一个不比人民富裕多少的政府来管理比让一个强大而富裕的邻居来管理更有前途和希望"①。但作为一名艺术家,他同时表示,不论小说家如何被政治吸引,都不该成为说教者,因为"如果他们把自己的创作变成了布道文,那么他们就只会写布道文了。必须鼓励读者自己得出不可预知的结论"②。这可能也是《兰纳克》比较晦涩难懂的原因之一。相比民族自治,小说家格雷更注重引导读者回顾历史,深入思考苏格兰的民族文化和精神,以及改革苏格兰政治腐败和经济体制等问题,从而使苏格兰以更加积极的心态应对21世纪的种种变化。他的做法正如格拉斯哥大学教授、英国文化历史学家穆里·皮托克(Murray Pittock)所提出的,现在最好重新进入和评价苏格兰文化,而不是浪费精力自怜自卑、自怨自艾。③

格雷的作品关切苏格兰但又不局限于苏格兰,既反映苏格兰的"微观"政治又暗讽西方社会的"宏观"意识形态,这也是《兰纳克》能够获得国际赞誉的重要原因。道格拉斯·吉福德甚至将其与《格列佛游记》《唐

---

① Alasdair Gray, *Why Scots Should Rule Scotland*, Edinburgh: Canongate, 1992, p.63.

② Alasdair Gray, "Postscript", in *Gentlemen of the West* by Agnes Owens, Harmondsworth: Penguin, 1986, p.137.

③ 参见 Berthold Schoene (ed.), *The Edinburgh Companion to Contemporary Scottish Literature*, Edinburgh: Edinburgh University Press, 2007, p.174。

璜》《1984》以及卡夫卡的作品相提并论,①这固然有助其进一步扩大国际影响的目的,但也从侧面说明评论者们认同《兰纳克》并不仅仅只是一部有关苏格兰的小说。格雷在一次访谈中曾说过:"如果我的书只有苏格兰人感兴趣,那么你现在就不会采访我。所有与想象力打交道的人都是从他们最熟悉的人物和地方中寻找艺术灵感。优秀的作家从不惧于使用当地地名——《圣经》里多得是。优秀的作家也从不惧于书写地方政治——但丁在地狱、炼狱和天堂中塞满了地方政治人物。我并不认为苏格兰比其他国家好、格拉斯哥比其他城市强,但是我对地狱和天堂的所有认知都是从这儿开始的,因此,这就是我借以利用的基础,尽管我有时会对此加以掩饰。"②从这段话中,读者不难得出这一结论:格雷力图让该书成为一部有关格拉斯哥、苏格兰和整个西方社会的雄心勃勃的作品。

第一节　书写格拉斯哥

　　20世纪二三十年代的经济危机和第一次世界大战给苏格兰的经济带来沉重打击,工业城市迅速陷入萧条。城市的衰败造成了大量的社会问题,但却为苏格兰城市小说的发展迎来了契机,逐步形成了以格拉斯哥为中心的格拉斯哥小说传统。小说家们在强烈的社会政治责任感的驱使下用现实主义的手法描写城市的生活、政治、经济和文化状况,展现后工业化时代中城市的乱象。在格拉斯哥小说中,城市往往具有负面意义,充斥着贫困、孤独和无助,弥漫着一股颓败和绝望的气氛。比特·维奇(Beat Witschi)在对格拉斯哥小说进行总体分析之后指出:"20世纪二三十年代,城市生活也开始出现在苏格兰小说中。尽管作为苏格兰城市作品代表的格拉斯哥小说对工业、经济和社会变化的反应比较缓慢,但当它

---

① 参见 Luis de Juan, *Postmodernist Strategies in Alasdair Gray's Lanark: A Life in 4 Books*, Frankfurt am Main: Peter Lang, 2003, p.25。

② 转引自 Stephen Bernstein, *Alasdair Gray*, Lewisburg: Bucknell University Press, 1999, p.30。

来临时,'格拉斯哥经历'呈现出一派阴郁和绝望的景象。"①

　　早期格拉斯哥小说的代表作家是埃德温·缪尔、乔治·布莱克和爱德华·盖坦思。他们笔下的格拉斯哥构成格拉斯哥小说中这座城市的典型特征:破败不堪的廉租屋、失业的人群、醉醺醺的酒鬼和明目张胆的暴力。1966 年阿奇·欣德的小说《可爱的绿地》(*The Dear Green Place*)出版,它标志着格拉斯哥小说的发展进入一个新的阶段,为格雷和凯尔曼的创作打下了基础。

　　《可爱的绿地》的主人公麦特·克莱格是位热爱文学的青年,立志要排除万难写一部小说。他拼命读书,但同他的父亲一样,只读舶来品。他对此的解释是,苏格兰人的生活中缺少小说创作所需的"一切奇幻、怪诞和多姿多彩的人生经历",也没有可以设置情节的"暴力、活动、思考和想象的热情、政治冒险"的社会背景——"不知为何,所有这些在苏格兰人的生活中都毫无踪迹……这里只有虚无的印迹、静止的生活、无聊的发呆,人与人之间的联系越来越少、越来越脆弱,甚至成为空白。摇摇欲坠的大楼在慢慢剥落腐烂。这里没有洒满鲜血的街道,没有漂浮着断臂的河流,只有一个个小水坑……"②为生活所迫的克莱格来到屠宰场上班,在这里,他与身处社会底层的工人们一起工作,生活中只剩下辛劳与无趣,文学梦想已渐行渐远。尽管这部小说在艺术手法和主题上都有所突破,但书中的格拉斯哥仍然笼罩在衰败和绝望的气氛中。在这座物质和精神都无比贫困的城市里,克莱格成为作家的希望微乎其微,格拉斯哥复兴的可能更加渺茫。"可爱的绿地"实际上是对苦涩的社会现实的真实再现和辛辣讽刺。

　　作为格拉斯哥小说传统的继承者,格雷小说中的格拉斯哥也同样死气沉沉,它颓败、压抑、封闭,是一个令人精神崩塌、理想幻灭之地。詹尼斯·加洛韦在 2002 年版的《兰纳克》的导言中写道:"这座城市是病态

①　Beat Witschi, *Glasgow Urban Writing and Postmodernism:A Study of Alasdair Gray's Fiction*,Frankfurt am Mein:Peter Lang,1991,p.31.

②　Archie Hind,*The Dear Green Place*,Edinburgh:Polygon,1984,p.83.

的、压抑的,没有光明、希望和爱。它催生了……各种版本的情感和智力上的绝望。"①在《1982,詹宁》中,格雷用略带黑色幽默的笔触借主人公乔克·麦克利什的梦呓展现了真实的格拉斯哥:

> 但是克莱德河畔地区已经毫无用处,早该寿终正寝了。……如今的格拉斯哥除了失业、酗酒和跟不上时代的激进抗争啥都没有。一场核毁灭就可以理所当然地让它归于平静。只可惜了爱丁堡。它跟格拉斯哥八竿子打不着,只不过离得近了点儿,也得遭殃。让我们一起盼望只是人送了命,大楼和纪念碑都安然无恙,这样一来,过个几年,就又可以像以前那样快乐过节啦。当然,参加的都是些外国人。②

麦克利什并非天生关心社会政治,但接踵而至的社会事件把他这样的普通人裹挟入历史政治的洪流,逼迫着他去了解、去思考、去反省。他向上帝抱怨说:"我很想不理政治,但它不放过我呀!"当他的精神彻底崩溃、陷入疯狂的呓语时,他连珠炮般提出的仍是与社会政治有关的问题——"我的工作何时变糟的? 我的婚姻何时破裂的? 我何时开始酗酒的? 资本何时大规模撤出苏格兰的? 英国何时开始经济萧条的? 我们何时开始接受这个让不幸的人看不到希望的社会的? 我们何时开始接受了一个只能靠警察、军队和不断升级的军备竞赛来保障的未来?"③身处动荡时期,没有人可以置身事外,不受社会政治的影响。对社会生活变化更加敏感的小说家们更是如此。

如果说《1982,詹宁》中的格拉斯哥更多存在于麦克利什的幻想中,《兰纳克》中的格拉斯哥无疑真实地存在于现实之中。它的第一部和第二部书讲述了格拉斯哥青年邓肯·索尔寻找自我身份的成长故事。索尔

---

① Janice Galloway,"Introduction" in *Lanark*:*A Life in Four Books*,by Alasdair Gray,Edinburgh:Canongate,2002,p.xiii.

② Alasdair Gray,1982,*Janine*,London:Jonathan Cape,1984,p.136.

③ Alasdair Gray,1982,*Janine*,London:Jonathan Cape,1984,p.309.

出生于格拉斯哥东区一个潦倒的工人家庭,父亲就业四处碰壁,母亲因操劳过度、延误就医而离世,索尔虽有艺术天分却无处施展,糟糕的家境几乎难以维系他的艺术追求。索尔的人生一片灰暗:贫穷、失业、亲人离世、没有知心好友,他甚至无法与女性正常交往,只能靠手淫来缓解与日俱增的压力和焦虑。好不容易找到一份创作壁画的工作,却又因为他过于追求完美,反而成为他巨大的精神负担,最终创作失败。身心俱疲的索尔陷入崩溃的边缘,无处安放的疯狂令他自杀身亡。

　　格雷用现实主义的笔法再现了传统格拉斯哥小说中阴暗、幽闭的格拉斯哥,但同时他又突破传统,从展现外在的城市社会经济政治画面向关注个人内心的疏离或异化转变,从而为格拉斯哥小说注入了后现代主义的内涵。小说中,索尔以"反英雄"的形象出现,他质疑书中的内容,反对传统的艺术教育,无法与周围的人建立有效的交流,如同一个彻底边缘化的局外人。他切断了与外界的联系,孤独地蜷缩在自己的内心世界里,用似乎永无止境的绘画来对抗面对现实社会时的恐惧和不安。他越是挣扎,便陷得越深,最后只能通过死亡来解决一切,永远地失去了那片"可爱的绿地"。但是索尔故事的结局又是模糊和不确定的。他在格拉斯哥的死亡似乎又预示着他在盎散克的重生,生与死的界限不再那么清晰。作为工人阶级的一员,索尔的人生悲剧实际上也是无数城市无产者的悲剧,他们与贫穷、痛苦和疾病牢牢捆绑在一起。虽然他们被称为城市工人阶级,既被隔离在城市之外,又不属于乡村,成为一群尴尬的边缘人。

　　索尔的悲剧同时也是格拉斯哥的悲剧。英国的工业城市在 20 世纪 50 年代末 60 年代初普遍开始衰退,其中以重工业为主的格拉斯哥是重灾区。在 1961 年至 1981 年间,格拉斯哥失去了 14.2 万个就业岗位,超过 1961 年总就业人口的 1/4(26%),同期人口流失了 1/3。六七十年代早期,平均每年有 2.5 万人离开这座城市。重工业的衰落导致了大量空置、废弃和污染土地,使格拉斯哥在吸引投资和人口流入方面失去了优势。工业岗位的缺乏导致收入减少、债务增加、生活艰难和许多社会问题,人们健康水平下降,酗酒和吸毒蔓延。可以说,20 世纪 70 年代的格拉斯哥充斥着与物质性衰败和社会性瓦解相伴生的低迷情绪。① 在格雷看来,格拉斯哥不仅面临着经济、政治和民生等方面的问题,而且在文化艺术上也几乎是一片不毛之地。当索尔和同学麦卡尔平一起在格拉斯哥信步游荡时,麦卡尔平问了索尔一个问题:"格拉斯哥真是一座壮丽的城市,为什么我们以前都没注意到呢?"索尔回答道:"因为没人觉得自己住在那儿。"他接着解释说:

> 想想佛罗伦萨、巴黎、伦敦、纽约。第一次去这些城市的人也不会觉得它们陌生,因为他已经在绘画、小说、历史书和电影中去过这些地方了……格拉斯哥对我们多数人来说是什么?一所房子、工作的地方、足球或高尔夫球场、几家酒吧和纵横的街道。就这些。不,我错了,还有电影院和图书馆。当我们需要放飞想象力时,我们可以通过它们去拜访伦敦、巴黎、凯撒治下的罗马、世纪之交的美国西部,任何地方,随时随地。格拉斯哥在人们的印象中只是音乐厅里的一首歌和几本糟糕的小说。②

正如麦克利什所说,格拉斯哥已经一无是处,等待它的只能是"死亡"。

可以说,索尔的故事完全契合了格拉斯哥小说的传统:现实主义的艺术手法与颓败、绝望的氛围和主题。然而,如果仅仅停留在这里,《兰纳克》很快就会泯然于其他格拉斯哥小说中。比特·维奇认为,长久以来,格拉斯哥小说一直维持着相同的面貌,发展基本处于停滞状态,在60年代国际文学创作的大背景下,它也几乎毫无起色。这里既没有 J.L.博尔赫斯的故事,也没有法国新小说,连说不清是什么的后现代主义也没有③。埃德温·摩根也表达了相同的观点。他认为,格拉斯哥小说作为

---

① 参见[英]伊万·图罗克:《老工业城市的复兴:格拉斯哥的经验及对中国东北的启示》,刑铭译,《国际城市规划》2005年第1期,第61页。

② Alasdair Gray, *Lanark：A Life in Four Books*, Edinburgh：Canongate, 2002, p.243.

③ 参见 Beat Witschi, *Glasgow Urban Writing and Postmodernism：A Study of Alasdair Gray's Fiction*, Frankfurt am Mein：Peter Lang, 1991, p.55.

一个整体遭遇到被刻板印象化的问题,这点在格雷和凯尔曼的小说面世前尤为明显。许多格拉斯哥小说通过夸大或扭曲社会现实,加上"精心挑选"的闹剧情节来吸引读者。其中,亚历山大·麦克阿瑟(Alexander McArthur)和H.金斯利·朗(H.Kingsley Long)合著的《不凡的城市》(No Mean City, 1935)被视为此类作品的翘楚,不断被模仿。这本小说关注的是20年代格拉斯哥以及当时的一些社会问题,但在"硬汉"和"剃头帮"的映衬下,打斗的场面反而更加吸引读者的眼球。小说出版后非常受欢迎,一版再版。出版商见有利可图,也趁机推出各种仿作①。这无形之中阻碍了小说的多样化创新。公认改变这种沉闷状态的是《兰纳克》的出现。它既遵循了格拉斯哥小说的传统,又跳出了传统的创作格局,在后现代主义的框架内书写格拉斯哥。

最明显的突破来自于叙事手法的变化。格雷在《兰纳克》中使用穿插、错置、互文、戏拟、奇幻等不同类型的艺术手法,形成文体的杂糅,构建虚实结合的时空结构,达到一种独特的魔幻现实主义效果。传统小说的线性叙事被颠覆。小说的四部书叙事没有按照常规从第一部开始,而是从第三部开始(兰纳克的故事),接着是第一和第二部(索尔的故事),最后是第四部,继续讲述兰纳克的奇幻经历,形成三、一、二、四的叙事格局。这几部书之间又穿插了序言、间歇和后记(出现在第四部中间),出现了不同的叙述者,进一步干扰了正常的叙事,给读者的阅读带来智力上的挑战。二重叙事的互文策略使索尔的故事和兰纳克的故事虚实交错,既相对独立,又相互指涉,造成小说解读上的含混。奇幻文学又为格雷的创作提供了巨大的想象空间,不用拘泥于现实的束缚,"龙皮""吃人的嘴""会说话的电梯""时空隧道"等具有科幻属性的元素营造出一种怪诞感。虚幻造成的时空错置则引发读者认知的混乱,索尔的故事和兰纳克的故事孰先孰后,孰实孰虚? 先后和虚实的概念如此完全错位和混乱了。

虚幻空间的存在还有更深层次的含义。传统观念认为,奇幻文学

---

① 参见 Edwin Morgan, "Tradition and Experiment in the Glasgow Novel", in *The Scottish Novel Since the Seventies: New visions, Old Dreams*, Gavin Wallace and Randall Stevenson (eds.), Edinburgh: Edinburgh University Press, 1993, p.89。

的一个重要功能是摆脱世事,逃避现实,在虚幻的空间创造完美,营造一种虚假的心理安慰,但《兰纳克》的目的显然并非如此。索尔在自我毁灭后来到益散克。无论益散克是索尔在陷入疯狂后出现在脑中的幻想,还是他死后的另一个世界,这都是他寻找解脱的一个主动选择。然而,益散克并非世外桃源,而是一个黑暗压抑的衰败之地,这里的居民没有记忆,饱受病痛之苦却无药可治。他跳入"大嘴"来到"机构",却发现看似秩序井然的"机构"实则是一台"人吃人"的机器,而象征现代文明的普罗文更是一个骗局。兰纳克在不断寻找乌托邦,实则处处皆"地狱"。

从格拉斯哥到益散克之旅显然是虚无的,从象征意义上来说,所谓的空间转换根本不存在,益散克就是格拉斯哥,或者说是格拉斯哥的反乌托邦版本。贫困、失业、疾病、压迫、衰落,这些困扰格拉斯哥的社会问题在益散克同样存在,甚至被加以夸大变形,正如科林·曼罗夫所说的那样,"它关注的都是大城市的问题:政治、社会、艺术和权力机构。"①

《兰纳克》跳出了传统格拉斯哥小说专注打造的浪漫、伤感、现实主义范式,将现实主义与后现代主义的写作手法混用,建构了一幅关于格拉斯哥的既清晰又含混的画卷。在这幅画卷中,有一人独行,他颓废、迷茫、焦虑、困惑,不断尝试找寻自我。这个人可以是格拉斯哥的索尔,可以是益散克的兰纳克,但从更宽泛的角度来看,这个人的找寻映射的是苏格兰寻找过去、追求民族认同、明确身份的追求。

第二节　寻找身份与苏格兰社会政治

除了作家的身份之外,格雷还有一个不容忽视的政治身份:苏格兰民

---

① Colin Manlove, *Scottish Fantasy Literature : A Critical Survey*, Edinburgh : Canongate Academic, 1994, p.198.

族主义的代言人。自20世纪70年代始,他就一直致力于在"法人治理和多民族的世界"①中建立共同体。1992年,支持苏格兰自治的小册子《为什么要苏格兰人统治苏格兰》(*Why Scots Should Rule Scotland*)出版,1997年修订后再版;2004年,他联合伊恩·班克斯、詹姆斯·凯尔曼和欧文·韦尔什等作家,表态支持苏格兰社会主义党提出的主张苏格兰自治的"卡尔顿山宣言"(Declaration of Calton Hill);2005年,《我们应该如何治理自己》(*How Should We Rule Ourselves*)出版,他在文中呼吁政治自由、民主和一个负责任的政府。事实上,格雷作为一名艺术家,他对自治的要求更多是出于对苏格兰民族文化发展的期待和对英国文化霸权的担忧。2012年年底,他发表了《定居者和殖民者》("Settlers and Colonists")一文,指责一些英国艺术家定居苏格兰是对苏格兰文化的侵袭,以及英国政府对苏格兰文化艺术领域的统治。文章一经面世,立刻引起了巨大的争议,各种批评之声纷至沓来,格雷最终被迫重新撰写此文。2014年苏格兰独立公投前夕,格雷再次表达了对英国文化精英压制苏格兰艺术发展的不满情绪,引发了新一轮关于苏格兰民族身份与文化艺术发展的争论。

格雷在他的政治文章和社会活动中直接地表达了他对苏格兰政治、经济、文化、艺术、身份等问题的看法,在小说中,他则是利用这个重要的载体对这些问题进行了艺术的表现,《兰纳克》就是如此。1979年公投的失败导致了苏格兰问题的爆发。苏格兰在"二战"后遭遇的经济、政治和社会动荡,尤其是它与不列颠复杂的历史关系重新浮出水面,自治的呼声自此不绝于耳,成为苏格兰政治中的一个重要议题。政治的失利也带来了意想不到的结果:文学艺术的复兴和繁荣。苏格兰开始通过文学和艺术创作重新思考和定义自我身份,反映苏格兰文化艺术多样性和"新苏格兰"的作品迭出,可以说"80年代是近两个世纪以来苏格兰文化自我建

---

① Joe McAvoy,"An Old-Fashioned Modernist:Interview with Alasdair Gray",*Cencrastus*,61(1998),pp.7-10.转引自David Leishman,"True Nations and Half People:Rewriting Nationalism in Alasdair Gray's Poor Things",*Transnational Literature*,Vol.6,No.1(2013).http://fhrc.flinders.edu.au/transnational/home.html,accessed 6 June,2016。

构最重要的时期之一"①。《兰纳克》的出版正是对自战后以来苏格兰社会变迁的回应。这部小说创作历时近三十年,跨越了苏格兰社会问题频发的阶段,又恰好出版于公投失败之后,那么就不难理解小说中对苏格兰民族身份和社会政治的影射与思考了。

阅读一个民族的历史小说是了解这个民族历史和精神气质的有效途径。这也符合苏格兰文学的传统,即通过小说来讲述历史。哈特认为,从沃尔特·司各特(Walter Scott)和约翰·高尔特(John Galt)开始,苏格兰小说就与历史息息相关,然而,历史要么是一幅充满了欺骗、背叛和幻灭的画卷,要么就是一曲苦苦挣扎求生的哀歌。于是,逃避苦难,把历史浪漫化成了苏格兰作家们的集体选择②。克莱格同意这一观点,但他也提出了另一种可能,即作为19世纪苏格兰文学的主流,历史小说浪漫化实际上是对当时所谓现实主义描写的一种有意识的反驳,而不是试图粉饰或无视历史。因此,"历史"催生了"反历史"(counterhistory),而无论其中哪一个,都无法展示历史的全貌③。在他看来,苏格兰人留给苏格兰的历史如同《兰纳克》中的"时光隧道",没有时间的流动,完全处于真实的历史因果之外。如苏格兰历史研究专家科林·基德(Colin Kidd)指出的,尽管苏格兰的过去生动而独特,却因其浓重的地方色彩和演义性质,无法为现代苏格兰社会提供一个可供参考、逻辑完整的意识形态。④ 这种状况在苏格兰进入工业化社会之后也未得到改善,它成功抹去了浪漫化的过去,却仍未架起通往现在的桥梁。

历史的分裂或失语是苏格兰现代小说的重要主题。苏格兰的历史仿

① 转引自 Christopher Harvie,"Alasdair Gray and the Condition of Scotland Question",in *The Arts of Alasdair Gray*,Robert Crawford and Thom Nairn(eds.),Edinburgh:Edinburgh University Press,1991,p.77。

② 参见 Francis Russell Hart,*The Scottish Novel:From Smollett to Spark*,Cambridge:Harvard University Press,1978,p.400。

③ 参见 Stephen Bernstein,*Alasdair Gray*,London:Associated University Presses,1999,p.32。

④ 参见 Cairns Craig,*The Modern Scottish Novel:Narrative and National Imagination*,Edinburgh:Edinburgh University Press,1999,p.118。

佛患上了"精神分裂症"（schizophrenia），充满了矛盾和不确定。《兰纳克》的主人公可以说是一个人两种人生、两种经历，代表了苏格兰传统的分裂属性。克莱格认为，《兰纳克》的问世是对 1979 年独立公投失败的一次成功回应，是对苏格兰"精神分裂症"的有力诠释，可以说，80 年代以来，苏格兰文学创作的主导方向皆由它出，即重新定义苏格兰历史和文化身份。① 在《兰纳克》中，当索尔指出格拉斯哥是一座艺术家不曾触碰过的城市，只是一所房子、工作的地方、足球或高尔夫球场、几家酒吧和纵横的街道时，他显然是指格拉斯哥只是彼此毫无干系的物体的组合，缺少可以维系城市精神气质的历史。在索尔的眼里，"二战"之后的历史"只不过是一只无头无尾、无始无终、永远也无法康复的病虫"②。碎片般的过去常常使人陷入自我身份的困惑之中。小说开头，准备写故事的兰纳克提笔时却忘了"我是谁"，接着在意识游离中，"我记得的第一件事是巨大的声音，接着不知是我睁开了眼睛还是灯亮了，我看见自己在一节破旧列车车厢的角落……我站起来四处走走，突然惊恐地看见了自己在车窗上的影子。大大的脑袋，配上厚重的头发和粗粗的眉毛，看起来很臃肿，还有一张普通的脸，但我记不得以前在哪里见过他。"③身份的变形在《可怜的东西》里体现得更加明显。主人公贝拉不过是从垃圾堆里捡来的一具被丢弃的尸身和一个被丢弃的头颅的组合体，她既是又不是溺亡前的贝拉，既是又不是那个无缘人世的婴儿，她既是一个新的生命又有旧躯体的痕迹。贝拉到底是谁？！ 如同史蒂文森的《化身博士》和玛丽·雪莱（Mary Shelley）的《科学怪人》（*Frankenstein*），格雷的作品再次呈现了苏格兰历史文化的断裂和位移。

正如苏格兰历史学家 T.M.迪瓦恩（T.M.Devine）所说，"在史无前例的经济和社会变革中，及在强邻文化入侵的威胁下，为一个社会寻找认同

---

① 参见 Cairns Craig, "Going Down to Hell is Easy：Lanark, Realism and The Limits of the Imagination", in *The Arts of Alasdair Gray*, Robert Crawford and Thom Nairn, (eds.), Edinburgh：Edinburgh University Press, 1991, p.92。

② Alasdair Gray, *Lanark：A Life in Four Books*, Edinburgh：Canongate, 2002, p.160.

③ Alasdair Gray, *Lanark：A Life in Four Books*, Edinburgh：Canongate, 2002, pp.15–16.

成为一个吸引人的神话。"①《兰纳克》在竭力创作这个吸引人的神话,然而,神话毕竟是神话,小说试图去重新定义苏格兰身份,但它描绘的结果却是失败的,索尔并未能获得确定的身份认同感。索尔在死气沉沉的格拉斯哥寻觅温暖、关怀和理解却求而不得,追求艺术成就却梦想破灭,他遍寻不着生命的意义和对抗生活的勇气,只能从自我毁灭中寻求解脱。被视为索尔生命延续的兰纳克对过去一无所知,他在迷宫一般的黑暗之城游荡,穿梭在盎散克、"机构"和普罗文之间寻找过去和将来,但也一无所获。在普罗文,他以代表身份在联盟委员会上为盎散克争取权利的失败经历让他意识到,所谓的民主会议不过是一场毫无意义的政治表演。这一幕的政治隐射是不言而喻的。历史身份缺失的苏格兰在战后动荡变迁的社会里试图重塑民族身份,但却以一场政治运动的失利告终。然而,小说的结尾似乎又给未来留下了一线希望:垂死的兰纳克在生命即将终结的时候欣喜地看到天空中出现了一丝亮光。正如格雷本人在访谈中所说:"我并不想描绘一个无望的世界,我希望兰纳克的世界带给读者的是兴奋、有趣,而不是沮丧。"②

格雷对民族身份的思考和社会政治的关注还体现在他对社会中个人命运的书写上。在《阿拉斯代尔·格雷的艺术》(*The Arts of Alasdair Gray*)的导论部分,克劳福德指出,格雷的小说展现了人类与各种陷阱和禁锢之间的对抗,以及对个人难以逃脱的各种制度的关注。在他的小说中,个人往往受到政治决策和社会规范的摆布,它仿若一只无形的大手,牢牢地控制着每个人的命运,正如另一部小说中的凯尔文所说:"大人物们占有和掌控一切,然而,公众却几乎对他们一无所知。"③在格拉斯哥这样经济衰败的大城市里,置身社会底层的城市工人聚居在郊区狭小、破

① T.M. Devine, *The Scottish Nation : A History*, 1700 – 2000, New York : Viking, 1999, p.245.

② Alasdair Gray, "A Conversation with Alasdair Gray by Mark Axelrod", *The Review of Contemporary Fiction*, Vol.15, No.2(1995). http://www.dalkeyarchive.com/a-conversation-with-alasdair-gray-by-mark-axelrod/, accessed 16 May, 2016.

③ Alasdair Gray, *The Fall of Kelvin Walker*, London : Penguin, 1986, p.12.

败、阴暗的廉租房内,他们是被社会边缘化和遗忘的群体,只能隐身于庞大、畸形如迷宫一般的城市,过着暗无天日的生活。地下之城盆散克以及索尔和兰纳克对阳光的向往,就是这个群体生活状态的真实再现。在写给艾格尼丝·欧文斯(Agnes Owens)的小说《西部绅士》(Gentlemen of the West,1984)的附言里,格雷哀叹了这个群体的不幸。他说,在这个群体里,"性就意味着孩子和婚姻,但谁愿意让孩子降生在这样的地方呢? 它就要崩塌了。唯一的选择是与它一道毁灭,还是出走。"①个人不能从这个行将毁灭的群体里看到希望,也无法自家庭中汲取温暖,因而更加显得孤独和无助。他像堂吉诃德一样独自对抗社会中形形色色的风车,看起来那么无力和可悲。索尔立志跳出自己所属的群体成为一名艺术家,他寄望于画出一幅呈现完美天国的壁画,结果却是面目狰狞的末世景象。与政治无关的艺术家身份也未能助他逃脱社会规则的摆布。兰纳克发现,"机构"的首脑蒙博多大人不过是个傀儡,是台披着人形外衣的机器,是冰冷的、没有人性的社会、经济、政治体系,在这台机器面前,他承认自己无能为力。"桑迪,我没成功。我什么都没能改变……我永远也理解不了政治。"②兰纳克的"无知"令他落入了政治的陷阱。借助兰纳克的魔幻历险,格雷"极其成功地探究了庞大的威权政治体系的蔓生枝节,以及它对人物命运的影响"③。

《兰纳克》是一次寻根之旅,是一个民族主义者和小说家表达对本民族命运关切的特有方式,同时它也是一个政治讽喻,以魔幻现实主义的方式呈现了内受经济衰退困扰、外逢强权政府压制的苏格兰社会状况,它更是整个西方工业社会的写照,揭示了现代城市生活各种状况的根源。在这部具有强烈"反乌托邦"色彩的小说中,格雷以讽刺的手法表达了对个人命运的关切、对社会政治经济的不满,批判了整个西方的政治

---

① Alasdair Gray,Postscript,*Gentlemen of the West* by Agnes Owens,Harmondsworth:Penguin,1986,p.141.

② Alasdair Gray,*Lanark:A Life in Four Books*,Edinburgh:Canongate,2002,p.554.

③ George Donaldson and Alison Lee,"Is Eating People Really Wrong? Dining with Alasdair Gray",*The Review of Contemporary Fiction*,1995,https://www.highbeam.com/doc/1P3-4592193.html,accessed 6 June,2016.

意识形态。

第三节 "反乌托邦"叙事的讽刺性

诺思罗普·弗莱(Northrop Frye)在《批评的剖析》(*Anatomy of Criticism*)里对讽刺作了一番解释。他指出,"讽刺至少需要明显的奇想怪念,需要读者都能看得出的荒谬的内容",它是"激烈的反讽,其道德准则相对而言是明确的,而它假定用这些标准可以去衡量什么是古怪和荒诞"。① 讽刺作为一种重要的文学手段,主要包括幽默和批评两种因素,它通常与政治紧密联系,其目的往往是引发道德反思和改良社会行为,从而推动社会进步。国内学者刘锋杰称之为"文学想象政治",即"文学主动地用自己的独特性去想象政治,……表现政治,描写政治,自觉或不自觉地含融政治"②。他认为,勾连文学与政治的重要途径是想象,核心内容是追求美好生活:"处于文学想象中的政治,既可以来自现实,却又已经超越现实,与人类理想中的政治结合在一起,从而具有理想政治的特点。"③进入现代社会之后,讽刺文学的创作出现一股"反进步"的潮流,即通过颠覆乌托邦文学中的"新世界"形象,讽刺当今西方社会的政治经济体制,因其是对乌托邦文学的反叛,故被称为"反乌托邦"文学。乌托邦文学和"反乌托邦"文学其实就是一枚硬币的两面。按照"反乌托邦"一词的创制者J.马克斯·帕特里克(J.Max Patrick)的解释,"反乌托邦"或者"敌托邦"就是"不理想或反理想的社会,是开历史倒车的社会。'敌托邦'并不必然意味着退回人类社会以及文明的原初起点,但是它一定与堕落、枯竭、沦丧、沉沦、迷惘、无聊、无主、无助这类暗示性极强的字眼

---

① [加]诺思罗普·弗莱(Northrop Frye):《批评的剖析》,陈慧、袁宪军、吴伟仁译,百花文艺出版社2002年版,第277—278页。

② 刘锋杰、薛雯、尹传兰等:《文学政治学的创构——百年来文学与政治关系论争研究》,复旦大学出版社2013年版,第7页。

③ 刘锋杰、薛雯、尹传兰等:《文学政治学的创构——百年来文学与政治关系论争研究》,复旦大学出版社2013年版,第618页。

相联系"①。"反乌托邦"通常被设定在未来,从内容上看,常常表征为反人性、极权政府、生态灾难或其他社会性衰败。

《兰纳克》的第三和第四部书就是带有科幻色彩的"反乌托邦"叙事。小说开头将故事设定在一个名叫盎散克的虚构空间。这是一个阴暗衰败的城市,没有阳光,没有时钟,感觉时间几乎是静止的;这里的人没有过去,没有身份,他们找不到工作,整天无所事事地游荡,在酒吧和舞会里消磨时光,然后再去"社会安全部——福利局"领取生活费用;这里经常有人无故失踪,不知去向;更可怕的是一个被称为"他们"的神秘的力量——"他们原本不需要为一个人专门安排一辆车的"②,"我想知道他们还要让我们等多久"③,不由令人想起《1984》里无处不在的"老大哥"。

看似熟悉的盎散克无疑暗指现实世界。它是"'20世纪末的格拉斯哥,也可以是苏格兰、不列颠,甚至是整个西方社会',格雷自己也承认,盎散克'就是经过多年毁灭性转型后的格拉斯哥'"。小说通过"对当代格拉斯哥的故意扭曲"④,创造了一个"反乌托邦"版的格拉斯哥,讽刺了社会的政治经济现状与其反人性的一面。在盎散克无故失踪的那些人大多身患重病,它很可能影射的是"失业"这个"格拉斯哥病症"——大批的无业人群像是格拉斯哥身上不断恶化的脓疮,急需割除。盎散克的年份设置也暗示了它与现实社会的紧密联系。当读者以为盎散克一定是类似于科幻故事中的某个未来之城时,却不无惊讶地从预言者口中得知,兰纳克实际上是在"拿撒勒历法的第1956个太阳年的第10个月的第3天"⑤到达盎散克的,恰好与索尔投海身亡的年份相同。

当兰纳克在机缘巧合之下来到"机构",他发现这里是完全不同于盎散克的高级文明。如果说盎散克象征着"反乌托邦",那么"机构"似乎就

---

①　[美]拉塞尔·雅各比:《不完美的图像:反乌托邦时代的乌托邦思想》,姚建彬等译,新星出版社2007年版,第236页。

②　Alasdair Gray, *Lanark:A Life in Four Books*, Edinburgh:Canongate,2002,p.18.

③　Alasdair Gray, *Lanark:A Life in Four Books*, Edinburgh:Canongate,2002,p.22.

④　转引自 Dietmar Böhnke, *Shades of Gray:Science Fiction, History and the Problem of Postmodernism in the Work of Alasdair Gray*, Berlin:Galda & Wilch Verlang,2004,p.102。

⑤　Alasdair Gray, *Lanark:A Life in Four Books*, Edinburgh:Canongate,2002,p.103.

是一处"乌托邦"。这里明亮、整洁,时间明确,秩序井然,人们衣食无忧,各司其职,更重要的是,这里发达的科技治愈了兰纳克身上的恶疾——"龙皮"。王尔德曾说:"进步意味着乌托邦的实现。"①这几乎是19世纪末先锋派艺术家的共识。然而,到了20世纪,这一共识却遭到了颠覆。尼古拉斯·柏地耶夫(Nicholas Berdiaeff)指出,"20世纪的知识分子和受过良好教育的阶层会想方设法逃离乌托邦,重返非乌托邦社会,它虽不完美却更加自由。"乔治·伍德科克(George Woodcock)进一步解释了柏地耶夫的观点,他认为,"王尔德误解了乌托邦的本质。乌托邦并不意味着进步。大部分文学作品里的'完美'社会都被故意刻画得僵硬、一成不变;冲突被杜绝了,社会问题全解决了,一切都像已进站的列车一样停止了变化;时间静止了,社会进入了永恒的结晶状态。"②如果说传统乌托邦主义者坚信"完美"社会带来幸福生活,那么,反乌托邦主义者则认为,这种所谓的"幸福生活"是以失去自由为代价的,社会的稳定和幸福只能拿个人的自由来交换,而自由恰恰体现在个体的差异之中。在这种认知下,看似"完美"的"机构"实则限制了个人的自由,具有了反人性化的特征。

随着故事的展开,"机构"的反人性、极权化特征暴露无遗。读者得知,那些神秘失踪的人其实是去了"机构",其中只有极少一部分人在治疗痊愈后做了医生,剩下的都被加工成食物成了"盘中餐"或者维持"机构"运转的能量——"大陆上的一半人以吸食另一半人的血肉为生","'机构'就是个杀人机器"。③ 通常情况下,疾病是具有负面意义的,治疗疾病则具有相反的积极意义,也就是说,"机构"为初次到来的病人进行治疗是其善意、文明的表现。然而,一位病人临终前的一番话为读者揭示了"疾病"的真正含义。他告诉兰纳克,人生的真谛在于直面困难,与其抗争,一些人因为贪图安逸而放弃了拼搏,但"我的人生经历了许多艰难的日常琐事,要不是因为生病,我可能都意识不到这一点"④。在这番

① Oscar Wilde, *The Soul of Man Under Socialism*, London: Arthur L.Humphreys, 1912, p.43.

② George Woodcock, "Utopias in Negative", *The Sewanee Review*, Vol.64, No.1(1956), p.81.

③ Alasdair Gray, *Lanark: A Life in Four Books*, Edinburgh: Canongate, 2002, p.101.

④ Alasdair Gray, *Lanark: A Life in Four Books*, Edinburgh: Canongate, 2002, p.55.

话里,读者意识到,盎散克的居民所患的恶疾很可能是其与生俱来的一种独特标志,象征着个体的差异性和多样性。从这个意义上来说,"机构"清除重症病人的行为可以理解为通过消除差异来保持"机构"的同质化和"纯洁性",通过否定个人自由来维持社会的稳定,最终达到消灭个性、控制思想的目的。

小说对反人性的批判还表现在它对"时间"概念的解构上。无论是在现实世界中的格拉斯哥,还是在虚幻空间的盎散克,时间要么变得不再可靠,要么已经失去了存在的意义——"这间房子里所有的钟表都不可信"①,"我们并不怎么关心时间这回事儿"②。现代社会对时间的关注始于工业化之后。19世纪末科技的发展使员工计时打卡上下班成为可能,同一时期,美国著名管理学家弗雷德里克·泰勒(Frederick Taylor)提出了"科学管理"的概念,即通过研究工人动作,制定操作规程和动作规范,设置劳动时间定额,以提高工作效率。泰勒的管理理论实现了机械化的大工业,提高了劳动生产率,出现了低成本、高效率和高利润的局面,但机械重复的劳动、严格的人身管制极大地限制了人的自由,时间反而异化成了控制人的手段。钟表作为掌握时间的工具,自然也就具有了剥夺人类自由、摧毁人性的特殊内涵。格雷将"机构"里的时间设置成一天25个小时,这无疑是在对西方现代企业不断延长工时、变相压迫雇员表达不满。关于工业化和深陷其中被操控的个人,D.H.劳伦斯(D.H.Lawrence)在《恋爱中的女人》中有形象的描述:

> 一切都按照最准确、精细的科学方法运行,受过教育、有专长的人掌握了一切,矿工们沦为单纯的机器和工具。……他们的生活中没了欢乐,随着人愈来愈被机器化,希望破灭了。……现在是新的世界,新的秩序——它严格、可怕、非人,……这伟大绝妙的机器,尽管这机器正在毁灭他们。……用机器原理取代原先的有机体……③

① Alasdair Gray, *Lanark : A Life in Four Books*, Edinburgh : Canongate, 2002, p.273.
② Alasdair Gray, *Lanark : A Life in Four Books*, Edinburgh : Canongate, 2002, p.18.
③ [英]D.H.劳伦斯:《恋爱中的女人》,黑马译,译林出版社2014年版,第209页。

在这个机器主导一切的体系中,人也只是物化的客体,异化成了机器的一部分,"成为工具,纯粹的机器。"①在普罗文这个"反乌托邦"世界,兰纳克遇到了两个保安人员。当其中一人说话时,他发现"这个人的眼睛和嘴巴都闭着,声音是从他胸前口袋里的手帕中传出来的"②,他实际上是在跟机器而不是人在打交道。同样的情况在普罗文大会期间也曾出现过。大会上的服务人员都是些年龄相同、举止相同的年轻姑娘,"兰纳克甚至都无法确定她们是不是各不相同的人"③。蒙博多大人的秘书被命名为"物品小姐"(Miss Thing),充满了讽刺意味。事实上,所谓的蒙博多大人也不过是一台人形机器,是"一个又绿又红的玩具娃娃"④。曾令劳伦斯感到恐怖的资本主义工业体系以更加魔幻的方式呈现在了读者面前。

接着,小说的政治意味越来越明显,它告诉读者,"机构"之上还有联盟委员会,并解释了二者的关系——"委员会是将人类带上天堂的政治体制,'机构'则是一群思想家组成的阴谋集团。"⑤这两个组织背后都有所谓的"基金会"支持,它通过"拥有和操纵一切来谋取利润",并设法控制二者的——"'机构'将人区分为'胜利者'和'失败者',自称为'文化'。委员会则摧毁所有不能给它们带来利润的生活方式,并自称为'政府'。它们假装'文化'和'政府'是两股完全独立的权力体系,但实际上这二者只不过是套在手上的手套而已。"⑥显然,"基金会"指的是隐藏在"文化"和"政府"背后的权力者,它可以是大财团或垄断组织,也可以是某种抽象的意识形态,它大权在握,为了自身利益,随意操纵他人的命运。

这种控制在很大程度上是通过话语来实现的。福柯认为,人们生活在一个由符号和语言构建起来的世界中,语言具有一种神秘的力量,它能定义现实,展现权力,掌握了话语权也就掌握了真理、道德、知识、思想等的控制权。在《1984》中,奥威尔(George Orwell)为"英社"创制了一套被

① [英]D.H.劳伦斯:《恋爱中的女人》,黑马译,译林出版社2014年版,第427页。
② Alasdair Gray, Lanark: A Life in Four Books, Edinburgh: Canongate, 2002, p.524.
③ Alasdair Gray, Lanark: A Life in Four Books, Edinburgh: Canongate, 2002, p.502.
④ Alasdair Gray, Lanark: A Life in Four Books, Edinburgh: Canongate, 2002, p.370.
⑤ Alasdair Gray, Lanark: A Life in Four Books, Edinburgh: Canongate, 2002, p.367.
⑥ Alasdair Gray, Lanark: A Life in Four Books, Edinburgh: Canongate, 2002, p.410.

称为"新话"的言语规范，它最大的特点是一个词可以具备两个不同甚至是矛盾的含义。英社四大部门的名称就是在讽刺英社利用话语权欺骗民众，颠倒事实，以满足其意识形态上的需要："和平部负责战争，真理部负责造谣，友爱部负责拷打，富裕部负责挨饿。"①同样，在《兰纳克》中，格雷也使用同样的手法讽刺了语言的欺骗性以及语言与权力之间的关系，揭露了"机构"的"反乌托邦"本质。在"机构"，门罗医生告诉兰纳克，"机构"里各行业的人都以为自己才是"机构"的中心，其他人都是在为他们服务，"我想，这样会让他们觉得自己更有价值，但是如果他们认真思考一下就会发现，'机构'靠净化吸入物生存"，他接着解释说："医治病患。"②此处"净化"一词原文使用的是 purge，它有"清洁""净化"的意思，同时也有"肃清"的意思，即通过非正义手段除掉异见人士，纯洁队伍。结合"机构"杀死重症病患的所作所为来看，门罗医生的言语或有意或无意地讽刺了"机构"的真面目，而随后欧尚方医生更是一针见血地点出了语言的欺骗作用："我不相信言语疗法。话语是语言的假象和借口。"③

能指与所指之间关系的任意性造成话语的多重含义，识其字未必知其意，知其意却未必知其言外之意，这就为语言的欺骗性提供了可能。另一方面，当话语与权力结合并置于某种物质语境之中时，便产生了具有操控作用的话语权。琳达·哈琴（Linda Hutcheon）认为，"讲话行为在本质上属于一种政治行为"，"话语既是权力的手段，亦是权力的结果。"④兰纳克在"机构"里很快就意识到了话语权的存在。他被迫接受医生的身份，还必须自称"兰纳克医生"。不久，在他即将动身前往普罗文之前，史拉登通知他："顺便说一声，如果你不反对，我们将宣布你为市长：大益散克的市长大人。它其实也没什么意义。"⑤无论是市长还是"大人"，都是

① ［英］乔治·奥威尔：《1984》，董乐山、高源译，华东师范大学出版社 2013 年版，第183 页。
② Alasdair Gray, Lanark：A Life in Four Books, Edinburgh：Canongate, 2002, p.63.
③ Alasdair Gray, Lanark：A Life in Four Books, Edinburgh：Canongate, 2002, p.66.
④ ［加］琳达·哈琴：《后现代主义诗学：历史·理论·小说》，李杨、李锋译，南京大学出版社 2009 年版，第 250—251 页。
⑤ Alasdair Gray, Lanark：A Life in Four Books, Edinburgh：Canongate, 2002, p.461.

"我们"赋予兰纳克的身份,对兰纳克个人来说毫无意义,但是读者从这段话中可以明显看出兰纳克与史拉登的地位关系:史拉登是发号施令的权力方,兰纳克则是被动接受的一方。这种关系也是整个"机构"乃至整个世界政治体系的缩影——统治者依靠掌握的话语权力限制个人自由,迫使其臣服于自己。

小说对西方政治体系、对极权主义的讽刺在普罗文大会部分达到顶峰。所谓的代表大会里几乎没有真正代表民众的代表,他们不过是坐在桌前的傀儡、任人摆布的木偶而已:"所有的代表都像对待炸药包那样小心翼翼地对待彼此。所有肮脏的勾当、贪婪的伎俩都已在秘密委员会里达成了,无人监督,无人抱怨,无人报道。"[1]兰纳克的抗议演说——"我们的草原遭到过度放牧,我们的偏僻地区有待开垦,我们的矿藏被外国人占有,委员会给我们送去飞机、坦克和推土机,我们的岁入全都拿去买燃料、买零件让它们转动起来"[2]——也迅速边缘化,消失在哄笑和沉默中。他的演说经过修改、过滤,简化成了短短的一句话:"兰纳克市长呼吁采取紧急措施解决当地困难,以减少其对 0—18 光谱的影响。"[3]兰纳克没有意识到,大会的基调在会前即已确定:禁止讨论、禁止反对、禁止有异议、禁止对抗。可以说,乌托邦文学与"作为人类美好生活理念与情感的政治相关联"[4],但是"当将政治关于美好生活的想象落实为制度、将制度分化为权力、将权力用于统治并实现自身利益的最大化时,政治恐怕就与文学的想象发生冲突了"[5],"反乌托邦"文学正是着眼于展现政治现实与文学想象的冲突,对社会政治进行揭露、讽刺和批判。从这个意义上看,充满科幻色彩的"盎散克"的故事实则是一部社会寓言,是格雷对未来可能出现的威胁和风险的预测,以及对未来的渴望。

---

[1] Alasdair Gray, *Lanark:A Life in Four Books*, Edinburgh:Canongate, 2002, p.531.

[2] Alasdair Gray, *Lanark:A Life in Four Books*, Edinburgh:Canongate, 2002, pp.504-505.

[3] Alasdair Gray, *Lanark:A Life in Four Books*, Edinburgh:Canongate, 2002, p.551.

[4] 刘锋杰、薛雯、尹传兰等:《文学政治学的创构——百年来文学与政治关系论争研究》,复旦大学出版社 2013 年版,第 620 页。

[5] 刘锋杰、薛雯、尹传兰等:《文学政治学的创构——百年来文学与政治关系论争研究》,复旦大学出版社 2013 年版,第 618 页。

自 20 世纪 70 年代以来，苏格兰文学再次呈现出欣欣向荣的景象，形成了以格雷、凯尔曼、加洛韦等为核心的格拉斯哥流派。他们不仅得到国际出版公司的青睐，而且一些独立的苏格兰出版社也不遗余力地宣传和推广苏格兰文学界的后起之秀。与之相对照的是，苏格兰的社会政治和经济持续低迷。这种巨大的反差往往令人误以为这一时期的作品全然避开了苏格兰的社会政治经济问题，但事实自有其微妙之处，20 世纪末的苏格兰小说基本上有一个共同之处：描绘苏格兰的工业化城市现实。他们试图通过讲述社会中下层人群的经历来为这些人发声，为苏格兰寻找遗失的历史和身份。因此，不论小说家们在写作手法上作何种创新，似乎早已落伍的现实主义叙事始终占据着重要地位。可以说，无论是否主动介入，苏格兰小说都或多或少地涉及社会政治经济、文化身份等问题，毕竟反复使用的文本、形象，以及特定时代、特定社会的具体规范都是文化身份的一部分，都传达出了固有的民族形象。

格雷作为这一时期文艺复兴的奠基人和领军者，他一方面继承了苏格兰写实主义的传统，同时又突破了传统叙事手法和题材的局限，用更具实验性的先锋艺术形式表达出对整个人类社会政治经济和生存现状的关切。如前所述，《兰纳克》也可以被看作一部"反乌托邦"小说，揭示了格拉斯哥和苏格兰的社会现实，批评讽刺了西方社会的政治意识形态。格雷的高明之处在于，他以熟悉的格拉斯哥和苏格兰为背景，凭空设想出了盎散克这个具有普世意义的空间。他并不介意在作品中加入一些有关社会政治现实的元素，事实上，在他看来任何一本书都会引起某种政治效应，就连《圣经》也不例外——它的革命倾向致使天主教禁止它的大众译本，而具有革命精神的新教则恰好与之相反。但是，他并没有因此高估文学作品的政治力量。他否认文学作品会带来社会变革，只不过在某种程度上会加速其到来而已。①

格雷对苏格兰社会现实的书写、对苏格兰历史和民族身份的思考、对

① 参见 Glenda Norquay and Carol Anderson，"Alasdair Gray's Answers to Several Questionnaires"，http://www.alasdairgray.info/q_01.htm#Q1, accessed 20 May, 2016。

平等博爱社会的憧憬,以及不拘一格的创作风格等深刻影响着年轻一代的苏格兰作家,鼓舞着他们"如在美好国度之初一般努力工作"①。下一章的主角詹尼斯·加洛韦即是受到格雷创作精神和风格鼓舞的一位作家,在努力工作中,她找到自己擅长的视角,将个人的与民族的、社会的、国际的相融合,写出了自己的风格。

---

① 原文为"Work as if you were living in the early days of a better nation",被视为格雷的一句名言,首次出现在由坎农格特出版社于 1983 年出版的短篇小说集《不可能的故事,大部分》(*Unlikely Stories, Mostly*)的硬壳封面上。但据格雷解释,此句话实际上出自加拿大诗人丹尼斯·李(Dennis Lee)的作品《民间挽歌》("Civil Elegies")中的一句——"And best of all is finding a place to be/in the early days of a better civilization",他稍作修改后用在了自己的小说封面上。

第十章 20世纪80年代:詹尼斯·加洛韦与《窍门是保持呼吸》

20世纪80年代阿拉斯代尔·格雷等男作家的创作可谓飞扬跋扈,一时间苏格兰文学创作活力四射,追求形式创新反思民族问题的写作风靡当地小说界。在这样的风潮中,女作家们也不甘寂寞应声而发,阿格尼斯·欧文斯、玛格丽特·埃尔芬斯通、杰姬·凯、詹尼斯·加洛韦等女作家以各具特色的创作逐渐扬眉吐气,成为苏格兰小说重要的创作力量。在创作中,性别问题是她们的一个重要关注点,她们既认识到苏格兰女性的境遇和女作家在苏格兰文学界的难题,也认识到不囿于女性的视角在创作中以彼之长补己之短的必要性,丰富了苏格兰文学表达的多样化。

女作家们在80年代能够以小说表达性别意识并得到评论界的关注,可以说是恰逢其时。苏格兰文学创作力的勃发一向被归因于民族主义的思考和语言的选择,女性写作的贡献常常被一笔带过。虽然,早在60年代西方女性主义运动已经风起云涌,但在仍然为民族身份和语言运用殚思竭虑的苏格兰文艺界并没有激起英美那样大的波澜。到了八九十年代,也是人称文艺复兴的第二波时期,进行民族主义思考的写作达到一个新的高潮,也正是在此时才出现了写作性别问题的创作契机。格雷等人的创作在参与民族想象追寻苏格兰性的同时,在创作形式和创作主题方面提倡并表现出更多的包容性,性别等诸多问题应势成为他们创作中的一个主要方面,而不是片面地以民族问题为唯一判断标准。他们引发的创新写作潮流有力地鼓动起女性作家们突破苏格兰宏大叙事的限制,特别将性别意识问题推到了创作的前沿。

从整体上看,性别问题在 80 年代开始受到作家更多关注其实是社会发展所趋。卡萝尔·琼斯(Carole Jones)综合研究者的发现指出,随着女性主义长久的影响和电子产业服务业的发展,苏格兰两性关系也在发生着变化。苏格兰逐渐减少对传统重工业的依赖,女性得以更多的参与到社会生产和生活中享有更多的话语权,男性地位的重要性也因而逊于以往。这个时期常常被描绘成"男性危机"时期。[①] 两性地位悄然发生的变化促使人们认真思考性别问题在苏格兰当下社会的表现和影响。有关性别问题的文学创作逐渐增多,擅长从性别意识切入的女作家们乘势更多也更自然地参与到民族想象的过程中来,以各种方式对性别身份的刻画和探讨丰富苏格兰民族想象的文学载体。詹尼斯·加洛韦和她在 1989 年发表的获得惠特布莱德奖提名、获 MIND/艾伦奖年度作品奖(MIND/Allen Book)的《窍门是保持呼吸》在这方面具有代表意义,它的成功表现出苏格兰小说创作中书写性别问题的复杂性,也表现出苏格兰女作家宽阔的创作视野和进行创新的决意。

第一节　双重边缘化与加洛韦"怯怯的担心"

苏格兰文学对于性别问题的普遍关注晚于英美文学。苏珊·哈格曼(Susan Hagemann)曾对此分析说:"20 世纪 60 年代晚期和 20 世纪 70 年代早期,性别问题在英美批评中上升到引人瞩目的地位,但这种情况在苏格兰文学批评中直到 20 世纪 90 年代早期才出现。一个主要的原因,也是有争议的原因,是对苏格兰性的追求。小国综合征就包括注重苏格兰的内在本质(quiddity)。既是苏格兰人又是女性作家的双重边缘化身份

[①]　参见 Carole Jones, "Burying the Man that was: Janice Galloway and Gender Disorientation", in *The Edinburgh Companion to Contemporary Scottish Literature*, Berthold Schoene(ed.), Edinburgh: Edinburgh University Press, 2007, p.210。

容易被人忽视,男人和女人文本的性别问题长期被置于苏格兰范式以外。"①她的这番话切中了要害,尽管女性的身份地位在表面上看来好于以往,但由于民族主义在苏格兰文学中一贯显赫的地位,性别问题在其中的表现还是屡弱的。在以男性为主的苏格兰写作传统中,民族主义与男权思想共同作用,民族主义甚至成为男权意识形态的一种表现,构成了主流的社会文化语境。在这种语境中,苏格兰女性作家面对着民族问题和性别问题的双重裹挟,使得她们的写作往往带有双重的边缘化特征:作为苏格兰作家,具有被殖民特征的民族历史与少数族裔的身份让她们的写作和苏格兰男性作家的写作一样在英语世界被边缘化;作为一向占少数的苏格兰女作家,她们还要被苏格兰男性写作边缘化。客观地说,苏格兰女作家的双重身份带来的效果也是双重的,她们或在苏格兰文学中陷入被动沉默的状态,或者逆向崛起获得发展的动力,在与传统社会意识和传统写作观念对抗或交流的过程中繁荣苏格兰的文学创作,得到世人的认可,如今当然更多的是后者。可以说,当前苏格兰文学的繁盛也是"归之于迟迟而来的苏格兰女作家的写作及对之的认可"②。

　　苏格兰女性作家所受到的批评与责难中,一个刺耳的声音是批判她们写作中对苏格兰民族主义表现不足。性别问题自然不是女作家的专属问题,但它是多数女性作家自觉关注的问题,然而,由于人们倾向于认为,对于民族生存的关注是苏格兰文学创作理所应当的责任,如此,女性作家去关注性别身份问题就显得不以民族为重,是小家子气的表现。克里斯托夫·瓦特(Christopher Whyte)直言:"民族主义对于女人来说总是个糟糕的消息。"③赖兹鲍姆在《经典的双重十字架:苏格兰和爱尔兰女性小说》("Canonical Double Cross:Scottish and Irish Women's Writing")中探

---

① 转引自 Matt McGuire, *Contemporary Scottish Literature:A Reader's Guide to Essential Criticism*, New York:Palgrave Macmillan,2009,p.63。

② Matt McGuire, *Contemporary Scottish Literature:A Reader's Guide to Essential Criticism*, New York:Palgrave Macmillan,2009,p.63.

③ 转引自 Matt McGuire, *Contemporary Scottish Literature:A Reader's Guide to Essential Criticism*, New York:Palgrave Macmillan,2009,p.70。

究双重边缘身份如何迫使女作家的作品"附属于诸如民族主义这种男权意识形态的批评话语"①。詹尼斯·加洛韦则对女性在民族主义和父权制中的处境作出过形象的比喻和批判：

> 由于被殖民民族所具有的普遍问题，苏格兰妇女在写作和界定上也有自己特别的难题。还有，那个小小的额外的特长。她们的性别。她们得面对不去关注民族政治而去在意什么性别问题的罪恶感：那是一种**怯怯的担心**，担心关注自己的女性气质而不是苏格兰性或工人阶级遗产之类的事务会显得有些纵容自我。这里的罪恶感来自于我们没有支持男性同胞和他们的"实际"兴趣。女性的兴趣，就如妈妈盘子里的食物一样，是男人和小孩吃剩后的东西。②

加洛韦作为当代知名的苏格兰女作家，一语道破苏格兰女性作家进行性别书写的障碍，其女性立场毋庸置疑，不过，她和伍尔夫等很多女作家一样，并不喜欢人们给她扣上女性主义者的帽子。对于她来说，书写女性、采用女性视角并不意味着与男性写作传统的决绝。她并不否认民族性的重要性，也不认为民族主义书写与苏格兰女性写作水火不容。

在80年代相对包容鼓励创新的文学创作环境中，加洛韦在写作中力图摒弃因关注性别而有的所谓的罪恶感和怯怯的担心，既去面对民族问题，也将性别问题提到和民族身份阶级身份问题一样的高度，从女性的视角大书特书。可以说，在她的视野里，苏格兰女性是苏格兰民族的，她们个人的经历与创伤也是和民族的经历与创伤相联系的，是后者的必然组成元素，那么，对于苏格兰女性的书写亦应该是苏格兰文学创作的重要组成，苏格兰女作家完全应该和男作家一样满怀信心地进行写作。在加洛韦个人的创作中，她积极地反映并建设苏格兰女性的身份，重建女作家写

---

① 转引自 Matt McGuire, *Contemporary Scottish Literature：A Reader's Guide to Essential Criticism*, New York：Palgrave Macmillan, 2009, p.68。

② 转引自 Matt McGuire, *Contemporary Scottish Literature：A Reader's Guide to Essential Criticism*, New York：Palgrave Macmillan, 2009, p.69。

作的信心。她的作品既可以反映苏格兰女性的"双重边缘身份"，切入被边缘的事实，表现女性的实际生活与内心，也可以面对难题，探讨女性的生存之道，并有意识地融合民族身份与性别身份，使得小说意义更加深远。伍尔夫在评述女性写作的历史时，认为"尽管情感在起初就受到直接的关注，但在深入女性的情感经历或心理活动方面尚不充分"①。加洛韦在这方面的写作不仅延续而且拓展了伍尔夫的期望，她的代表作《窍门是保持呼吸》即是如此，她在1991年的短篇小说集也表现出善于捕捉细节、描绘女性心理现实的特点，之后的小说《异域风情》（1994）和《克拉克》（2002）等发生在苏格兰以外的小说则以更开阔的视野延续了女性关注，而她的自传性虚构作品《这不是我》（*This is Not About Me*，2008）则为人们理解她写作的个体性特征提供了线索②。

　　加洛韦和同时代的女作家们"专门从女性的视角出发并描写女性视角的写作，在苏格兰文学史上标志着根本性转折"③。这样的说法并不夸张。穆丽尔·斯帕克不再是苏格兰女作家的唯一代表性符号，詹尼斯·加洛韦和她的同行者A.L.肯尼迪、阿格尼斯·欧文斯、阿莉·史密斯、瓦尔·麦克德米德、杰姬·凯等现如今都是苏格兰响当当的作家。这些新锐女作家大多数在写作中并不隐讳性别批评意识，有效地利用了苏格兰人及女性作家的双重边缘身份激发创作灵感，进行个性化的书写。④ 不过，"专门从女性的视角"并不等于单一的性别立场，加洛韦在态度上在实践中都没有采取唯女性独尊的武断立场。在《窍门是保持呼吸》这部小说的写作和出版过程中，她一直都正面地承认男性作家对自己的影响，

---

① Hongling Lu, *Emotion and Reason：A Study of Virginia Woolf's Conception of Women's Writing*，Nanjing：Nanjing Normal University Press，2007，p.182.

② 《异域风情》获得麦维他奖（the McVitie's Prize）和美国艺术暨文学学会E.M.福斯特奖（the American Academy of Arts and Letters E.M.Forster Award），《克拉克》获圣安德鲁协会年度图书奖（the Saltire）。《这不是我》获得2009年度SAC非小说奖（the SAC nonfiction Book of the Year Award）。

③ Matt McGuire，*Contemporary Scottish Literature：A Reader's Guide to Essential Criticism*，New York：Palgrave Macmillan，2009，p.91.

④ 当然，苏格兰女作家的身份也不止于双重边缘性，它也可能是多重的，如，苏格兰族裔女作家们非主流的非裔或亚裔的族裔身份也会增加边缘性。

表现出对男作家在文学史上地位应有的尊敬。这种姿态可以说是她在男权社会写作的策略，从而避免受到男性作家的孤立或排斥，事实上也是，这部小说当年就是经已有名气的男作家凯尔曼推荐得以在 Polygon 出版社面世的。这种态度在她自己看来是切合写作实际的，相较于女作家，男性作家的写作传统对她的影响不可否认也更加深刻。

评论者玛格丽·梅次斯坦（Margery Metzstein）等曾将她的小说与夏洛特·布朗特、多萝西·理查森等经典女作家们的作品相对照，试图将她的创作归入英语妇女写作的传统之中，但加洛韦似乎并不买账。在采访中，她提到自己是斯帕克的超级粉丝，不过，更是某些男作家的拥趸。她喜欢 19 世纪法国作家福楼拜和左拉的作品，尤其喜欢左拉作品中对人物心理的描写。当代英格兰作家中，她比较欣赏注重英格兰性表现的乔纳森·科（Jonathan Coe）和朱利安·巴恩斯（Julian Barnes）。苏格兰作家由于同属一个地域彼此间比较熟悉，因而她对他们的作品保持一定的距离①。她还在另一次采访中专门肯定了苏格兰作家对她的影响，但强调的还是男性作家的影响："要让我列举震撼到我的作家，很大比例上是苏格兰人，很大比例上不是女人，很大比例上不是散文作家。那还剩下谁呢？"②剩下谁呢？有一位应该是阿拉斯代尔·格雷。加洛韦对格雷和他的《兰纳克》尤为推崇：

> 阿拉斯代尔·格雷的声音给了我自由感。并不遥远或者自负的声音。它知道的单词、句法和地方，我也知道，而且不带一点歉意地使用：把自己的经验与文化当作有效的中心的事物，而非古老的或者乡村的，也非旅游业离奇有趣的或粗鲁机械性的幽默的东西。这个声音直接而简单地呼唤智力，没有阻止我打算看什么想什么，也不担

---

① 参见 Bernard Sellin（ed.），*Voices from Modern Scotland：Janice Galloway，Alasdair Gray*，Crini：Centre de Recherche sur les Identites Nationales et L'interculturalite，2007，pp. 138-139。

② 转引自 Matt McGuire，*Contemporary Scottish Literature：A Reader's Guide to Essential Criticism*，New York：Palgrave Macmillan，2009，p.86。

心搞笑或者情感的坦白……而且，它也不想当然地把自己当作唯一的声音。基于它自己边缘化的经验（多重的），它知道完全的真理并非掌握在任何一个性别中。简而言之，**它是一种男性的声音，知道自己是什么的声音**……作为作家，阿拉斯代尔·格雷的写作让我感觉更加勇敢。作为女性，它让我觉得自己被认可，被对话。①

她钦慕格雷的创作，肯定其作品中"男性的声音"的艺术价值。在男性作家占大多数的文学界，加洛韦的态度有策略之嫌，却也是实事求是的。重要的是，她在借鉴之时有所批判，有所超越，形成独树一帜的创作，这也是她为何在80年代男性作家一统天下之时可以作为女性作家的代表异军突起。那么，在肯定男性写作传统的影响之时，加洛韦是怎样致力于让女性的声音走出制约获得自由的表达，怎样专注于女性视角，通过女性的声音让读者"觉得被认可，被对话"呢？我们不妨展开对其成名作《窍门是保持呼吸》的具体分析以一窥究竟。

第二节　形式符号写作与重构策略

从苏格兰女作家的影响力来看，驾鹤仙去的斯帕克首屈一指，正值盛年的加洛韦对其敬仰有加且有赶超的潜力。在斯帕克39岁发表首部小说《劝慰者》的前一年1956年，加洛韦呱呱落地。她年轻时就读于格拉斯哥大学，做过一段时间的教师，在1989年33岁时发表了《窍门是保持呼吸》这部处女作。她在作品中借主人公向斯帕克致敬："我拿着纸条昂着头离开了，头昂得像简·布罗迪。"②与斯帕克不同的是，她对于女性问题的关注更为专情也更为突出，对于实验性形式的利用也更鲜明，在后

---

① Janice Galloway, "Different Oracles: Me and Alasdair Gray", *Review of Contemporary Fiction*, Vol.15, No.2(1995), p.193.

② Janice Galloway, *The Trick is to Keep Breathing: a Novel*, Edinburgh: Polygon, 1989, Dalkey Archive Press, 2003, p.108.

者,格雷对她的影响可能更显而易见些。

以格雷为代表的作家在 80 年代独领风骚的一个重要原因就是,他们敢于打破小说体裁形式的限制,将对个人身份的思考与民族身份的追求融合在一起,以新颖甚至怪诞的形式进行意蕴深刻的写作,在这个过程中,各种显性或隐性的形式符号(如各种图形、数字等符号,便条等小文本和排版样式等具有形式特征的符号)成为他们创作中重要的意义形成要素。加洛韦的《窍门是保持呼吸》也是一本形式符号起舞的小说,但却承载着不同于男性作家作品的分量,在当今苏格兰小说中独树一帜。小说的叙事风格和思想深度受到评论者的首肯:"加洛韦小说叙事风格中的生存张力,与她对形式实验的兴趣,在其令人瞩目的处女作《窍门是保持呼吸》中得到最充分最完美的表达。"①印在《窍门是保持呼吸》封内的《新闻日报》(Newsday)的评论亦言:"和西尔维娅·普拉斯相似,詹尼斯·加洛韦以风格化的诗意的文笔描绘女性令人沮丧和自我毁灭的严峻世界。"那么,她是如何通过形式符号的舞弄达到这个效果的呢? 或者,进一步说,形式符号在小说创作中又是如何帮助苏格兰女性获得艺术的存在和认可的呢?

一、形式符号中的女性表达

在小说"风格化的诗意的文笔"下,小说写了一位第三者的故事,这乍一听没有什么新奇之处,它别出心裁之处在于抛弃了浪漫主义的爱情幻想,没有去描写第三者与情人交往时的种种也许可以夺人眼球的情爱故事,而是落笔于主人公在情人突然离世之后的生活和精神状况。主人公是住在格拉斯哥政府安置房里的 27 岁单身女教师乔伊·斯通,她的同事情人迈克尔在度假时溺亡,乔伊在独自应对一切时无助、自卑、压抑而陷入了抑郁,结尾处暗示她最终因获得对自己的重新认识而自救。小说

---

① Roderick Watson, *The Literature of Scotland: The Twentieth Century*, New York: Palgrave MacMillan, 2007, p.246.

中种种文字表现和形式符号间隔开而又连接起乔伊的经历与心理变化,在物理时间和心理时间同时作用下,将一位苏格兰普通女性日常生活中的重重印象呈现在读者面前。它们不再是中规中矩,而是对应着女主人公的精神状况形象化地表现人物的感受,帮助读者创建起立体的小说阅读感。

如有些评论者发现的,该小说的写作形式和格雷的《1982,詹宁》、班克的《桥》(The Bridge)以及阿特伍德的《浮现》(Surfacing)有些相似①,片段化的叙事特征明显,不过,它的片段化也是个性鲜明的,呈现出的"黑色智慧显得浓重、砂质、尖锐,有效地表现了描写对象碎片式的生活"②(Booklist)。简要说来,翻开小说,读者读到的不是一段接一段排列有致的文字,不同的形式符号跃入眼帘,犹如一部多声部的乐章。小说基本以第一人称一般现在时态进行叙述,正文不以章节划分,没有正规的段落格式,而是用"ooo"隔开每部分,其中还插入如影随形的19块斜体。小说前三分之二的部分以日记周历时间和"ooo"标记时间,后三分之一则基本失去明确时间指示而只用"ooo"分隔。叙事句式简短,短语、短句、断句随手拈来,文字随叙述需要而进行大写、小写、斜体、正体、黑体的变化,其中有独白、页边注,也有星占、杂志文章、便条、标牌、等式、日记等种种现成的文字。③各种形式的交替出现有意地将小说叙述分裂,或提示或补充正文隐含的内容,象征了主流与非主流、主体与边缘、权威与弱势的差异和矛盾。

形式符号杂陈的文本似弹奏着巴赫金的复调,使得小说不像以前那样严丝合缝地以规整的形式讲述一个故事,不同形式的文本以及它们不同的声音解构了读者所习惯的文学现实表现,使得读者无法顺畅连贯地了解女主人公心理创伤的形成。这些既熟悉又陌生的形式与符号,恰如

---

① 参见 Roderick Watson, *The Literature of Scotland*:*The Twentieth Century*, New York: Palgrave MacMillan, 2007, p.247。

② 转引自"Praise for The Trick is to Keep Breathing"in Janice Galloway, *The Trick is to Keep Breathing*:*a Novel*, Edinburgh:Polygon, 1989, Dalkey Archive Press, 2003。

③ 它们都按照原来文体的排版形式出现在主人公乔伊的叙述中。

不同话语构成的现实生活片段构成的拼贴图,促使读者重构苏格兰女性处境,反思它们在当代语境中如何作用于主人公的生活理念和社会价值体系。

应该可以说,如此片段而复调式的叙述恰如其分地满足了表现主人公乔伊状态的需要。乔伊,一名女教师,在情感上,与恋爱数年的情人保罗分手,同事情人迈克尔意外丧命,与学生情人大卫没有真正的情感交流,还遭到投注站老板托尼的骚扰;在家里,没有和睦的家庭生活,母亲离世,与不在同一屋檐下的姐姐和父亲关系疏远,与她能说上话的好友也离开了苏格兰;在学校里,工作无聊不受重视,情人身份令她在迈克尔的追悼会上如同无形;在治疗中,代码化的医生无效地给予抑郁症的治疗。乔伊的求医也许会让读者想起《挪威的森林》里患上抑郁症的女主人公,不过,平民的乔伊没有条件享受那本小说中可以为女主人公提供庇护的私人医疗院,她所在的公立精神病院里不能给她安全感和自由。即便她的私人住所也不能保证她的安全感。她在格拉斯哥附近的房舍,尽管是私人财产也挡不住他者各种方式的侵入,情人迈克尔所有的当局建造的简易住宅(council house)也不是她的容身之处,她没有合法的使用权也没有钱交房租。她自己母亲的房子和好友母亲中产者艾伦的住处也都不能让她有安全感。女性,缺少亲友的关心,没有真正的爱情,无安定之所,无有效的治疗,无聊、无趣、无助、孤独、紧张与焦虑构成了乔伊的生存状态。她有过于沉重的心理负担:男友溺亡,她怀疑是自己的过错,还有作为情妇的负罪感;她觉得自己不够完美、害怕自己达不到别人的期望,担心自己浪费别人的时间,甚至将自己归为"污渍",认为自己是无足轻重的存在。乔伊心理负担如此之重的根源在于:认同压制她的社会的价值标准,并以之衡量自己的行为和状态。不过,在她进入这男女等级二元秩序并接受其中所有人都要遵守的规则时,她也保持着自己的批判性与对话的欲望,之后才有可能在糟乱中顿悟,最终使得自己可以走向正常的状态活下去。

在焦灼而自省的状态中,乔伊的生活是难题,叙述也是难题。女性叙事在英语叙事传统中不受重视,在苏格兰叙事传统中声音微弱也是可想而知的事情,如何利用现有的条件既表达女性的经历又突破表达的方式是女性叙述者面对的挑战。乔伊作为小说的第一人称叙述者对形式符号叙事的选择有她的无奈,也有其处心积虑之处。她的声音受到外部世界权威声音的压抑,政府、医生、老板、同事、女性期刊、教会,不一而足。她会以"女士们先生们"自问自答,有意识地设想自己的听众观众,虽然她不能确定读者的反应,却也在竭力地发出声音表达自己。在她的叙述中,各种形式符号撞击着读者的眼睑,它们增强了文字和句式的弹性与可变量,进行了一场复调性的具有创造意义的文学形式游戏,也在一定程度上应和了伍尔夫所言的"女性的句子"的特征:"某种我们称之为女性心理句子的句子。比旧式的句子更具有弹性,可以拉伸到极致,悬挂最脆弱的分子,包裹最模糊的形状。"①空白等各种排版形式和符号都在帮助乔伊叙说着焦虑与压力,以她特有的方式进行着女性的表达,却也不囿于唯女性是从的单一性别立场。

二、表达创伤的形式符号叙事

米兰·昆德拉(Milan Kundera)在《小说的艺术》中说:"在艺术中,形式始终是超出形式的。"其原因在于无论是怎样的小说都要回答"什么是人的存在?"②这样的问题。加洛韦通过小说中各种形式符号的变形与应用思考着"什么是苏格兰女性的存在""什么是女性的存在""什么是苏格兰人的存在""什么是人的存在"这一系列问题。对于她来说,对于这部小说来说,问题的答案不是确定的,小说形式符号的断裂与整合将这类问题引向深入。作为书面的言语行为,作品中的符号,文字的也好,图形的也好,都是在文本内部获得存在的理由和意义。在这部小说里,各种形式符号的应用为表现乔伊的心理状态而服务,并起到表意象征的功能。

在表现主人公受压抑的现实方面,小说里的空白甚为有力。长长短

---

① Virginia Woolf,"Romance and the Heart",*Contemporary Writers*,New York:Harcourt Brace Jovanovich,Inc.,1965,p.124.

② [捷克]米兰·昆德拉:《小说的艺术》,孟湄译,三联书店1992年版,第156页。

短的空白,甚至几近整页的空白和突然的断句,常常令叙述陷入了沉默,模拟了乔伊的心理状态。"用空白分隔开文本起到的作用既像审查删改也像止痛片。每当叙述者放弃写作的努力向沉默妥协,她实际上是在展现自己表达的麻醉状态。"①于主人公的叙述而言,传统的表达方式难以说出她作为边缘化女人的苦楚,空白帮助她传达了表达手段的缺乏;于她的情感而言,空白展现的麻醉状态并不会长久,在醒来之后还是痛楚,它起到的作用不过是延长了创伤的表达。

非言语符号"ooo"在这方面的表达作用也是深刻。它和空白一样将文本分隔,同时又是另一痛苦呻吟的开始。它的形状令评论者曼弗雷迪(Camille Manfredi)产生联想,认为可以将这个符号首先解读为"流血的窟窿,落在印刷纸上的泪珠"②。在小说的语境中,这样的解读很是形象。叙述符号刺激着读者的视觉观感,感觉敏锐的读者也许会和曼弗雷迪有同感,三个小圆圈间隔的是乔伊一阵又一阵的痛苦,泛出的是她无助而沉默的泪珠。这些符号的情感意义有时是强于言语的,也是女性情感表达的有效方式。

同时,数字句式的运用也以看似干瘪的形式表现乔伊周围现实的冷酷,和她跌跌撞撞应对现实的方法。她常常用阿拉伯数字或英文数字单词分点列出自己在学校无意义的工作、工作的理由、对牧师的分析、与精神病医生打交道的心得等,例如她所列出的"不存在"的症状:

第一个不存在的症状是无足轻重。

第二个症状是耳边的歌声,安静地接受一切事物的非现实性。

第三个症状热切地来取代了。

① Camille Manfredi,"Writing on Thin Ice:Surface and Depth in Janice Galloway's Fiction",in *Voices from Modern Scotalnd:Janice Galloway*,*Alasdair Gray*,Bernard Sellin(ed.),Crini:Centre de Recherche sur les Identites Nationales et L'interculturalite,2007,p.93.

② Camille Manfredi,"Writing on Thin Ice:Surface and Depth in Janice Galloway's Fiction",in *Voices from Modern Scotalnd:Janice Galloway*,*Alasdair Gray*,Bernard Sellin(ed.),Crini:Centre de Recherche sur les Identites Nationales et L'interculturalite,2007,p.97.

第三个是颤抖。①

　　一条条的罗列表面上看很有条理性，在向读者汇报自己的状况，实际上透露的信息是：她力图正常地生活着，厘清并让自己符合外界对所谓正常人和好女人的期盼。没有感情的数字列举和行列形式所反衬的是现实的冷酷、主人公的压抑、与现实环境的隔阂。作为没有正当婚姻身份的存在，她只有看似无动于衷地接受或躲避社会的漠视，独自颤抖。

　　数字在这里还成为标示现代社会人类异化人际关系疏离的手段。医生是身患忧郁症的乔伊必须打交道的人。在叙事中，她将医生类型化，以医生一、医生二称呼他们，以病人称呼自己。这样的称呼没有姓名的特指性，医患之间的关系在泛化的表现中，反映出医疗过程和手段的无用。医院里，医生一、医生二、不具名的医务人员一遍遍问她"你知道自己为什么被送到我们这里吗"？医生三的冷漠尤其突出，竟然让她想走就走。乔伊对他的反诘"你还好吧"②，实则将他也类化成一个在现代社会中失于情感的病人。不过，从整体上看，数字本身的条理性与乔伊思想的纠结形成反差，也正好可以帮助她在混乱的状态中厘清思路，看清自己在现有的社会语境中的地位，明白周围的是是非非。

　　形式符号讲述了女主人公的创伤心理，她借助它们表达和思考，在整个过程中，在社会意识形态的影响下，她又会借助它们不断地重审社会对她的要求，提醒自己不要僭越，以方括号包容起来的对"好"的一段重复阐释很是说明问题，极佳地表现出社会规约对于女性的管制：

　　　　我一直都是这么好。
　　　　［此处的**好**=**有生产力的/勤奋工作的/不说让人难堪的话**］
　　　　……。

────────────

　　① Janice Galloway, *The Trick is to Keep Breathing：a Novel*, Edinburgh：Polygon, 1989, Dalkey Archive Press, 2003, p.79.

　　② Janice Galloway, *The Trick is to Keep Breathing：a Novel*, Edinburgh：Polygon, 1989, Dalkey Archive Press, 2003, pp.110-112, 165.

　　　　[此处的**好**=**金钱价值**]

　　　　……。

　　　　[此处的**好**=**不让他人觉得过于沉重、虚无、冒昧**]

　　　　……。

　　　　[此处的**好**=**整洁,行事有分寸**]

　　　　……如果我能一直是个好女孩[即,**耐心、周到、任劳任怨**],我就会有所收获。①

　　工整的方括号的插入打破了正文的正常秩序,简明地列出乔伊知道社会规范要她成为怎样的好女人,它们和数字的运用一样可以表现出以理性见长的男性意识形态对于女主人公的至深影响,黑体则进一步加强了这种意识的压迫感。她知道自己需要乖乖的,压抑自我,实践社会期待她完成的角色和责任,修炼成苏格兰男权社会的好女人。"我只想要做个文明懂礼貌的人。不想惹麻烦。……我要做的就是坚持。"②方括号内的等式在某种程度上就起到了戏拟主人公坚持的作用,呈现出她停滞不前萎靡不振的状态。

　　在这一部分,以脚注形式出现的另一个等式也很有意思:"爱/情感=尴尬:苏格兰等式。酩酊大醉或看足球时例外。男人钻这个空子要出色得多。"③原本应是学术文本的脚注被用作虚构小说的表达形式补充说明女主人公的想法,形象地揭示了理性规约的影响,也表明她难以通过正常的渠道表达真实的想法,同时还带上了黑色的戏谑性。"苏格兰"的定位提醒人们明确关注到苏格兰的男权文化,女性在性与情感方面的尴尬,而等式后的"例外"说明和轻松语气则使人在面对苏格兰男性社会的现实时不免摇头一笑。

---

　　① Janice Galloway, *The Trick is to Keep Breathing: a Novel*, Edinburgh: Polygon, 1989, Dalkey Archive Press, 2003, pp.81-82.

　　② Janice Galloway, *The Trick is to Keep Breathing: a Novel*, Edinburgh: Polygon, 1989, Dalkey Archive Press, 2003, p.83.

　　③ Janice Galloway, *The Trick is to Keep Breathing: a Novel*, Edinburgh: Polygon, 1989, Dalkey Archive Press, 2003, p.82.

一些现成文本形式的插入也共同强化了社会现实的生硬骨感和人物的创伤感,如以其原样出现在叙述中的贴在门上的告示和托尼的便条等,其中剧本形式的运用具有典型性。乔伊和来访的心理医生之间的对话,以及她和保罗之间的对话有的即是以舞台剧本形式表现的。以后者为例,对话者分别被列为"枯槁的老妇人"和"前任情人",乔伊以"枯槁的老妇人"这一代称自列为戏剧人物就不仅令人唏嘘。而且,舞台提示也出现在其中,不仅交代了人物的动作背景,也补充说明了人物的真实思绪。尤其是保罗说"今后还会见到我"后的舞台提示,清楚地告诉人们"两人都明白这是假话,但谁都不说穿。他们得装模作样地演到最后"。① 主人公于此似乎成了朗读台词演绎剧本的演员,在舞台上表演自己的生活。加洛韦用戏剧这种带有强烈演绎性的文本形式提示着读者生活如戏,既令他们为主人公演员的情形动容,也提醒他们注意到叙述的虚构性和象征性,与剧中/文本中的人与事拉开距离进行批判性的阅读,从整体上体会到小说言说形式的内涵及女性言说自我的努力。

三、形式符号叙事的重构策略

其实,形式符号在小说中起到的不仅仅是表达创伤、揭示或戏谑现实社会的作用,更重要的是,它们也有对抗或化解之意,可以重构边缘与主体的关系。"事情就是这样"多次出现在乔伊的叙述中,在治疗的怪圈、生活的怪圈里,她无法改变现实。她在提醒自己坚持的同时,也意识到"但坚持太可怕了"②,她需要出路,而这不是药物就能够给予她的。于是,在她的叙述中,形式符号反映出女性受压抑的现实,也在悄无声地力图同主体叙事话语进行对话或对抗,除空白、"ooo"、等式、括号等以外,斜体、交替错排、页边注在这方面很具有言说性。

① Janice Galloway, *The Trick is to Keep Breathing: a Novel*, Edinburgh: Polygon, 1989, Dalkey Archive Press, 2003, p.213.

② Janice Galloway, *The Trick is to Keep Breathing: a Novel*, Edinburgh: Polygon, 1989, Dalkey Archive Press, 2003, p.83.

造成乔伊心理创伤的显性原因就是情人的去世,但这过去的恋情为社会道德所不容、正统叙事所不齿。小说采用女主人公的第一人称叙事,从而不会像《包法利夫人》那样通过他人的视角交代多情女子的故事,它另辟蹊径找到"斜体"等方式讲述萦绕在主人公自己脑际的过去,表现另一个不为社会接受的自我。斜体在小说中所占比重较大,时常穿插于她当前的主体叙事中,闪回交代盘桓在她脑海中的情人溺亡事件。斜体部分的叙事在形式上与现在的叙事分隔,在实质上是现在叙事的组成,有时反倒更像乔伊的主体叙事,完整地反映了女主人公的心理经历。

交替错排的文本也与正体和斜体之间的关系相似。错排的两个小文本中,一个塑造的是在场的力图保持符合社会期待形象的有形自我,另一个是自我意识中明白自己无足轻重的自我。如:牧师的悼词和乔伊自己的思绪以交替错排的方式出现。牧师例行公事式地致辞,乔伊默不作声地在场,想象中看到迈克尔的样子。她游离在哀悼仪式之外,切身感觉到自己的无关紧要,犹如牧师想去掉的一块污渍。文本形式的错排将她与常规的他人的存在隔开,清晰地展现了她彼时的状态。可以说,正体斜体共用、交替错排等形式在一定程度上或补充或反驳或颠覆主体叙事,既表现了现实如何造成乔伊的心理创伤,又从侧面反映了女性话语权被边缘化的问题。不过,即便被边缘化,她的话语也在向主流涌动,处于边缘化之端的页边注也许更有说服力。

在曼弗雷迪看来,页边注无疑具有战略意义:"未经地图标明的领土属于被禁锢者,因而也就是长久等待复苏的不可言说者的地方。"[1]亚历克西斯·罗格斯顿则形象地说,页边注犹如加洛韦为她提供的一条"逃跑通道"[2]。这在乔伊和老板托尼之间的事件书写中比较明显。乔伊不仅在正文描写的强奸过程中"屈服",把自己当成了这场强奸的同谋,而

---

[1] Camille Manfredi, "Writing on Thin Ice: Surface and Depth in Janice Galloway's Fiction", in *Voices from Modern Scotalnd: Janice Galloway, Alasdair Gray*, Bernard Sellin(ed.), Crini: Centre de Recherche sur les Identites Nationales et L'interculturalite, 2007, p.98.

[2] Alexis Logsdon, "Looking as though You're in Control: Janice Galloway and the Working-class Female Gothic", in *Exchanges: Reading Janice Galloway's Fictions*, Linda Jackson (ed.), Edinurgh: Edinburgh University Press, 2004, p.152.

且，在页边注中，她断断续续反复地将罪责归到自己身上："有时候预感要在为时太晚前停止，但经常忽视这警告/我们经常忽视这警告/忽视这警告/最糟的事情发生时，我们只能责怪/责怪我们自己"。① 她的身体于是和她住的房子去的医院一样，是个"糟糕的避难所"②。页边注这条逃跑通道为她的潜意识提供了场所，她明白自己的处境，明白自己的无所作为，但她又能做什么呢？她没有多作反抗，性的麻醉也是她当时状态下的一种喘息吧。如此，作为同谋，她也无可厚非，无奈的无可厚非。放在页边的文字相比较正文更加无声和残缺，恰恰是它们的无声残缺补充了正文正常叙事所不能涵盖的内容，它们所处的边缘位置在文本中由于突兀而不可能被读者忽视，复苏了被禁锢者的话语表达，丰满了女主人公的意识流露。更有意义的是，页边注的形式其实也在挑战/解构乔伊自己的屈服。边缘位置所代表的阻力与困难即是走向重建或颠覆的前奏，更何况边缘也可以包围中心。乔伊用页边注表达她的自责时，边缘的形式意义反作用于它的内容，削弱了她自责的正当性，这也预示了她后来能够有勇气直接拒绝托尼侵入的企图。可以说，页边注的运用成功地执行了女性话语表达有时需要的迂回策略，层层打破了主流话语的权威性。

从以上分析可以看出，在这部小说中，加洛韦以拼贴的文本形式塑造了乔伊，形象地展现了一位苏格兰女性的处境，指涉了女人在现有社会语境中的边缘性。加洛韦和她的乔伊在男性话语为主的话语建构语境中，利用种种形式与符号的内涵或隐喻，述说自己/苏格兰女性/女性的生活经历和心理状态。在她们的叙事中，后现代主义实验小说的风格突破了传统写作的限制，从现有语言系统内部建构了女性的表达方式。各种形式的补充性、插入性叙事既表达又反诘，与传统的语言方式对话也不乏对抗，从而既展现了当代苏格兰中下层女性的境遇，又探索了女性写作表达

① Janice Galloway, *The Trick is to Keep Breathing: a Novel*, Edinburgh: Polygon, 1989, Dalkey Archive Press, 2003, pp.174-175.

② Alexis Logsdon, "Looking as though You're in Control: Janice Galloway and the Working-class Female Gothic", in *Exchanges: Reading Janice Galloway's Fictions*, Linda Jackson (ed.), Edinburgh: Edinburgh University Press, 2004, p.153.

的权利与自由。在性别关系的反映上,读者可以看到她秉持的是一种表达、对话、建构的立场,而不是非此即彼的激进的女性主义立场。

小说的形式符号叙事满足了女主人公表达的需要,但需要补充说明的是,其意义并不止于女性表达。它们也表征与反拨了苏格兰文学语言受压抑的状况,具有民族性表达的意义。如果说当代的苏格兰诗人也是英国桂冠诗人的卡罗尔·安·达菲(Carol Ann Duffy)"对苏格兰民族性的探索主要在于对大不列颠帝国民族性话语权力的解构上,较少直接触及英格兰与苏格兰民族性的话题"[1],加洛韦也是如此。她的小说并不直接触及民族性话题,但其中形式符号的运用不乏这方面的象征意义。人们熟知的是,标准英语在英国不可动摇的中心地位不可避免地使得苏格兰地方方言边缘化。加洛韦在采访中更是指出过英国趋于将方言等同于缺少教育和身份地位低下的表现。这样的感受反倒激励着苏格兰的作家们利用语言形式进行民族表达和写作创新。尽管民族社会的现实以及所受的教育使得他们的创作离不开英语,而如何以其之矛攻其之盾打破英语创作的标准模式、创建自己的写作风格已是他们殚精竭虑的事情。

加洛韦在《窍门是保持呼吸》中采用的种种印刷版面式样或符号形式,于传统小说表现而言恰是非正规标准之物,不过,也正是这些不标准的样式颠覆了所谓传统的权威,蕴含了民族身份与表达的诉求。克莱格对此点评过:"对于一个自 1707 年以来,民族经历就得由后天学会的书面语言来形塑(将自己的口头文化置于一边)、自己的民族语言在类型范畴中从未被适当标准化的文化中,印刷版面式样(typography)就成为它自己文化受压抑状况的象征:颠覆打印的规则就是颠覆那阻碍争取文化自我表达的条条框框。"[2]《窍门是保持呼吸》的写作方式从宏观的角度来看,即是以不同的形式和符号的插入,象征性传达出苏格兰文化相对于英国主流文化的边缘地位。它们表现了苏格兰人长久的绝望无力感,但同时

---

① 何宁:《论当代苏格兰诗歌中的民族性》,《当代外国文学》2012 年第 1 期,第62 页。

② Cairns Craig, *The Modern Scottish Novel: Narrative and the National Imagination*, Edinburgh: Edinburgh University Press, 1999, p.181.

也在通过这种呈现进行呐喊与重构。它打破了社会语言学的等级概念,通过文本形式抗议了已有语言与表现形式的霸权地位,将传统标准英语写作从内部进行了解构、颠覆,或者说也是丰富了英语写作的既有框架。

第三节　厌食与贪食的隐喻

一、对身体的凝视

解读有关视觉效果强烈的符号形式可以阐释小说的寓意,而从女性身体角度的切入则可以更多方位地切入小说解析边缘身份的内涵,探究小说的意义空间。罗格斯顿从工人阶级女性哥特式小说的视角解读了这本小说,指出小说延续了斯帕克、安吉拉·卡特、玛格丽特·阿特伍德等作家开创的富有女性意识形态的哥特式小说,将女性身体常常呈现为令人不悦的力量,反映了性别问题尤其是女性的身份问题;同时,小说又从形式和主题上打破传统的叙述形式,围绕女性社会阶级地位探讨女性自由。在罗格斯顿的分析中,乔伊和托尼的关系也是阶级的关系。托尼是她的老板,像对待宠物一样利诱她,她没有父母可以依靠,没有良好的收入让她衣食无忧,阶级与经济地位的差异,利用自己的身体维持好自己与雇主的关系不得已成了她生存的需要。罗格斯顿在结论中说:"作为工人阶级妇女,生活在一个注重物质富裕、神志正常和身体健康但很少关心获得方式的社会,难怪乔伊会精神崩溃。加洛韦尖锐地挑战了这种价值体系,巧妙地运用哥特式小说类型,并借它指出,濒危的房屋和丑陋的身体揭示的不仅仅是心理上的不安。通过刻画乔伊生活的经济状况和社会地位,加洛韦将哥特式小说推向了新的方向。"[1]

在罗格斯顿分析的启发下,小说对身体的关注不禁让我们联想到伍

---

[1]　Alexis Logsdon,"Looking as though You're in Control:Janice Galloway and the Working-class Female Gothic", in *Exchanges:Reading Janice Galloway's Fictions*, Linda Jackson (ed.),Edinurgh:Edinurgh University Press,2004,p.158.

尔夫小说中的达罗卫夫人对自己的凝视。达罗卫夫人望着镜中的自己，感受到的是自我的多样性。作为中上层社会的女性，她衣食无忧拥有社会地位，敢以正视自己的身体和思想，而拮据抑郁的苏格兰女人乔伊却不敢直视自己，只能选择逃避凝视，"花费大把时间来消磨时光"①，琢磨外界对她的要求。"乔伊的身体和思想从来都不是她自己的。"②此话意在强调社会外界的力量影响，不过，个体总是有着主观能动性的，乔伊在现有的环境中发展对自己的认知，也在以自己的方式建构着自己的身体和思想。小说中她对自己是疏离的，没有像拉康所描述的婴儿镜像反应那样，认同自己，建构"理想的我"。她建构的是令人不悦的支离破碎的自我，表现出对现实的恐惧与逃离。在叙述中，乔伊的身体没有得到美好的展示，而只是片段性的表现，有时甚至令人有点儿害怕。她沐浴时把镜子摆得看不见自己的脑袋，还如此拍了张照片寄给好朋友玛丽安，告诉好友说："看起来谁也不像。看起来不像。"③"像"字后面没有标点符号，陡然断句和下一小节隔行分开，油然象征着身体的切割。乔伊对自己的认知和建构在病态的情形中缺乏积极性，对自己身体病态的不完美的呈现与疏离成为极具展示性的隐喻，指向深层的心理问题及社会问题。

二、饮食紊乱与女性的表达

在小说中，身体的切割与空白所造成的不完美感还与另一种对身体疏离的形式相关联：饮食紊乱。评论者业已注意到这点，以乔伊的厌食症为焦点切入讨论，与对后现代文本的形式实验的解析一起，深挖乔伊病态的根源和小说的意义。我们也据此更多地看到，乔伊对身体的疏离也是

---

① Janice Galloway, *The Trick is to Keep Breathing : a Novel* , Edinburgh : Polygon, 1989, Dalkey Archive Press, 2003, p.193.

② Alexis Logsdon, "Looking as though You're in Control : Janice Galloway and the Working-class Female Gothic", in *Exchanges : Reading Janice Galloway's Fictions*, Linda Jackson (ed.), Edinurgh : Edinburgh University Press, 2004, p.156.

③ Janice Galloway, *The Trick is to Keep Breathing : a Novel* , Edinburgh : Polygon, 1989, Dalkey Archive Press, 2003, p.156.

建构自身存在的过程。

　　小说并没有细致描绘乔伊厌食的症状,就连医生也从未问及,但厌食成为乔伊在情人去世后的主要状态。厌食的苗头始于她曾以为烹饪食物是笼络住情人保罗的法宝,结果,保罗却刻薄地说在任何方面都不需要她。让她完全厌食的时刻是在迈克尔死后,她打开一瓶罐头时划伤了手,伤口的血和罐头的汤混在一起,她突然意识到"我不需要吃东西"①。

　　在小说里,厌食自然不仅仅是个吃与不吃的问题,麦格林运用笛卡尔肉体与心灵的二元论评析了引发厌食的细节,"让汤和血变得不可离析,整个物质世界融入了相对的精神世界。罐头的割伤读起来像试图自杀,在某种意义上,确实如此。但正如加洛韦将厌食的行动浓缩为一瞬间的行为,厌食在实践上延展了自杀的冲动,如此,这个反复选择自杀的女人,反复演绎着与身体的分离。乔伊的'厌食逻辑',在于将自己的自我感与身体分离,将身体解析至不存在。"②这也是对她为何不愿正视镜子中自己身体的一种解释。不存在感是她对自己的内在感知,以为与身体的分离可以帮助她卸下心理的负担。厌食而造成的身体不适让她暂时忘却精神上的苦,逃离同事、学校、社会对她的期待,逃离她的罪恶感,从而摆脱现在的状况,摆脱社会的框制。厌食症这种具有危险性的医理状态,于是成为对现实的逃离和抗拒的隐喻,成为存在的一种解构。

　　不过,事物总是具有两面性的。乔伊的病态厌食解构她自己的存在,却又有着建构身份的意义。如海伦·马尔森(Helen Malson)认为,在某种程度上,厌食"被正面地建构为某种为自己找到或者标记身份的方式,或者本身就可以建构身份"③。麦格林也认为,乔伊"积极选择厌食作为

　　① Janice Galloway, *The Trick is to Keep Breathing*: a Novel, Edinburgh: Polygon, 1989, Dalkey Archive Press,2003,p.38.

　　② Mary McGlynn, "'I Didn't Need to Eat': Janice Galloway's Anorexic Text and the National Body", *Critique*: *Studies in Contemporary Fiction*, Vol.49, No.2(2008), p.226.

　　③ 转引自 Mary McGlynn, "'I Didn't Need to Eat': Janice Galloway's Anorexic Text and the National Body", *Critique*: *Studies in Contemporary Fiction*, Vol.49, No.2(2008), p.224.

一种有效且危险的主张身份的方式"①。拉夫杰森(Jessica Aliaga Lavrijs-en)从创伤象征符号的角度认为,厌食象征了乔伊企图重新掌控自己身体和生活的渴望。② 无论怎样,这种建构从根本上来看是将厌食的女性与男权社会对立起来而形成的,作者加洛韦那段著名的比喻在这里很有意义:"女性的兴趣,就如妈妈盘子里的食物一样,是男人和小孩吃剩后的东西。"③女性和她们所吃的东西都被当作别人剩下的、不入眼的,吃剩的东西自然激不起食欲,也代表着被轻视。更有甚者,如麦格林指出的,女性的进食还可能隐喻着受到侵犯被强奸的危险,厌食在某种程度上则有着抗拒这种危险的意思。④ 可以说,厌食在小说中所搭建的一个维度就是:乔伊对食物的抗拒是对男权和男权体制的抗拒,在抗拒的过程中重新建构自己的存在感。

这种解构与建构的基础都是对男权社会的抗拒,然而,令事情复杂化的是,这种抗拒在某种程度上又是一种屈服。加洛韦通过乔伊的厌食表现了事情不可否认的另一面:厌食是屈从社会普遍审美标准尤其是男性审美标准的结果。在叙述好友母亲埃伦请她在家共餐的正文中,乔伊的一段意识流插入其中。这段以第二人称进行的意识流著有标题"提升健康 终极节食",字号也相应地缩小,位于页面的中央。这段话像广告词一样,一连串的祈使句告诉她自己该怎么拒绝别人饮食的劝诱,也在极富诱惑力地煽动她自己节食:"最终你会明白一切都是值得的。"⑤这些都在表明消费文化的模式已经渗入乔伊的思考和表达方式,在不自觉中她已

① 转引自 Mary McGlynn, "'I Didn't Need to Eat': Janice Galloway's Anorexic Text and the National Body", *Critique: Studies in Contemporary Fiction*, Vol.49, No.2(2008), p.224。

② 参见 Jessica Aliaga Lavrijsen, "Female Scottish Trauma in Janice Galloway's *The Trick is to Keep Breathing*", September 2013, https://www.researchgate.net/publication/256443538, p.8, accessed 10 March, 2015。

③ 转引自 Matt McGuire, *Contemporary Scottish Literature: A Reader's Guide to Essential Criticism*, New York: Palgrave Macmillan, 2009, p.69。

④ 参见 Mary McGlynn, "'I Didn't Need to Eat': Janice Galloway's Anorexic Text and the National Body", *Critique: Studies in Contemporary Fiction*, Vol.49, No.2(2008), p.231。

⑤ Janice Galloway, *The Trick is to Keep Breathing: a Novel*, Edinburgh: Polygon, 1989, Dalkey Archive Press, 2003, p.85。

被其同化向其屈服。拉佐威兹(Eve Lazovitz)借用派珀(Mary Piper)的话指出,厌食是向社会审美强权的屈服:"厌食是一种隐喻。是年轻女性宣布自己会变成文化所要求成为的那种人的表达,她们很瘦削,没有危险性。"①同时,她也认为,厌食和酗酒、自伤(用劲刷牙、划伤胳膊)等行为一样是以身体的疼痛和极度感受抵消罪恶感焦虑感带来的精神折磨,是对现实的抗拒、接受也是求助:"它们是惩罚、逃避、控制和屈服的行为,也是发出求助的呼唤。"②这样的分析恰如其分地揭示出在当代消费社会中乔伊这类女性身上的矛盾性。

像乔伊这样的女性,并不是激进女性主义者期待的女汉子,她只是现代社会中一名受过大众教育的普通的苏格兰平民女子,在现有的环境中,她接受社会的普遍价值观,却也意识到它的压制。通过厌食隐喻而表达的解构、建构、抗拒、屈服抑或求助,形成矛盾的张力统一表现在她的身上,所以她会穿起小女生的粉色睡衣,但在受到医务人员训斥时也会乖乖地听话。她在抗拒和屈服中寻求平衡,平衡难以获得而产生以厌食为症状的焦虑表现,在焦虑中,抗拒与求助同时存在,解构与建构同时进行,人物和小说的意义也由此复杂化。

更复杂的是,主人公乔伊厌食却也表现出贪食的症状,她会一下子吃很多然后才吐掉。麦格林在分析中将她的反应解读为一种食物隐喻,贪食暗示了文本的形式意义。她认为小说本身已被物化,其文本是个具有贪食特征的实体。厌食症的文本应该是一种形式的,而贪食症风格的文本则是具有多种形式、相互碰撞的,各种形式像是"未被消化的文本块"③,引发读者阅读的饥饿感。文本自身的丰满及物质性使得文本成为

① Eve Lazovitz,"A woman's guilt,a woman's violence:self-destructive behaviour in *The Trick is to Keep Breathing*",in *Exchanges:Reading Janice Galloway's Fictions*,Linda Jackson(ed.),Edinurgh:Edinurgh University Press,2004,p.132.

② Eve Lazovitz,"A woman's guilt,a woman's violence:self-destructive behaviour in *The Trick is to Keep Breathing*",in *Exchanges:Reading Janice Galloway's Fictions*,Linda Jackson(ed.), Edinurgh:Edinurgh University Press,2004,p.126.

③ Mary McGlynn,"'I Didn't Need to Eat':Janice Galloway's Anorexic Text and the National Body",*Critique:Studies in Contemporary Fiction*,Vol.49,No.2(2008),p.230.

健康的存在,削弱了人物的厌食逻辑。在分析中,麦格林将《窍门是保持呼吸》与卡夫卡的《饥饿的艺术家》进行了比较。我们知道,卡夫卡的人物关在笼子里进行饥饿表演,每次不超过四十天,而且他不愿意终止这种表演,把饥饿当作了自己的常态。与瘦骨嶙峋的人物相对应,该小说的形式也是精干的具有骨感的,没有像19世纪流行小说那样长篇大论头头是道。麦格林指出,加洛韦的小说与之不同,它是个"有形式和肌理的文本",外在的种种形式彰显了小说的物质性,而且"尽管加洛韦的小说确实有物质属性,令人注意到它自己的骨架,但它没有饿着自己。实际上,它进食并成长,尽管如前所述,它确实让读者饿着了,鼓励他们步入厌食症视角的内部,但没有像卡夫卡那样强迫他们待在那里。这个文本的风格是贪食症的,是个反刍的过程"①。不过,乔伊的贪食表现与文本的贪食风格并不是同时出现的,麦格林指出,贪食症的文体风格在小说开始和人物的厌食症并不对应,在临近结尾处乔伊即将获得新的认识时,两者才表现出统一。乔伊狂吃了很多饼干,然后默默地吐了14分钟。埃尔曼(Maud Ellmann)将呕吐当作语言表达的象征:"贪食的呕吐摹仿了话语行动,反刍食物替代了词语,症状来自于语言的吐出与消化都是通过同样的出口这一假想"②,食物从嘴里的喷出犹如词语通过说话而出。乔伊在小说末尾的反刍喷发是其表达方式的一种,人物厌食与贪食的结合,人物厌食与文本贪食的结合,指向了人物乔伊最终的新生可能,以及小说表达女性经验的多样可能性。

三、饮食紊乱与社会病症

麦格林等有关人物厌食与文本贪食隐喻的分析为我们看待这部小说提供了一个很有意思的视角。其实,饮食紊乱不仅是女性性别身份的问

---

① Mary McGlynn,"'I Didn't Need to Eat':Janice Galloway's Anorexic Text and the National Body",*Critique:Studies in Contemporary Fiction*,Vol.49,No.2(2008),p.229.

② 转引自Mary McGlynn,"'I Didn't Need to Eat':Janice Galloway's Anorexic Text and the National Body",*Critique:Studies in Contemporary Fiction*,Vol.49,No.2(2008),p.231.

题,也是与社会在多层面上具有关联的问题。这部小说发表于1989年,撒切尔夫人执政的最后一年,人虽离去,但正如英格兰苏格兰之间历史积累的隔阂一样,其政府的政策对于苏格兰的影响却不会随之而去。苏格兰人在撒切尔执政时期的状态及对改变的期盼在乔伊这一女子的住房、医疗、工作、消费等经历和形式表达上有着直接或间接的表现,引导人们将乔伊的女性遭遇与苏格兰的民族状况联系在一起。因而,和对小说的形式认知一样,评论者对乔伊厌食的分析也从女性问题拓展到殖民性民族性等方面,并将两者有机地结合在一起。从民族身份宏大视角进行阐释,侧重了对小说政治内涵的解读,尽管有人觉得加洛韦正是不满这种政治性的解读后来才撰写了音乐家克拉拉的故事以及《异域风情》中写两个女性朋友在一起的故事,但从文本的语境来看,以及加洛韦打算去除那"怯怯的担心"来看,这样的解读确实不乏实际意义。

　　基于小说女主人公的病态表现,多米尼克·黑德(Dominic Head)主张小说象征了病恹恹的民族自我,拉夫杰森将个人的创伤与民族的创伤联系起来解读乔伊的创伤表现,认为"小说对个人与社会身份之间关系的强调,允许我们将乔伊的问题理解为某种社会病症(discomfort)的象征"[1]。麦格林则明确地指出"加洛韦把吃与饮食紊乱当作评论民族、女性气质和阶级相互作用的手段"[2]。她由人物贪食厌食延伸到文本贪食厌食的分析,让人们进一步看到小说形式与内容之间丰富的意义空间,既看到"加洛韦对女性生活在性别歧视的、被殖民的、男性民族主义的社会里所受到的束缚的关注",也看到"文本的形式特征表明风格也受到所处民族和性别等级中的地位的影响"[3]。乔伊的身份和苏格兰政治阶级状况及性别的普遍状况都无法剥离,作为平民,她居无定所,经济匮乏;作为

---

　　① Jessica Aliaga Lavrijsen,"Female Scottish Trauma in Janice Galloway's *The Trick is to Keep Breathing*",September 2013,https://www.researchgate.net/publication/256443538,p.9, accessed 10 March,2015.

　　② Mary McGlynn,"'I Didn't Need to Eat':Janice Galloway's Anorexic Text and the National Body",*Critique*:*Studies in Contemporary Fiction*,Vol.49,No.2(2008),p.222.

　　③ Mary McGlynn,"'I Didn't Need to Eat':Janice Galloway's Anorexic Text and the National Body",*Critique*:*Studies in Contemporary Fiction*,Vol.49,No.2(2008),p.223.

患者,医而无效;作为教师,教而无功;作为第三者,她有负罪感;作为苏格兰人,她的生活状况是英国社会中普通一员且是边缘一族中被边缘人的表现。小说将她置于边缘阶层人情冷漠的环境中,让人们看到性别问题的多重性和复杂性,看到她的言说方式对于苏格兰社会女性角色和苏格兰文学所具有的建设性意义。

第四节　脆弱与保持呼吸

乔伊在世俗强权面前流露出的种种脆弱,以及她的忧郁与挣扎让读者看到一个身心受损的女性在如何生存。她试图自外界从书本获得生存的答案,她阅读纪德、卡夫卡、格雷、斯帕克、凯尔曼等人的文学作品,还读过"各种杂志、报纸、广告牌、政府卫生警示、广告宣传单、调味瓶说明、大豆罐头说明、苏格兰民间传说和圣经"。然而,"它们都点到为止从来不揭示出全部的真理。"[1]如何生存的答案只能来自自己的感悟,她必须面对自己的脆弱,寻找她自己生活的真谛。

脆弱是加洛韦喜欢表现的一个方面。她有言:"我感兴趣于人们的脆弱以及处理脆弱的方法。有些人能够将脆弱转化成武器,有些人则将它当成生存的工具——协调反应的方法。终极的脆弱,临近死亡的事实,可以令一些人的明晰度、视野或目的,变得比想象的更明确。有些人不知道脆弱也是一种赠予,他们凋零而且没有抓住一点意义就死去了。我觉得,脆弱——我们为什么东西而脆弱,为何会脆弱,以及怎样对待脆弱——成就了一个人。"[2]在这部小说中,加洛韦以拼贴的文本形式塑造了乔伊,形象地展现了乔伊的脆弱和应对脆弱的方式。她无意于为第三者辩护,而是通过乔伊讲述了女人在现有社会语境中的脆弱,指涉了人或民族在等级强权社会中的脆弱。脆弱在小说里得到深沉的但非悲观的演

① Janice Galloway, *The Trick is to Keep Breathing: a Novel*, Edinburgh: Polygon, 1989, Dalkey Archive Press, 2003, p.196.

② "Interview with Janice Galloway", *Scottish Review of Books*, Vol.5, No.2(2009), p.6.

绎,乔伊在脆弱中有过放弃生命的试图,但终未实践,在脆弱中类似死而后生的经历使她获得了"窍门是保持呼吸"这一顿悟:

> 或许我可以学习游泳。
>
> ……我在什么地方读到过窍门是保持呼吸,一定得是自然的呼吸。据说熟能生巧。①

她最终可以渐渐走出脆弱的抑郁,治愈她的不是书本的教导,不是心理咨询师的询问,不是医生们与她的谈话,而是她在孤独中与自我的对话得来的。她在顿悟中明白了游泳的窍门是保持呼吸,生活的窍门也是如此。在保持呼吸的平心静气中,她通过原谅自己接受自己而获得自己的救赎,而且这一结果的获得具有象征意义:是通过她的发声得到的,表征了话语权的回归。这一内心的声音无需再以边缘的形式表达,不再斜体、不居于页边,也不做脚注,而是矗立于正文中——"我原谅你":

> 那个声音依然在那儿。
>
> 我原谅你。
>
> 我听得非常清楚,空荡荡的房子里我自己的声音。
>
> 我原谅你。②

这是她自己的声音,是喝着威士忌听着音乐时发出的声音。厌食贪食的身心紊乱在此刻似乎已经被克服,"我原谅你","你"可以是死去的情人,可以是"不能理解女性孤独与悲伤的社会",还可以是"因为死亡'不能言说'而不能接受死亡的自己"③,她与自己达成了和解,不再按照

---

① Janice Galloway, *The Trick is to Keep Breathing*:*a Novel*, Edinburgh:Polygon, 1989, Dalkey Archive Press,2003,p.235.

② Janice Galloway, *The Trick is to Keep Breathing*:*a Novel*, Edinburgh:Polygon, 1989, Dalkey Archive Press,2003,p.235.

③ Gavin Wallace and Randall Stevenson(eds.),*The Scottish Novel since the Seventies*:*New Versions*,*Old Dreams*, Edinburgh:Edinburgh University Press,1993,p.224.

世俗的规范去苛求自己。发出自己的声音这一行为在这里象征了她不再寻求边缘的逃跑通道,不再作正文的补白,而是重整之前碎片式的自我,让自己正常地呼吸,正常地生活。形式于此也再次声张了小说的意义。

回归自我拾起面对生活的勇气,未必能迎来明晰的未来,乔伊在房子里的自语和认知只是又一个开始,加洛韦就此停笔不再追叙她的生活。这亦如沃勒思评析所言:"《窍门是保持呼吸》最终的'窍门'是叙述者'在空房子里的声音':小说本身对长久缺席苏格兰小说的女性的声音的展现,以及叙述者通过话语将个人从唯我论的沉默过去解放出来的对自我回归的暗示,都成为绵绵不绝的现世噩梦,步入比乔克·麦克利什(Jock McLeish,《1982,詹宁》的人物)更为模糊得多的未来。"①乔伊能走多远,她所赖之以生存的阶级与民族能获得怎样的发展,以及性别写作与民族问题书写的关系等等,这些还都是当今苏格兰作家们笔不能释的话题。

加洛韦在创作中遏制住作者自己"怯怯的担心",在小说中充分表现了苏格兰普通女性的"怯怯的担心"和她们的政治话语身份。她通过叙述内容与形式的融汇书写了对苏格兰女性的关注及对殖民性民族性阶级性的多重思考,既凸显了苏格兰女性叙事的必需、力量与新意,也表现出苏格兰作家们在小说创作的性别表达、民族性与艺术性之间摸索出路的不懈努力。

80年代初发表代表作的格雷和80年代末发表处女作的加洛韦,两人一前一后开启和呼应了苏格兰小说改革创新发展的高潮。90年代的代表作品在实验性上不输于80年代的作品,在内容上对城市及其中下平民的描绘风格上更趋于现实,以韦尔什、凯尔曼为代表的作家在看似粗俗的百姓方言中融合深刻的苏格兰社会文化内涵,为读者又提供了别样的文学阅读经历。

---

① Gavin Wallace and Randall Stevenson(eds.) ,*The Scottish Novel since the Seventies*:*New Versions*,*Old Dreams*, Edinburgh:Edinburgh University Press,1993,p.224.

第十一章　20世纪90年代:欧文·韦尔什与《猜火车》

　　在20世纪90年代出版的作品中,老将詹姆斯·凯尔曼的第四部小说《为时已晚》和新秀欧文·韦尔什的处女作《猜火车》最为惹人注目。它们的成功让人看到,小说发展至今早已不是精英手中独有的阅读谈资之物,在消费文化畅行的当今社会,在追寻艺术性的同时,它的世俗性和可消费性等特征也越来越显著。凯尔曼以《为时已晚》在1994年获得布克奖,那是自布克奖确立25年以来,苏格兰人首次赢得这项英国最有分量的文学奖项。他的获奖让更多的读者看到苏格兰文学不仅仅有沃尔特·司各特等老一辈代表,当前的苏格兰作家们业已成熟并可以傲居文坛。《猜火车》比《为时已晚》早一年发表,更早地接受了读者市场的检验,在某种程度上为后者作了铺垫并营造了市场,它所引起的反响其至被人们津津乐道为"韦尔什文学现象"。莫里斯(Robert A. Morace)在描绘这种现象时形象地说:人们现在乐意以韦尔什为标准来评论新作家的成就,他们往往会说这是下一个韦尔什,那个有些像韦尔什,这位是女韦尔什,那位是英格兰的韦尔什,威尔士的韦尔什,等等①,韦尔什的影响力由此可见一斑。2002年4月14日的《苏格兰周日报》(*Scotland on Sunday*)上列出了当今百位最具影响力的苏格兰人,其中有四位作家,韦尔什也是大名在列(其他三位是阿拉斯代尔·格雷、利兹·洛克黑德、欧

---

　　① Robert A. Morace, *Irvine Welsh*, Houndmills, Basingstole, Hampshire, New York: Palgrave MacMillan, 2007, p.13.

文·韦尔什、J.K.罗琳)。

韦尔什没有显赫的文学世家的背景,没有值得炫耀的高等学府学习的资历,也没能实现自己的足球梦和乐手梦,不过,缪斯也许有时就喜欢青睐那些不得意的"失败者"。1993 年韦尔什带着《猜火车》一路疾驰进入出版市场,出乎意料地迅速地迎来了自己事业的转折。这部小说以主流不屑的瘾君子为写作对象,吸毒贩毒、粗言秽语、暴力滥交等成为小说书写的主要内容,但就是这样一本作品,获得了极大的市场成功。起初,赛克及瓦伯格出版社(Secker & Warburg)对市场预见不足,只将小说发行了区区 1000 册,孰料它迅速吸引住读者,成为苏格兰和全球出版市场的宠儿。它的首版目前已成为珍品,价格飙升至 300到 1000 英镑。在 1996 年电影版《猜火车》发行之前,它已卖到 150000册。电影的成功拍摄使它如虎添翼,轻轻松松地又赢得了更多的读者。不仅如此,除去阅读人数众多以外,小说还收获了排行榜的肯定,它位列《泰晤士报》所评的十大当代经典作品(*The Times* of London's Top Ten Modern Classics)以及 20 世纪 90 年代最受喜爱的书籍,还入选了英国水磨石书店所评的 20 世纪百部最佳书籍[①]。它在中国的正式露面要晚一些,2012 年 12 月由石一枫先生翻译的《猜火车》出现在"重现经典"书系中,这套丛书"旨在重新挖掘那些曾被中国忽略但在西方被公认为经典的文学作品"[②]。韦尔什和他的《猜火车》从此对于中国读者而言也不再是十分陌生的专有名词了,相关的研究文章也于近年见诸学术期刊。[③]

乘着《猜火车》这辆疾驰的快车,韦尔什首先狠狠冲击了苏格兰文学界。在诸多评论者和读者的心目中,这本小说所引起的争议和文学性堪

[①]　参见 Robert A. Morace, *Irvine Welsh*, Houndmills, Basingstole, Hampshire, New York: Palgrave MacMillan, 2007, pp.36—37。

[②]　参见[英]欧文·韦尔什:《猜火车》,石一枫译,重庆中版集团、重庆出版社 2012年版,中文版的"编委会荐语",荐语未标注页码。

[③]　主要论文有:王卫新:《"苏格兰用毒品来守护心灵"——评欧文·韦尔什的《猜火车》》,《英美文学研究论丛》2013 年第 18 辑;谌晓明:《从二元对立到自主抉择:论欧文·韦尔什的他者生存观》,《浙江外国语学院学报》2013 年第 3 期。

比乔伊斯的《都柏林人》和 J.D.塞林格的《麦田里的守望者》。①《猜火车》对市场一马当先的冲击在一定程度上帮助劳拉·赫德(Laura Hird)、艾伦·沃纳、约翰·金(John King)和尼尔·格里菲斯(Niall Griffiths)等敢于创新的后来者铺平了走向文学消费市场的道路②。借助它的威力,韦尔什本人也再接再厉创作了系列作品《胶》(*Glue*,2001)、《情色》(*Porno*,2002)、《瘾君子》(*Skagboys*,2012)以及《污物》(*Filth*)等实验性作品,其冲击力量和读者的认可度亦令人刮目相看。莫里斯对此描述说:"欧文·韦尔什一度令苏格兰小说尴尬,1993 年的《猜火车》引发了文学的爆炸。经历过一段时期的背井离乡之后,他回到了自己的城市,比过去十年中的任何人都更大地影响到苏格兰文学的发展——这令人争议,却是可以感觉得到的。"③

韦尔什在苏格兰文学界形成的影响自然不是空穴来风,他不走平常路的写作手法有其特别的用意而且起到了特别的效果。他在创作中刻意与其称谓的"牛桥"小说(Oxbridge)的经院派写作保持距离④,将小说的世俗性、消费性和艺术性融为一体。他的作品不再将伦敦当作文化与语言的中心,而是聚焦苏格兰当地人的生活与状态,以充满苏格兰特征的文字和姿态进行创作。在苏格兰的社会文化语境中,他以巧思之文撕下了后现代社会城市文明的面纱,展现了苏格兰人的个体,尤其是出身底层的城市青年的颓靡破落的生活,以其独特的风格鲜活地呈现了现代社会的病态与顽疾。

这也是他和凯尔曼的不同之处。凯尔曼的作品虽然也是有关苏格兰的下层民众,但他关注的主要是格拉斯哥等城市工人阶级的状况,韦尔什

---

① 参见 Robert A.Morace, *Irvine Welsh*, Houndmills, Basingstole, Hampshire, New York: Palgrave MacMillan,2007,p.39。

② 参见 Robert A.Morace, *Irvine Welsh*, Houndmills, Basingstole, Hampshire, New York: Palgravc MacMillan,2007,p.39。

③ 转引自 Robert A. Morace, *Irvine Welsh*, Houndmills, Basingstole, Hampshire, New York:Palgrave MacMillan,2007,p.12。

④ 参见 Robert A.Morace, *Irvine Welsh*. Houndmills, Basingstole, Hampshire, New York: Palgrave MacMillan,2007,p.17。

则专门描写以前小说作品较少关注的来自城市底层的年轻人,如《猜火车》写的就是爱丁堡边缘雷斯地区的社会弃儿。而且,这些不讲礼仪行为出轨的年轻人说着苏格兰方言在文学作品中隆重登场,不再像正统小说里的人物那样即便道德败坏语言也不失规范。作为文学作品中不常描写的对象,再加上不同寻常的表现方式,他们触及了读者猎奇的心理,也从而加深了读者对于苏格兰边缘青年的认识。评论者海明威有言:"《猜火车》强有力地记录并推动了苏格兰文化生活一致性观念的崩溃,扰乱了人们心目中苏格兰作为纯正和自然风光代表的形象。"[1]打破一致性观念并非韦尔什的创举,"苏格兰式对立"一向是苏格兰文学反映的内容,不过,它确实以其特有的方式破灭了人们对于苏格兰纯美的理想憧憬。通过小说的艺术张力,它带给读者的不仅仅是对苏格兰边缘青年的认识,更使读者看到苏格兰的复杂状态,以及对于后现代消费社会自由与安全等问题的思索。有鉴于以上诸种原因,也由于本书已有数篇涉及以格拉斯哥为背景的小说,本章选择以《猜火车》为专门研究对象,而没有聚焦凯尔曼的《为时已晚》。

韦尔什将《猜火车》的主要叙述者放在当今具有不确定性的消费社会语境中,他们大多是撒切尔执政时期、20世纪90年代前爱丁堡雷斯地区不务正业的年轻人,如,懒蛋马克·瑞顿、屎霸丹尼尔·墨菲,还有变态男西蒙·威廉森。他们处于消费社会的游戏边缘,在这样一些人身上看不到西方文明优越性的体现。他们嗑药、吸毒、酗酒、偷窃、撒谎、骗钱,冒领救济金,相互之间缺少关心,对社会、对群体都缺少认同感和归属感。他们无所事事,没有强大的消费能力,既是消费社会的产物也是它的牺牲品;他们似乎自由来去却又没有自由的实质;看似成群结队却又是没有联合且不可靠的群体。他们的形象并不令人愉悦,甚至会让人反感,但在韦尔什的巧妙叙述中,他们又令读者不忍舍弃,对他们的迷惘颓废心生几分同情与诸多反思。如何去看待小说中的这些人物和小说的内涵?齐格

---

[1] Judy Hemingway, "(Un)popular Culture and Citizenship-mapping illicit drug-using in Trainspotting", *Geography*, Vol.91, No.2(2006), p.146.

蒙·鲍曼（Zygmunt Bauman）关于后现代消费社会自由问题的论述为从小说形式和内容层面探究这些在社会底层谋生的年轻人提供了一定的线索，也可以帮助我们结合苏格兰的现实状况分析小说在世俗化与艺术性之间的游弋。

第一节　消费社会边缘化语境的构建

一、"未被实现的消费者"

鲍曼在书中从消费欲望、消费者与未被实现的消费者、自由与安全的关系等方面讨论了后现代性的不确定特征及其缺憾，令人们看到了消费社会中"自由的焦虑"的必然性和影响。根据他的论述，在后现代的消费社会中，自由即为消费的自由；消费者面对不同的资源进行了不同的选择，发现"消费的提升导致了自身满足的不可能"，消费欲望的不满足又让人们发现了自由欲望的不可满足性："我们总是要求更多的自由——即使我们所需要的自由是限制和禁止目前自由的自由"①，然而事实是，并非人人都是自由的消费者，也"没有无焦虑的自由"②。自由必然是焦虑的，既有对自由本身的焦虑，也有由自由而产生的焦虑。鲍曼在《消费者时代的陌生人：从福利国家到监狱》一文中专门讲到了消费社会的弃儿，即"未被实现的消费者"，也就是不能以所拥有的手段满足自己欲望的人。③ 他们和能够满足欲望的人之间存在着越来越深的鸿沟。为了获得消费者社会所宣扬的标准，他们极容易走向犯罪，彻底堕入下等阶层。下等阶层"犹如一个巨大的日益增加的仓库，消费者社会的失败者和被

---

① 郇建立：《中译本序：不确定性与安全感的丧失》，[英]齐格蒙·鲍曼：《后现代性及其缺憾》，郇建立、李静韬译，学林出版社2002年版，第5页。

② [英]齐格蒙·鲍曼：《后现代性及其缺憾》，郇建立、李静韬译，学林出版社2002年版，第247页。

③ 参见[英]齐格蒙·鲍曼：《后现代性及其缺憾》，郇建立、李静韬译，学林出版社2002年版，第46页。

遗弃者都被储存在了这里"①。《猜火车》小说中的人物身份具有不确定性,游走在消费者和未被实现的消费者之间,而且成为后者的可能性显然更大些。他们有着自由的身份,可以充当消费者(低级别的消费者),但他们永久不满足的特殊消费欲望是毒品,消费指向了毒品,行为指向了游荡或者暴力,一不当心就有可能被投进监狱,最终成为没有自由的消费社会的垃圾。在自由与没有自由的边界上走钢丝,"自由的焦虑"是他们生存的写照。韦尔什即以他们这种身份的可转换性和不确定性扩张了小说的意义空间,表现出消费欲望与自由选择的焦虑在苏格兰下层民众行为和思想上的反映。

《猜火车》在开始部分"戒瘾"的描述就奠定了叙述基调,表现出人物与主流消费群体的隔阂,以及他们自由的焦虑。懒蛋瑞顿以和同伴找地方嗑药开始了他的叙事,同时也展开了整部小说的叙事。开篇不久他就讲到自己试图戒毒的过程,最具讽刺意义的是,与戒毒相关片段的叙述标题为"爱丁堡国际艺术节的第一天"。一般说来,读者在这个标题的诱导下都会期待关于艺术节的描写,但在这节里(甚至整部小说里)没有任何对这场盛会的正面描写,只是到了这部分叙事的最后,瑞顿告诉我们,天气炎热才让他想起"今天是爱丁堡国际艺术节的第一天"②。我们知道,爱丁堡国际艺术节为期三周,是文学、电影、戏剧、绘画、音乐艺术的盛会,但这样一场在市中心地段进行的盛会与瑞顿这帮小混混无关,他们不属于这样的群体,也不屑于融入这样的盛会,只是时不时地冷眼旁观一下艺术节的游客和活动。所谓高雅与恶心的对照在这部分得到了极致的表现。瑞顿在这个似乎洋溢着艺术高雅情趣的节日里又是戒毒又是吸毒,而且讲述的内容可能是小说中最令"正经"读者止不住恶心的部分:瑞顿难以忍受戒毒的痛苦而外出购买到肛用的缓冲毒品,因为内急,他跑到污秽不堪的洗手间里方便,并从排泄的污物中

---

① [英]齐格蒙·鲍曼:《后现代性及其缺憾》,郇建立、李静韬译,学林出版社 2002年版,第47页。
② [英]欧文·韦尔什:《猜火车》,石一枫译,重庆出版集团、重庆出版社 2012年版,第25页。

将毒品捞出重新塞回体内。韦尔什用直白的叙述猛力地冲击着读者的感官,优雅热闹的艺术节与污秽不堪的人物形成强烈的对比,更显示出瑞顿等人与在爱丁堡街头狂欢的消费者或主流群体的不合拍。他们自在于主流话语之外,尽管可以不择手段暂时满足对毒品的欲望,但欲望的短暂满足并不能使他们逃脱边缘化处境的困顿与无奈,沦落为"未被实现的消费者"成为社会垃圾的前景让他们在无所适从的恐惧中浑浑噩噩地生活。

韦尔什在开篇部分就这样借标题的时间事件与实际叙述事件的反差营建了强烈的对照讽刺效果,这种反差与讽刺可以说是小说极为显著而重要的特征,呈现了小说人物的不安定感和生活的焦灼感。若追溯其源头,小说所处的后现代社会语境,具体说来是撒切尔夫人执政时期的英国,不得不负其责。当时,撒切尔政府的消费资本主义和强权统治使得英国经济获得暂时性的繁荣与政治地位的提升,似乎带给人们诸多自由选择的可能,然而这一切是以加剧社会矛盾为代价的。在她就任期间,去工业化政策与首先在苏格兰实行的人头税对苏格兰的负面影响巨大。造船等工业原是苏格兰的经济支柱,去工业化的政策妨碍了苏格兰工业优势的发挥,拉大了贫富差距;而不论收入多寡都要按照人头缴纳的税收令其平民的生活尤为受到影响。"消费社会的垃圾"开始增长,大规模的失业、吸毒、犯罪等现象开始普遍起来,在撒切尔夫人卸任以后这些问题依然长久地如顽疾般存在。此外,1982年阿根廷与英国争夺马尔维纳斯群岛主权之战虽以英国的胜利告终,但皇家苏格兰军队牺牲巨大,加深了苏格兰的贫困也激化了民族不满的情绪。

经济的落魄和安全感的缺失使得一切都变得捉摸不定,难以预测,如此的状况自然令苏格兰人非常不满。作家威廉·麦基尔文尼以"政治的外行人""有思想的外行人"的身份在1987年的苏格兰民族党会议上对撒切尔政府作出过抨击:"玛格丽特·撒切尔……是个文化的蓄意破坏者。随意地操起自己的斧头就来解决苏格兰的复杂问题。她并不理解被她毁之一旦的来之不易的历史。如果我们允许她继续下去,她就会将

'苏格兰的'这个单词的意义仅仅简化为地理上的意义了。"①他的发言代表了当时部分民众的心声。1989 年苏格兰民族大会(Scottish National Convention)召开,1990 年爆发了反对撒切尔政府人头税的抗议活动。韦尔什的《猜火车》即是在这样的背景下表现了这一时期弥漫苏格兰的颓废与不满情绪,小说中瑞顿等人吸毒堕落、对苏格兰身份的认同纠结是其明显的表征,因马岛战争丧子的苏格兰母亲的诅咒也令人印象深刻:"我恨撒切尔夫人,恨她到死。没有一天我不诅咒她。"②

曾有言称在后撒切尔时代,"基本规则就是适者生存,关心他人已经成为一种无力支出的奢侈,能把人与人聚合在一起的主要就靠生意了。"③在撒切尔时代,这其实已经是适用的规则了。小说里把瑞顿、屎霸这帮年轻人聚合在一起靠的不是什么诚挚的友谊关心,而是个人之间或小规模的毒品使用与交易。他们无业可就,选择了以吸毒贩毒等极端的个人自由形式对抗社会带给他们的压抑与焦虑,成为资本主义消费文化最低端的消费者、促进者,也是无可奈何的废物和牺牲品;他们表现出撒切尔社会普遍的"认同难题",对自我身份、对不列颠乃至苏格兰本身的认同随着毒品的注射而变得愈发混沌,消解了后现代社会渴求的自由感、身份稳定性和人际关系的确定性。

二、边缘化语境的构建

对应着撒切尔时代的现实氛围,韦尔什利用小说的结构、地点的属性和语言的地方性等各方面来表现苏格兰底层这些可能的"未被实现的消费者",构建了这些处于欲望与自由焦虑之中的人物所处的边缘化语境,艺术地再现了他们的孤独感、不确定性和边缘地位。首先,小说的结构作

① William McIlvanney, *Surviving the Shipwreck*, Edinburgh & London: Mainstream Publishing, 1991, p.246.
② [英]欧文·韦尔什:《猜火车》,石一枫译,重庆出版集团、重庆出版社 2012 年版,第 312 页。
③ Horst Prillinger, *Family and the Scottish Working-class Novel: 1984-1994*, Frankfurt am Main, Berlin, Bern, Bruxelles, New York, Oxford, Wien: Peter Lang, 2000, p.177.

出了形式上的言说。它的结构可谓"七零八落的结构(ramshackle struc-
ture)"①,不带章节标号的标题将全书分为七大部分、43个片段。从"戒
毒""复发""再戒""搞砸了""流亡""归乡",到"逃走",七个标题暗示了
小说内容的某种连续性;各部分之间人物的重复出现、情景的模拟再现也
都在提醒读者意识到小说的内在联系,但是,空白的存在和片段式的写作
又从总体上将这种连续性进行了消解。小说每一部分结束后都留有一张
空白页②,而且,七个大标题各占据一页纸的空间,标题之后的那一页也
是留白,每个叙事片段之间隔着数行的空白。这里的空白不似加洛韦
《窍门是保持呼吸》中的空白那样意在延展主人公个人的创伤感,它们的
存在似乎是有意割裂疏离各部分的联系,将内在脆弱的关联性变得更加
不确定。不仅如此,瑞顿等瘾君子各自以第一人称成为小说的叙述者,他
们的出场并没有什么顺序可言,一个人话茬刚歇停另一个人的就接了上
去,说话的内容也许和之前的叙述有所联系,也许没有关联,形成一个个
似随意似独立又似连接的片段,人物性格发展因而也少有戏剧性的变化。
小说的结构感觉有一点像伍尔夫的《海浪》,但叙述者的顺序并不像《海
浪》那样是有序轮回的。瑞顿、变态男、屎霸、"卑鄙"、二等奖金、斯万等
主要叙述者接连露面,也有德威这样出场次数寥寥的人物的叙事夹杂其
中。不仅如此,叙事人物转换之前没有任何明显的提示,一段段叙事让人
感觉像一块块的补丁,有可能一时难以抓住其中的叙事者。有意的留白
与叙事片段的组合体现出韦尔什后现代叙事的特点,在我们看来,也应和
了鲍曼有关生活不确定性的描述:

> 世界在本质上具有非决定性和可塑性:在这样的一个世界中,什
> 么都可以发生,什么都可以被做,但是,没有什么能够一劳永逸地被
> 做出——而且,所发生的一切都会不宣而至,不辞而别。在这样的一

---

① Robert A.Morace,*Irvine Welsh's Trainspotting:A Reader's Guide*,New York,London:
The Continuum International Publishing Group Inc.,2001,p.40.

② 石一枫的中译本没有按照英文原作排版留白。

个世界中,纽带往往会被视为持续的遭遇,认同往往会被视为持续被戴的面具,生活历史很容易被视为一系列的片段……没有什么是确定无疑的,任何为人所知的事都只能以不同的方式被知道。①

这种"非决定性和可塑性"使得个体的自由蕴含有令人不安的焦虑感,《猜火车》的片段式不规则的结构则传达了这样的非确定性,暗示出人物的不安与焦躁,及人物关系的松散和共同体意识的淡薄。在这个"没有结尾,没有目的的叙述地狱"②里,每个人物的叙述将生活历史分成一个个片段,其间的松散联系示意着人物关系的疏远和个体的孤独,即便有所交汇,也无助于形成"稳定的认同"。鲍曼用照片打过比方,认为人们日常生活中大量的照片实则表述了自我认同的不确定性:日常生活中的每一张照片都可以独立地传达自身的意义,类似的,人们并未像一砖一瓦建造房屋那样逐渐地建构自己的认同,"自我形象不时变化着,变成了一种不稳定的认同"③。小说中瑞顿一干人等似照片式的片段化叙事就达到了这样的效果。耽于吸毒的年轻人尽管在每一个片段诉说着自己,但因为游离于主流社会和价值观以外而对自我不能形成确定的感觉,难以获得稳定的身份认同感和归属感。

小说发生地的空间属性也具有同样的作用,它突出了人物的游离感,强化了他们在边缘地带与主流群体的距离以及流入"下等阶层"监狱的危险。"空间的存在不仅仅是种中介,而是概念的建构。"④《猜火车》没有选取人们熟知的苏格兰工业城市格拉斯哥,描写的也不是首府爱丁堡的主城区,而是选取了雷斯,以该地域的特性建构了瑞顿和同伴们的身份

---

① ［英］齐格蒙·鲍曼:《后现代性及其缺憾》,郇建立、李静韬译,学林出版社 2002 年版,第 24 页。

② Cairns Craig, *The Modern Scottish Novel: Narrative and the National Imagination*, Edinburgh: Edinburgh University Press, 1999, p.131.

③ 参见［英］齐格蒙·鲍曼:《后现代性及其缺憾》,郇建立、李静韬译,学林出版社 2002 年版,第 25 页。

④ 此为亨利·柏格森的空间观,转引自 Anna Snaith & Michael H. Whitworth (eds.), *Locating Woolf*, Houndmills: Palgrave and MacMillan, 2007, p.5.

概念,呈现了人物个体在边缘的混沌、缺乏群体与民族归属感的现状。雷斯位于爱丁堡市中心的北部,是平民集中之地。它原本是独立的,但在20 世纪 20 年代政府不顾很多居民的反对将其归入爱丁堡辖区。雷斯的中心街道雷斯大街(Leith Walk)与爱丁堡繁华的王子大街相接,却没有后者的繁华与人文气息。在撒切尔夫人执政时期,大量的廉价海洛因涌入雷斯地区,艾滋病感染率开始陡然上升,也就诞生了诸多像瑞顿、屎霸这样操着雷斯腔以吸毒为好的年轻人,对于他们来说,披着文明与文化斗篷的爱丁堡是此处亦是他乡。有鉴于此,刘易斯·麦克洛德(Lewis Mac-Leod)等评论者不同意将该小说仅仅当作爱丁堡一群年轻人吸毒的故事,或只是关于爱丁堡的小说,而是主张突出爱丁堡和雷斯的差异对于人物自我概念的重要作用:"《猜火车》在雷斯和爱丁堡之间设置了类别的区分,这种区分几乎对于每个人物的自我意识都有至关重要的意义。"[①]消费者云集的王子大街和当地平民聚居的雷斯虽相隔不远,但中心和边缘的区分明显,突出了苏格兰人群体内部的差异性,使得瑞顿等在社会边缘混生活的青年人内心的焦虑和惶恐无法遁形。

不仅如此,具有地方特征的叙事语言深入揭示了人物的身份和心理,推进了人们对消费社会主流与边缘差异的理解。将苏格兰语与英语混用不是什么新鲜事,威廉·麦基尔文尼等很多苏格兰作家在这方面都是行家里手,麦基尔文尼在代表作《多彻迪》中叙事用英语,对话用苏格兰方言,两者可以说还有着明显的分隔。对于韦尔什这一代作家而言,他们更加明确地意识到:语言即文化,表现苏格兰人的苏格兰小说应该融入它本土的语言,因而他们在小说语言的创造与使用上更加大胆放任。在韦尔什的行文中,麦基尔文尼那种泾渭分明的用法基本失去了踪影。《猜火车》使用人物独白与全知叙事结合的形式,在不同人物的叙述中切换视角,无论是叙事、对话,还是独白,英语和苏格兰雷斯方言都糅合在一起,形成流畅的语言文本。它极其贴近底层人的生活用语,人物的用词习惯

---

① Lewis MacLeod, "Life among the Leith Plebs: of Arseholes, Wankers, and Tourists in Irvine Well's *Trainspotting*", *Studies in the Literary Imagination*, Vol.41, No.1(2008), ProQuest Direct Complete, p.89.

也各有特色:"韦尔什的苏格兰城市方言在范围和种类上实际要比凯尔曼设计的相对单一的格拉斯哥大众语言丰富得多。"①不可否认的一个事实是,小说中俗语俚语脏话不少,这种语言运用得当可以增加小说的现实层次,增强小说语言的艺术表现力和张力,强化颠覆传统中心的意义,但过度运用也确实会破坏小说的艺术美感,让读者难以接受。在这部小说里,韦尔什尽管大胆地"容污纳秽",总体上说来却将这类表达应用得恰如其分,简·门德尔松(Jane Mendelsohn)称赞说:"一旦把握了《猜火车》的精髓,就会发现它的语言十分精彩,复杂不乏诗意……完美地表现出文学气质,在各个层面娴熟地运用语言讲述故事。"②

综合来看,韦尔什将各层次的方言与英语两者结合起来的妙处在于,首先,地区方言与英语的混用及其难以区分的特征,使得人物赖以表达思想的语言成为自身意义不确定的介质,导致它的使用者在抽象层面上更具有不确定的意义。其次,每个人物都有自己的语言特征,用韦尔什自己的话说是"一堆不同的声音喧嚣着让人听见"③,这在某种意义上也是让未被实现的消费者和边缘者追求个人自由的表达。最后,苏格兰下层人物有失文雅的语言冲击了读者的视觉和听觉,挑战了中产阶级读者的审美情趣,也由此颠覆了人们对爱丁堡的印象,以及对苏格兰小说的印象。尤其微妙的是,一向占据主流和中心地位的英语仿佛成了苏格兰方言的陪衬物,阶级地位低下的瑞顿们使用以方言为主的混合语言动摇了主流语言的中心地位,打破了语言的等级,使得主流与非主流的界限变得含糊不清。类似于海伦·蒂芬在分析《升天摩西》中的反话语策略时所言,小说里多种相互竞争的英语声音颠覆了任何规范语言和思想的可能性。④

① 转引自 Robert A.Morace,*Irvine Welsh's Trainspotting:A Reader's Guide*,New York,London:The Continuum International Publishing Group Inc.,2001,p.26。

② Jane Mendelsohn,Cover Comment,*Trainspotting by* Irvine Welsh,New York & London:W.W.Norton & Company,1996.

③ 转引自 Robert A. Morace,*Irvine Welsh*,Houndmills,Basingstole,Hampshire,New York:Palgrave MacMillan,2007,p.49。

④ 参见罗钢、刘象愚主编:《后殖民主义文化理论》,中国社会科学出版社1999年版,第322页。

瑞顿们的各种苏格兰声音也是一种反话语策略,不仅反对了英语的标准化和主导性,也无意建构标准的苏格兰语,而是将原本社会边缘化的东西在某种程度上变成主要的表现内容,以多样性充实自己话语的活力。不过,这并非表明边缘化的人物已经成功逆袭,语言的混用从本质上来说还是身份难以认同的表现,苏格兰人物不能借此改变处境,而只能借助语言表现出在现代社会中的某种颠覆反抗的意识,流露出深深嵌入其中的焦虑感。

第二节　"没有安全的自由"与
共同体意识的缺失

在边缘化的语境中,小说人物被身份与生活的不确定性所包围,遭受着自由的焦虑。在如何对待个体自由与社会之间的冲突、平息自由焦虑方面,鲍曼认为"自由个体只有联合起来并通过其共同成就(即通过政治共同体①)"获得自由,而且"每一个个体自由及无偿享有这一自由,都需要所有人的自由;每个自由都需要通过所有人的共同努力而得以获取和保证"②。小说中的人物在雷斯所形成的或接触的种种群体没有形成这种具有辩证关系的共同体,而只是某种生活圈子③,它们既未能保障自由的个体利益,也没有为整体利益作出努力,恰是代言了人物在后现代社会自由选择的失败。

雷斯地区的边缘性聚集了一批为社会所不齿的吸毒者和无业者,瑞顿和他的伙伴们具有类似的身份特征,与其他生活圈了自然而然地隔离

---

①　英文原文为"political community",原译文为"政治社群",此处认同近来学界对"community"的翻译,强调该词的广泛内涵,改译为"政治共同体"。

②　[英]齐格蒙·鲍曼:《后现代性及其缺憾》,郇建立、李静韬译,学林出版社 2002 年版,第 252 页。

③　鲍曼认为,"生活圈子(company)或社会(society)可能是坏的;但它们都不是'共同体'。我们认为,共同体总是好东西。"([英]齐格蒙特·鲍曼:《共同体:在一个不确定的世界中寻找安全》,欧阳景根译,江苏人民出版社 2003 年版,第 2 页。)

开来。在他们的瘾君子圈子里，人物缺乏共同体意识，没有联结感，甚至对于自己的苏格兰身份并不以为然。"《猜火车》让人所见所闻的是一个群体——瘾君子的群体——他们是 20 世纪 80 年代社会的脚注，但是他们从共有主义到自我主义、从团结到孤立的没落，其本身就是这个实际且自我的下层社会的镜像。"①这个群体本身具有不确定的特征，它不是有组织的社团机构，而是雷斯的瘾君子们靠吸毒贩毒形成的一个松散的边缘化圈子，没有凝聚力，有的是个人欲望的膨胀。瘾君子游离于体面和安全生活之外，是别人眼中的小混混、社会垃圾，当代资本主义社会黑暗面的标本性人物，但在他们自己看来："在有关吸毒的问题上，我们可是典型的自由主义者，坚决反对任何形式的政府干预。"②他们崇尚消费社会个人主义的自由，家庭或者国家对于他们就是变态男口中的"全他妈狗屎"。这些"自由主义者"生活在雷斯区有着共同的嗑药吸毒的嗜好，毒品与金钱成为把他们连接在一起的纽带。莱昂（David Lyon）在《后现代主义》中说："消费，而非工作，成为'生活世界旋转的中心'"③。撒切尔时代瑞顿们的生活中心就是消费毒品，一切围绕着毒品，他们之间一般不会有真正的联合和友谊，如伯特霍尔德·舍尼（Berthold Schoene）指出的："韦尔什的瘾君子之间没有坚实的团结"④。瑞顿在这个松散的圈子里就没有多少认同感："和我在一起的都是什么人啊?"⑤他们的自由在于各自过活，不会过多为他人考虑。例如，"二等奖金"在盖夫给了他买工具刷墙的钱之后就不见了踪影；麦迪感染了 HIV 又从猫屎感染上弓浆虫病死在家里过了很久才被人发现；瑞顿和朱丽是毒友，但后者去世时他没

---

① Cairns Craig, *The Modern Scottish Novel：Narrative and the National Imagination*, Edinburgh：Edinburgh University Press, 1999, p.97.

② ［英］欧文·韦尔什：《猜火车》，石一枫译，重庆出版集团、重庆出版社 2012 年版，第 52 页。

③ 转引自 Robert A. Morace, *Irvine Welsh*, Houndmills, Basingstole, Hampshire, New York：Palgrave MacMillan, 2007.p.46。

④ Berthold Schoene,（ed.）, *The Edinburgh Companion to Irvine Welsh*, Edinburgh：Edinburgh University Press, 2010, p.68.

⑤ ［英］欧文·韦尔什：《猜火车》，石一枫译，重庆出版集团、重庆出版社 2012 年版，第 171 页。

有出席葬礼;毒贩福瑞斯特在瑞顿掏出钱买药之前把后者要弄个够;等等。如果把这个群体再扩大化一些,还包括那些在小说里并不明确吸毒与否但和瑞顿等瘾君子有交集且不务正业的社会青年。他们有的嗜好暴力粗口,有的流连赌场,有的欺朋友之妻,"卑鄙"、格兰特和杰基等人物皆是如此。

在这样的群体圈子里,瑞顿、屎霸远离中心地区,享受着权力话语以外的自由——没有安全的自由。鲍曼在论述后现代性的缺憾时指出:"现代性的缺憾源于在追求个体幸福中的某种安全,而这种安全包容了太少的自由。后现代性的缺憾则源于某种寻求快乐的自由,而这种自由包容了太少个体的安全。"①而且,"没有安全的自由和没有自由的安全一样,都不再保证稳定的幸福。"②《猜火车》的主人公们所享受的自由是非常脆弱的。他们也许有可能为了获得消费者社会所宣扬的标准,会"在没有可使用的手段的情况下想直接获得目标"③,而面临警察局等社会机构的抓捕、法院的聆讯、监狱的监押。即便逃此一劫,吸毒的满足、欲望的释放等换来的都只是一时的自由感,也许后面等待着的就是艾滋病、死亡,或者更加难以遏制的循环往复的沉沦的欲望。自由的放纵带来的是安全感的匮乏、群体认同感的薄弱。在鲍曼的阐释中,自由始终处于一个不确定的语境中,没有绝对的自由,没有"无焦虑的自由";尽管人们梦想充分享受自由的选择而不必担忧因错误的选择受到惩罚,但这种安全的自由却是不存在的,对自由的选择与焦虑是人的宿命④。小说中,焦虑的自由感折磨着瑞顿,自由与安全的后现代性命题无形地作用于他的行为和思想,所以一次次的戒毒去寻求"逃避自由的自由",又一次次地重蹈覆辙陷入错误选择的泥沼。

---

① Zygmunt Bauman, *Postmodernity and its Discontents*, Cambridge: Polity Press, 1997, p.3.
② 鲍曼:"引言:现代与后现代的缺憾",[英]齐格蒙·鲍曼:《后现代性及其缺憾》,郇建立、李静韬译,学林出版社 2002 年版,第 4 页。
③ [英]齐格蒙·鲍曼:《后现代性及其缺憾》,郇建立、李静韬译,学林出版社 2002 年版,第 44 页。
④ 参见[英]齐格蒙·鲍曼:《后现代性及其缺憾》,郇建立、李静韬译,学林出版社 2002 年版,第 247 页。

　　在"没有安全的自由"造成的焦虑中,瑞顿等个体形成的瘾君子群体没有鲍曼所言的"政治共同体"的功能,而只是一个关系失败的表征。他们彼此之间没有信任感,没有团结精神,又备受外界的鄙视和排斥,倒是可以说,他们共同形成了一个"依赖的群体——依赖福利、依赖毒品、依赖金钱——这就是现代资本主义被排斥的、被分化的个体社会的镜像"①。这样的"个体社会"之所以依赖这些,正是在于他们远离规范,没有能取得共同成就的政治社团可以依靠,也没有这样的社团可以容纳他们。

　　小说中的"体面"群体,对于瑞顿他们来说更像是道德审问团体,是他们不愿意不敢也不能融入的群体,有点像鲍曼所言的理性化的监狱。韦尔什在"快速求职记"一节中记录了瑞顿和屎霸求职面试的过程。撒切尔的经济政策造成大量苏格兰人失业,瑞顿们已经不能再像他们父辈那样,他们不再是劳动力后备军,失业津贴领取的门槛也不像以前那么容易跨过去。为了能够继续领取救济金,他们听从了劳工职业部的安排去参加求职面试。他们伪造自己的学历,杜撰自己的过去,令面试官一时有点刮目相看,然而,当瑞顿有意坦白自己吸食海洛因时,面试官们"都紧张地缩到椅子里去啦"②。屎霸则更过分,以夸张的表现直接告诉面试官自己的履历有假。虽然说他们故意把面试搞砸,但这也是无奈的抉择,体面社团的大门不会为他们打开,面试官的反应已经明明白白地将他们隔离于其外,把他们当作犹如垃圾箱的具有危害性的他我③。消费社会的阶级差异与歧视也由此明白地展现在读者面前。

　　"HIV与乐观生活"是小说中涉及的为数不多的一个有常规活动的社团。它容纳的是HIV带原者,通过自由谈话的方式帮助彼此获得生存的信心。在相关章节里,小说以瑞顿朋友德威的叙事讲述了该社团活动的失败。由于加入该社团的带原者获病途径不一,有的是静脉吸毒感染,

---

① Cairns Craig, *The Modern Scottish Novel: Narrative and the National Imagination*, Edinburgh: Edinburgh University Press, 1999, p.97.

② ［英］欧文·韦尔什:《猜火车》,石一枫译,重庆出版集团、重庆出版社2012年版,第64页。

③ 此为鲍曼的比喻,"成为一个他我意味着充当一个垃圾箱"。参见［英］齐格蒙·鲍曼:《后现代性及其缺憾》,郇建立、李静韬译,学林出版社2002年版,第110页。

有的是性途径感染，他们同病相怜却各怀心思，成员间无法赋予彼此满足欲望的自由，甚至成为剥夺彼此自由的对头。在德威的叙述中，团体聚会的气氛有时会很紧张，不满与愤怒是常见的情感表达，成员间的交流与沟通常常陷入沉默。它帮助了一些人自由地表达自己的感受，也被德威等人利用以实现自己的计划，扭曲了团体的作用。德威新交的女友曾被HIV感染者艾伦强奸，并在不知情的情况下感染了没有毒瘾的德威，无辜的德威为此而参加社团活动专门伺机惩罚罪魁祸首艾伦。他在团体活动中设法博得艾伦的好感，最终得以制造杀害艾伦儿子的骗局"帮助"奄奄一息的艾伦死去。艾伦和德威一样，对这个团体根本没有认同感。他在活动中是紧张气氛的制造者，"很喜欢看着别人尽力表现的积极乐观，然后再对他们大加嘲讽。他没有因此被赶出团体，但却足以败坏这里的气氛。"[1]艾伦和德威等分子瓦解了"HIV与乐观生活"应有的凝聚力和正能量，以自己的自由破坏了其他成员正当活动的自由，表现出自由这种社会关系的负面影响。团体对于他们来说不是归属，而是报复或发泄的场所，讽刺性地瓦解了该类社团的作用。

正规的社会团体无力保证自由的实现，广泛意义上的团体、共同体的基本单位——家庭——在小说中也没有实现这一功能。家庭并不是一个能够给小说人物认同与安全感的地方。在舅舅的追悼会也是家人团聚的场合，妮娜"觉得自己像个局外人"，让她"动不了太多的感情"[2]。瑞顿也不能与家人和谐相处。普里林杰在分析小说的家庭时指出，在因偷盗接受法庭审判时，对于瑞顿而言，"真正的灾难不是在法院，而是在审判之后和家人在一起，和他们在一起他怎么都没有情感上的依附感。"[3]父母帮助瑞顿强行戒毒，但他在家里找不到安全感，毒友死去的婴孩——小唐恩恐怖地出现在戒毒时的臆想里。亲戚对他而言更非安全感的来源。

---

① ［英］欧文·韦尔什：《猜火车》，石一枫译，重庆出版集团、重庆出版社2012年版，第238页。

② ［英］欧文·韦尔什：《猜火车》，石一枫译，重庆出版集团、重庆出版社2012年版，第31页。

③ Horst Prillinger, *Family and the Scottish Working-class Novel*: 1984–1994, Frankfurt am Main, Berlin, Bern, Bruxelles, New York, Oxford, Wien: Peter Lang, 2000, p.177.

他的查理叔叔就告诉他:"要不是看在你爸爸的面子上,我早就想收拾你了……你是个他妈的瘾君子,如果你知道自己给你爸和你妈带来了……"①。血缘关系至亲的父亲与兄长于他而言也并非一条船上的人。他的父亲明显喜欢哥哥比利,认为瑞顿是个"不着四六"的家伙②,而瑞顿也毫不掩饰对父亲的蔑视:"我爸的家人都是一些格拉斯哥白人垃圾"③。

苏格兰的家庭里混杂了宗教与民族意识等复杂因素,即便同一个家庭里,其成员未必有着同样的信仰和认知。瑞顿的父母有着不同的宗教信仰,母亲的家人是爱尔兰天主教徒,父亲的家人是反对苏格兰独立的橙党④成员、清教的信奉者。瑞顿倾向于母亲所信奉的天主教,比利则倾向于父亲的新教,兄弟两个也是两相生厌。这里的家庭成为苏格兰政治宗教矛盾的象征、一个信仰分裂的场所,比起麦基尔文尼笔下多彻迪家的矛盾更为显性化,可以被当作苏格兰宗教纷争的隐喻了。不仅如此,哥哥比利参加了北爱尔兰共和军,"壮烈牺牲"成为"帝国主义政策的无知牺牲品"。⑤ 书中比利从小就爱欺负瑞顿的细节在评论者麦克洛德看来也是"帝国主义'强权即公理'逻辑的象征"⑥。从个性和信仰等方面来说,瑞顿与哥哥和父亲气质不同,更具有叛逆性,对于苏格兰的现状持鄙夷批评态度。他对父亲家人的鄙视不仅是个人的情绪表达,也夹杂着对国家和民族的批判,家庭不是他自由的避风港,更大的民族群体也难以赋予他认同感。

---

① [英]欧文·韦尔什:《猜火车》,石一枫译,重庆出版集团、重庆出版社 2012 年版,第 214 页。
② [英]欧文·韦尔什:《猜火车》,石一枫译,重庆出版集团、重庆出版社 2012 年版,第 209 页。
③ [英]欧文·韦尔什:《猜火车》,石一枫译,重庆出版集团、重庆出版社 2012 年版,第 212 页。
④ 橙党:清教徒为纪念在 1688 年光荣革命中打败天主教徒詹姆斯二世后执政的国王威廉三世,在 1795 年成立橙党。他们每年 7 月 12 日在北爱尔兰、苏格兰等地进行游行,途中经常会与天主教徒发生争执。
⑤ [英]欧文·韦尔什:《猜火车》,石一枫译,重庆出版集团、重庆出版社 2012 年版,第 207 页。
⑥ Lewis MacLeod,"Life among the Leith Plebs:of Arseholes,Wankers,and Tourists in Irvine Well's *Trainspotting*",*Studies in the Literary Imagination*,Vol.41,No.1(2008),ProQuest Direct Complete,p.99.

在人们的印象中,苏格兰人物一般比较喜欢主张自己的苏格兰身份,民族共同体意识和情绪比较强烈,但韦尔什笔下的这位瑞顿更具后现代性。他不仅排斥国家的概念,也不屑于苏格兰的身份与传统:"我从来就不觉得自己是个不列颠人,因为我本来就不是。这国家又丑陋又做作。我也从来没有真正觉得自己是苏格兰人。他们都说苏格兰人很勇敢,其实勇敢个屁。苏格兰全是狗屎货色。我们总是为了巴结讨好英国贵族而内讧不休。我对于国家全无感觉,根本就是很厌恶国家这东西。国家就应该被他妈的废除。"①这种牢骚从根本上是对不列颠统治以及对苏格兰本身的一种不满,对于不列颠的不认同是历久以来很多苏格兰人的心理,对于苏格兰的不认同,则有爱之深骂之切之情。瑞顿看到一伙跋扈仗势欺人的同乡时心生厌恶,骂起他们来毫不留情:"他们是这个差劲的国家里最差劲的家伙。所以真别责怪英国人殖民了我们,我并不恨英国人,他们不过是傻逼而已,而我们则是被傻逼殖了一民。假如被一些体面、充满活力、文化健康的国家殖民也就罢了,偏偏我们被这么一些傻逼统治着。他们给我们带来了什么?我们被变成了最低劣的低劣者,地球上的臭狗屎,最可悲、最可怜、最微不足道的一群白种垃圾。我并不恨英国人,他们也不过是狼吃肉、狗吃屎而已,我恨的是我们苏格兰人自己。"②一边说着不恨英国人,一边又把他们称为傻逼,抱怨着自己的民族被玷污,此种情感不可谓不复杂。

瑞顿们在雷斯、爱丁堡市中心和伦敦之间流动,地点的切换亦成为他们身份流动意义生成的重要因素,距离所造成的审美感受差异也增加了身份认同问题的复杂性。瑞顿和屎霸走在爱丁堡的王子大街上时觉得它"丑陋可怕",但到了伦敦之后,再想起王子大街却也会觉得"嗬,这地方还不错"③。对于瑞顿而言,当身处苏格兰时,他将自己归入的是雷斯人

---

① [英]欧文·韦尔什:《猜火车》,石一枫译,重庆出版集团、重庆出版社2012年版,第221页。

② [英]欧文·韦尔什:《猜火车》,石一枫译,重庆出版集团、重庆出版社2012年版,第75—76页。

③ [英]欧文·韦尔什:《猜火车》,石一枫译,重庆出版集团、重庆出版社2012年版,第221页。

的群体,从他们的视角看待爱丁堡市中心,到了伦敦,他的心理视角其实发生了转化,他已不再仅仅是雷斯人,而是来自雷斯的苏格兰人,是英格兰之外的群体,与家乡的距离令他产生了暂时的美感,所以再想起家乡的王子大街时,他的群体认同感是指向苏格兰的,所以会觉得被"现代资本主义的两大诅咒"旅游者和购物者占据着的王子大街"还不错"。不过,始终值得注意的是,这种认同感是不确定的,非常具有矛盾性的,例如,瑞顿在伦敦也不认同苏格兰同乡。尽管他对爱丁堡在远距离的情况下有一定的认同,但对于同在伦敦的苏格兰人,他们的出现没有带给他同一群体的安全感,而是令他生厌。他讨厌在伦敦遇到苏格兰人,觉得"住在伦敦的苏格兰人都很招人讨厌"①。

瑞顿缺乏对苏格兰同乡、民族、国家的认同感,其根源在于他们生活在社会的底层,生活在吸毒、群殴、玩女人、偷窃的环境中,他们经历着并也在参与制造着社会的垃圾文化。雷斯、爱丁堡、苏格兰没有能够给予他们生活的保障,得不到他们的认同,管制着苏格兰的不列颠政府更不会让他们有认同感。处于边缘、下层、被统治的地位让他们滋生了对于强权霸权的反感。也正因为如此,喜欢思考的瑞顿会觉得别人把苏格兰称为"白种黑人"有道理,"这个词的唯一不妥之处,就是冒犯了真正的黑人,而形容苏格兰人真是再恰当不过了。"②"白种黑人"的类比暗含着当今将阶级和种族等同起来看待的观念,如克劳德·罗森(Claude Rawson)指出的,"将阶级和种族等同是常见的,将人民大众和下等族裔看作是类似的,他们构成类似于用劳力和野蛮威胁构成的结合体。"③瑞顿将苏格兰人与饱受压制的黑人相提并论,将阶级问题和种族问题合起来打比方,其

---

① [英]欧文·韦尔什:《猜火车》,石一枫译,重庆出版集团、重庆出版社 2012 年版,第 225 页。

② [英]欧文·韦尔什:《猜火车》,石一枫译,重庆出版集团、重庆出版社 2012 年版,第 185 页。

③ 转引自 Carole Jones, "White Men on Their Backs – From Objection to Abjection: The Representation of the White Male as Victim in William McIlvanney's *Docherty* and Irvine Welsh's *Marabou Stork Nightmares*," *International Journal of Scottish Literature*, No. 1 (2006), p. Online5, http:// www.ijsl.stir.ac.uk, accessed 5 May, 2014。

中的酸涩滋味尽管呛人,却尽显他对苏格兰人边缘地位的感受,认为他们和黑人一样都是外人、边缘人,都处于被压制被欺负被蔑视的地位。他又借爱尔兰说事,"起码人家爱尔兰人还打了胜仗夺回了自己的国家,至少是大部分国家"①。这其中苏格兰人的民族独立情绪不言而喻。所以,尽管瑞顿扬言自己对苏格兰对英国没有感觉,他实则是一个非常在意苏格兰身份地位的底层年轻人,面对不列颠政府导致的苏格兰失业严重、毒品泛滥与贫困加剧,他自觉地把自己摆在不列颠他者的位置,认为苏格兰屈从于英格兰的中心霸权地位,缺乏爱尔兰的骨气。

韦尔什借助瑞顿表现出苏格兰人对撒切尔政府的不满,传达出他们民族认同感的缺失和没有安全感的自由焦虑。其实,他也是以反其道而行之的方法表现出苏格兰民族的复杂心理。这些人物更为直白地表达对本民族的感受,同时更多地转向内省,在自贬自嘲中传达出深爱的切肤之痛。这是苏格兰民族情感表达的新特征,在某种程度上也反映了当今苏格兰小说家和苏格兰人的民族自信,他们可以直面本身的问题,探寻可能的出路。如此,共同体意识的缺失书写实际上蕴含着深刻的民族自省。

第三节 自由的游戏

"后现代性永远处于一种压力之下,即排除集体对于个人命运的干扰,以及非规则和私有化所带来的压力。"②小说中的人物如上分析,表现出对集体或共同体意识的表象排斥,他们拒绝从属于任何一个规模的群体,这种拒绝的自由表面上看来是对社会认同的不屑,实则是自由焦虑的深入表现,因没有安全感而生发的畏惧。这种畏惧被韦尔什借用"猜火车"这一游戏得以点睛似的表现。

---

① 该句中文参照石一枫译本第185页上译文,略有改动。
② [英]齐格蒙·鲍曼:《后现代性及其缺憾》,郇建立、李静韬译,学林出版社2002年版,第15页。

作为小说的标题,"猜火车"的意象在小说中并未得到再三强调,直到小说的倒数第二个片段"归乡"中才出现,而且只是被一酒鬼提及,不过,它的象征性意义却贯穿了全书。猜火车是不需要群体力量的个人活动,这里可以借用一下中译本在脚注里对它的含义所作出的解释:"一是一种打发时间的游戏,在车站里看转瞬而过的火车,记下各节车厢的编号,记得越多就越厉害。另外,因为长期吸毒的血管斑驳得就像铁路,从血管上找到可以注射之处,也叫猜火车。"①小说中的雷斯中心火车站在1903年至1952年期间运行,曾经是大不列颠王国在20世纪建造的最大的火车站,时过境迁已经成了废弃之地。"卑鄙"的酒鬼父亲路过时问到这里方便的瑞顿和他儿子:"在猜火车吗?"还让他们"不要放弃猜火车的顽强精神啊!"②火车站早已没有火车通过而且即将被拆除,"猜火车"本身又只是一种没有技术含量的耗费时间的手段,因而老酒鬼的话基本上是取笑挖苦瑞顿是卑鄙的。在这废弃之地上,"猜火车的顽强精神"只能是各自无聊的打发日子,于瑞顿他们而言就是吸毒,以此努力避开选择的焦虑,尽管这也只能是无效的努力。猜火车所带有的孤独和颓废感写在他们身上注射毒品的针眼里,印在他们的精神中,各种群体未能给予他们个人稳定的身份,成功与失败于他们也是无所谓。

鲍曼曾把自由比拟做游戏:如果把自由当作一种游戏,失败与成功都是暂时的,失败的颓唐也许会受到以后获胜的希望的鼓舞,成功的快乐也许会被蒙上失败的阴影。③瑞顿在小说中似乎实践了鲍曼对自由的比拟。他曾经转述过毒友汤姆替他作的总结:"汤姆认为,对我个人而言,成功仅仅意味着个人内在欲望的满足,完全与社会层面无关。由于对来自社会的肯定毫无认同,成功(或失败)对我来说也就成了过眼云烟……我

---

① [英]欧文·韦尔什:《猜火车》,石一枫译,重庆出版集团、重庆出版社2012年版,第296页。

② [英]欧文·韦尔什:《猜火车》,石一枫译,重庆出版集团、重庆出版社2012年版,第299页。

③ 参见郇建立:中译本"序:不确定性与安全感的丧失",齐格蒙·鲍曼:《后现代性及其缺憾》,郇建立、李静韬译,学林出版社2002年版,第8页。

想,汤姆想告诉我的事情就是:我他妈对什么都不在乎。"①在自由的游戏中,失败者没有绝望,胜利者没有自信,瑞顿对成功与失败的悖论性认知导致他"拒绝认同那些来自社会的好评(或责备)"②。他不承认这是自卑的表现,不过,他也没有明确地意识到这种不在乎的游戏态度中所含有的自由的焦虑,并未意识到他这种自认"什么也不在乎的人"得上忧郁症的病根。

瑞顿嘲弄似的利用弗洛伊德理论解释自己的吸毒:"我吸毒,是因为我仍然怀有肛门期的人格,渴望受人关注。但我不能用憋尿来表达对父母的反抗,而是将毒品注入体内,表示对自己的身体拥有主权,以此对抗社会。这种分析很有一套吧?"③戏谑之后的分析则又显得深刻些:"种种问题,都来源于我和社会的对立状态。……忧郁症让人丧失了生活的动力,让人的心灵也陷入空虚。这时,海洛因就乘虚而入,填补了我的空虚,同时也满足了我自我毁灭的欲望,但这样一来,愤怒却又控制了我。"瑞顿意识到自己和社会的对立状态,分析不乏道理,从更深层的层面来看,他的"不在乎"的自由始终含有不可去除的焦虑。对于群体和社会的认同困难,使得他虽然可以消费毒品但无法消除内心的空虚和焦灼,以至于有自我毁灭的欲望和随之而来的愤怒。消费社会"欲望的永久不满足"及其后果在他的身上得到言说。瑞顿消费毒品,消费的也是对自我的理解,他试图弃社会而不顾,游戏般地放任自我——"因为我就是这么自我感觉的,这就是为什么",但完全成为消费社会的弃儿又是一幅可怕的图景,身边粗暴的"卑鄙"、自私的"变态男"、酗酒的"二等奖金"都让他心有余悸。自由焦虑的束缚与自由欲望的膨胀鼓动瑞顿另谋出路以获得更多的自由,可以说这正是他最后背叛同伙逃离雷斯的诱因之一。如他所

---

①　[英]欧文·韦尔什:《猜火车》,石一枫译,重庆出版集团、重庆出版社 2012 年版,第 180—181 页。

②　[英]欧文·韦尔什:《猜火车》,石一枫译,重庆出版集团、重庆出版社 2012 年版,第 181 页。

③　该段落的引文分别出自[英]欧文·韦尔什:《猜火车》,石一枫译,重庆出版集团、重庆出版社 2012 年版,第 179、181、181、196—197 页。

言:"我必须离开雷斯,离开苏格兰。永远离开,绝不只是在伦敦待六个月而已了。我已经看到了雷斯这地方的狭隘和丑陋,我再也无法怀着以前的心情看待自己的故乡了。"他偷偷拿走了和"卑鄙"他们合伙卖毒品赚来的钱,离开原来的群体,一个人远走阿姆斯特丹,而那也是宽容毒品和情色之地。

一些人的自由意味着另外一些人的不自由,瑞顿以背叛同伴剥夺他人的自由得到了自己重新开始的自由,但这种自由依然不会带来持续稳定的安全感,"欲望的永久不满足"会令他无论身在何方都要面对自由与安全的后现代悖论:"现在,他从所有那些人当中自由地脱身,他可以做自己想做的事了。未来无论成败,只能靠他自己。这个念头让他害怕,但又很兴奋,此时此刻,他正向往着在阿姆斯特丹的生活。"①韦尔什似乎也无意让他的人物脱离自由与安全的悖论,让瑞顿通过这次逃离转型为消费社会的成功者。在小说的后续作品《情色》中,瑞顿在阿姆斯特丹开了一间酒吧,但在变态男的怂恿下又加入了他们一伙,继续起吸毒不安稳的生活。

自由的游戏没有成败,就像没有开始和结尾的循环,具有持续性。瑞顿这些人物身上反映出的问题是当时也同样是当今社会的顽疾。韦尔什自己说过:"小说大致是 1982—1988 年间发生在爱丁堡的,然而嗜毒、滥用毒品、艾滋病流行等问题都是一如既往的相互关联的问题,当前可能更甚些。"②毒品问题尤甚。据调查,"尽管最近的调查显示从 20 世纪 90 年代晚期起毒品滥用率在下降,2003 年苏格兰每 20 个 16 岁以下的孩子就有一位有吸毒问题的父亲或母亲,一共约有 4.1 万至 5.9 万名孩子。"③吸毒贩毒目前已成为商业化社会的一种普遍现象和反面标签,自由与安全的悖论在这个领域更具有表现性和现实意义。和小说中的瑞顿们一样,

---

① [英]欧文·韦尔什:《猜火车》,石一枫译,重庆出版集团、重庆出版社 2012 年版,第 332 页。

② 转引自 Robert A. Morace, *Irvine Welsh's Trainspotting: A Reader's Guide*, New York, London: The Continuum International Publishing Group Inc., 2001, p.47。

③ T. M. Devine, *The Scottish Nation: A Modern History*, London: Penguin Books, 2012, p.654.

尽管吸毒贩毒者可以声称自己是彻头彻尾的自由主义者,然而他们的自由脆弱无比,极易成为消费社会的弃儿。他们所在的瘾君子群体不能提供安全的保障,也难以融入正规的社会团体,更有甚者,他们对于民族与国家也缺少认同感。他们在消费社会追寻消费毒品的自由,但这始终是没有安全的自由,自由游戏换来的只能是更深层的社会生存焦虑与认同困难,即便远走他乡也不能够躲开自由与安全的悖论。

《猜火车》从形式与内容上都是一部有关当代苏格兰人的后现代小说,其艺术表现貌似世俗却意味深长;在生动呈现主人公们粗俗言行的同时,又以嵌入其中的有关消费社会底层民众自由问题的思考进一步深化了小说的思想性和艺术性。它用片段化的结构消解内容的稳定性,以故事空间雷斯地区的边缘化和方言的杂合强化主流文化与弱势群体的隔阂。书中人物在自由与安全的悖论中彷徨焦虑,让人们看到由于欲望的不可满足、群体的不可依靠性以及焦虑的自由带给苏格兰底层年轻人的生存困境,表现出他们的个人自由主义姿态及其民族认同感的缺失,并借此对苏格兰的过去与现在进行了认真的审视和艺术表达。

和前面章节谈到的《多彻迪》相比,两部小说都直接将观众带入苏格兰的下层文化圈,但其中人物的精神面貌已是风格迥异。虽然都来自于苏格兰城市的下等阶层,《多彻迪》的人物们依然珍惜着努力维系着共同体精神,而《猜火车》的瑞顿们在消费社会的后现代语境中堕落犯罪,没有对共同体意识的敬畏。韦尔什通过小说的建构,呈现了瑞顿这一特殊群体在后现代社会的自由焦虑,书写了一个不能令人乐观的苏格兰。在鲍曼的论述中,犯罪是消费社会自身的合法产品,而且是"不可避免的产品",对"未实现的参加者的安慰、剥夺和镇压是诱惑整合的不可或缺的补充",他们为消费游戏者展示了"别无选择的可怕景象"。① 据此,也可以说,小说展现的沉溺毒品的可怕景象实际上是对消费者和读者的一种

---

① [英]齐格蒙·鲍曼:《后现代性及其缺憾》,郇建立、李静韬译,学林出版社2002年版,第45页。

警醒。在这层意义上,类似《猜火车》这样的小说不仅在形式表现和现实反映上冲击着读者,在道德层面也不失其意义。

格雷、加洛韦和韦尔什等作家在20世纪八九十年代的创作让人们看到苏格兰小说的创新精神和丰富的内容表现,21世纪的写者们在新的创作环境中,捕捉书写的主题与对象,有传统理念的传承,也有创新实验的努力。阿莉·史密斯等一批作家表现活跃,他们敏锐地观察到当代消费理念、环境建设、网络发展、恐怖活动、政治动荡等对于人们生活和思想的影响,在不断探索创作手法的过程中努力讲好每一个故事。在《当女孩遇见男孩》中,史密斯以互文的方式讲述性别的流动呈现苏格兰的故事,让人们领略到当代苏格兰小说在主题建设形式构建方面的扩展,小说家们对生活和艺术存在本质的关注,以及对文化多样性和复杂性的持续而犹新的思考。

第十二章　21世纪初:阿莉·史密斯 与《当女孩遇见男孩》

　　进入21世纪,苏格兰围绕是否独立的政治争论局势令人关注,在2014年进行独立公投的前前后后,苏格兰成为世界政治格局变化的一个焦点,对于苏格兰小说发展来说,政治上的抉择是他们关注的内容但并不是全部。当代的小说家们生活在网络技术日新月异、国际事件风起云涌、国家关系危若累卵、消费膨胀乱象不断、"生活大爆炸"的环境中,但这同时也意味着个人的经历经验具有无限的可能性,他们因而有着更多的机会和能量来拓展八九十年代以来苏格兰小说多样化发展的道路,将创作视野投向社会生活的各个层面,舞弄着各种创作手法来贴近现实的本质。

　　活跃在21世纪初的苏格兰小说家们多为中青年作家,他们的生活体验个性化,写作偏向于捕捉少数或弱势群体的人生,移民、少数族裔、混血儿、残疾人、同性恋者、跨性别者等常常成为书写的主体,向世人展示了不同的看世界读人生的角度和方式。阿莉·史密斯是其中的一位佼佼者,她的作品聚焦于主流文化罅隙下的人物,文笔细腻不乏大气,诗意不乏现实,幽默不乏睿智,为当代文坛带来一缕清风。自1995年步入文坛以来,她荣获过多项文学大奖,在21世纪发表的小说部部不同凡响,且不说《当女孩遇见男孩》(2007)和新近获得布克奖提名的《秋》(2016),其他作品中,《饭店世界》(2001)获苏格兰艺术协会书卷奖和安可奖①;《迷》

---

　　① 安可奖:Encore Award,该奖设立于1990年,授予作家创作的第二部杰出小说,由出版商推选。

(2005)获惠特布莱德小说奖;《纵横交错的世界》(2011)被《出版商周刊》(*Publisher Weekly*)和《波士顿环球报》(*Boston Globe*)评为当年十佳小说;《如何两全》(2014)囊括金匠奖、科斯塔小说奖、圣安德鲁协会年度图书奖,名列《卫报》年度最佳纯文学作品和《纽约时报》年度最佳百本图书。更有甚者,《饭店世界》《迷》《如何两全》和《秋》都获得过布克奖提名。史密斯的创作也开始引起我国读者和研究者的关注。《饭店世界》在人民文学出版社和中国外国文学研究会举办的首届"21世纪年度最佳外国小说"中获奖,并被译成中文于2002年出版;《迷》和《纵横交错的世界》的中文版分别于2012年和2015年面对华文读者,相关研究文章也有见诸期刊文字。①

在对21世纪初十余年苏格兰小说的回顾中,史密斯讲述苏格兰俩女孩故事的《当女孩遇见男孩》常被选为代表之作,它是《苏格兰书橱》中所列的2000—2011年间两本最佳书目之一,入选英国女同性恋月刊《迪娃》(*Diva*)读者心仪年度作品,获得日晷苏格兰艺术委员会年度小说奖(Sundial Scottish Arts Council Novel of the Year),也是《独立报》(*The Independent*)评选出的2007年度最佳作品之一;其中互文的应和、性别的流动、苏格兰性的呈现彰显了当代苏格兰小说的发展潮流及其对当代文化的多样性和复杂性的思考,为我们讨论当代苏格兰小说提供了很好的案例。在讨论它之前,我们且进一步看看阿莉·史密斯其人其作。

第一节　"抵制排斥"的阿莉·史密斯

和当代多数英美作家一样,阿莉·史密斯来自平民家庭,依靠自己的

---

① 主要有:邱瑾在2007年第4期《国外文学》上撰文《英国当代作家阿莉·史密斯》介绍了史密斯的生平与创作,并对其几部重要作品进行了解读与评析。刘晓晖独自或合作发表过数篇关于史密斯创作的论文,如,刘晓晖、李晖:《阿莉·史密斯〈当女孩遇见男孩〉中的性别解码》,《辽宁工程技术大学学报》2015年第3期。刘晓晖、王丽娟:《影像、幻象与人生——解读阿莉·史密斯小说中的电影情结》,《安徽文学》(下半月)2015年第6期。刘晓晖:《走不出的迷宫——阿莉·史密斯小说〈迷〉中的空间审美架构》,《长春理工大学学报》2015年第7期。

努力和天分在文学界谋得一席之地。她出生在苏格兰的因弗内斯,先后就读于亚伯丁大学和剑桥大学,20世纪90年代在斯特拉斯克莱德大学任教,后辞去教职成为一名专职作家,长期与电影制作人萨拉·伍德(Sarah Wood)同居于英国剑桥。尽管在媒体面前不善言辞,史密斯对同性恋身份等个人隐私从不避讳,因为她觉得"人不应介于读者和书之间"①。鉴于史密斯对同性恋题材的关注,她的作品常被贴上"女同小说"的标签,她并不介意如此归类,而是更关心能否给这群边缘人带去些许的力量和支持。史密斯的创作初衷和她自己的边缘身份密不可分。她曾提到,工人阶级出身的父母背井离乡来到苏格兰,却始终没有找到归属感。那缺失的归属感是挥之不去的记忆,同性恋的认知更加强化了这种感受:"在小镇长大,知道自己是同性恋,我明白这意味着什么,明白什么是排斥……如果(我的小说)有政治基点的话,那将是抵制排斥,或引发对包容和排斥问题的探讨。"②

从创作伊始,阿莉·史密斯就以此为基点,专注于如何讲好一个故事,迄今出版的每部作品都见证她的推陈出新。她一方面批评网络时代和消费主义给人们带来的负面影响,另一方面又不断反思文学现状,秉着包容与开放的创作理念探索和实验新的讲故事方式。

史密斯的别具一格在她的短篇小说创作中已见锋芒,迄今她已出版五部短篇小说集:《自由的爱及其他故事》(*Free love and Other Stories*,1995)、《其他故事及其他故事》(*Other Stories and Other Stories*,1999)、《整个故事及其他故事》(*The Whole Story and Other Stories*,2003)、《第一人及其他故事》(*The First Person and Other Stories*,2008)和《公共图书馆及其他故事》(*Public Library and Other Stories*,2016)。英国文化委员会称赞她具备了一个短篇小说家的完美特质:"严谨缜密的布局,去芜存菁的锐

---

① Jeanette Winlerson,"Ali Smith",http://www.jeanettewinterson.com/journalism/ali-smith/,accessed 6 March,2016.

② Arifa Akbar,"Conversation with the undead:Ali Smith Gives the Lecture a Hunting Twist",26 October,2012,http://www.independent.co.uk/arts-entertainment/books/features/con-versations-with-the-undead-ali-smith-gives-the-lecture-a-haunting-twist-8226873.html,accessed 6 March,2016.

眼,通过自体经验揭示普遍真理的能力,以及暗示故事以外更宽广世界的技巧"。①在短篇小说的世界里,史密斯营造了"一个人际疏离、社会颓败的晚期资本主义空间"②。她在短篇小说创作上追求纯净、简洁和开放,讲究叙述布局的张力和结局的出奇制胜,故事之间的联系不再是时空意义上的因果逻辑,而是空间距离上的相关性,共同指向某个寓意深刻的主题。她期待读者从细节和意象的暗示中把握整体结构,进而将小说集里一系列的点连接成一幅图画,形成了蕴蓄多重可能的空间。

相比而言,史密斯的长篇小说则利用足够的叙事篇幅与空间,书写各种主题,更具有实验性质。她力图运用变幻的叙述人称和多重视角打乱我们通常看世界的方式,努力拓展文学创新的空间,表现出对人物内在深度及叙述结构的把控力和创造力。她的小说大多没有真正的结局,而是由读者靠自己的想象与经验来填补文本中不确定的空白和间隙。这样的叙述安排不仅便于读者从不同侧面捕捉小说人物的性格,人物的塑造也因此显得丰满真切,利于调动读者的想象和思维共同挖掘小说文本更深刻的意旨,看到作者借助小说对排斥与包容的态度。她在 21 世纪出版的小说无一不"抵制排斥,或引发对包容和排斥问题的探讨",且让我们了解一下其中几部小说的内容和风格,再具体分析《当女孩遇见男孩》中的表现。

《饭店世界》展示了史密斯创作的奇思妙想和出众的语言天赋,奠定了她作为苏格兰小说新代言人的地位。小说发生在英格兰北部一家连锁酒店里,一名年仅 19 岁的女服务员萨拉挤进升降机而不幸摔死。故事由包括萨拉在内的五位女性讲述,开篇便是幽灵萨拉的独白,六部分的标题分别为:"过去""现在的历史的""未来条件的""完成时""过去中的未来"和"现在",每个部分从不同的角度将五个碎片式的人物叙述编织在

---

① "Ali Smith", https://literature.britishcouncil.org/writer/ali-smith, accessed March 6, 2016.

② Emily Horton, "Contemporary Space and Affective Ethics in Ali Smith's Short Stories", *Ali Smith*: *Contemporary Critical Perspectives*, Monica Germanà and Emliy Horton(eds), London: Bloomsbury Academic, 2013, p.10.

一起,标题本身也暗示着过去对现在和将来产生的影响。史密斯认为多角度叙事的手法有助于读者倾听更多人的声音,看清世界的本质。在她看来,权威并不存在,在我们的世界里,总有另一个声音、另一个说法,总存在着另一种看待问题的角度。

《迷》运用丰富的语言手段清晰描绘出人物多变且富张力的内心风景,惠特布莱德小说奖的评审盛赞它绝对是"一本笑中带泪、魅力难挡的佳作"[①]。小说围绕着一个英国中产家庭史玛特一家展开,这个家庭貌似平静愉快,实际却是各怀心事,临近分崩离析。神秘访客琥珀闯入了这个家庭,她的莫名介入让这一家人有了新的思考,认识到什么对自己最重要。《迷》分成"开始""中间"和"结尾"三部分,每部分五个章节,它的情节基于著名导演皮埃尔·保罗·帕索里尼(Pier Paolo Pasolini)1968年拍摄的《定理》(Teorema)。《迷》比《定理》多了几分风趣。它的文本造型采用了时空交错式的架构模式,"通过打造时间空间化的文本造型、微观空间的幻化符码以及隐喻空间的多重意蕴,史密斯实现了读者与文本的互动多元化和多层次化。"[②]比起故事本身,史密斯的叙事形式更自由,借用独白、十四行诗、采访和错乱的上下文,并援引大量的电影元素穿插于人物的意识流中,表现人物的孤独与反省,造就了一部新奇质感的小说。

《纵横交错的世界》的英文原称为 There But For The,史密斯以这四个单词为小说各章的标题,巧妙地书写了分离与联系的主题以及挽回种种关系的可能性。小说发生在伦敦,麦尔斯在晚宴席间突然上楼,把自己反锁在客房里长达数月不肯出来,只靠从门缝中递出纸条与外界交流。故事围绕与他相知不深的四个人展开:安娜追忆了20年前因作文竞赛获奖与麦尔斯同赴欧洲旅行的经历;同性恋摄影师马克意识流般的思绪与充满诗韵的词句编织在一起,表达了对逝去母亲的思念,也勾勒出与麦尔斯短暂相识的画面;年迈的梅·杨饱受老年痴呆症的折磨,关于麦尔斯的

---

① Sarah Crown, "Ali Smith Wins Whitbread Novel Award", http://www.theguardian.com/books/2006/jan/03/whitbreadbookawards2005.costabookaward, accessed April 6, 2016.

② 刘晓晖:《走不出的迷宫——阿莉·史密斯小说〈迷〉中的空间审美架构》,《长春理工大学学报》2015年第7期,第135页。

记忆如电影镜头般一幕幕回放;9岁的女孩布鲁克则通过收藏麦尔斯传递信息的纸条阐述属于她自己的故事。这四个人出现在麦尔斯一生中的不同阶段,他们的故事也只是长长人生中的片段截取,充满跳跃的回忆和畅想与现实交错呈现。他们的叙述让读者意识到建立人际关系的重要性,这些维系亲情或友情的纽带可以突破排斥突破时空的界限默默影响一个人。

《如何两全》是史密斯先锋实验的延续,借用壁画技巧,将两个关于爱情与不公的故事交织成一个故事。该书立意新颖,作家尝试通过发行两个封面相同但故事顺序先后有别的版本给读者不同的阅读体验。小说由两个时空和地域相隔甚远的故事构成:"眼睛"部分聚焦意大利文艺复兴时期画家弗朗切斯科·德尔·科萨(Francesco del Cossa),为了坚持绘画创作她从小女扮男装;"相机"部分设在当代英国,16岁的女孩乔治陷入母亲卡罗尔突然离世的悲痛中,生前她们曾一同去意大利观赏弗朗切斯科的壁画,这段记忆不仅激发乔治对艺术的兴趣,更懂得了母爱的深意。读者的阅读体验会因随机选择小说版本的不同而不同。尽管两个版本都运用了意识流的创作手法,从"眼睛"故事入手的读者会发现故事略显凌乱晦涩,而"相机"部分,读者更容易随着乔治的思绪自如地穿梭时空。男与女,生与死,光明与黑暗,幸福与悲伤,记忆与遗忘,过去与现在,虚构与真实,观看与被看……作品对于种种二重性的展现既具有现代性也不乏苏格兰小说创作传统特色,于矛盾的对立融合之中将形式与内容融为一体。

《秋》是史密斯四季书写作计划中的第一本,也是第一部"脱欧后小说"。该系列以春夏秋冬四个季节命名小说,明白地透露出作者的写作意图:进行时间的追问思考人生的经历。《秋》开始于一个似乎没有时间的地方,百岁老人丹尼尔梦见自己的死亡抑或是重返青年,小说也自此开始讲述他和伊丽莎白两位忘年交历经数十年的友谊与经历。伊丽莎白自小和母亲关系紧张,1993年8岁时与当时80岁的邻居艺术家丹尼尔的相遇令她着迷。成年之后,伊丽莎白在大学里任教但没有固定的工作合同,没有母亲所理解的安稳的生活。办理新护照时,仅仅因为照片头部尺寸不对而被拒绝，漠然冰冷的气氛写照着当前经济衰退人心不稳的社会。她在相别十年之后去看望101岁常常陷入睡梦的丹尼尔。情谊、时间、生命、死亡等存在的宏大主题在意识流般的细节铺陈和闪回中展开。英国艺术家保莉娜·博蒂（Pauline Boty）①也是小说的一条线索，博蒂的绘画和人生遭遇构成小说的一个核心意象，象征着忽视、认可、再忽视、再认可，无限往复的现实。也许小说的表达有浮光掠影之处，但艺术地传达了在时间与历史的作用下，当代人的失望与希望、存在与死亡的现实和情绪。

　　这五部小说个性化地讲述人与人之间关系和生存的故事，引发对排斥与包容问题的深入思考。本书聚焦的小说《当女孩遇见男孩》也是相关问题的一种表达，并有其特别之处。它的主角为一对苏格兰姐妹，其写作方式应和了当下文学界神话重述的时尚。它借奥维德《变形记》（Met-amorphosis）第九章依菲斯（Iphis）神话讲述了这对姐妹追寻爱情的故事。在奥维德的版本中，因丈夫极端重男轻女，帖列图莎（Telethusa）在女神伊西斯（Isis）指引下为保住女儿依菲斯性命而决意隐瞒她的性别。依菲斯13岁时，她与青梅竹马又倾心相爱的美女伊安西（Ianthe）订婚。依菲斯痛苦不堪，向女神祈祷，伊西斯再度相助将其变性，依菲斯终于以男儿身与伊安西结婚并相守到老。在史密斯的小说版本中，姐姐伊莫根和妹妹安西娅从小由性情古怪、性别意识模糊的祖父母抚养长大，两位老人一念兴起去欧洲航海远行，从此杳无音讯。五年后，姐妹回到因弗内斯，同在一个名为"纯净"的瓶装水公司工作。伊莫根爱上了女人气的同事保罗，而安西娅则觅得同性伴侣罗宾。小说分成五部分，叙述在姐妹之间交替进行，与《变形记》保持着紧密的互文关系，其中有借人物之口对《变形记》的重述，主体部分姐妹的故事更是《变形记》的现代版演绎，对性别建构的多样化和流变等问题进行了积极思考，表现出包容的态度，并同时进行了民族性苏格兰性的表达。史密斯借助丰富的想象和艺术表现力，赋

---

　　①　保莉娜·博蒂：1938—1966，英国波普艺术创始人之一，艺术作品具有反叛传统表现女性特质的特点。她才华横溢，生活追求个性，但28岁就英年早逝。她的艺术作品在20世纪90年代被重新发现和评价。在《秋》中，丹尼尔收藏着她的作品。

予了经典神话新的含义。

第二节　与《变形记》的互文叙事

阿莉·史密斯的创作风格与凯尔曼、韦尔什、加洛韦不尽相同,但在叙事实验创新方面毫不逊色于后者,她对于形式也是特别注重的。在2012年爱丁堡国际作家会议上,她直言"形式从来不是内容……而且,形式经证明不仅仅是个人的存在,而且是共同的存在"①。在她的小说中,时间和地点跳跃变化,现实常与虚构的幻景并存,她借助意识流和多重视角叙事等技巧打破小说的时空结构,摆脱线性叙述方式,借碎片的叙述、离奇的情节和开放的结局常常留给读者更多的悬念与追问。与此同时,她强调语言意义的动态性和开放性,运用生动的细节、刻意的重复和丰富的语言游戏最大限度挖掘语言的魅力。珍妮特·温特森表示自己很喜欢史密斯的作品,因为她的小说极富雄心:"很少有英国小说在散文书写界限上积极尝试突破,一直以来大多小说家讲故事的方式仍未跳出前人的窠臼,缺失了语言上的担当。"②

《当女孩遇见男孩》融合了以上的特点,而且,与神话的互文关系使其表征明显。这部小说是英国坎农格特出版社在全球范围内策划的"重述神话"系列(Myth Series)计划之一。参与这个写作项目的都是来自世界各国的知名作家,其中包括美国的托尼·莫里森、加拿大的玛格丽特·阿特伍德、英国的珍妮特·温特森、中国的苏童、日本的大江健三郎和尼日利亚的齐诺瓦·阿切比等多位重量级作家。该项目要求作家们根据自己的创作风格选择并改写神话,着力在世界范围的经典文本中挖掘新意,

---

① 参见 Marina Warner, "Forward", in *Ali Smith*: *Contemporary Critical Perspectives*, Monica Germanà and Emily Horton(eds.), London, New Delhi, New York, Sydney: Bloomsbury, 2013, p.ix。

② Justyna Kostkowska, *Ecocriticism and Women Writers*: *Environmentalist Poetics of Virginia Woolf, Jeanette Winterson, and Ali Smith*. New York: Plagrave 2013, p.178.

使之在当代文化语境下焕发新的生命力。史密斯将奥维德的《变形记》成功地移植到苏格兰当代语境中,呈现出当下苏格兰文化和生活的复杂多面性。

《变形记》一般被公认为古罗马诗人奥维德最好的作品,其贡献在于把西方古代神话传说依照时代顺序编排,运用多种叙述技巧和变形这一共同的主题将不同故事有机串联在一起。奥维德的独创性主要表现在对待故事的崭新态度和叙述故事的技巧,使得故事情调生动而有变化。"他用故事套故事的办法,他用人物轮流说故事的办法,他用婆媳对话的办法,他利用叙述挂毯上织出的故事或杯子上镂刻的故事的办法。"①奥维德用各种办法使得故事中的人物有着各种变形的经历,变成树,或花,或山,或动物。看似荒诞的变形背后传递着古罗马哲学家卢克莱修(Lucretius)一切都在变易的唯物思想。基于此,《变形记》在中世纪和文艺复兴时期彰显其文学魅力,受到包括但丁、薄伽丘、乔叟、莎士比亚、歌德等大家推崇。深受前辈的影响,阿莉·史密斯选择以《变形记》为蓝本,聚焦第九章中希腊克里特岛上的依菲斯神话,借助充沛的想象力为古老的传说注入新的生命,并为故事添入现代性思考。《变形记》中,奥维德将诸神的面纱一一撕下,剥去他们的尊严,将其塑造成为所欲为、荒淫残酷的凡人形象。从奥维德对神的态度里可以看出他对社会的讽刺和对宗教的否定。然而,在史密斯看来,"《变形记》中充斥着刁难凡人的诸神,他们凌虐凡人,尔后变他们为群牛或溪流,让他们无法言说,逐猎他们直至变他们为植物或河流,严惩他们,因其自负、自大、拥有的技艺变他们为山脉或昆虫。"②她决定一改奥维德蓝本中哀伤的基调,重述一个幸福美满的爱情故事。《当女孩遇见男孩》借助当代苏格兰姐妹的视角以清新的笔调重新阐释神话,其文风深得奥维德之三味:明快睿智,优美动人,感情洋溢。

在《当女孩遇见男孩》中,史密斯继续探索复合叙事框架,更好服务

---

①　杨周翰:《译本序》,载[古罗马]奥维德:《变形记》,杨周翰译,人民文学出版社1984 年版,第 5 页。

②　Ali Smith, *Girl Meets Boy*, New York:Canongate,2007,p.100.

于她的多元思维方式。在她的眼里,从来就没有完整的故事,因为故事本身就是多面的。在这部小说中,史密斯没有侧重表现事件和人物之间的关系,而把创作重心放在对人物思想感情流程的再现上。小说前四部分按人称分为"我""你""他们"和"我们",最后一章为"大家在一起",叙述在姐妹之间切换。"你"和"他们"的叙述者伊莫根,"我""我们"和"大家在一起"的叙述者安西娅均采用第一人称叙述,自由地表达过去的现在的经历,描述撞击脑海的印象和情感,将人物的内心世界和故事语境真切地呈现在纸面上。然而姐妹二人的叙述风格各具特色:伊莫根的叙述夹杂着内心独白,意识流式的文字以一个个括号区分标识;安西娅的叙述则相对传统而简单,语言舒缓有致,她与罗宾的同性恋情被史密斯描写得诗意朦胧,深情绵绵。相比之下,伊莫根的叙述更为精彩,史密斯式的意识流没有现代主义大师乔伊斯和伍尔夫的那样晦涩难懂,也不冗长沉闷,以括号示意一目了然,点缀其中的幽默,让阅读兴趣盎然。为了打破叙事权威,史密斯曾在多个场合阐释多重叙述声音的重要性:

> 一切皆有声音。一个结构有声音,一段记下的文字,无论什么人说过,也有声音。我指的不是风格,而是一个声音。我是指声音的标准无处不在,真正有意思的是,那个标准是什么?它从何而来?谁执掌着发声的权威?权威存在吗?我们在编造权威吗?是我们造出了声音还是声音影响着我们?它绝不是独白。即便是个独白也不会永远是个独白。它总有所指。[1]

小说中,史密斯尝试赋予伊莫根不同的叙事声音,有效地把她对妹妹是同性恋的感想传达给读者,最大程度还原了叙述主体的思想与精神本身的状态。伊莫根的独白声音与第一人称自述互相冲突,形成复调的对话关系。它们是两个代表不同态度和价值观的声音在彼此质疑,在寻求

---

[1] Monica Germanà & Emily Horton (eds.), *Ali Smith : Contemporary Critical Perspectives*. London : Bloomsbury , 2013 , p.138.

交流。伊莫根的声音一方面想象着妹妹即将面对的种种非议,另一方面又在说服自己:时代改变了,同性恋是再正常不过的行为。两种声音交替出现,看似独白,其实是对话,是反对异性恋话语权威的自然流露,体现了个体与社会传统文化价值的对峙。

借助双重叙事声音等手段,史密斯热情地投入戏拟与互文式的写作之中,营造一个颇具史密斯风格的文本世界。她认为,"书总与它们之前的书相关,因为书的创作源于书胜过源于作者,是它们之前所有书的结晶。伟大的书历久弥新,它们随着我们在人生中变幻,随着我们在生命中不同时刻的变化和重读而更新。人不能两次步入同一个故事。"①对互文性的认识,法国女权主义批评家朱丽娅·克里斯蒂娃有过相似的经典论述:"任何作品的文本都像许多行文的镶嵌品那样构成的,任何文本都是其他文本的吸收和转化。"②不同文本之间存在显性或隐性的密切联系,一部文学作品总是无法摆脱对前文本的模仿。史密斯的这部小说突出表现了这样的理念,与奥维德的经典形成了明显的互文关系,并在致敬经典的同时,实现过去与现在声音的交叉渗透,赋予作品语言或意义的不确定性。

为了让读者熟悉原型故事,在"我们"一章,史密斯让叙述者安西娅梗概式地线性复述了依菲斯的故事,还原文本的初始语境,并为故事的发展和流变作好铺垫。紧随其后才展开罗宾对依菲斯故事的重述。在这一部分,史密斯并没有采用传统线性叙述方法,而是以罗宾和安西娅对话的形式展开,罗宾的故事加入了儿时的记忆和成长过程中的感悟,在重述故事的过程中,她们增进了彼此的感情,坚定地走到了一起。虽然以传统神话故事为蓝本,两个文本在人物形象的立意和故事的重述上有明显差别。在前文本中,依菲斯时常对未来感到忧虑和无奈,对于弱势女性身份,她的朴素愿望就是借助神的力量改变命运。相比之下,罗宾乐观、独立、坚定,她抵抗父权社会的身体政治,挖掘性别存在的多样性。在阅读依菲斯

---

① Ali Smith, *Artful*, New York: Penguin, 2012, p.31.
② 朱立元:《现代西方美学史》,上海文艺出版社1993年版,第947页。

故事的过程中,罗宾加入丰富的想象,对固有的异性恋秩序进行颠覆和拆解。史密斯将奥维德版本嵌入小说框架,通过词句的暗示、重复和指涉进行戏拟与梳理,创造了更新更美的故事。这样的重写意味着传统与个人之间的碰撞,是一个不断自我解构与反思的过程,强调了文本的不确定性和开放性。

神话本是一个模糊而丰富的概念。因年代久远,对现代人而言,它既模糊又神秘,既设定了限制又提供了自由。正是这种模糊感让后人有了自由发挥的空间和阐释的余地。用现代人的思维和口吻重新将经典叙述之后,史密斯还原了依菲斯神话中早期人类原始的生活欲望,同时也借之反映了性别、全球化等当代的社会和政治问题,对神话进行了更好的衍生和阐释。在安西娅那里,神话受到了质疑:"神话故事是脱胎成形于一个社会的想象力和需求,我说,就像从社会的潜意识中浮现出来? 或是被逐利群体下意识地塑造?"① 她觉得自己和神话无关:"我真幸运。我没在神话故事里出生。我也没在神话故事里成长",罗宾则回答说:你才不是呢,所有的人都在神话故事里长大的,神话故事和我们同生共处。② 传统女性的角色何尝不是像神话这样被主流文化、意识形态等刻意塑造出来的呢? 罗宾给安西娅的回答是肯定的,神话无处不在,任何人都逃脱不了它的影响,但是对于现代人来说,神话的活力正在于它被不断阅读、不断抽取灵感、不断重新改写的过程。史密斯在重构神话的时候,以机智诙谐的笔法对男女不平等、公司垄断等问题作出尖锐深刻的批判,同时融合了女性的生存智慧和独特体验,体现出神话改写的多元化特征。

在运用神话创立整体的互文关系时,叙述者还时不时地融入诗歌等其他文本,向以前的文学致意,将互文关系进一步嵌入文本的内核,并借之表现书中人物的心绪。例如,罗伯特·彭斯《一朵红红的玫瑰》中海枯石烂的诗意允诺、莎士比亚的《第18首十四行诗》中永不消弭的夏日诗行等都不动声色地出现在安西娅对梦中婚礼的描述中,帮助她热烈表达

---

① Ali Smith, *Girl Meets Boy*, New York: Canongate, 2007, p.89.
② 参见 Ali Smith, *Girl Meets Boy*, New York: Canongate, 2007, p.98。

了自己对与罗宾恋情诚挚弥久的期许。类似文本的嵌入虽然散落行间短小内敛，但犹如小花精致地嵌入占主要地位的神话文本互文关系，充实了作品对性别关系的描述，更见作者的文学修养和写作功力。对于熟稔英国文学的读者来说，读到这些蕴含于小说中并以得体的方式出现的文学文本也不禁会莞尔一笑。

在复合的叙事框架下，《当女孩遇见男孩》通过对神话的重述与观照，运用互文的叙事功能精练地刻画了姐妹俩的内心世界，演绎了神话故事经典文本在新文本中的传承与变异，这个过程其实也是对自我的重新认识与重新构建，质疑了传统话语对其他性别身份和关系的排斥，表达了一种流变而开放的性别观。

第三节　流变而开放的性别观

弗吉尼亚·伍尔夫曾在《自己的一间屋》中对"双性合体"进行过描述："在我们每一个人当中都有两种力量在统辖着，一种是男性的，一种是女性的；……正常而又舒适的存在状态，就是在这两者共同和谐地生活、从精神上进行合作之时。"[1]伍尔夫主张改变对男女性别的传统认识，暗示性别互补有助于改变男女不平等的现状，从而达到两性和谐共处的理想状态。《当女孩遇见男孩》正是对男女性别流变的积极探讨，阿莉·史密斯以当代女性作家的眼光再次审视男女性别差异，折射现代社会的矛盾和变迁。《当女孩遇见男孩》讲述的是苏格兰姐妹的爱情故事，已与《变形记》中的原型主旨相去甚远，史密斯放大、延展并深化了变形的意义，让两姐妹处于常在的流动变化中，将经典神话演绎成对同性恋爱和两性相处主题的探索，也是对重建多元性别特质的一种美好遐想。

---

① ［英］弗吉尼亚·伍尔芙：《自己的一间屋》，载《伍尔芙随笔全集》Ⅱ，王义国等译，中国科学出版社 2001 年版，第 578 页。

　　小说开篇便抛出有悖传统的话题,挑战根深蒂固的二元对立性别机制:"'聊聊我是女孩的时候吧。'祖父说。"①伊莫根和安西娅从小就听祖父讲"燃烧着的莉莉"如何反叛世俗颠覆传统女性形象的故事,他常用"贤淑"(ladylike)②之类混淆性别的词语形容自己。祖父的气质和举止偏离了传统的规范,他的故事和言行潜移默化地影响着孙女,两姐妹逐渐形成颠覆传统性别角色的意识。她们认为男性和女性都不该用固有的标准来规范自己的思想与行为,而应听从内心的呼唤去认识世界。伊莫根理智而含蓄,虽然潜意识里很叛逆,但她渴望稳定安逸的生活,期盼在工作中得到认可和尊重,并为自己的理想执着奋斗。她是公司创意部董事十人中唯一的女性,在工作中结识了长相和气质都像女孩的保罗。相比之下,安西娅崇尚个性自由,喜欢刺激而富于挑战的生活,并不满意姐姐替她在公司里安排的工作,可是缺乏改变生活现状的勇气。姐妹俩的生活和观点随着罗宾的出现而发生了彻底的改变。初次登场时,罗宾一头长长的黑发,穿着亮红的苏格兰短裙,腰间别着钱袋,一身典型的苏格兰男人装束。她手提油漆罐,在梯子上利落地喷写抗议标语,安西娅立刻就被这个"男孩"迷住了。第一章结束,姐妹俩各自抒发了心中所感。伊莫根认为,"(保罗)是我这辈子见过最美的男孩。可他看起来真像个女孩。"安西娅觉得,"(罗宾)是我这辈子见过最美的'男孩'。"③

　　坠入爱河的安西娅似乎从迷失的状态中找到了生活的方向;伊莫根也重新审视女性的性别角色。小说第二部分以第一人称的视角,并穿插意识流手法生动细致地描绘了伊莫根苦闷彷徨的精神世界。起初伊莫根无法接受妹妹的恋情,担心同事嘲笑,害怕因此失去晋升的机会,想到邻里的反应甚至感到羞愧。她百思不得其解为何这事发生在自己妹妹身上,为同性恋到底是正常还是变态纠结不已。压力之下,她泡在酒吧喝个烂醉,然而与罗宾的一番对话似乎让她明白了一切:"怎么说它才正确,我的意思是,对你而言? 我需要知道它。我需要知道那个合适的

---

① Ali Smith, *Girl Meets Boy*, New York: Canongate, 2007, p.1.

② Ali Smith, *Girl Meets Boy*, New York: Canongate, 2007, p.8.

③ Ali Smith, *Girl Meets Boy*, New York: Canongate, 2007, p.45.

词。……对我而言，合适的词，罗宾·古德曼说，就是'我'。"①

　　身着男装的罗宾，颠覆了身体性别与文化性别之间的对应，显示女人阳刚雄武的另一面。针对质疑，罗宾给出了简单的回答，我就是我，我有选择自己生活方式的自由，不应受到世俗的非议。面对坦率自然的罗宾，伊莫根意识到一个人兼有雌雄双重气质并不足为奇。面对复杂而严肃的同性恋话题，史密斯选择幽默欢闹的语言，带着读者以常人的视角切身体验，观察伊莫根态度的慢慢变化。史密斯在小说第三章提出了性别"灰色地带"观点："我发现人们对灰色地带存在误读，事实上，灰色地带彻底是另一种光谱，前所未见。"②所谓的灰色地带指的是在异性恋占主导地位的当代社会里，某些人身上的性别状态是模糊的，介于男女的界限之间。行走在灰色地带的罗宾就是最好的例证，她颠覆了二元对立的性别传统，是对异性恋体制权威的大胆质疑和否定。

　　　　她既有一个女孩的那种神气活现，羞愤时又如一个男孩般面红耳赤；她既有一个女孩的柔韧不屈，又兼具一个男孩的温柔谦顺；她既有一个女孩的丰腴体态，又有一个男孩的优雅举止；她既像一个女孩一样勇敢、俊俏、粗放，又像一个男孩一样漂亮、纤弱、秀丽；她既像一个女孩那样昂扬男孩的头颅，又像一个男孩那样低回女孩的蛾首；她既像一个男孩那样大肆挞伐，又像一个女孩那样婉转承欢。她女孩儿起来是那么男孩子气；她男孩儿起来又是那么女孩子气。③

　　如果说罗宾体现女性的阳刚，保罗则展示男性的阴柔，他们各自以特有的魅力吸引着姐妹俩。随着小说的发展，伊莫根也大胆向保罗表白，觉得甜蜜的幸福。女人味的保罗和男子气的罗宾给人以性别混淆的强烈震撼，他们僭越传统的姿态为我们提供了认识世界的新角度。通过聚焦边

---

①　Ali Smith, *Girl Meets Boy*, New York: Canongate, 2007, pp.76-77.

②　Ali Smith, *Girl Meets Boy*, New York: Canongate, 2007, pp.83-84.

③　Ali Smith, *Girl Meets Boy*, New York: Canongate, 2007, p.84.

缘性别群体如何跨越性别界限,阿莉·史密斯探讨了性别的流动性和多变性,为重新界定男女性别差异提出了深刻的见解。

奥维德的《变形记》围绕着爱和改变两大主题。确切地说,这部经典名著关注如何用爱的力量去改变世界。在奥维德看来,神与人甚至和动物之间都是相通的,因为世间万物都存在本质上的可比拟性。在情节跌宕起伏的神话世界中,神与人之间会产生诗意的情感,男人与女人可以在神的帮助下轻易互变。奥维德借"变形"表达事物不断变化的道理,阐明一切事物都在变易中形成的哲理。在奥维德艺术世界中占主导地位的元素是水,水象征着爱,变化和永恒的生命力。水既是柔情的,又是坚强的。它既能包容一切,也可以摧毁一切。爱如流水,于无形有形、变幻莫测中游走,具有强大的力量,历经沧桑后依然主宰着无数的生命,唱着永恒的曲调。水见证爱的伟大和永恒。《变形记》展现给读者这样的理念:爱在不断变幻形式,爱在变化中凸显永恒。为了深入探讨性别的流变性,史密斯沿用了《变形记》中的"水"意象。在《当女孩遇见男孩》中,水的意象多次出现,同样具有流变性和可塑性的特点。伊莫根驻足河畔,感慨颇深:"河流在笑……它瞬息万变,又一成不变。河中满溢时光,至关紧要的时光在河流那里如此微小。"①在潺潺流动的过程中,河流浸透和消融诸多有形无形的物质,而它自身却永恒不变。罗宾眼中的奥维德也是变幻不定的:"他比其他作家更深知,想象是没有性别的。他真的很了不起。他推崇各式各样的爱情。他推崇各式各样的故事。"②然而在如何处理两性关系上,史密斯并不认同奥维德女变男身的做法,并借罗宾之口提出了质疑:"不过这个故事,嗯,(奥维德)无法摆脱自己是个罗马人,他无法不注视,女孩们在宽袍下独缺一物,这就是他,他无法想象没有它女孩们究竟还能做什么。"③

时间跨越两千多年,女性在社会中依然面对很多性别带来的问题。如果说奥维德欲借助想象的力量来弥补现实中女性微不足道处境的话,

① Ali Smith, *Girl Meets Boy*, New York: Canongate, 2007, p.28.
② Ali Smith, *Girl Meets Boy*, New York: Canongate, 2007, p.97.
③ Ali Smith, *Girl Meets Boy*, New York: Canongate, 2007, p.97.

那么史密斯则推崇以人为本,主张淡化性别概念。她认为,双性合体并不是一个主体对另一主体的否定,而是融合和区分的辩证统一。她强调,两个主体的水乳交融,可以促成一个中性的和谐存在,力图使她的双性合体的意象具有永恒的意义。小说第三章聚焦同性恋爱的描写,史密斯的文笔避免于流俗,笔法优美,叙述精当,相当艺术地展现了她对"爱"的理解。"我正在融化吗? 我会融化掉吗? 我是金? 我是镁? 我是咸的? 我内里整个是一团海水吗? 我化为乌有,只余下带着一点意识的海水了吗?我是莫名的喷泉吗? 我是那股穿石而出的水的涌动?"①对待爱情,史密斯是严肃的。她笔下的爱情既是热烈的,又是深思熟虑的。通过对《变形记》的反思,她想要表达的就是一种不以形式和方式而改变的爱。"我是她,也是他,又是我们,我们是女孩和女孩,也是女孩和男孩,又是男孩和男孩。我们是刀锋,是一把足以切断神话的刀,是一名巫师掷出的双刃,是一位神祇射出的利箭。"②小说的景致充满着无限的想象空间,细腻柔媚的笔触将同性之爱唯美地展现在读者眼前,她们实现了性别之间相对自由的转换。"在约莫十分钟的光景里,我们化为一切。呀! 一只小鸟,一段欢歌,一张嘴的内部,一只灵狐,一个地球,各种元素,各种矿物,一幅庭园水景,一块顽石,一尾盘蛇,一棵大树,一丛蓟草,几枝花朵,簇簇箭矢,双性同在,一种全新的性,完全无性,天知道我们还化身成什么,甚至还有两只正在搏斗的牡鹿。"这是乌托邦式的完美幻境,宁静悠远的天地之间,她们相互拥抱,融为一体,重新变得美丽和强大。由此,史密斯发出了对自然、对爱情、对人生以及对生命的赞美:"人有兴衰,物有更替,一切永不消逝。万物皆能改变,只因皆会改变;万物皆会不同,只因皆能不同。"③

史密斯从奥维德那里汲取灵感,在置换故事背景和更改人物身份关系的同时,干净而睿智地重述了依菲斯神话。在奥维德的《变形记》里,神灵彰显着无边魔力,可以轻易通过女变男身的手段帮助人类摆脱困境。

① Ali Smith, *Girl Meets Boy*, New York: Canongate, 2007, p.102.
② Ali Smith, *Girl Meets Boy*, New York: Canongate, 2007, p.103.
③ Ali Smith, *Girl Meets Boy*, New York: Canongate, 2007, p.160.

在《当女孩遇见男孩》中,史密斯略去了男女变性的情节,强调用开放包容的眼光看世界,逐渐消解二元对立的思维方式,并指出每一种性别形态都有它存在的理由和价值。在男女性别问题上,史密斯给予最好的回答就是:"女孩遇上男孩,远远不止这一种方式。"①他亦可以是她,刚柔并济、雌雄同体可以让人性变得强大和完美。小说结尾罗宾与安西娅的婚礼在水流湍急的尼斯河畔举行,依菲斯和伊安西也下界与凡人狂欢,透过纯真而梦幻的婚礼,史密斯打破了种种界限,实现了人与人之间甚至人与神之间的大融合,表达了对未来的美好憧憬。

第四节 "我浑身都是高地肾上腺素"

史密斯在小说中运用与神话故事的互文,在书写性别流动的同时,也利用自己苏格兰作家的身份,融入苏格兰元素,凸显了性别等相关问题在苏格兰社会语境中的表现,体现出鲜明的苏格兰性及其一以贯之的反思精神和开放的立场。

说到苏格兰性,我们知道苏格兰方言俚语是凯尔曼等当代作家热衷利用的当家利器,帮助他们表现自己和作品的社会文化属性。史密斯与他们不同,她并未依赖方言来进行相关属性的表达,而是以英语为主要写作语言,其中偶尔夹杂些许苏格兰方言词。而且,小说并没有为突出苏格兰性而让姐妹俩大谈特谈苏格兰问题,而是将其糅合在文本细节之中,对于苏格兰名提暗示。如,她在开篇没有强调小说的苏格兰背景,叙述是从姐妹俩性别身份不清的爷爷开始,谈到他们一起观看的电视节目《约会》及其节目主持人。节目这一细节意义多重。该节目是关乎男女约会谈朋友的,和小说即将讲述的两姐妹的性别流动和爱情选择主题相关联。然而,细心的读者还会发现,在 1985 — 2003 年主持该档节目的主持人希拉·布莱克(Cilla Black)的背景多少和苏格兰有些关联。希拉生长在利

---

① Ali Smith, *Girl Meets Boy*, New York: Canongate, 2007, p.100.

物浦的"苏格兰路"地区,这个地区因是公共驿车通往苏格兰的道路而得名。① 对于知晓希拉背景的读者来说,这种"背地里"的联系也许是自有其意义的,暗示了小说的苏格兰指向以及宏观层面上苏格兰之路的问题。② 从整体上看,小说对于苏格兰元素的融入是渐渐渗透,通过时空的设置,借助人物的意识流动来融会苏格兰的历史文化,张扬小说的文化内涵。如此,小说的主旨不只是涉及性别问题,性别问题也不再是单一的呈现,而是带上了苏格兰的符号特征和苏格兰的民族意识。

小说的故事空间主要在苏格兰的高地首府因弗内斯。如列斐伏尔所言,"空间具有政治性和意识形态性,它实际上是充溢着各种意识形态的产物"③,这部小说故事空间的设定在赋予小说地理属性的同时,也就赋予它相应的意识形态内容,丰富充实了小说对性别问题的表现。首先从苏格兰这个文化大空间来说,书中的核心问题——同性恋问题在苏格兰是个热点,当地人对于同性恋可不是一路绿灯。小说中伊莫根为姐姐的同性恋倍感纠结,她提到了贴遍苏格兰的那则海报:"我并非抱有偏见,但不愿意让自己的孩子在学校被教育成同性恋。"④她担心安西娅倘若在学校会受到排斥,并进而又提到了某条"特别法规"。此处所涉及的海报和影射的法规都与是否可以在学校进行同性恋教育相关。同性恋曾经被视为禁忌话题,苏格兰也不例外,它一度执行过英国1988年地方政府法案第28条,该法案要求当地政府不可有意推广同性恋或出版材料推广同

---

① 希拉·布莱克:本名普丽西拉·怀特(Priscilla White),1943年出生于英格兰利物浦,著名歌手、演员、节目主持人,主持过《约会》(Blind Date, 1985—2003)、《真心话》(The Moment of Truth, 1998—2001)和《意外对对碰》(Surprise Surprise, 1984—2001)等节目。

② 还有一层意义在于,主持人希拉这个名字让安西娅将它和希腊神话中的海怪姓名发音相同的锡拉(Scylla)联系在一起。由于主持人的名字,《约会》节目让她想到了"锡拉和卡津布迪斯之间"(Scylla and Charybdis)。在希腊神话中,奥德赛在特洛伊战争结束后率众返回希腊。但是因为海神波塞冬的诅咒,他不得不在都非常恐怖的海怪锡拉和卡津布迪斯之间选择,以求最大化地减少损失。"锡拉和卡津布迪斯之间"由此寓意着腹背受敌,在两个同样危险的事物之间选择。安西娅觉得《约会》节目不过是令人进退两难的节目,这在某种程度上也预示了姐妹俩之后坚持己见努力追寻并保护的爱情态度。

③ 转引自[美]爱德华·W.苏贾:《后现代地理学——重申评判社会理论中的空间》,王文斌译,商务出版社2004年版,第122页。

④ Ali Smith, *Girl Meets Boy*, New York : Canongate, 2007, p.60.

性恋,不可在公立学校进行认可同性恋作为家庭关系的教育。直到 2000 年 6 月由行使权力不久的苏格兰议会废除了该款条例,这也是苏格兰议会废除的第一个条例,英国其他地区在 2003 年才撤销。当年该法案的执行引来诸多纷扰,不少性别学生组织怕担心违法而终止了组织活动。该条法案虽然已经被废除,但相关的争论并没有停息。在 2016 年 7 月 3 日的《苏格兰先驱报》(Herald Scotland)上又有关于是否允许在学校里进行同性恋教育争论的报道。神父大卫·罗伯森(Reverend David Robertson)反对教师在课堂讲授同性恋或跨性别问题,而"金时全纳教育"(Time for Inclusive Education)组织鉴于年轻人中由于同性恋恐惧症和跨性别恐惧而自杀的事件,则提议在学校开设必修课进行 LGBT① 问题的教育。双方各执一词,争论被形容为新 28 条的争论。可见,虽然 21 世纪对于性别问题的态度比以前要宽容,但相关的讨论在苏格兰乃至世界各地还会持续。

出于自身同性恋和苏格兰人的身份,也是出于作家的敏感性,史密斯抓住这个在她写作前后一直未被解决的热点问题并让它成为这部小说表现的主旨之一。在与依菲斯神话故事互文的大框架下,她通过苏格兰姐妹的担忧指涉了反对同性恋教育的第 28 条,笔锋指向了同性恋在苏格兰的接受问题。社会的偏见依然普遍,反对同性恋的势头变化了方式,海报上"我并非抱有偏见"这种表面中立的语气挡不住反对的实质,同性恋者并没有获得正当而宽松的生存环境。伊莫根提及第 28 条时的反讽语气在一定程度上代表着同性恋者或同情同性恋者的态度:"我甚至不觉得那条特别法规值得我记住,或者惦记着。"②但是,社会舆情毕竟不可忽视,伊莫根想到波兰、俄罗斯等地的严厉政策不免彷徨。史密斯赞同性别流动,她借伊莫根和安西娅姐妹的恋爱表达了对流动的性别、对每一种性别形态都可以自在存在的希望。不过,这在现实中还只能是 LGBT 们对未来的一种憧憬,只是这种憧憬在史密斯注重形式言说的小说中以其互

---

① LGBT 为女同性恋者(Lesbians)、男同性恋者(Gays)、双性恋者(Bisexuals)与跨性别者(Transgender)英文首字母的缩略字。
② Ali Smith, *Girl Meets Boy*, New York:Canongate,2007,p.61.

文的张力表现得真诚、神奇而诗意。

再具体到苏格兰高地这一具有深厚历史底蕴的空间。书中姐妹俩张扬性别流动性而表现出的坚韧性格，和历史根植于她们的民族品性不无关联。她们的居住地因弗内斯是苏格兰高地的主城，位于苏格兰最北端，源于尼斯湖的尼斯河穿城而过，在这里可以享受到英国最长的夏季和高地优美的景致。然而，这里的历史又在提醒着人们注意到美景以外的方面。史密斯以充满历史感的高地城市为小说叙事背景，让姐妹俩在此展开连绵的思索，想到它的河谷、它的居民、它的过去与现在，对应着她们的选择与表现。

苏格兰高地凝聚着苏格兰的精气神，那里的民众为苏格兰的自由而奋战过，也为英国洒下过热血。在苏格兰小说里，英格兰苏格兰的情谊与龃龉是个常谈常新的话题，史密斯在这部小说中也不时以深沉且又戏谑的口气触碰这个敏感的问题。两姐妹的思绪不时会回到高地上来。安西娅外出沿着因弗内斯段的尼斯河的河岸而行。她用了一连串的短语连排讲述这条河："在任何城镇之前这条河一直都在这里，它的商店，它的教堂，它的餐馆，它的房屋，它的来来去去的居民，它的造船业，它的渔业，它的港口，它的与从中牟利者的经年战争，还有它的运送高地男孩士兵南下为维多利亚女王而战，坐着船顺着崭新的运河再沿着大河谷（Great Glen）①的冰裂形成的湖湾而行。"②水在安西娅的理解中是时间的象征，瞬息万变，又一成不变，这应该也是史密斯的理解。水可以如上节所说象征性别的流动性，也可以在历史的线索中成为高地的见证，一个又一个"它的"物主代词短语似在不断强调高地人与这条河流这块土地的联系，永恒的流水中铭记了它英勇的子孙为大英帝国作出的奉献。"黑卫士（Black Watch）、苏格兰人卫队（The Scots Guards）、阿盖尔和萨瑟兰高地团等苏格兰部队参加了大英帝国的无数场战役：拿破仑战争中的'半岛战役'；克里米亚战役中著名的'细红线'；布尔战争；'一战'中的马恩河

----

① Great Glen：大河谷贯穿因弗内斯和威廉堡（高地第二大城市），长约62英里。

② Ali Smith, *Girl Meets Boy*, New York：Canongate，2007，pp.27-28.

战役和伊普雷战役;'二战'中的阿拉曼战役、缅甸战役、西西里登陆、卡西诺山战役……从 1707 年到 1947 年,只要是米字旗飘扬的地方,都可以看到身穿格子花呢短裙的苏格兰士兵,听到苏格兰风笛悠扬凄美的笛声。"①在史密斯的"它的"叙述中,流水河川不会忘记曾经的过往,苏格兰人为英国作出的贡献也不会被它的子民所遗忘。

历史上的高地人作出了诸多的牺牲,但并未得到应有的回报,甚至险些失去了自己的语言。小说里,史密斯通过伊莫根继续表达了高地人的创伤感和他们的精神。伊莫根一边忧心着安西娅同性恋的事情一边在河边奔跑,庆幸自己生活在当前一片繁华的因弗内斯,而非当年高地被血洗的时代。在她的脑海中,现在的因弗内斯人说着"最纯正的英语"②,是因为在 1745 年起义失利后,很多说盖尔语的高地人被杀,当地的女孩子不少嫁给了说英语的士兵。史密斯熟谙因弗内斯的历史,她笔下的伊莫根提到的这段历史确有其事。1745 年时,"小王位觊觎者"查理·爱德华·斯图亚特王子率领高地人与英国皇家军队开战,但惨遭失败,他被迫逃亡法国,很多高地人也不得不逃离故土以逃避英国军队的报复性镇压。当时,在平定起义的卡洛登战役(the battle of Culloden)前后,"大约 2000 高地族人被杀"。接管的英国军队对高地实行军事统治,施行"燃烧、清除、掠夺的"的焦土政策③,高地服饰也一度被当作叛军的着装而被禁止。尽管血腥的政策扑灭不了高地人的精神之火,但这在实际上导致了高地人口的减少、盖尔语的失势和英语的流行,在高地人心理上形成深重的创伤。虽说伊莫根庆幸自己生而逢时,但在她的描述中,高地的历史挥之不去,对当下因弗内斯是"全英国发展最快的城市"并无十分的认同。她口中的"不同凡响"(exceptionally)、"多亏了"(thanks to)等表达总是让人感觉带了一些讽刺的含义,旅游业、养老业、水工业的发展给因弗内斯人带来的也许并不只是繁盛,还有更多的他指性含义。

---

① "苏格兰与英格兰的千年恩怨",见 http://news.qq.com/a/20140916/066515.htm, accessed 15 May,2016。

② Ali Smith,*Girl Meets Boy*,New York:Canongate,2007,p.54.

③ T.M.Devine,*The Scotish Nation:A Modern History*,London:Penguin Books,2012,p.45.

高地历经沧桑，但它是它的人民的根基所在，令他们始终保持着高昂不服输的精气神。史密斯将这份自豪感转移到小说中两姐妹的身上，让她们可以面对脆弱的现实作出自己的选择。现实的网络世界、消费社会让小说中的姐妹有失去根基的感觉，安西娅形容过："我有互联网的感觉，被各色信息充斥却互无意义，信息之间的小小联系有如被搜出土壤的残败植物的白色根茎，在一边风干掉。无论我何时想接近自己，试图按键查找自己，试图更深入地寻找'我'的意思，我是说比脸书或我的空间①上快速下载的单单一页更深入了解自己时，我就好像知道，早上醒来登录会发现就连**那个**版本的'我'都不存在了，因为全世界的服务器都瘫痪了。多么没有根基。多么脆弱。"②这种现代社会的生存脆弱感是普遍性的，史密斯借人物传达了对现代社会的恐惧，但在同时，也通过她们表现出民族归属感所能够提供的能量。

伊莫根为自己的苏格兰先人骄傲，为自己的高地人身份而自豪："我来自的地区，它相反于，什么来着，主导叙述。我浑身都是高地肾上腺素。都是托伊希特(teuchter)的笑，都是托伊希特的愤怒。"③托伊希特原本是形容高地人的苏格兰语，有点取笑人土气没教养的意思，但伊莫根并不为之羞愧，而是看重该词内含的形容高地人铿锵爽直不服输的劲头。这种劲头在具有历史传承意义的家族姓氏上也有所反映。姐妹俩的家族姓氏为冈恩(Gunn)。伊莫根在她的叙述中讲到，氏族的一个冈恩女孩拒绝嫁给另一氏族的首领，首领杀害了她的族人掠她而走，她坚决不肯屈从而跳出关押她的塔楼坠地而死。安西娅也解释说，作为冈恩人，他们氏族的座右铭就是"和平或者战争"④。姐妹俩反复提及高地的历史、氏族的故事，进行了一种并不掩饰情绪的民族叙事，展现了她们俩身上苏格兰女性、苏格兰人的民族烙印和气质，增加了她们应对现代社会和他人责难的底气。

① MySpace：MySpace.com成立于2003年9月，是目前全球最大的社交网站，功能时尚而全面，其互动平台可以实现交友、即时通信、游戏等各种功能，满足个性化需求。
② Ali Smith，*Girl Meets Boy*，New York：Canongate，2007，pp.23-24.
③ Ali Smith，*Girl Meets Boy*，New York：Canongate，2007，pp.128-129.
④ Ali Smith，*Girl Meets Boy*，New York：Canongate，2007，p.82.

如此,她们身为高地人,对于英格兰人的做派有些讽刺性的指指点点也不难理解。"他们"一章中,身为苏格兰人的叙述者伊莫根对英格兰的描述不无戏谑。从上了前往伦敦的火车起,伊莫根就在自己有意识的插入性叙述中,不断地提及英格兰人的做派,表现出点点不满,抱怨他们踩到人不道歉,觉得伦敦街头吵吵嚷嚷,雕塑雕的四不像犹如穿着衣服被类型化的空壳,等等。如果说,这些只是苏格兰人对英格兰人略带势利性的小小的戏谑性宣泄,伊莫根鄙视公司做虚假宣传的手段而拒绝主管提拔的桥段则不仅体现出人物对于虚伪的消费文化和强权势力的不妥协,也很好地表现出她那桀骜不驯的苏格兰高地人的劲头。书中正是由于这个事件,伊莫根才提起了自己部族冈恩姓氏的英勇故事,激发起那份苏格兰人的自豪感。这份骨子里的民族自豪感和坚毅精神作用于姐妹俩的身上,令她们面对他人的非议,坚持自己对性别的理解、在爱情和工作上的选择。

史密斯对于苏格兰元素的利用丰富了小说性别书写基础上的内部构架,它所依托的苏格兰地域背景和历史积淀使得该问题在具有当代性的同时带上地方特征民族气质,加强了小说的厚重感也拓展了小说的意义空间。而且,史密斯对于苏格兰性的坚持没有以前苏格兰小说中强烈的争斗性,而是以诗化的语言和结构描述苏格兰人的情怀,将当代苏格兰生活环境的不同层面融入到小说的主旨构建中去。

阿莉·史密斯借助小说关注和审视性别身份和当代社会,突破那些根深蒂固的成见,以其多样化的性别观和对民族精神的坚守,丰富了文学想象的表现和意义。她的写作也在一定程度上反映了苏格兰女性作家创作的趋势:从女性的生存体验来反观时代,创作手法上体现出现实主义、超现实主义、后现代主义并存的特点;她们坚持视角的多样性和差异性,以不同的形式重构过去,将对性别的考察置于特定的历史、种族与文化之中,通过多重叙述声音描绘当代苏格兰社会丰富而多元的图景,建构出当代社会中形形色色的个体百态。

可以说,《当女孩遇见男孩》让人们熟悉了阿莉·史密斯这位深具潜质的苏格兰作家,如今,她囊获多种文学奖项并多次获得布克奖提名,已然在文坛上确立了自己的一席之地。她在《秋》的开篇戏拟狄更斯《双城记》的开头:"这是一个最坏的年代,这是一个最坏的年代。"①读者不由得会想:这个年代不好吗? 比狄更斯的年代还要糟吗? 对于小说中的人物和语境来说也许如此,但对于作家阿莉·史密斯来说,"最坏的年代"如同"时势造英雄",反而为她提供了更多可供深入思考的素材和可以书写的内容。在异彩纷呈的当代苏格兰文坛,史密斯光彩照人,表现出旺盛的创作力,她的小说充溢着多重阐释的可能性,传递出宽广的人文精神和厚重的生命意义。她和她的创作,蕴示了当代苏格兰文学开放多元的发展趋势,演绎了苏格兰小说家在21世纪蓬勃的创作活力。

---

① Ali Smith, *Autumn*, New York: Pantheon Books, 2016, p.1.

结　　语

　　苏格兰的地理疆域不过区区七万多平方公里,但文学成就高低与地域面积大小并非是正比关系。且不说远邦,就苏格兰的近邻来看,与其相似、与英国有过或有着隶属关系的民族都在谱写着自己的文学篇章,他们所在地域面积和人口资源有限,但在文学创作方面所取得的成果已是有目共睹。如,爱尔兰人民创作的文学,伴着乔伊斯、叶芝等大家之名已让人们刮目相看,威尔士以狄兰·托马斯(Dylan Thomas)和 R.S.托马斯(Ronald Stuart Thomas)为代表的当代文学创作也发展得有声有色。苏格兰文学虽然与近邻爱尔兰文学部分同源,但发展路径不同,如今与之相比亦是生机勃勃。在融合发展的过程中,苏格兰汲取诺曼文学、英格兰文学等多种文学的滋养,基于自己的民族底蕴,形成了自己的文学特色。其中,苏格兰小说历经苏格兰启蒙时期的初步发展、19 世纪末"菜园文学"对乡村田园生活描写的专注,以及 20 世纪初文艺复兴时期对现代艺术技巧的追逐与对本土文学的怀旧复兴,在当代的发展中沿承"苏格兰式对立"的精神,逐步多样化地呈现出苏格兰民族文化内在的多元性与异质性,及其内外兼修、在书写本民族的同时不断向外看的创作视野。在历史与现实的拉锯中,它充分利用其特有的民族性和杂糅性,在艺术表现方面彰显出了独特的魅力,在文学的世界里博得了属于它自己的一方领地。当代苏格兰小说发展的原因与表现值得我们深入探讨,它不仅可以为人们认识苏格兰文学以及文学的民族性与文学性提供研究思路与路径,而且对于当下的多民族文化建设与文学建构也有重要的现实意义。着眼于此,本书起步于对当代苏格兰小说发展的脉络与特征的梳理分析,探讨了目前具有一定地位和影响的代表作家,总结并展望了当代苏格兰小说发展的趋势与走向。从本书对苏格兰小说在当代三个阶段的分别论述以及对各阶段代表作家罗宾·詹金斯、穆丽尔·斯帕克、威廉·麦基尔文尼、阿拉斯代尔·格雷、詹尼斯·加洛韦、欧文·韦尔什、阿莉·史密斯的代表作的探究,可以看到,在当代苏格兰小说发展的各个阶段,作家创作重点各有不同,风格有承袭和发展,各具特色却又彼此关联,不失民族特色谋求多样化发展则是其一以贯之的基本走向。

从"二战"以后到20世纪70年代间,苏格兰小说在不断摸索的蛰伏期中寻觅着发展的道路,打破人们对其乡村性的固有印象,明确了自己异质共存多样化发展的特征。乔治·布莱克曾在《巴里和菜园小说流派》(*Barrie and the Kailyard School*)中认为苏格兰人"在文学文化方面根深蒂固地落后——就像茫然善感的孩子指望着乡村生活给予传统的保护"①。然而,"根深蒂固地落后""茫然"这类词对于形容当时的小说家们来说已不适用。虽然,当时的苏格兰小说尚未有重大的突破,但早期小说作品如司各特的《威弗利》、斯摩莱特的《蓝登传》和《汉弗莱·克林克》、史蒂文森的《金银岛》和《化身博士》、詹姆斯·霍格的《罪人忏悔录》等所形成的现实评判、历史冒险写作和双重性建构的传统在他们的手中得以延续;欧美现代主义文学的兴起,苏格兰文艺复兴、寻求议会独立等提倡民族精神的运动又促使他们反思政治冲动,冷静思考小说的出路,进行锐意求新的探索,谋求发展形成创作多样化的局面。苏格兰小说家们面对骨感的社会现实和艺术发展的需要,在小说创作中将"苏格兰式对立"这一概念蕴含的多元精神发扬光大,使之从原本仅仅表征苏格兰人个性的多样性发展到表征小说人物的多样性,再扩展到创作形式、风格、主题和作家身份的多样性,赋予了它更多的现代意义。

这一阶段的创作内容涉及民族复兴何去何从、个人生存的迷惘、人性善恶、城市生活的重荷等个性化的或普遍性的主题和种种具体的或抽象

---

① 转引自 Moira Burgess, "Robin Jenkins: a Novelist of Scotland", *Library Review*, Vol. 22, No.8(2007), p.409。

的问题,其中还不时渗透出伤感的情怀,对于苏格兰的现状与未来表现出不确定的忧虑和展望。罗宾·詹金斯的《摘果人》、詹姆斯·肯纳韦的《荣誉之曲》、威廉·麦基尔文尼的《多彻迪》、乔治·弗里尔的《艾尔弗雷德·马先生》、埃里克·林克莱特的《士兵安杰洛》等作品都是该时期的产物,它们将现实主题与现代写作手法进行不同程度的结合,或反思战争、或书写工人罢工风潮、或反映当代社会中的人际关系等。对于深刻影响或支撑苏格兰人心理的天主教和加尔文教等教会在战后的作用与变化,小说也不无反映,斯帕克的《布罗迪小姐的青春》即是一例。此外,奈杰尔·特兰特和多萝西·邓尼特的历史小说和冒险小说,阿奇·欣德等以苏格兰工业化和城市为背景的小说,斯帕克和肯纳韦那些更具国际性而不以苏格兰为背景的小说,也都在继承与发展的轨道上进行着各具特色的言说。而且,他们在创作中体现出的道德思辨、城市想象、性别关怀和共同体意识等方面在之后的苏格兰小说创作中都有不同程度的表现,并在新的语境中获得新的具有时代特征的表达方式和表现特征。简单地说,从他们的创作可以看到,写实批判小说与实验性小说创作的交织发展、民族思考与文学母题的融会创作以及地方性与国际性交融的发展势头。

这一趋势为之后苏格兰小说的突破性发展作好了铺垫,促使苏格兰的小说创作表现出更多的自信和成功,20世纪80年代至20世纪末的这一轮发展更是具有承前启后的重要意义,是苏格兰小说进行转折走向高潮的时期,彰显了当代苏格兰小说创作的某些特征。

在这一阶段,有格雷这样的小说家超现实地构造现代异化的世界,有班克斯这样的小说家借科幻作品表现伦理与异化,有麦基尔文尼和伊恩·兰金这样的小说家创作亦正亦邪的苏格兰侦探小说,也有埃尔芬斯通这样的小说家青睐史诗神话运用历史与传统的隐喻,还有大卫·克莱格和罗斯·莱德劳等小说家直接重写历史故事以借古喻今。他们借助文体杂用等纷繁的创作手段,在现代审美文化的平台上进行文学想象,通过对宏大叙事的建构与解构以拉动历史与现实的互动,营建小说意义的空间。他们的创作既水平地拓展了对苏格兰内部多样性的描写,又立体地延伸了苏格兰与外部联系的多样性表现,将"苏格兰式对立"精神发扬光大,多方位地打造了当代苏格兰小说的景象。

在以苏格兰为背景的小说中,作家们关注的对象多为苏格兰的城市及生活在其中的人们,这是当代苏格兰小说很重要的一个方面。继 20 世纪 50 年代弗里尔等对城市的消极书写,作家们进行着各式各样的城市想象。格雷以夸张变形的手法向人们展示现代城市的恐怖与异化,凯尔曼、韦尔什在他们的作品中放大苏格兰城镇中现行的暴力与罪恶,加洛韦则以符号形式文本展现其中居民的生理与心理的困顿。他们笔下的人物多是生活在苏格兰城市中的普通人乃至下层民众,涉及当代消费社会中吸毒贩毒、交际困难、心理疾病、司法不公等种种乱象,这些人物因而经常被表现为受到摧残的人,这种摧残也许是生理的,也许是心理的,造成了他们的不健全状态。他们的经历与反应可以引发关于人性善恶伦理道德的思辨,同时,从象征的意义上来说,他们个人的创伤在某种程度上表达了苏格兰的集体创伤。他们如何走出创伤,走向未来,也正暗喻着苏格兰如何看待自己的过去与传统、如何在新环境中生存生长的问题。

城市想象其实也是创作地域性特征的一种表现,它可以借助小说背景的地理文化,也可以借助人物操持的地域方言等形式来实现。80 年代利兹·洛克黑德、汤姆·伦纳德和格雷等人为代表的格拉斯哥小说现象的形成与发展鼓励了苏格兰小说家们与时俱进,在创作中日益注重地域文化的影响和作用,这也是对过去偏重高地与低地乡村的写作进行了一种补充。需要指出的是,地域性特征是苏格兰小说的一个显著特征,但并非狭隘的地方主义的表现。斯帕克以爱丁堡为背景的《布罗迪小姐的青春》、伊恩·克赖顿·史密斯描写盖尔人生活的《人来人往的地方》、韦尔什以雷斯地区为背景的《猜火车》等作品都是这一方面很好的例证。

苏格兰小说通过城市书写传递出它对个体经验的在意,同时也显露了另外一个特征,对共同体意识的持续关注。共同体是一个与家庭、宗教、民族分不开的主题,对于苏格兰作家来说,它更是一个具有后殖民性政治意义的话题。苏格兰作为带有后殖民性特征的民族,民族性思考是常态。不过,各个作家的创作与民族政治的距离远近有别,表现手法也各不相同,如格雷的作品具有明显的苏格兰性,而斯帕克中后期的创作多与苏格兰民族政治的直接关联甚微。从整体上来看,苏格兰与英格兰尽管在政治经济政策、议会独立等方面龃龉不断,作家们也有自己的政治立场①,但他们带着艺术创作者的敏感,睿智地利用民族矛盾与社会冲突,迎合现当代文学发展的需求,更明确地找到自己文学创作的生长点,在对殖民话语的反拨中进行民族共同体意识的书写与探究。他们在创作中对于纯粹的民族主义表达有所舍弃,既注重发扬本土特色的苏格兰性的建设,注重于苏格兰本身的历史表达和民族想象,同时不放弃与英国性的联系,在与其若即若离的空间里,借鉴欧美创作风格,实现颠覆解构与融合建构的同时进行、个性化与多样化的共同发展。本阶段重点分析的作家格雷、加洛韦和韦尔什莫不如是。

性别问题自20世纪末开始在苏格兰备受关注,伊恩·班克斯关于性别错置的哥特式科幻小说《捕蜂器》、艾伦·沃纳关于女性盗窃男友作品重谋生路的《莫文·卡拉》等作品都是相关的佳作。相较于男性作家而言,面对着民族问题和性别问题的双重裹挟,苏格兰女性作家亦有效地利用苏格兰人及女性作家的双重边缘身份在艺术表现手法和内容方面表现出特有的活力。加洛韦、埃尔芬斯通、A.L.肯尼迪、阿格尼斯·欧文斯、阿莉·史密斯、杰姬·凯等小说家既有表现女性(尤其是苏格兰女性)的"小家子气",也有关注苏格兰命运、书写人类共通主题的"豪迈之气"。她们的创作即便是从女性的视角出发,在写作中也会力图将性别问题与民族身份、阶级身份等问题融合,关涉到社会生活的方方面面。她们的创作在避免性别书写的单一性的同时,丰富并深化了小说的关注面和思想深度。

在21世纪初的创作中,苏格兰小说的内部建构诸要素往往会带上21世纪社会生活与艺术发展的内容和特征。威廉·博伊德颇具历史感的小说创作,安德鲁·奥黑根对苏格兰名利场的描写,杰姬·凯和卢克·

---

① 如,格雷一直旗帜鲜明地主张苏格兰独立,他在20世纪90年代发表的《为什么要苏格兰人统治苏格兰》中细致分析苏格兰的政治法律等现状,主张苏格兰人重视个人的选举权以积极推动苏格兰独立运动。

萨瑟兰反映种族身份和文化差异的作品、安德鲁·格雷格描写苏格兰边远地区生活的作品,彼得·梅的具有国际背景的侦探小说,A.L.肯尼迪反讽人性的作品,纷纷充实了 21 世纪的苏格兰小说书橱,增强了苏格兰小说的影响。阿莉·史密斯作为本书在 21 世纪初苏格兰小说创作的代表具有可言说性。她出生在苏格兰小说韬光养晦且现实主义写作比较盛行的时期,体会过苏格兰小说创作在 20 世纪末的突破性发展,自身又有着前卫的生活方式,成为苏格兰 21 世纪文学创作中的一位干将。作为在新时代进入鼎盛期的作家,她和她的同行们善于接受新事物书写新现象,并且以不失怀疑的态度,努力地表现艺术和生活存在的多重特征。

借此还可以指出的是,本书对当代作家的个案研究起于罗宾·詹金斯现实主义式的写作(以苏格兰林区为背景书写道德等问题),止于阿莉·史密斯的后现代多元化的写作(运用苏格兰元素切入性别流动和民族意识等问题),这也从侧面反映出当代苏格兰小说家们一贯个性而广泛的创作风尚,他们持续地将"苏格兰式对立"特征进一步发展为苏格兰小说多样化存在的风骨。苏格兰是他们创作素材的源泉,他们的书写内容基于苏格兰而又超越苏格兰,写作风格有苏格兰传统也不乏对于当代新手法的运用。此外,就这些小说家的各自创作来说,本书对他们作品的分析具体落实到实验性写作、对性别问题的思考、对中下层苏格兰人的关注等方面,然而,正如民族问题也只是苏格兰小说创作的一个方面一样,这些也只是他们创作中的某些层面,并不能涵盖他们作品的全部内涵。如加洛韦作品中的女性视角为读者理解苏格兰、理解后现代社会中的人提供了多重的反射面,它们所涉及的不仅仅有性别问题,民族意识、后现代消费社会的种种现象、人际关系、教育、安全与自由、城市房屋规划、权力与话语等层面也都有所涉及。当代小说家们对诸如此类的多重主题的个性演绎充盈了当代苏格兰小说的创作内涵和外延,使其更具复杂性和可言说性,而这也是相关研究可以不断继续深入的着眼点。

如 2014 年 9 月由曼彻斯特大学和威斯敏斯特大学合办的会议"21世纪苏格兰小说:我们身在何方?"的标题所示,21 世纪苏格兰小说存在的环境和发展的走向问题是当今作家们和评论家都很关注的问题,但这也是一个没有具体的答案的问题。摒弃对民族问题的过度纠结,立足于自身的民族书写传统致力于多样化的苏格兰小说建构应该是人们的共识。"小说作为历史文化表现的一种形式,必然会受到其实践者所出身于的历史和文化的影响或者限制"①,哈特所作的这种假设其实陈述的是小说发展的必然要素,基于历史文化的身份感与差异化已经成为当代苏格兰小说家们写作的一种标签。克劳福德曾言:"小规模的或脆弱的文化群体需要的往往不只是解构权威修辞,而是建构或重构'可用的过去',意识到文化传统,允许保留或发展自己明确的身份感及差异构成感。"②这样的见解比较符合苏格兰小说的发展现实,苏格兰小说家们所属的文化群体虽然规模偏小,源头复杂,但在长期的发展中已经形成了自身的特色和可沿承的传统,在这个过程中,作家们注重自身文学养料的汲取传承和扬弃欧美文学的影响,他们不仅解构权威修辞也在建构多样性的文学话语存在。在小说中努力明确各种文化政治身份差异的同时,他们也在实践着作家身份差异并存、小说表达差异并存的多样化发展。所以,在对当代苏格兰小说的探究中,我们结合了历史文化语境呈现它们多样化的民族性表现,探究它们多样的表现内容和艺术形式。

不过,语言至今在有些评论者看来还是苏格兰小说发展的一个掣肘。卡拉·萨西在书中说:"苏格兰文学是有分量的——这是毋庸置疑的——但是得用其他语言和其他文化去阐释它才能生存下去。我们觉得,这正是新千年苏格兰文学面对的挑战。"③这是挑战,也是发展的必然。苏格兰有自己的传统的语言,但言说者数目有限也难以普遍化,过分小众的事物并不利于广大读者的理解与接受。对于民族文学来说,借助英语或其他更大众化语言的创作,文学作品可以有更多的受众和赏析者,为不同文化背景的读者和评论者所理解并进行阐释。霍米·巴巴在《民

---

① Francis Russell Hart, *The Scottish Novel: from Smollett to Spark*, Cambridge, Mass.: Harvard University, 1978, p.viii.

② Robert Crawford, *Devolving English Literature*, Second Edition, Edinburgh: Edinburgh University Press, 2000, p.5.

③ Carla Sassi, *Why Scottish Literature Matters*, Edinburgh: The Saltire Society, 2005, p.182.

族和叙事》中认为,"由于语言本身所具有的含混性和不确定性,因此对民族的叙述本身就是一种不确定的言说。"①推而广之,以虚构为最初始特色的小说对民族的重构性叙述加强了这种不确定性,苏格兰小说创作多种语言的运用更是让民族的言说具有不确定的可描述性,换个角度看,这反而是为丰富苏格兰小说的意义空间提供了可能。事实上也是,苏格兰小说家们较之以往更加能够娴熟地转弊为利,利用多种语言选项的"福利"进行虚构创作,或标准英语,或苏格兰方言,或多种方言结合,或方言与英语结合,以各种形式探究语言潜在的可能性,将原本令其苦恼的创作语言问题转化为表达的内容,书写个人内心的体验,探究个人和民族身份问题,描绘现代社会万象,勾勒出动态发展的苏格兰小说景象。如此可以说,苏格兰文学在新千年的挑战更多的是如何充分利用语言和文化的资源,丰富自己的创作,防止文学语言仅仅成为某一阶层或利益团体的话语,并让苏格兰性与非苏格兰性都成为苏格兰文学的有机组成,扩充苏格兰文学的内涵及影响力。

　　本书在上篇的综述中曾提及对苏格兰小说"不再那么'苏格兰'的"②后民族主义式发展的展望,这一展望是可行的,但无论从创作的哪一方面来看,"具有对过去的意识"是个很重要的条件。当代苏格兰小说发展至今,经历了风风雨雨,其民族的历史经济文化发展决定了它的文学气质。无论它在多样性的路上如何行走,它的起点都是本土本民族的文化和传统,丢了这个起点,这个"对过去的意识"也就难以实现"不再那么'苏格兰'的"具有更广阔胸怀的写作诉求。苏格兰文坛老将和新秀们在21世纪的小说创作让人们看到,人性本质、道德伦理、城市危机和共同体建设等是当今小说家们持久的关注焦点;他们在创作中坚持着民族艺术传统风格的传承,同时也在走出狭隘民族主义的窠臼,利用身份与话语的杂糅在当代政治化商业化的社会中灵活应变,不断拓展创作视野进行艺

---

① 王宁:《叙述、文化定位和身份认同——霍米·巴巴的后殖民批评理论》,《外国文学》2002年第6期,第50页。

② Douglas Gifford, Sarah Dunnigan and Alan MacGillivray (eds.), *Scottish Literature: in English and Scots*, Edinburgh: Edinburgh University Press, 2002, p.1000.

术创新。如此,他们的成就更让人们明白,任何地域或民族的文学创作成就并非取决于地界的宽广和民族的大小,而更多地在于利用自身的特点打破视野的局限性,确立艺术创作的个性;而且,它不仅要拥有本民族的文化特征,也要具备广阔的视野和胸襟,在充分展现民族文学创作独特性的同时,构建开放而多样的意义空间。

如今,苏格兰独立的呼声依然不时响起,但无论独立公投是否重演,当代的社会语境已经赋予了小说创作更多的可能性,它一如坚忍的风中之蓟,坚持不懈地积极丰富着文学的表达。当代苏格兰小说在民族身份、民族表达与国际视野、世界关怀之间博弈,以各种方式演绎着民族与世界、虚构与真实、艺术与媚俗、想象与现实等难以界定的文学多元关系的对立统一。丰富的题材、多样的表达、变幻的形式、多种的文化因素共同呈现出当代苏格兰小说的开放性与多样性。苏格兰小说的多样性既具有苏格兰民族特色,也不乏普遍人文关怀气质。它蕴含了苏格兰式对立的传统因素,又融入了当代消费社会种种张力元素,使其矛盾对立的传统特征更加复杂化,也使其在纷繁多姿的世界文学中独树一帜。这犹如在旧桶中汇入新的酒糟发酵,而酝酿出别具苏格兰风味的小说,并由其异香深蕴而分外吸引苏格兰内外的读者和研究者。

参 考 文 献

［法］阿尔弗雷泽·格罗塞:《身份认同的困境》,王鲲译,社会科学文献出版社 2010 年版。

［美］爱德华·W.苏贾:《后现代地理学——重申评判社会理论中的空间》,王文斌译,商务印书馆 2004 年版。

［古罗马］奥维德:《变形记》,杨周翰译,人民文学出版社 1984 年版。

［美］本尼迪克特·安德森:《想象的共同体:民族主义的起源与散布》,吴叡人译,上海世纪出版集团 2011 年版。

程新宇:《加尔文人学思想研究》,中国社会科学出版社 2012 年版。

［英］D.H.劳伦斯:《恋爱中的女人》,黑马译,译林出版社 2014 年版。

［英］戴维·米勒:《论民族性》,刘曙辉译,译林出版社 2010 年版。

［英］E.霍布斯鲍姆、T.兰格编:《传统的发明》,顾杭、庞冠群译,译林出版社 2004 年版。

［德］斐迪南·滕尼斯:《共同体与社会——纯粹社会学的基本概念》,林荣远译,商务印书馆 1999 年版。

［英］弗吉尼亚·伍尔芙:《自己的一间屋》,《伍尔芙随笔全集》II,王义国等译,中国科学出版社 2001 年版。

［美］哈罗德·布鲁姆:《西方正典:伟大作家和不朽作品》,江宁康译,译林出版社 2005 年版。

何树:《从本土走向世界——爱尔兰文艺复兴运动研究》,军事谊文出版社 2002 年版。

［美］拉塞尔·雅各比:《不完美的图像:反乌托邦时代的乌托邦思想》,姚建彬等译,新星出版社 2007 年版。

［美］理查德·B.谢尔:《启蒙与出版:苏格兰作家和 18 世纪英国、爱尔兰、美国的出版商》上下册,启蒙编译所译,复旦大学出版社 2012 年版。

［加］琳达·哈琴:《后现代主义诗学:历史·理论·小说》,李杨、李锋译,南

京大学出版社 2009 年版。

刘锋杰、薛雯、尹传兰等:《文学政治学的创构——百年来文学与政治关系论争研究》,复旦大学出版社 2013 年版。

[英]刘易斯·格拉西克·吉本:《苏格兰人的书》,曹庸、胡瑞生、孙予译,上海译文出版社 1993 年版。

罗钢、刘象愚主编:《后殖民主义文化理论》,中国社会科学出版社 1999 年版。

[捷克]米兰·昆德拉:《小说的艺术》,孟湄译,三联书店 1992 年版。

[英]缪丽尔·斯帕克:《布罗迪小姐的青春》,任吉生译,中国工人出版社 1998 年版。

[英]缪丽尔·斯帕克:《驾驶席·布罗迪小姐》,袁凤珠译,译林出版社 1999 年版。

[加]诺思罗普·弗莱:《批评的剖析》,陈慧、袁宪军、吴伟仁译,百花文艺出版社 2002 年版。

[英]欧文·韦尔什:《猜火车》,石一枫译,重庆出版集团、重庆出版社 2012 年版。

[英]齐格蒙·鲍曼:《后现代性及其缺憾》,郇建立、李静韬译,学林出版社 2002 年版。

[英]齐格蒙特·鲍曼:《共同体:在一个不确定的世界中寻找安全》,欧阳景根译,江苏人民出版社 2003 年版。

[英]乔治·奥威尔:《1984》,董乐山、高源译,华东师范大学出版社 2013 年版。

瞿世镜、任一鸣:《当代英国小说史》,上海译文出版社 2008 年版。

苏耕欣:《英国小说与浪漫主义:意识形态的冲突、妥协与包装》,北京大学出版社 2017 年版。

王守仁、胡宝平等:《英国文学批评史》,南京大学出版社 2012 年版。

王佐良、周珏良主编:《英国 20 世纪文学史》,外语教学与研究出版社 2006 年版。

肖群忠:《道德与人性》,河南人民出版社 2003 年版。

[英]亚历山大·布罗迪主编:《剑桥指南:苏格兰启蒙运动》,贾宁译,浙江大学出版社 2010 年版。

朱立元:《现代西方美学史》,上海文艺出版社 1993 年版。

陈茂林:《〈苏格兰人的书〉:一部优秀的左翼历史小说》,《浙江外国语学院学报》2014 年第 1 期。

戴鸿斌:《国外缪里尔·斯帕克研究述评》,《当代外语研究》2012 年第 4 期。

冯海青编译:《贾尼斯·盖洛韦访谈录》,《外国文学动态》2004 年第 3 期。

何宁:《论当代苏格兰诗歌中的民族性》,《当代外国文学》2012 年第 1 期。

李丽颖:《英格兰、苏格兰合并过程中的宗教问题》,《世界宗教研究》2011 年第 2 期。

刘晓晖:《走不出的迷宫——阿莉·史密斯小说〈迷〉中的空间审美架构》,《长春理工大学学报》2015 年第 7 期。

齐宁:《斯帕克发表新作〈有目的地闲逛〉》,《外国文艺》1981 年第 6 期。

秦怡娜、孔雁:《更迭的形象,背叛的青春——对〈布罗迪小姐的青春〉的一种解读》,《外国文学研究》2001 年第 3 期。

阮炜:《有"洞见"的秩序扰乱者——读斯帕克的〈佩克姆草地叙事曲〉》,《外国文学研究》1992 年第 3 期。

隋晓荻、桂荧:《詹姆斯·盖尔曼小说〈这是多么晚,多么晚〉中的苏格兰性》,《浙江外国语学院学报》2014 年第 1 期。

孙坚:《苏格兰独立问题的由来与发展》,《世界经济与政治论坛》2015 年第 1 期。

王家湘:《在死的警告下》,《外国文学》1986 年第 2 期。

王金娥:《苏格兰女作家贾妮斯·盖洛韦及其创作》,《外国文学动态》2006 年第 4 期。

王宁:《叙述、文化定位和身份认同——霍米·巴巴的后殖民批评理论》,《外国文学》2002 年第 6 期。

王卫新:《当代苏格兰小说的阶级表征》,《浙江外国语学院学报》2012 年第 2 期。

吴彩琴:《试论苏格兰当代女作家的小说写作特色》,《作家》2012 年第 4 期。

许二斌:《苏格兰独立问题的由来》,《世界民族》2014 年第 4 期。

许景城:《吉莲·克拉克:为族群发声、为生态言说的威尔士民族诗人》,《外国文艺》2016 年第 6 期。

杨金才:《当代英国文坛两姐妹:缪里尔·斯帕克和艾丽斯·默多克》,《世界文化》2001 年第 1 期。

[英]伊万·图罗克:《老工业城市的复兴:格拉斯哥的经验及对中国东北的启示》,刑铭译,《国际城市规划》2005 年第 1 期。

袁凤珠:《英国文坛女杰缪丽尔·斯帕克》,《当代外国文学》1995 年第 2 期。

袁凤珠:《缪里尔·斯帕克——当代英国文坛女杰》,《外国文学》1999 年第 1 期。

张浩:《苏格兰女作家谢纳·麦凯小说创作评析》,《芒种》2012 年第 11 期。

周保巍:《走向"文明":苏格兰启蒙运动中的"历史叙事"与"民族认同"》,

《浙江学刊》2007 年第 3 期。

《苏格兰与英格兰的千年恩怨》，2016 年 5 月 15 日，见 http://news. qq.com/a/20140916/066515.htm。

张剑：《苏格兰、历史传统与文学想象》，《光明日报》2014 年 9 月 15 日。

张剑：《苏格兰文学、民族主义与后殖民研究》，《光明日报》2014 年 10 月 13 日。

Akbar, Arifa, "Conversation with the undead: Ali Smith Gives the Lecture a Hunting Twist", 26 October, 2012, http://www.independent.co.uk/arts-entertainment/books/features/conversations-with-the-undead-ali-smith-gives-the-lecture-a-haunting-twist-8226873.html, accessed 6 March, 2016.

Anderson, Carol, "Listening to the Women Talk", in *The Scottish Novel since the Seventies: New Versions, Old Dreams*, Gavin Wallace and Randall Stevenson (eds.), Edinburgh: Edinburgh University Press, 1993, pp.170 – 186.

Bauman, Zygmunt, *Postmodernity and its Discontents*, Cambridge: Polity Press, 1997.

Bernstein, Stephen, *Alasdair Gray*, Lewisburg: Bucknell University Press, 1999.

Böhnke, Dietmar, *Shakes of Gray: Science Fiction, History and the Problem of Postmodernism in the Work of Alasdair Gray*, Berlin: Galda & Wilch Verlang, 2004.

Bradbury, Malcolm, *The Modern British Novel 1878 – 2001*, Foreign Language Teaching and Research Press, 2005.

Brown, Ian and Alan Riach, "Introduction", in *The Edinburgh Companion to Twentieth-century Scottish Literature*, Ian Brown and Alan Riach (eds.), Edinburgh: Edinburgh University Press, 2009, pp.1 – 14.

Brown, Ian and Alan Riach (eds.), *The Edinburgh Companion to Twentieth-century Scottish Literature*, Edinburgh: Edinburgh University Press, 2009.

Brown, Ian and Colin Nicholson, "Arcades—The 1960s and 1970s", in *The Edinburgh Companion to Twentieth-century Scottish Literature*, Ian Brown and Alan Riach (eds.), Edinburgh: Edinburgh University Press, 2009, pp.133 – 144.

Brown, Peter Robert, "'There's Something about Mary': Narrative and Ethics in *The Prime of Miss Jean Brodie*", *Journal of Narrative Theory*, Vol.36, No.2 (2006), pp.228 – 253.

Burgess, Moira, "Arcades—The 1940s and 1950s", in *The Edinburgh Companion to Twentieth-century Scottish Literature*, Ian Brown and Alan Riach (eds.), Edinburgh: Edinburgh University Press, 2009, pp.103 – 111.

Burgess, Moira, "Robin Jenkins: a Novelist of Scotland", *Library Review*, Vol.22,

No.8(2007),pp.407-412.

Carruthers, Gerard, "Scottish Literature in Diaspora", in *The Cambridge Companion to Scottish Literature*, Gerard Carruthers and Liam McIlvanney(eds.), Cambridge:Cambridge University Press,2012,pp.275-288.

Carruthers,Gerard,and Colin Kidd(eds.),*Literature and Union*,Oxford University Press,2018.

Christianson,Aileen and Alison Lumsden,*Contemporary Scottish Women Writers*, Edinburgh:Edinburgh University Press,2000.

Craig,Cairns(ed.),*The History of Scottish Literature*,Vol.4 *Twentieth Century*,Aberdeen:Aberdeen University Press,1987-1988.

Craig,Cairns, "Scotland and Hybridity", in *Beyond Scotland: New Contexts for Twentieth-Century Scottish Literature*, Gerard Carruthers, et al. (eds.), Amersterdam, Newyork:Rodopi,1994,pp.229-253.

Craig,Cairns,*The Modern Scottish Novel:Narrative and the National Imagination*, Edinburgh:Edinburgh University Press,1999.

Craig,Cairns, "Robin Jenkins: a Would-be Realist?" *Edinburgh Review*, Vol.106 (2001),pp.12-22.

Craig,Cairns,"Introduction",in *The Cone-Gatherers* by Robin Jenkins,Edinburgh: Canongate,2004,pp.vii-xvi.

Crawford,Robert and Thom Nairn(eds.),*The Arts of Alasdair Gray*,Edinburgh: Edinburgh University Press,1991.

Crawford,Robert,*Devolving English Literature*,Edinburgh:Edinburgh University Press,2000.

Devine,T.M.,*The Scotish Nation:A Modern History*,London:Penguin Books,2012.

Dickson,Beth,"Class and Being in the Novels of William McIlvanney",in *The Scottish Novel since the Seventies:New Versions,Old Dreams*,Gavin Wallace and Randall Stevenson(eds.),Edinburgh:Edinburgh University Press,1993,pp.54-69.

Dixon,Keith,"Writing on the Borderline:The Works of William McIlvanney", *Studies in Scottish Literature*,Vol.24,No.1(1989),pp.142-157.

Donaldson,George and Alison Lee,"Is Eating People Really Wrong? Dining with Alasdair Gray",*The Review of Contemporary Fiction*,1995. https://www.highbeam.com/doc/1P3-4592193.html,accessed 6 June,2016.

Dorenkamp,J.H.,"Moral Vision in Muriel Spark's *The Prime of Miss Jean Brodie*",*Renascence*,Vol.33,No.1(1980); ProQuest pp.3-9.

Eliot,T.S.,"Was There a Scottish Literature",*The Athenaeum* 1 August,1919,pp.

680-681.

Foster, Sally M., *Picts*, *Gales and Scots*: *Early Historical Scotland*, London: Batsford, 2004.

Faber, Michel, "James Kelman's Monologue of an Inarticulate Glasgow Lad, Boy, is Mercilessly Authentic", *The Guardian* 25 April, 2008.

Galloway, Janice, "Different Oracles: Me and Alasdair Gray", *Review of Contemporary Fiction*, Vol.15, No.2(1995), pp.193-196.

Galloway, Janice, "Introduction", in *Lanark* by Alasdair Gray, Edinburgh: Canongate, 2002, pp.ix-xiii.

Galloway, Janice, *The Trick is to Keep Breathing*: *a Novel*. Edinburgh: Polygon, 1989; Dalkey Archive Press, 2003.

Galloway, Janice, "Janice Galloway on her work", in *Voices from Modern Scotland*: *Janice Galloway, Alasdair Gray*, Bernard Sellin(ed.), Crini: Centre de Recherche sur les Identites Nationales et L'interculturalite, 2007, pp.123-143.

Gardiner, Michael, "Arcades—The 1980s and 1990s", in *The Edinburgh Companion to Twentieth-century Scottish Literature*, Ian Brown and Alan Riach(eds.), Edinburgh: Edinburgh University Press, 2009, pp.181-192.

Gardiner, Michael, and Willy Maley(eds.), *The Edinburgh Companion to Muriel Spark*, Edinburgh: Edinburgh University Press, 2010.

Germanà, Monica and Emily Horton(eds.), *Ali Smith: Contemporary Critical Perspectives*, London, New Delhi, New York, Sydney: Bloomsbury, 2013.

Gifford, Douglas, "Modern Scottish Fiction", *Studies in Scottish Literature*, Vol.13, No.1(1978), pp.250-273.

Gifford, Douglas, Sarah Dunnigan and Alan MacGillivray (eds.), *Scottish Literature: in English and Scots*, Edinburgh: Edinburgh University Press, 2002.

Goring, Rosemary(ed.), *Scotland's Bookshelf: a Celebration of 100 Years of Scottish Writing*, Glasgow: Glasgow Libraries, 2012.

Goring, Rosemary, "Scotland Stands Tall on Its Past Century of Books", *The Herald* 18 February 2012. http://www. heraldscotland. com/books-poetry/comment-debate/scotland-stands-tall-on-its-past-century-of-books.16744960, accessed 15 December, 2014.

Gray, Alasdair, 1982, *Janine*, London: Jonathan Cape, 1984.

Gray, Alasdair, *The Fall of Kelvin Walker*, London: Penguin, 1986.

Gray, Alasdair, "Postscript", in *Gentlemen of the West* by Agnes Owens, Harmondsworth: Penguin, 1986.

Gray, Alasdair, *Poor Things*, London: Bloomsbury Publishing Ltd. ,1992.

Gray, Alasdair, *Why Scots Should Rule Scotland*, Edinburgh: Canongate, 1992.

Gray, Alasdair, *Lanark: A Life in Four Books*, Edinburgh: Canongate, 2002.

Gray, Alasdair, " A Conversation with Alasdair Gray by Mark Axelrod", *The Review of Contemporary Fiction*, Vol. 15, No. 2 (1995). http://www. dalkeyarchive. com/a-conversation-with-alasdair-gray-by-mark-axelrod/, accessed 16 May, 2016.

Hames, Scott, " Dogged Masculinities: Male Subjectivity and Socialist Despair in Kelman and Mcllvanney", *Scottish Studies Review*, Vol.8, No.1(2007) , pp.67−87.

Hames, Scott (ed.), *The Edinburgh Companion to James Kelman*, Edinburgh: Edinburgh University Press, 2010.

Hart, Francis Russell, *The Scottish Novel: from Smollett to Spark*, Cambridge, Mass.: Harvard University, 1978.

Hart, Francis Russell, *The Scottish Novel: A Critical Survey*, London: John Murray (Publishers) Ltd. ,1978.

Hemingway, Judy, " (Un) popular Culture and Citizenship- mapping illicit drug-using in Trainspotting", *Geography*, Vol.91, No.2(2006) , pp.141−149.

Hind, Archie, *The Dear Green Place*, Edinburgh: Polygon, 1984.

Horton, Emily, "Contemporary Space and Affective Ethics in Ali Smith's Short Stories", in *Ali Smith: Contemporary Critical Perspectives*, Monica Germanà and Emliy Horton(eds.), London: Bloomsbury Academic, 2013, pp.9−22.

"Interview with Janice Galloway", *Scottish Review of Books*, Vol.5, No.2(2009) , pp.6−8.

Jenkins, Robin, *Cone-Gatherers*. Edinburgh, London: Canongate, 2012.

Jones, Carole, " White Men on Their Backs – From Objection to Abjection: The Representation of the White Male as Victim in William McIlvanney's *Docherty* and Irvine Welsh's *Marabou Stork Nightmares*", *International Journal of Scottish Literature*, No.1(2006) , pp.Online1−16. http://www.ijsl.stir.ac.uk., accessed 5 May, 2014.

Jones, Carole, " Burying the Man that was: Janice Galloway and Gender Disorientation", in *The Edinburgh Companion to Contemporary Scottish Literature*, Berthold Schoene (ed.), Edinburgh: Edinburgh University Press, 2007.

Juan, Luis de., *Postmodernist Strategies in Alasdair Gray's Lanark: A Life in 4 Books*, Frankfurt am Main: Peter Lang, 2003.

Kelman, James, " James Kelman's Booker Prize Acceptance Speech", http://www. citystrolls.com/z-temp/z-pages/kelman.htm, accessed 4 November, 2012.

Kostkowska, Justyna, *Ecocriticism and Women Writers: Environmentalist Poetics of*

Virginia Woolf, Jeanette Winterson, and Ali Smith, New York: Plagrave 2013.

Lu, Hongling, *Emotion and Reason: A Study of Virginia Woolf's Conception of Women's Writing*, Nanjing: Nanjing Normal University Press, 2007.

Luis de Juan, *Postmodernist Strategies in Alasdair Gray's Lanark: A Life in 4 Books*, Frankfurt am Main: Peter Lang, 2003.

Lavrijsen, Jessica Aliaga, "Female Scottish Trauma in Janice Galloway's *The Trick is to Keep Breathing*", September 2013, pp. Online1 − 9. https://www. researchgate. net/publication/256443538_Female_Scottish_Trauma_in_Janice_Galloways_The_ Trick_is_to_Keep_Breathing, accessed 10 March, 2015.

Lazovitz, Eve, "A Woman's Guilt, a Woman's Violence: Self-destructive Behaviour in *The Trick is to Keep Breathing*", in *Exchanges: Reading Janice Galloway's Fictions*, Linda Jackson (ed.), Edinurgh: Edinurgh University Press, 2004, pp.125−134.

Leishman, David, "'The Voice is Still There': The Persistence of Voice in the Fiction of Janice Galloway and Alasdair Gray", in *Voices from Modern Scotland: Janice Galloway, Alasdair Gray*, Bernard Sellin (ed.), Crini: Centre de Recherche sur les Identites Nationales et L'interculturalite, 2007, pp.71−88.

Leishman, David, "True Nations and Half People: Rewriting Nationalism in Alasdair Gray's Poor Things", *Transnational Literature*, Vol.6, No.1 (2013). http:// fhrc.flinders.edu.au/transnational/home.html, accessed 6 June, 2016.

Logsdon, Alexis, "Looking as though you're in control: Janice Galloway and the working-class female gothic", in *Exchanges: Reading Janice Galloway's Fictions*, Linda Jackson (ed.), Edinurgh: Edinurgh University Press, 2004.

MacDiarmid, Hugh, "Robert Burns: His Influence", *Selected Essays of Hugh Mac-Diarmid*, Berkeley and Los Angeles, California: University of California Press, 1969, pp. 177−182.

MacLeod, Lewis, "Life among the Leith Plebs: of Arseholes, Wankers, and Tourists in Irvine Well's *Trainspotting*", *Studies in the Literary Imagination*, Vol. 41, No. 1 (2008), pp.89−106. ProQuest Direct Complete.

Maley, Willy, "Review of *Ireland and Scotland: Culture and Society, 1700 − 2000*", *The Canadian Journal of Irish Studies*, Vol.31, No.1 (2005), pp.134 − 135. ht-tp://www.jstor.org/stable/25515578, accessed February 12, 2013.

Manfredi, Camille, "Writing on Thin Ice: Surface and Depth in Janice Galloway's Fiction", *Voices from Modern Scotalnd: Janice Galloway, Alasdair Gray*, Bernard Sellin (ed.), Crini: Centre de Recherche sur les Identites Nationales et L'interculturalite, 2007, pp.89−106.

Manlove, Colin, *Scottish Fantasy Literature: A Critical Survey*. Edinburgh: Canongate Academic, 1994.

McArthur, Tom (ed.), *The Oxford Companion to the English Language*, Oxford, New York: Oxford University Press, 1992.

McAvoy, Joe, "An Old-Fashioned Modernist: Interview with Alasdair Gray", *Cencrastus*, 61(1998), pp.7−10.

McCrone, David, *Understanding Scotland: the Sociology of a Nation*, London and New York: Routledge, 2001.

McCulloch, Margery Palmer, *Scottish Modernism and its Contexts* 1918−1959: *Literature, National Identity and Cultural Exchange*, Edinburgh: Edinburgh University Press, 2009.

McCulloch, Margery Palmer, "What Crisis in Scottish Fiction? Creative Courage and Cultural Continuity in Novels by Friel, Jenkins and Kelman", *Cencrastus*, 48 (1994), pp.15−18.

McGlynn, Mary, " ' I Didn't Need to Eat' : Janice Galloway's Anorexic Text and the National Body", *Critique: Studies in Contemporary Fiction*, Vol. 49, No. 2 (2008), pp. 221−240.

McGuire, Matt, *Contemporary Scottish Literature: A Reader's Guide to Essential Criticism*, New York: Palgrave Macmillan, 2009.

McIlvanney, William, *Docherty*, 1975, Edinburgh, London: Canongate, 2014.

McIlvanney, William, *Surviving the Shipwreck*, Edinburgh & London: Mainstream Publishing, 1991.

Miller, Gavin, "Sympathy as Cognitive Impairment in Robin Jenkins's *The Cone-Gatherers*: the Limits of *Homo Sacer*", *Journal of Literary Disability*, Vol. 2, No. 1 (2008), pp.22−31.

Montgomery, Benilde, "Spark and Newman: Jean Brodie Reconsidered", *Twentieth Century Literature*, Vol.43, No.1(1997), pp.94−106.

Morace, Robert A., *Irvine Welsh's Trainspotting: A Reader's Guide*, New York, London: The Continuum International Publishing Group Inc., 2001.

Morace, Robert A., *Irvine Welsh*, Houndmills, Basingstole, Hampshire, New York: Palgrave MacMillan, 2007.

Morgan, Edwin, "Tradition and Experiment in the Glasgow Novel", in *The Scottish Novel Since the Seventies: New visions, Old Dreams*, Gavin Wallace and Randall Stevenson(eds.), Edinburgh: Edinburgh University Press, 1993.

Muir, Edwin, *Scott and Scotland: The Predicament of the Scottish Writer*, London:

George Routledge and Sons, Ltd., 1936.

Murray, Isobel (ed.) , "Plato in a Boiler Suit: William McIlvanney", *Scottish Writers Talking*, East Lothian: Tuckwell Press, 1996, pp.132–154.

Murray, Isobel, "Robin Jenkins's Fiction", 19 August 2010. http://asls.arts.gla.ac.uk/Laverock-Robin_Jenkins.html, accessed 2 May, 2015.

Murray, Isobel and Bob Tait, *Ten Modern Scottish Novels*. Aberdeen: Aberdeen University Press, 1984.

Murray, Isobel(ed.) , "Robin Jenkins", *Scottish Writers Talking* 3, Edinburgh: John Donald, 2006, pp.101–146.

Newton, K.M., "William McIlvanney's Docherty: Last of the Old or Precursor of the New?" *Studies in Scottish Literature*, Vol.32, No.1(2001), pp.101–116.

Petrie, Duncan, *Contemporary Scottish Fictions: Film, Television and the Novel*, Edinburgh: Edinburgh University Press, 2004.

Pittock, Murray, *Scottish and Irish Romanticism*, Oxford: Oxford University Press, 2008.

Preuss, Stefanie, "Occasional Paper: Now That's What I Call a Scottish Canon!" *International Journal of Scottish Literature* 8 (2011). http://www. ijsl. stir. ac. uk, accessed 3 August, 2013.

Prillinger, Horst, *Family and the Scottish Working-class Novel: 1984 – 1994*, Frankfurt am Main, Berlin, Bern, Bruxelles, New York, Oxford, Wien: Peter Lang, 2000.

Riach, Alan, "A Review of *Devolving English Literature* by Robert Crawford", *The Yearbook of English Studies*, Vol.25(1995), p.295.

Riach, Alan, *What is Scottish Literature*, Glasgow: The Association for Scottish Literary Studies, 2009.

Richmont, Velma Bourgeois, *Muriel Spark*, New York: Frederick Ungar Publishing Co., 1984.

Russell, Michael, *Robin Jenkins and the March of Time: a Chronicler of Changing Scotland*, Argyll: Cowalfest Publishing, 2006.

Sassi, Carla, *Why Scottish Literature Matters*, Edinburgh: The Saltire Society, 2005.

Schoene, Berthold(ed.) , *The Edinburgh Companion to Contemporary Scottish Literature*, Edinburgh: Edinburgh University Press, 2007.

Schoene, Berthold, "Welsh, Drugs and Subculture", in *The Edinburgh Companion to Irvine Welsh*, Berthold Schoene (ed.) , Edinburgh: Edinburgh University Press, 2010.

Schoene, Berthold (ed.) *The Edinburgh Companion to Irvine Welsh*, Edinburgh: Edinburgh University Press, 2010.

Sellin, Bernard (ed.), *Voices from Modern Scotland: Janice Galloway, Alasdair Gray*, Crini: Centre de Recherche sur les Identites Nationales et L'interculturalite, 2007.

Sellin, Bernard, "Post-War Scottish Fiction – Mac Colla, Linklater, Jenkins, Spark and Kennaway", in *The Edinburgh Companion to Twentieth-century Scottish Literature*, Ian Brown and Alan Riach (eds.), Edinburgh: Edinburgh University Press, 2009, pp. 123–132.

Smith, Ali, *Girl Meets Boy*, New York: Canongate, 2007.

Smith, Ali, *Autumn*, New York: Pantheon Books, 2016.

Smith, G. Gregory, *Scottish Literature: Character and Influence*, London: MacMillan and Co., Limited, 1919.

Smith, Iain Crichton, *Robin Jenkins's The Cone Gatherers*, Glasgow: Association for Scottish Literary Studies, 2007.

Spark, Muriel, *Memento Mori*, New York: Avon, 1959.

Spark, Muriel, "Edinburgh-born", *New Statesman*, Vol.64(1962), p.180.

Spark, Muriel, "My Conversion", *The Twentieth Century*, Vol. 170 (1961), pp. 58–63.

Spark, Muriel, *Curriculum Vitae*, Boston, New York: Houghton Mifflin Company, 1993.

Stanford, Derek, *Muriel Spark: a Biographical & Critical Study*, Fontwell: Centaur Press Ltd., 1963.

Thomson, Alex, "Review: Scottish Fiction by Kelman and Gray", *Scottish Affairs*, Vol.58(2007), pp.111–117.

Wallace, Gavin, and Randall Stevenson (eds.), *The Scottish Novel since the Seventies: New Versions, Old Dreams*, Edinburgh: Edinburgh University Press, 1993.

Warner, Marina, "Forward", in *Ali Smith: Contemporary Critical Perspectives*, Monica Germanà and Emily Horton (eds.), London, New Delhi, New York, Sydney: Bloomsbury, 2013, pp.vii-ix.

Watson, George, "Scottish Culture and the Lost past", *The Irish Review*, Vol. 8 (1990), pp.34–45.

Watson, Roderick, *The Literature of Scotland: The Twentieth Century*, New York: Palgrave MacMillan, 2007.

Welsh, Irvine, *Trainspotting*, New York & London: W.W. Norton & Company, 1996.

Whyte, Christopher, *Gendering the Nation: Studies in Modern Scottish Literature*, Edinburgh: Edinburgh University Press, 1995.

Wilde, Oscar, *The Soul of Man Under Socialism*, London: Arthur L.

Humphreys,1912.

Witschi,Beat, *Glasgow Urban Writing and Postmodernism*: *A Study of Alasdair Gray's Fiction*,Frankfurt am Mein：Peter Lang,1991.

Woodcock,George, " Utopias in Negative", *The Sewanee Review*, Vol, 64, No. 1 (1956) ,pp.81-97.

Woolf, Virginia, *Contemporary Writers*, New York：Harcourt Brace Jovanovich, Inc.,1965.

索　引

附录　主要苏格兰小说家
姓名英汉对照表

Iain（M.）Banks	伊恩·（M.）班克斯(1954—2013)
James Barke	詹姆斯·巴克(1905—1958)
George Blake	乔治·布莱克(1893—1961)
William Boyd	威廉·博伊德(1952—　)
John Buchan	约翰·巴肯(1875—1940)
George Douglas Brown	乔治·道格拉斯·布朗(1869—1902)
George Mackay Brown	乔治·麦凯·布朗(1921—1996)
Catherine Carswell	凯瑟琳·卡斯韦尔(1879—1946)
Fionn MacColla	费恩·迈克·科拉(1906—1975)
Sophie Cooke	索菲·库克(1976—　)
David Craig	大卫·克莱格(1932—　)
Colin Douglas	科林·道格拉斯(1945—　)
Arthur Conan Doyle	阿瑟·柯南·道尔(1859—1930)
Dorothy Dunnett	多萝西·邓尼特(1923—2001)
Margaret Elphinstone	玛格丽特·埃尔芬斯通(1948—　)
Jane Findlater	简·芬勒特（1866—1946)
Mary Findlater	玛丽·芬勒特(1865—1963)
Matthew Fitt	马修·菲特(1968—　)
Ronald Frame	罗纳德·弗雷姆(1953—　)
George Friel	乔治·弗里尔(1910—1975)
Edward Gaitens	爱德华·盖坦思(1897—1966)
Janice Galloway	詹尼斯·加洛韦(1955—　)
John Galt	约翰·高尔特（1779—1839)
Lewis Grassic Gibbon	刘易斯·格拉西克·吉本(1901—1935)

Alasdair Gray	阿拉斯代尔·格雷(1934—)
Andrew Greig	安德鲁·格雷格(1951—)
Neil Miller Gunn	内尔·米勒·冈恩(1891—1973)
Archie Hind	阿奇·欣德(1928—2008)
Philip Hobsbaum	菲利普·霍布斯鲍姆(1932—2005)
James Hogg	詹姆斯·霍格(1770—1835)
Robin Jenkins	罗宾·詹金斯(1912—2005)
Jackie Kay	杰姬·凯(1961—)
James Kelman	詹姆斯·凯尔曼(1946—)
James Kennaway	詹姆斯·肯纳韦(1928—1968)
A.L.Kennedy/Alison Louise Kennedy	A.L. 肯尼迪/艾莉森·路易丝·肯尼迪(1965—)
Ross Laidlaw	罗斯·莱德劳(1931—)
David Lindsay	大卫·林赛(1876—1922)
Eric Linklater	埃里克·林克莱特(1899—1974)
Shena MacKay	谢纳·麦凯(1944—)
Henry Mackenzie	亨利·麦肯齐(1745—1831)
Aonghas MacNeacail	安格斯·麦克尼凯尔(1942—)
Allan Massie	艾伦·马西(1938—)
Peter May	彼得·梅(1951—)
Val McDermid	瓦尔·麦克德米德(1955—)
William McIlvanney	威廉·麦基尔文尼(1936—2015)
Naomi Mitchison	娜奥米·米奇森(1897—1999)
Edwin Morgan	埃德温·摩根(1920—2010)
Edwin Muir	埃德温·缪尔(1887—1959)
Willa Muir	薇拉·缪尔(1890—1970)
John Niven	约翰·尼文 (1968—)
Andrew O'Hagan	安德鲁·奥黑根(1968—)
Agnes Owens	阿格尼斯·欧文斯(1928—2014)
Ian Rankin	伊恩·兰金(1960—)
James Robertson	詹姆斯·罗伯逊(1958—)
J.K.Rowling	J.K.罗琳(1965—)
Walter Scott	沃尔特·司各特(1771—1832)
Alan Sharp	艾伦·夏普(1934—2013)
Nan Shepherd	南·谢菲尔德(1893—1981)

Sara Sheridan　　　　　　　萨拉·谢里登(1968—　)

Ali Smith　　　　　　　　　阿莉·史密斯(1962—　)

Iain Crichton Smith　　　　伊恩·克赖顿·史密斯(1928—1998)

Tobias Smollett　　　　　　托比亚斯·斯摩莱特(1721—1771)

Muriel Spark　　　　　　　穆丽尔·斯帕克(1918—2006)

Robert Louis Stevenson　　罗伯特·路易斯·史蒂文森(1850—1894)

Luke Sutherland　　　　　　卢克·萨瑟兰(1971—　)

Jeff Torrington　　　　　　杰夫·托林顿(1935—2008)

Nigel Tranter　　　　　　　奈杰尔·特兰特（1909—2000)

Alexander Trocchi　　　　　亚历山大·托鲁奇(1925—1984)

Alan Warner　　　　　　　艾伦·沃纳(1964—　)

Irvine Welsh　　　　　　　欧文·韦尔什(1961—　)

Gordon M.Williams　　　　戈登·M.威廉斯(1934—　)

后　记

很喜欢遍布苏格兰在风中昂首摇曳的蓟,紫色多毛刺的花朵,锯齿状硬朗的叶茎,透露出乡野的朴实与桀骜,即便被裹挟在城市的喧嚣中,也是独具风姿,不输于各种妩媚明艳的花花草草。据说,它在罗马军队进犯之时还救过苏格兰士兵的性命,难怪苏格兰人会把它当作自己的象征。2004年,我博士毕业后的第一年,在苏格兰的土地上见到了它,也就莫名地喜欢上了它。当时也是我第一次独居异乡为异客,受江苏省教育厅留学基金的资助去往爱丁堡大学进行访问学习。一人在外,容易寄情于山水花草,苏格兰微波澜澜色泽深邃的湖水、连绵起伏云走留影的高山,不时飘起的绵绵雨丝,令人不时生发出些许怅然,尤其是在风力刚劲的冬季,这种感觉更甚。在明媚的春夏里看到紫色靓丽挺拔的蓟,心情则会变得明朗些。后来,在爱丁堡大学图书馆里阅读了一些苏格兰历史文献和小说作品,得以更加理解了苏格兰人对它的情有独钟。

在那段日子里,和当代苏格兰小说的结缘得感谢爱丁堡大学的一位师友。他送了一本格雷的小说《兰纳克:生活四部书》给我,这本在苏格兰文学史上具有转折意义的小说成为引导我步入当代苏格兰小说的开门之作。当时由于主要研究精力放在其他的课题上,没有展开对当代苏格兰小说的追踪探寻。但这部不同凡响的小说似乎一直在那里敲击着边鼓,让我在回国之后不时地关注当代苏格兰小说的发展,撰写了几篇小文章。在当时的研究课题告一段落之后,我决定听从"鼓声"的召唤,仔细探究一下当代苏格兰小说别样的内容与风格。于是,时隔十年,获得国家社会科学基金资助后,又有了2014年第二次苏格兰之旅。

　　这一次,格拉斯哥大学在苏格兰文学领域内的丰富馆藏使我的研究资料得以大量扩充,而与英文系教授吉拉德·卡拉瑟斯等专家的交流也使我的研究计划更为明晰,帮我进一步厘清了思路。尤其要感谢卡拉瑟斯教授,与他的交谈帮助我最终确定了课题拟包括的当代苏格兰作家名单。这次访学我还亲身见证了具有重要历史意义的苏格兰全民公投,格拉斯哥广场上沸腾的景象令人印象深刻。访学的一大好处是,可以有相当多的时间在图书馆静静地读书,体会苏格兰小说家们各不相同的态度和表现手法,思考小说评论家们表现各异的观点和论证。那时,蓟的花影又会时常显现,出现在小说家的描绘中、评论家的点评中,让人想起现实生活中苏格兰和它的民众,不禁又联想到苏格兰小说的品质正如这蓟一般,顽强而有韧性,在种种发展的风浪中成长繁荣。

　　两次的苏格兰访学让我爱上了蓟的品性,恋上了苏格兰小说的言说。而没有国内同仁师友的惠助,有关研究的课题任务也是难以完成的。感谢南京师范大学外国语学院在学术道路上一向给予我的支持,感谢王守仁教授、张杰教授、汪介之教授、杨金才教授等学界专家对于该课题的意见和指导,还要感谢在苏格兰访学的柯明星老师和在英国约克大学攻读博士学位的邵欣同学帮我及时补充了一些相关资料。感谢我的研究生们随我一同研讨当代苏格兰小说,组建了一支小小的当代苏格兰小说研究队伍。我的同事王萍和钱程分别撰写了有关阿拉斯代尔·格雷和阿莉·史密斯的部分内容,为本书的完成作出了贡献。此外,承蒙《外国文学研究》《外语与外语教学》《外语研究》等期刊不弃,本书的部分研究文章已经发表,最终成果则因材料完善或谋篇布局的需要对相关内容作出了部分修改和调整。特别感谢人民出版社的杨文霞编辑,得益于她细致的编审,拙作得以按期付梓。

　　在这期间,先生王波的支持无比珍贵。最后的感谢献给我年近九十的母亲,依然要说:没有她的支撑,我无法完成这一切。

2018 年 6 月

责任编辑:杨文霞
封面设计:姚　菲
责任校对:陈艳华

图书在版编目(CIP)数据

当代苏格兰小说研究/吕洪灵 著. —北京:人民出版社,2019.1
ISBN 978 - 7 - 01 - 019823 - 1

Ⅰ.①当… Ⅱ.①吕… Ⅲ.①小说研究-苏格兰 Ⅳ.①I561.074

中国版本图书馆 CIP 数据核字(2018)第 217881 号

当代苏格兰小说研究
DANGDAI SUGELAN XIAOSHUO YANJIU

吕洪灵　著

人 民 出 版 社 出版发行
(100706　北京市东城区隆福寺街99号)

北京中科印刷有限公司印刷　新华书店经销

2019 年 1 月第 1 版　2019 年 1 月北京第 1 次印刷
开本:710 毫米×1000 毫米 1/16　印张:20.75
字数:290 千字

ISBN 978 - 7 - 01 - 019823 - 1　定价:68.00 元

邮购地址 100706　北京市东城区隆福寺街 99 号
人民东方图书销售中心　电话 (010)65250042　65289539